메커니즘 4

우공이산愚公移山

메커니즘 4 우공이산愚公移山

발행일	2021년 11월 1일		
지은이	권보성		
펴낸이	손형국		
펴낸곳	(주)북랩		
편집인	선일영	편집	정두철, 배진용, 김현아, 박준, 장하영
디자인	이현수, 한수희, 김윤주, 허지혜, 안유경	제작	박기성, 황동현, 구성우, 권태련
마케팅	김회란, 박진관		
출판등록	2004. 12. 1(제2012-000051호)		
주소	서울특별시 금천구 가산디지털 1로 168, 우림라이온스밸리 B동 B113~114호, C동 B101호		
홈페이지	www.book.co.kr		
전화번호	(02)2026-5777	팩스	(02)2026-5747

ISBN	979-11-6539-974-0 04810 (종이책)	979-11-6539-975-7 05810 (전자책)
	979-11-6539-967-2 04810 (세트)	

(주)북랩 성공출판의 파트너

북랩 홈페이지와 패밀리 사이트에서 다양한 출판 솔루션을 만나 보세요!

홈페이지 book.co.kr • **블로그** blog.naver.com/essaybook • **출판문의** book@book.co.kr

작가 연락처 문의 ▶ ask.book.co.kr

작가 연락처는 개인정보이므로 북랩에서 알려드릴 수 없습니다.

메커니즘

4
우공이산
愚公移山

권보성 지음

부동산 유희 장편소설

북랩 book Lab

제23장

투자 대상 토론

"그러니 금리가 오르는 추세에서는 가급적 무리한 대출을 피하는 것이 상책일 수 있습니다."

속 알머리 봉상관은 머리를 긁적거리며 말했다.

"그러면 선 감사님은 수익률 쪽에서 작은 빌딩이 경쟁력이 있다고 보십니까? 아니면 지식산업센터 오피스가 더 뛰어날까요?"

큰 머리 문정인은 머리를 매만지면서 물어 왔다. 그는 거들기도 그렇고, 가만히 듣고 있으려니 좀이 쑤시고 무료했던 모양이다. 느닷없이 질문을 던지며 끼어들었다. 그가 뭐라 설을 푸는지를 듣고 싶은 눈치였다.

"물건도 물건 나름이겠지만, 경매로 나오는 꼬마빌딩은 고려해야 할 문제들이 많은 물건들입니다."

젤 바른 선정재는 뻣뻣한 지성적인 태도로 거들먹거리며 목소리를 높였다.

"어느 면에서 그런 겁니까?"

큰 머리 문정인은 미간을 약간 찌푸리며 되물었다.

"경매 나오는 꼬딩(꼬마빌딩)은 대체적으로 노후된 건물이 많습니다. 그리고 임차인도 경영 수완이 뛰어나다고 볼 수 없어 장사도 시원치 않습니다."

그는 무의식적으로 기억 속에 저장된 레퍼토리를 늘어놓았다.

"오래된 건물이라면 내부균열이 심하거나 지하 누수가 심각해 손볼 곳이 많다는 말입니까?"

속 알머리 봉상관은 슬쩍 끼어들며 물었다.

"당근이죠, 임대 소득은 고사하고, 유지·보수 비용으로 골치 폭탄을 떠안을 수도 있습니다."

젤 바른 선정재는 젠체하며 어느새 건방진 말투로 변해 있었다.

"그런 건물의 경우 낙찰가는 낮은 편인가요?"

우아한 전원숙은 궁금한 얼굴로 묻고는 엷은 미소로 그의 답변을 기다렸다.

그녀는 '사람들로부터 외면받는 건물은 값이라도 저렴하지 않을까?' 생각하고 있었다.

"천만에요, 그 반대입니다."

젤 바른 선정재는 손사래와 동시에 비웃적거리며 살짝 웃었다.

"어째서 그렇죠? 도대체 그 이유가 뭔가요?"

그녀는 부정적인 그의 대꾸에 깜짝 놀라서 눈이 휘둥그레지며 묻었다. 여성 회원들도 구미가 당기는 눈치로 궁금증을 한껏 담아 한마디씩 거들었다. 젤 바른 선정재는 그녀들의 말을 듣고 나서 곧바로 주절거렸다.

"그거야 여러 가지 원인이 있습니다."

그는 그녀들의 수다스러운 반응에 신바람이 나서 말했다.

"좀 구체적으로 그 이유를 말해 주세요. 호호!"

우아한 전원숙은 얼른 이해가 되지 않는 눈치로 팔을 비틀며 콧소리를 냈다.

흰머리 윤편인은 은근히 곁눈질을 하며 '아니 꼭 그렇게까지 하면서 물어야 하나? 젠장!' 하며 그녀를 째려보고 있었다.

"하하하! 그럴까요? 대충 몇 가지를 꼽는다면 다음과 같습니다."

젤 바른 선정재는 그녀의 콧소리가 싫지 않았다. 그래서 한바탕 소리 내서 웃고는 주절거렸다.

"우선은 정부의 개발정보나 정책을 앞서 내다보거나, 그게 아니라면 재개발 시세 차익을 기대하고 있거나, 그것도 아니라면 건물을 리모델링을 해 직영점을 운영하거나, 또는 가치를 부가시킬 요량으로 재축을 하거나, 아무튼 주변 건물을 사들여 통으로 재건축 등을 할 수도 있습니다."

젤 바른 선정재는 입술에 침을 묻혀 가며 무성 영화에 나오는 변사처럼 떠벌렸다. 말인즉 그는 가치 부가를 통해서 얻을 수 있는 투자이득에 대해서 말하고 있었다.

경매 컨설팅 수법

"요즘 경매 시장 안에서 높은 낙찰가는 무허가 경매 컨설팅(전문 지식 상담, 자문)들의 난립이 문제라며, 누군가 그들의 장난질을 꼬집던데요?"

흰머리 윤편인은 가만히 듣고 있다가 꼬딩 낙찰가 금액이 높다는 말에 뜬금없이 엉뚱한 소리를 끄집어냈다. 회원들은 '이 사람 자다가 봉창을 두드리나?' 싶어 그를 쏘아보고 있었다.

"그들이 뭐가 어째서요?"

짱구머리 나겁재는 그의 소리가 또 '뭔 개수작인가…?' 싶어 의아한 표정으로 들이댔다.

"부동산 초보자들 입장에서는 낙찰을 받으면 큰돈이 되는 줄 알고 덤벼들지만, 사실은 그렇지가 않거든요?"

흰머리 윤편인은 물음에 무의식적으로 중얼거렸다.

"하하! 저도 처음에는 그렇게 생각을 했었습니다."

둥근 머리 맹비견은 웃음을 터트리면서 맞장구를 쳤다.

"저도요, 무작정 경매 시장에 뛰어들 때가 엊그제 같은데 벌써 몇 년이 흘러갔습니다."

새치 머리 안편관은 문득 초보 시절 때 생각이 떠올라 머리를 끄덕이며 한마디 거들고 나섰다.

"하하! 초보들이 경매를 처음 접하는 곳이 정보 매체나 신문 등에 실린 부동산 광고 물건일 경우가 대부분이잖아요?"

회원들을 의식하면서 넌지시 말을 이어 갔다.

"보통은 그렇다고 봐야겠죠? 그게 뭐 어때서요?"

그의 말에 짱구머리 나겁재는 별것도 아니라는 듯 시큰둥하게 받아쳤다.

"에…헤, 나 형은 그쪽 소식을 잘 모르시는구나?"

흰머리 윤편인은 그의 반응에 대뜸 얕잡아 보듯 비아냥거렸다.

그러자 그는 눈을 희번덕거리며 '그래 나 모른다. 그게 뭐 어째 서…' 하는 눈빛으로 그를 빤히 째려보았다.

"그게요…. 광고를 보고 연락이 오면 일단은 사무실로 방문해 달라고 한답니다."

흰머리 윤편인은 차분하게 말하며 그를 쏘아보았다. 그는 이들에게 뭔가를 알려 주고 싶어 안달이 난 놈처럼, 아니 젠체하고 싶은 녀석처럼 두서없이 서두를 꺼냈다.

"그들 입장에서야 당연한 거 아닙니까?"

삼각 머리 조편재는 그를 째려 가며 따지듯 비아냥거리고는 이렇게 다시 주절거렸다.

"아니… 사람을 마주 보고 상담해야 구워삶든 유혹을 하든 할 게 아니겠습니까?"

그는 말끝에 '그게 뭐… 어때서 그러느냐?' 하는 눈빛으로 그를 한껏 쏘아보았다.

"내 말이… 컨설팅 입장에서 보면 틀린 소리는 아니지 않습니까?"

속 알머리 봉상관은 초록은 동색이라고 자신도 영업하는 입장이라 그들의 입장을 십분 이해하겠다는 얼굴로 반문했다.

"제 말은 그게 아닙니다. 가령 경매 초보자가 찾아오면 그때부터 고약한 문제가 시작된다는 것입니다."

그는 이마에 갈매기를 잔뜩 그려 넣고 짜증스럽게 말했다.

"아니… 어떻게 말입니까?"

삼각 머리 조편재가 혓바닥을 날름거리며 물어 왔다.

"아…. 여러분이 생각하는 것과 달리 이들은 경매라고는 난생처음 접하는 의뢰인을 상대로 사위 장난질을 친다는 겁니다. 즉 낙찰을 받겠다고 달려드는 사람들을 혓바닥에 기름칠을 해서 높은 단가에 낙찰을 받도록 부추기는 놈들이 문제라는 겁니다."

흰머리 윤편인은 회원들이 자신의 말을 곡해하자, 은근히 부아가 치미는 눈치였다. 그래도 그는 아랑곳하지 않은 채 말했다. 그때 눈치가 빠른 새치 머리 안편관이 불쑥 나서 주절거렸다.

"아니… 어떤 수작을 부리는데 우리 점잖으신 윤 부회장님이 이 토록 화가 나신 겁니까?"

그는 자신들이 부아를 질러 놓고 모르는 척 시치미를 떼면서 능청을 떨었다. 평소 빈정거리며 수작을 부리는 삼각 머리 조편재 처럼 능글능글 말했다.

그러자 흰머리 윤편인은 '자식! 음흉하기가… 꼭 독도 건너 사 는 그 우라질 게다짝 놈 같네…' 하며 계속 주절거렸다.

"경매컨설팅이라는 업무가 수수료와 성공보수를 두둑이 챙겨야 영업이 완성되는 시스템이 아닙니까?"

그는 비위를 긁어 대는 말에도 꾹 참고서 동의를 구하듯 그를 보며 말했다.

"그렇다고 봐야죠."

새치 머리 안편관은 그의 말에 공감을 한다며 능청스럽게 끄덕 거렸다.

"경매컨설팅 업자야 수단과 방법을 가리지 않고, 일단은 낙찰 을 받아야 돈이 되지 않습니까?"

상구 머리 노식신은 그들의 대화를 가로채며 끼어들었다.

"당근이죠."

흰머리 윤편인은 지원군을 만난 반가운 표정으로 그를 쳐다보 며 끄덕거렸다. 그리고 곧바로 주절거렸다.

"문제는 거기에 여러 가지 고도의 테크닉 즉, 야로가 숨어 있다는 겁니다."

그는 '요건 몰랐지?' 하는 눈길로 생글거리며 웃었다.

"헐…! 대박! 어떤 꼼수를 피우는데 그렇습니까?"

새치 머리 안편관은 '요즘 세상에 그 정도야…' 하는 허접한 표정으로 되물어 왔다.

"아… 그게 밑 바지를 쓰는 경우도 있고요, 높은 금액으로 입찰에 참여를 했다가 빠져나가는 경우 등 수작질도 여러 종류가 있습니다."

흰머리 윤편인은 중얼대면서도 안타까운 마음에 자조적인 냉소를 보이고 있었다.

"아니… 나는 들어도 이해가 잘 안되는데 구체적으로 자초지종을 좀 들려주세요. 히히!"

짱구머리 나겁재는 가만히 듣다 보니 줄거리가 흥미로워 구미가 당기는 모양이었다. 그래 히죽 웃어 가며 부탁을 해 왔다.

"하하하! 맨입에 말입니까?"

흰머리 윤편인은 빙그레 웃어 가며 슬쩍 농을 던졌다.

"아, 알았습니다. 제가 나중에 소주 한잔 사 드리겠습니다. 흐흐…."

짱구머리 나겁재는 궁금한 눈빛을 해 가지고 변죽을 떨었다.

"하하하! 웃자고 해 본 소리니 개의치 마세요."

그는 짱구머리 나겁재를 쳐다보면서 괜찮다며 손사래를 쳤다. 우아한 전원숙은 그 모습을 보며 빙그레 웃고 있었다.

"예…에, 알고 있습니다."

짱구머리 나겁재는 말을 된장국에 말아 먹고는 실실 웃었다. 흰머리 윤편인은 생각을 정리하는 눈빛으로 잠시 머뭇거리다가 다시 말을 꺼냈다.

"그들은 신문 광고를 보고 찾아온 의뢰인을 우선 안심시키기 위해서 무조건 의뢰인이 원하는 부동산을 100% 낙찰을 받아 줄 수 있다고 호언장담을 한답니다."

흰머리 윤편인은 담담하게 말을 하고는 젤 바른 선정재의 눈치를 슬쩍 살펴보았다.

"당연하죠, 그래야 믿고 덥석 달려들지 않겠습니까?"

짱구머리 나겁재는 그의 말이 흥미로워 슬쩍 끼어들었다. 그러고는 눈치도 없이 젤 바른 선정재를 아랑곳하지 않은 채 자신의 이야기를 나불거렸다.

하지만 예상과 달리 그는 묵묵히 듣고만 있었다.

"하하! 맞아요, 그래놓고 계약서를 작성할 때 낙찰을 받기 위해서는 컨설팅 회사 지시에 따라 줘야 한다는 서명을 먼저 받습니다."

흰머리 윤편인은 말끝에 혹시나 싶어 다시 젤 바른 선정재의 낌새를 슬쩍 살폈다.

그의 표정에서는 별다른 조짐을 찾을 수 없었다. 그래서 그는 회원들과 어울려 마냥 떠벌리고 있었다.

"우라질 자식들이 올가미를 단단히 채워 놓고 시작을 하는군요?"

큰 머리 문정인이 말을 받았다.

"그렇다고 볼 수 있습니다."

고개를 끄덕거린 흰머리 윤편인은 잠시 호흡을 가다듬고 다시 말을 이어 갔다.

"의뢰인 입장에서야 자신이 원하는 부동산만 낙찰을 받으면 그만이라는 생각에 컨설팅 말을 순순히 잘 따르는 편입니다. 그래서 대충 넘어가는 겁니다."

그는 '알겠죠?' 하듯 말끝에 실실 웃으며 그를 바라보고 있었다.

"말해 뭐 합니까? 히히! 저도 그랬습니다."

짱구머리 나겁재는 공감을 한다며 히죽 웃었다.

"경매 지식이 없는 초보자 입장에서야 낙찰을 받아 준다는 말에 완전 최면이 걸리는 겁니다."

그는 말을 하는 중간에도 이따금씩 젤 바른 선정재의 눈치를 살짝살짝 살피곤 했었다.

그런데 어쩐 일로 그는 별다른 반감도 없이 함께 고개를 끄덕끄덕거리며 듣고 있었다.

흰머리 윤편인은 그가 프레젠테이션을 하는 중간에 끼어들어 주접을 떨고 있는 자체가 죄송해 더욱 눈치가 보였었다.

하지만 말을 끄집어 내놓고 도중에 끝내기도 어정쩡해 계속 눈치를 살펴 가며, 나머지 줄거리를 이어 가고 있었다.

"그다음 순서로 그들은 낙찰을 받기 위한 사전 작업을 시작합니다."

흰머리 윤편인은 그래도 눈치가 보여 설레발을 치듯 말을 조금 빠르게 속도를 내고 있었다.

"어머머…!"

"헐…! 그렇구나…."

스토리에 동화된 여성들은 탄성을 내뱉으며 가끔씩 어우러져서 중얼거렸다.

그러자 그는 좀 더 빠르게 헛바닥을 놀리며 주절거렸다.

"그러나 의뢰인이 원하는 부동산은 경쟁자 수요가 상대적으로 많은 지역이라며 우라질 놈들은 입찰가를 높게 쓸 것을 적극 권유합니다."

흰머리 윤편인은 얄궂은 표정을 지어 가면서 자기 딴에는 신랄하게 까발렸다.

"어머머! 육시랄 놈들…!"

"벼락을 맞고, 똥물에 튀겨져 뒈질 놈들…!"

여성 회원들은 분노 장애가 폭발한 듯 잠시 이성을 잃은 채로 격하게 고시랑거렸다.

"아하! 높은 금액에 낙찰되면 컨설팅 비용 액수가 올라가니 당연한 거 아닙니까?"

그에 반해 속 알머리 봉상관은 가재는 게 편이라고 한마디 거들고 나섰다.

"맞습니다. 우라질 자식들이 그래야 낙찰이 보장된다며 의뢰인을 설득시키는 겁니다."

흰머리 윤편인은 받아치듯 대꾸하고는 인상을 약간 찌푸렸다. 그러고는 잠시 숨을 고르며 멈칫대다가 계속 이어 나갔다.

"그러나 문제는 차점자와의 가격차이가 이들에게는 골칫거리였습니다. 왜냐하면 다른 입찰자와의 가격 차이가 크면, 의뢰인에게 수수료 받기도 어정쩡할뿐더러, 컨설팅 회사 입장에서도 곤란해질 수 있기 때문입니다.

그래서 생각해 낸 것이 사전에 우라질 꼼수를 피우는 겁니다."

그는 입가에 웃음을 보이며 말했다.

"어떻게 말입니까?"

상구 머리 노식신은 코를 들이대며 의아한 눈길로 묻고는 고개를 한번 까닥거렸다.

"가령 예를 들자면 다른 직원이나 지인을 앞세워서 낙찰가 보다 몇 백만 원이 차이 나도록 입찰가를 써넣는 겁니다."

흰머리 윤편인은 말을 하며 복잡한 심정이 교차하는 서글픈 표정을 잠시 보였다.

"허허허! 그렇지…. 암만, 그러면 의뢰인이 아슬아슬하게 경쟁자를 물리쳐 낙찰을 받았다는 기쁨에 감격시대를 만나는 거지, 아주 영리하다 못해 못된 놈들일세…."

속 알머리 봉상관은 감직한 수법이 재미있어 실실 웃으며 좀 전과는 다른 얼굴로 구시렁거렸다.

"하하하! 그러면 또 다른 수법은 없습니까?"

둥근 머리 맹비견은 남의 일이라 그런 걸까? 아주 스릴 도 있고

서스펜스가 느껴져 괜히 흥이 올라 신명 나게 물어 왔다. 그는 코믹 사기 드라마를 시청하는 열열 애청자 같았다.

흰머리 윤편인은 회원들이 재미있다며 슬슬 부추기자 눈치코치다 팽개치고 다시 주절거렸다.

"뭐… 방법이야 많지만 한 가지만 더 할까요?"

그는 그의 눈치를 힐끔 보고서 집게손가락을 펴 보였다.

"허허허! 어서 해 보세요, 듣다 보니 거 솔깃한 것이 제법 중독성 있네."

속 알머리 봉상관은 먼저 재촉하며 실실 웃었다.

"이들이 자주 써먹는 수법 중에 다른 하나는, 의뢰인이 입찰가를 최고로 써서 내도록 유도해 놓는 것입니다. 그러고는 회사 직원을 시켜 의뢰인보다 몇십만 원을 더 높게 낙찰을 받도록 합니다."

그는 말을 해 놓고 이들의 반응을 슬쩍 살폈다.

"허… 이번엔 뭔 꼼수입니까?"

속 알머리 봉상관이 궁금한 눈길로 대뜸 물어 왔다.

"예…에. 그렇게 낙찰 실패로 의뢰인이 코가 석 자나 빠져 실망하고 있을 때 극적인 반전이 시작됩니다."

그는 슬쩍 젤 바른 선정재의 눈치를 살피며 계속 주절거렸다.

"어머머…! 어떻게요? 호호!"

도회적인 안혜숙은 흥미를 느끼고 중간에 끼어들어 그를 재촉하며 물었다.

"아하! 들어 보세요, 놈들은 입찰 전부터 필요한 서류에 하자를 만들어 놓고는, 제출한 서류가 퇴짜를 맞도록 사전에 개수작을 꾸며 놓는 겁니다."

흰머리 윤편인은 미간을 찌푸리며 말을 하고는 해죽 웃었다.

"헐…! 대박! 세상에 능지처참할 놈들…?"

이국적인 조다혜는 자기 일처럼 분통을 터트리며 구시렁거렸다.

"아하! 그러니까 낙찰이 취소되도록 서류를 미리 조작한다, 이 말이네…. 고얀 놈들일세, 허 참!"

젤 바른 선정재도 어느새 끼어들어 함께 구시렁거리고 있었다.

"오매! 아차, 하는 순간 의뢰인은 홍콩행 비행기를 타고서는 마카오로 기분이 째지게 날아가겠습니다. 호호…."

둥근 머리 맹비견은 스릴과 서스펜스가 있다면서 그 기분을 만끽하는 표정으로 중얼거렸다.

"말이라고요…. 허허!"

속 알머리 봉상관은 한바탕 껄껄 웃었다.

"흐… 딱하기도 하고, 한편 재미도 있네, 뭐…."

회원들은 돌아가면서 한마디씩 지껄이며 낄낄거렸다.

그러거나 말거나 흰머리 윤편인은 계속 주절거렸다.

"이런 개수작을 꾸며 한순간에 낙찰을 무효로 돌려놓고, 의뢰인이자 경매 초보자의 껍질을 벗겨 먹는 겁니다.

의뢰인이야 뭣도 모르고 낙찰을 받았다는 황홀감에 취해서 입이 찢어지도록 한바탕 신나 하는 겁니다.

그러고는 컨설팅 담당자에게 수고하셨다며 별도의 보너스로 거나하게 한턱내기도 합니다. 마무리를 잘 부탁한다면서 말입니다."

흰머리 윤편인은 말을 하는 중간중간 기가 막히고 괘씸하다는 얼굴로 분기를 드러내고 있었다.

"아하! 기가 차네, 기가 차…. 영화의 한 장면처럼 긴박감은 있네…. 크크!"

둥근 머리 맹비견은 나지막하게 탄성을 내뱉었다.

"크크! 생각해 보세요? 그 순간 극적인 역전 드라마가 펼쳐지면서, 졸지에 차순위자가 낙찰자로 바뀌는 장면을 뒤처진 선수가 앞서가는 선수를 제치고 선두에 올라설 때, 그 짜릿한 카타르시스를 맛본 사람만 알듯이, 이 대목에서 의뢰인은 완전 얼이 나가는 겁니다."

흰머리 윤편인은 모두를 향해 어떠냐며 양손을 벌렸다.

그는 극도로 긴장감을 조성하다가 한순간에 빠져나가는 서스펜스 스토리를 떠벌리고는 순간 아이러니한 표정을 보이며 웃고 있었다.

"허허허! 의뢰인 입장에서는 완전 감동의 도가니탕이 아니겠습니까?"

둥근 머리 맹비견은 생동한 표정으로 재미 지다며 깔깔거렸다. 회원들도 그의 웃음에 덩달아 웃고 있었다.

"허허! 그것도 모르고 의뢰인은 완전 극적이라며 성공 보수를 넉넉히 안기고 말입니다."

젤 바른 선정재가 허탈하게 웃음을 터뜨리며 그에게 말했다.

"그러게 말입니다. 홍콩 간 의뢰인은 농락당한 줄도 모르고, 마냥 행복의 나라로 입성하는 겁니다. 크크!"

흰머리 윤편인은 말을 해 놓고 재미나서 웃는 건지, 아니 사기를 당하면서 행복해하는 그 사람이 기가 막혀서 웃는 건지, 여하튼 모두 다 함께 낄낄거렸다.

"헐…! 인간시장은 눈 뜨고 코 베어 가는 세상이라더니 딱 그 꼴이네요."

이국적인 조다혜는 안타깝다는 표정을 보이며 입가에 차가운 미소를 지었다.

지식산업센터

"그건 그렇다 치고, 지식산업센터는 수익 부동산으로 어떻습니까?"

흰머리 윤편인은 미안한 마음이 들어 웃음이 채 가시지 않은 얼굴로 슬쩍 젤 바른 선정재를 쳐다보며 화제를 그에게 넘겼다.

"글쎄요? 한바탕 투자 바람이 휘몰아치긴 했어도, 저에게는 생소한 수익형 부동산이라 아직 거기까지 준비를 하지 못했습니다."

젤 바른 선정재는 지식산업센터에 대해서는 아직 검토를 하지 못해 사람들의 눈치를 살펴 가며 슬쩍 발을 빼는 신중함을 보였다.

그러자 상구 머리 노식신이 이때다 싶어 깐죽거리며 주절거렸다.

"그 물건은 제가 여러 번 분석을 해 본 경험이 있어 조금은 알고 있습니다."

"…."

"그렇습니까? 그럼 아시는 대로 말씀을 해 주시겠습니까?"

젤 바른 선정재는 그에게 슬며시 부탁했다.

"예… 제가요? 그럼 뭐 할 수 없죠, 혹시 부족하더라도 이해를 해 주시기 바랍니다. 히히!"

"…."

"사실 지식산업센터는 다른 수익 부동산 물건에 비해 대출 규제가 없다는 것이 장점이라면 장점입니다."

상구 머리 노식신은 예전에 벤처 회사에 근무한 경험을 살려 오래전부터 지식산업센터 투자에 관심을 가지고 있었다.

그는 상가, 오피스텔, 꼬마빌딩 등은 대출 규제가 까다롭다는 소리에 자기자본이 작아도 투자할 수 있는 물건을 찾아다녔었다.

그러고는 지난날 기억을 더듬다가 지식산업센터 물건을 우연히 발견하고는, 그동안 시장 조사를 꾸준히 해 오고 있었다.

"오… 예! 정말입니까?"

흰머리 윤편인은 반가운 얼굴로 반문했다.

"예… 벌써 좀 됐습니다."

상구 머리 노식신은 거만한 낯짝으로 어깨를 으쓱하며 말했다. 회원들은 약간 놀라워하는 눈으로 그를 바라보고 있었다.

"그래요? 투자 수익률은 다른 상가보다 높은 편입니까?"

내심으로 지식산업센터 물건에 관심을 가지고 있던 흰머리 윤편인은 서둘러 묻고는 그의 대답을 기다렸다.

"지식산업센터도 요즘은 수익성이 낮아졌지만, 초장기 때에는 수익률이 장난이 아니었습니다. 뭐 대충 잡아도 13~15%까지 수익률이 우라지게 높게 나왔거든요."

상구 머리 노식신은 광풍이 불었던 한창때를 들먹이면서 사람들의 관심을 집중시켰다.

"헐…! 대박!"

모던한 한옥경은 탄성을 지르며 소리쳤다.

"헉…! 정말? 그럴 수가…"

일부 남성 회원들은 속앓이를 하듯이 안타까워하며 발을 동동 굴렸다.

"어머…!"

"세상에…"

여성 회원들도 아쉬워하며 이구동성 앓는 소리를 내고 있었다.

"대출도 일반상가에 비해 80%까지 대출금이 나와 자기자본이 20~30% 입찰 보증금만 있으면 낙찰을 받을 수도 있었습니다."

상구 머리 노식신은 '설마 이건 몰랐지…?' 하는 눈빛으로 상체를 주억거렸다.

"아니… 아니… 그렇게 높은 수익률이 나오는 물건을 몰랐다니…?"

삼각 머리 조편재는 아쉬운 마음에 손바닥을 내리치며, 놓쳐서 억울하다는 표정을 짓고서 한숨을 연거푸 내쉬고 있었다.

"그러나 다 과거 얘기지, 지금은 수익률도 쪼그라들어서 4~5% 정도가 고점입니다."

상구 머리 노식신은 아쉬운 표정으로 인상을 구기며 중얼거렸다.

"어머나! 내 돈 적게 들이고, 그게 어디입니까?"

이국적인 조다혜가 손뼉을 두들기며 억울해 못 살겠다는 듯이 아쉬운 표정을 짓고는 하늘이 꺼져라 한숨을 내쉬었다. 그 모습에 회원들은 너도나도 눈을 흘기며 쑤군거렸다.

그러거나 말거나 상구 머리 노식신은 이어 주절거렸다.

"그나마도 공급이 수요를 넘어서고 있어 요즘은 임차인 구하기가 하늘에 별 따기 만큼 힘든 시장으로 변했습니다. 흐흐흐."

그는 말끝에 무겁고 실망스러운 표정을 짓고서 모두를 보았다.

"허허! 그럼 자기가 직접 공장을 운영하거나 오피스를 사무실로 사용하는 실수효자 입장에서 바라보면 썩 나쁘지는 않겠는데요?"

흰머리 윤편인은 뜻밖의 아이디어를 내놓고 사람들의 관심을 끌고 있었다.

"뭐… 돌려 생각하면 그렇게 볼 수도 있습니다."

상구 머리 노식신은 차마 거기까지 생각하지 못했던 물음에 당황해서 당장 입에서 튀어나오는 대로 대꾸하면서 다시 주절거렸다.

"우선 경매로 낮게 낙찰을 받을 수도 있습니다."

그는 순간 등줄기에 식은땀이 주르륵 흘렀다. '괜히 아는 척을 하고 나섰나?' 싶어 순간 후회를 하면서도 주둥이는 계속 놀리고 있었다.

"둘째는 대출금액은 일반상가보다 높게 나오니 부동산에 묶이는 현금의 규모가 작아서 사다리가 필요한 가난한 투자자들한테는 그만큼 유리합니다."

상구 머리 노식신은 말을 해 놓고 어쩐지 쑥스러워 히죽 웃었다.

"어머머… 정말?"

도회적인 안혜숙은 느닷없이 소리를 질렀다.

"그러고 보면 부동산 투자로 승부 거는 사람은 그만큼 사업에 투자할 여력이 높아지는 일거양득의 효과를 볼 수도 있습니다."

상구 머리 노식신은 바짝 조여들던 긴장이 풀어지자 점차 물건의 장점을 꿰뚫어 보며, 보따리를 풀어 내놓고 있었다. 회원들은 군침을 흘리면서도 반신반의하는 눈치를 보이고 있었다.

"그러고 보면 일반 투자자들도 지역과 위치를 잘만 고르면 실수요 임차인들에게 임대 수익을 챙길 수 있겠는데요?"

흰머리 윤편인은 그의 말에 공감을 느끼고서 슬쩍 거들고 나섰다.

"아… 뭐, 제 생각도 공장을 등록해 임차인에게 임대를 놓으면 괜찮을 성싶기도 합니다."

둥근 머리 맹비견은 그럴듯한 이유를 덧붙이며 참견했다.

"하하하! 그래도 되지만, 임대사업자를 추가 등록해야 하는 번거로움은 따릅니다."

상구 머리 노식신은 그 말에 히죽 웃고는 그가 모르는 부가적인 사항을 덧붙이며 고개를 가로저었다.

"아니면 반은 자신이 공장으로 쓰고, 반은 임대를 놓는 편법을 사용하는 기지도 한 방법이지 않을까요? 후후…"

둥근 머리 맹비견은 번득이는 잔머리를 굴리듯이 재치 있게 받아쳤다.

"하하하! 여우같은 곰이 쓰는 방법일 수도 있겠죠? 흐흐…"

상구 머리 노식신은 특유의 우스갯소리로 받아치면서 모두를 웃겼다.

"아유… 깜짝이야! 시벌, 놀랐잖아…? 하하하!"

둥근 머리 맹비견은 양팔을 흔들면서 화들짝 놀라는 척 받아넘겼다.

"까르르…!"

"으하하하…!"

얄궂은 익살에 이들은 너나없이 빵 터져서는 깔깔거렸다. 상구 머리 노식신은 함께 웃어 가며 잠시 기다렸다가 하려던 말을 다시 이어 갔다.

"특히, 임차인이 있는 물건을 낙찰받으면 유리합니다."

그는 아시겠느냐는 눈빛으로 모두를 보았다.

이들은 자기 긍정을 하듯 고개를 흔들며 '왜?' 하는 궁금한 눈

길로 그를 쏘아보았다. 그때 모던한 한옥경이 선뜻 나서 주절거
렸다.

"어떤 면에서 유리한가요?"

그녀는 의혹의 눈길로 주저 없이 묻고는 미소를 짓고 있었다.

"왜냐하면 임차인이 한번 들어오면 잘 나가지 않는다는 특징도
있지만, 보통 법인 업체들이라 월세는 제날짜에 또박또박 입금
되는 장점이 있습니다. 그런 이유가 공실이나 관리비용 면에서도
유리하다고 보는 겁니다. 즉 헛돈 나가는 비용들이 절약되는 셈
이죠."

상구 머리 노식신은 대답이 되었느냐는 눈웃음으로 그녀를 바
라보았다.

"호호! 정말 가만히 듣고 보니 수익성을 크게 바라지 않는다면,
적은 돈을 투자해서 짭짤한 수익을 얻을 수 있겠는데요?"

그녀는 설명을 덧붙이며 고개를 끄덕였다.

"맞습니다. 은행 이자보다 수익 면에서 높습니다. 베이비부머
세대는 매달 연금을 받는다고 생각하면 한번 낙찰을 받아 볼 만
합니다."

상구 머리 노식신은 '내 말이 맞지요?' 하듯 주위를 획 둘러보
며 회원들의 반응을 살폈다.

"지역의 위치 선택은 어디가 좋을까요?"

우아한 전원숙은 묵묵히 듣고 있다가 넌지시 입을 열었다.

"아무래도 교통편이 편리한 역세권 부근이 적격입니다."

상구 머리 노식신은 그녀를 쳐다보며 말하고, 자기 긍정에 고개를 까닥거렸다.

"그건 왜죠?"

우아한 전원숙이 단조롭게 되물어 왔다.

"왜냐하면 지식산업센터는 주차장 시설이 열악해서 상가당 1.5대로 주차시설이 매우 부족한 편입니다."

상구 머리 노식신은 인상을 찌푸려 가며 중얼대고는 어깨를 가볍게 올려 양손을 벌렸다.

"쳇! 어쩐지 잘나간다 했다. 한데… 그런 약점이 있었어?"

우아한 전원숙은 괜히 못마땅해서 씁쓸한 낯빛으로 혀를 차며 고시랑거렸다.

회원들도 조금은 상심한 표정으로 고개를 갸웃갸웃거리고 있었다.

"그래서 되도록이면 대중교통이 편리한 역세권 지역을 선택해야 합니다. 그래야 여러 가지로 유리해져 당장 임차인을 구하기도 수월합니다."

상구 머리 노식신은 그녀를 바라보며 히죽거렸다. 그녀는 고개를 끄덕이며 알았다는 얼굴로 실 웃었다.

"지식산업센터 안에 상가는 어떤가요?"

미모의 명정관은 상가투자를 의논하다가 샛길로 빠졌다는 생각에 젤 바른 선정재를 의식하고, 사람들의 관심사를 그쪽으로 돌리고 있었다.

그 물음에 상구 머리 노시신은 선뜻 손을 저으며 주절거렸다.

"한마디로 '노'입니다."

그는 대답을 하면서 상구 머리를 가로저었다.

"무슨 이유라도 있나요? 혹시 성이 노씨라서 노는 아니시겠지요? 호호!"

미모의 명정관은 의아했는지, 생전 안 하던 유머를 구사하며 익살스럽게 농담을 던졌다.

"하하하…!"

"호호호…!"

회원들은 그녀의 한마디에 빵 터졌다.

상구 머리 노식신은 당황해서 잠시 미간을 찌푸리며 황당한 표정을 보였다. 그러나 모두가 웃고 있어 뭐라 말은 못 하고, 함께 웃어 가며 다시 주절거렸다.

"왜냐하면 지식산업센터 안쪽에 자리한 상가는 공실률이 높아 주변에 배후 시설로 주거단지 등 외부 수요가 있다면 모를까…?"

그는 그렇게 말을 꺼내고는 잠시 머뭇거리다가 다시 말문을 열었다.

"아… 예. 고려할 대상에서 제외하는 것도 투자의 한 수일지 모릅니다. 후후…"

상구 머리 노식신은 회사나 공장들이 주말이나 공휴일에는 거의 비다시피 하는 상황에서 여우 같은 곰이 되는 투자는 바람직하지 않다는 생각에서 그를 말리고 있었다.

"그렇다면 지식산업센터 안에서 오피스나 공장을 낙찰을 받으려면 주의해야 할 사항은 없나요?"

우아한 전원숙은 뭔가를 하나라도 더 알고 싶어 적극적으로 파고들었다.

"글쎄요? 음, 우선 인허가 문제나 감정가에 기계 등 설치품목이 포함되어 있는지도 검토해 보시고, 그리고 혹시 별도 감정가로 분류되어 있는 것은 없는지도 세밀하게 검토한 후에 입찰가를 적절하게 고려하는 점이 매우 중요합니다."

상구 머리 노식신은 짧은 지식으로 그녀를 이해를 시키려니 등줄기에 식은땀이 흘렀다.

그는 벤처기업 등 법인으로 입찰을 받아야 세금 등 여러모로 유리하다는 사실을 모르고 있는 듯 아니 깜박 잊어버린 채 쓰윽 지나쳤다. 즉, 한마디로 국가의 정책적 혜택 등을 간과하고 있었다.

"어째서죠?"

우아한 전원숙은 밉살스럽게도 되물어 왔다.

"만약, 감정가에 기계 값이 포함되어 있다면 기계나 장비 등은 낙찰자에게 쓰레기에 불과해서 처리비용이 별도로 들기 때문입니다."

상구 머리 노식신은 낙찰가에 기계 등 장비 가격을 무시하고, 입찰에 참여하라는 말을 하려다가 생각이 꼬여 말이 엉뚱하게 튀어나왔다.

"어머…. 그럼 기계나 장비 등 공구는 사용할 수 없는 고철이라는 말인가요?"

그녀는 눈꼬리가 올라가며 '아니, 그럴 수도 있나?' 싶은 표정이었다. 회원들은 '세상에 내 입에 맞는 떡이 어디 있나 뭐…?' 하는 눈길로 이들을 쏘아보고 있었다.

"업종이 다르면 그렇다고 봐야 합니다."

상구 머리 노식신은 고개를 끄덕이며 말했다.

"헐…! 대박! 정말요?"

우아한 전원숙은 눈을 크게 뜨며 물었다.

"공장을 직영할 사람이라면 필요한 기계나 장비는 유용한 가치가 있습니다. 하지만, 업종이 다르면 고철 덩어리에 불과 합니다. 흐흐…."

상구 머리 노식신은 쩔쩔매면서도 겨우겨우 설명을 해 나갔다.

"무슨 소린지 이제야 조금 이해가 되는군요. 호호!"

우아한 전원숙은 막혔던 속이 뻥 뚫어진 눈치였다.

그제 서야 그녀는 아일롱 펌 머리를 끄덕이면서 히죽 웃었다.

"으음…. 그리고 보니 지식산업센터에 비하면 상가 투자는 역발상이 필요한 물건 같습니다."

흰머리 윤편인은 모두가 들으라는 듯이 상가 투자 쪽으로 분위기를 돌리고 있었다.

빌딩 상가 투자

가만히 듣고 있던 젤 바른 선정재가 얼른 눈치를 채고는 리포터를 한 장씩 들춰보다가 다시 이어 주절거렸다.

"예에… 그렇다고 볼 수 있는 이유가 값이 비싼 우라질 일층을 노리느니 차라리 위층이나 지하상가도 물건을 잘만 고르면 수익률이 제법 쏠쏠합니다."

어쩐 일인가? 그는 고개를 끄덕이며 자신과는 다른 투자 선택도 의외로 괜찮을 수 있다는 모순된 주장을 하고 나왔다.

그는 자신의 투자 방식보다 더 뛰어난 재테크가 세상에는 반드시 있다는 깨달음을 상구 머리 노식신을 통해서? 아니, 그것보다는 준비한 투자 방식을 설명하기 위해 지금까지 고수했던 자신의 입장을 선회하고 있었다.

"그렇습니다. 선 감사님 말이 자신의 투자 방식과는 어딘가 상반된 모순된 점이 있지만, 달리 생각하면 설득력이 있습니다."

큰 머리 문정인이 갑자기 나섰다. 그를 대변이라도 해야 될 것 같았던 모양이다. 아니 그렇게라도 해야 분위기가 어색해지지 않을 것 같았다.

그래서 알량한 배려심이 발동한 것일까? 하여튼 그에게 눈짓을 주며 자신의 생각을 연속 주절거렸다.

"왜냐하면 경쟁률이 심한 우라질 1층에 목을 매느니 차라리 지상층이나 지하상가를 낙찰받아서 창의적인 임차인에게 임대를 놓는 것도 수익률 면에서 실속을 차릴 수 있는 대안이 될 수 있다는 생각 때문입니다."

그는 지금껏 듣고만 있다가 모처럼 입을 열었다. 돈 사랑 회원들은 그의 설명이 근거 없는 내용이 아니라는 사실을 잘 알고 있기에 묵묵히 듣고 있었다.

"굿 아이디어 같네요…. 호호!"

미모의 명정관은 가재는 게 편이라고 젤 바른 선정재를 추켜세우는 소리에 귀가 번쩍 뜨여서는, 해맑게 웃으며 그에게 엄지 척을 해 보였다.

"하긴 조사한 바에 의하면 요즘 상가들도 대형화로 가는 추세이긴 합니다."

젤 바른 선정재는 자못 심각한 표정으로 시대 흐름을 들먹였다.

"주로 어느 업종인가요?"

미모의 명정관은 그를 쳐다보며 살갑게 물었다.

"음…. 대표적인 상가라면 거시적으로는 테마파크요, 미시적 상가는 스포츠 당구장, 실내 스크린을 이용한 야구장이나 골프장, 전자게임방, 성인오락실, 전자탁구장, 요즘 핫한 피시토랑 등이 있습니다."

그는 미모의 명정관의 물음에 꿀 떨어지는 다정한 눈길로 시원스럽고 명랑하게 대답을 해 주었다.

"헐…! 대박! 그런 거야?"

짱구머리 나겁재는 나지막이 소리쳤다.

"아… 참! 예술 작품, 학술적인 논문이나 회의 따위에서 중심이 되는 테마 공원 그리고 실내수영장과 독서실 등 다양한 테마 상가로 스토리가 살아 있는 공간으로 꾸며지고 있습니다."

젤 바른 선정재는 요즘 유행하는 업종들을 덧붙여 예를 들었다.

큰 머리 문정인은 그의 입장에서 맞장구를 쳐 주고는 가만히 듣고 있다가 외람되게도 건물에 대해 물어 왔다.

"3층 이상은 어떻습니까?"

큰 머리 문정인은 평소 학원 등에 관심을 가지고 있어서 그랬는지는 몰라도 듣기에 따라서는 모순에 가까웠다.

"글쎄요?"

그는 어색하기가 그지없는 표정으로 대답을 하고서 고개를 갸웃거리고 있었다.

"하긴 요즘 대기업 프랜차이즈 식당들도 더 넓고 안락하게 사용하기 위한 비대면 전략에 하나로 대형화를 선호하면서 높은 층도 마다하지 않는 추세고 보면 수익률이 나쁘지 않다고 봅니다."

젤 바른 선정재는 조사한 자료를 찾아서 읽어 주고는 자기 긍정에 머리를 끄덕였다.

"아니… 제 생각은 학원은 어떨까 싶어서 묻습니다."

큰 머리 문정인은 그의 답변이 자신의 생각을 벗어나자 직접 제안을 하며 넌지시 의견을 내놓았다.

"학원이라면 차라리 쇠퇴기에 접어든 유흥가 거리에 나온 상가를 낙찰받는 것도 괜찮을 성싶은데 본인은 어떻게 생각을 하십니까?"

젤 바른 선정재는 자신이 분석한 자료를 일일이 들춰 가며 하나씩 짚어 갔다. 그의 도발적인 발언에 회원들은 '아니, 뭔 개소리야?' 하는 눈길로 그를 쏘아보고 있었다.

"헐…! 대박! 아니, 유흥상가를 낙찰받아서 학원을 차린다고요? 하하하! 지나가는 개가 다 웃을 일 아닌가요?"

짱구머리 나겹재는 이죽거리며 비웃고는 부정적인 반응을 보였다.

"내 말이… 선 감사님이 웃자고 하는 소리는 아닐 테고, 어디 그 이유나 한번 들어 봅시다."

둥근 머리 맹비견은 공감을 해 주는 척 비아냥거리며 한편으로 의아심을 드러냈다.

"여러분도 아시다시피 부동산은 흐름이 중요하지 않습니까?"

젤 바른 선정재는 두 사람을 쏘아보며 '쥐뿔도 모르면서 가만 듣고나 있지…. 젠장! 나대기는….' 하고 눈길을 돌렸다.

"그거야 완전 당연하죠."

둥근 머리 맹비견은 밉살맞게 들이대며 빈정거렸다.

"성숙기가 끝나고 저물어 가는 지역 상권은 쇠퇴기로 접어들면서 보통 한물간 유흥상권들이 그 자리에 들어옵니다."

젤 바른 선정재는 달달한 눈길을 주고받으며 미모의 명정관을 향해 설명을 늘어놓고 있었다.

질문했던 큰 머리 문정인은 유독 관심을 드러내면서 그를 주시하고 있었다. 그러나 사무실은 잦은 핸드폰 알람 소리에 회의 분의기가 자주 흐트러지곤 했었다.

"어째서죠?"

도회적인 안혜숙은 걸려온 통화가 끝나기 무섭게 두 사람의 눈길을 차단하며 슬쩍 끼어들었다.

그는 미간을 살짝 찌푸리며 그녀를 보면서 이렇게 주절거렸다.

"음…. 왜냐하면 일반 상인들이 외면하는 지역이라 임대료가 저렴하기 때문입니다. 따라서 비인기 물건으로 투자자들로부터 외면을 당하는 물건이기도 해서 손쉽게 낙찰을 받는다는 것과 이후에 리모델링 등 아이디어만 잘 구사하면 남다른 수익을 창출하는 기회를 잡을 수도 있기 때문입니다."

젤 바른 선정재는 그녀의 물음에 가려운 곳을 긁어 주듯 시원스럽게 답변하며, 하려던 나머지 말을 계속 이어 갔다.

"그러다가 주변에 개발이 시자되면 한물간 유흥상권은 전차 사라지고 업무시설 등이 들어섭니다."

젤 바른 선정재의 주장은 학원 등이 들어서면 지역 상권이 점차 변화가 찾아든다는 것이었다.

"어머… 그렇구나?"

미모의 명정관은 혼잣말로 속살거리며 손가락을 부지런히 놀렸다.

"내가 그동안 지켜봐도 보통 그런 절차를 밟긴 하더라고요. 흐흐…."

짱구머리 나겁재는 벌써 알고 있었다는 표정으로 한마디 거들고는 히죽거렸다.

젤 바른 선정재는 그의 주절대는 꼬락서니가 눈꼴사나워 싸늘한 눈꼬리가 귀에 걸렸다. 그러고는 '저 우라질 자식은 개뿔도 모르면서 나대기는…. 쯧쯧!' 하는 눈길로 그를 노려보았다.

그는 어이가 없고 기가 막힌 표정으로 잠시 냉소를 보이다가 눈을 한번 흘겨 주고는 다시 주절거렸다.

"이러한 패턴은 저보다 여러분이 더 많이 알고 있지 않습니까?"

젤 바른 선정재는 영리하게도 모두를 끌어들여 넌지시 추켜세웠다.

"음…. 틀린 말은 아니지, 으흠…."

속 알머리 봉상관은 끄덕이며 수긍하는 눈치를 보였다.

"제가 이 말씀을 드리는 취지는 낙후된 유흥상권 주변에 물건을 낙찰을 받아서는 학원과 관련된 업종에 임대를 놓게 되면, 그 주변 상권들이 생기가 돌 수 있다는 추측, 아니 저의 생각입니다. 참고로 뒷골목이라도 입지가 좋은 지역은 특성을 잘 살리고 시대 환경에 적절한 업종을 입점시키면 수익을 얻는 데는 보다 효율적이라는 점입니다."

젤 바른 선정재는 지역 상권을 살리는 데는 혁신적인 역발상, 즉 새로운 패러다임이 필요하다는 말을 어렵게 하고 있었다.

그는 배후 지역 환경이 충분히 받쳐 줄 수 있는 곳인지? 아닌지를 살펴보라는 내용을 깜박 잊고 말을 하지 않았다.

"미래를 내다보고 투자를 하는 입장에서는 상당한 메리트가 있는 투자이긴 하지만, 우리 입장에서 효율성이 떨어지지 않을까요? 뭐… 건설적인 제안이긴 합니다."

큰 머리 문정인은 고개를 가로저으며 순간 어두운 표정을 짓고 있었다.

"두 분 말에 일장일단이 있긴 합니다. 하지만, 업종에 대한 이해가 없으면 엄두가 나지 않는 물건이긴 합니다."

흰머리 윤편인은 슬그머니 끼어들어 부정적인 쪽으로 조심스럽게 말했다.

"어머… 세상에. 그렇구나?"

우아한 전원숙은 혼잣말로 웅얼거리고 있었다.

"그러나 투자자 입장에서 내재가치나 미래가치가 있는 물건이라면 충분히 고려해 볼 수 있는 대상이긴 합니다."

흰머리 윤편인은 긍정적인 면에서도 슬쩍 한마디를 거들며 분위기를 띄웠다.

"그럼요, 틀린 말은 아니죠."

도회적인 안혜숙이 웃음을 보이며 거들고 나섰다.

"에잇…. 돈을 버는 데 어디 요령만 가지고 됩니까?"

회원들은 마땅찮다는 표정을 지으며 구시렁거렸다.

"암만요, 운도 돈도 따라야 되겠지만, 그보다 짱구를 잘 굴려야 한몫 잡는다 이 말씀입니다. 히히!"

둥근 머리 맹비견은 누구 들어 보라는 듯이 넉살을 떨었다. 그러자 젤 바른 선정재가 그를 비웃듯이 냉소를 보이며 주절거렸다.

"후후, 앞으로의 세상은 부동산 학습 없이 계산기만 두드려서 돈을 불리는 불로소득 시대는 저물었다고, 저는 봅니다."

"…."

"한마디로 잔머리 굴려 돈 버는 시절도 끝났다 이 말입니다."

그는 둥근 머리 맹비견의 객쩍은 소리에 빈정거리며 한마디 하고는 피식 웃고 말았다.

젤 바른 선정재는 투자만 해 놓으면 승승장구하던 눈먼 개발시대의 마침표를 찍듯이 미래 부동산 시장은 인공지능이 스스로 빅데이터(디지털 환경에서 생성되는 데이터로 그 규모가 방대하고, 생성 주기도 짧고, 형태도 수치 데이터뿐 아니라 문자와 영상 데이터를 포함하는 대규모 데이터)를 이용해 딥러닝(사물이나 데이터를 군집화하거나 분류

하는 데 사용하는 기술)을 한다면서 이렇게 주절거렸다.

'5, 6G 정보통신기술 및 사물인터넷과 융·복합되어 생동하는 스마트 도시건축 시대를 맞이하고 있다.'라고 말이다. 더불어 우리는 광대역 디지털 도시 속에서 콤팩트 도시를 지향하듯 내 손안에서 사물인터넷 및 가상현실과 증강현실을 실현시켜 부동산 시장을 실시간 들여다보며 살아간다고도 말했다. 그는 마지막에 스마트한 투자 정보시대를 맞이해 우리가 살아남는 당면 과제는 평생 교육뿐이라며, 배워야 산다고 강조했다.

"내 말이…. '운칠기삼運七技三도 준비된 사람에게 어울리는 말입니다."

그의 따끔한 충고에 흰머리 윤편인은 전혀 엉뚱한 약 2,000년 전부터 빅데이터로 축적된 음양오행을 들먹이며 중얼거렸다.

"그럼요, 이제는 부동산도 전문 학습과 과학기술을 융·복합 시켜 딥러닝 하지 않으면 제4차 산업혁명시대에서 생존하기 힘든 세상이라고 봅니다."

큰 머리 문정인은 생글거리며 평소에 자신의 주장을 보강하듯 그의 말을 받아 중얼대고는 모두를 둘러보며 다시 주절거렸다.

"상가 투자로 돈을 벌고 싶으면 시장의 흐름도 중요하지만 업종을 이해할 수 있는 학습이 필수입니다."

그의 말에 회원들은 입을 삐죽 내밀고는 고까워하듯 샐쭉거리고 있었다.

"헐…! 또 공부하라고. 미쳤나 봐…. 이 나이에 돈을 안 벌고 말지."

이국적인 조다혜는 입속말로 속살거리며 입을 한 다발 내밀었다.

"맞아요, 임차인과 업종 그리고 진화하는 시장의 흐름 등을 모르고는 수익을 얻기가 힘든 시대에 살고 있다고 보면 맞습니다."

젤 바른 선정재는 슬쩍 눙치며 끼어들었다.

"그래서 우리가 이렇게 하고 있잖아요? 호호!"

도회적인 안혜숙은 조잘거리듯 싱거운 농담을 내뱉고는 히죽 웃었다. 그러자 짱구머리 나겁재는 몸짓 개그를 해 보이며 "이렇게 말이죠?" 하고는 하체를 두어 번 흔들었다.

"하하하…!"

"까르르…!"

두 사람의 말과 몸짓에 회원들은 갑자기 빵 터졌다.

"거, 이상한 상상들 하지 마세요. 크크!"

흰머리 윤편인은 야릇한 미소를 보이며 말했다. 젤 바른 선정재는 이들을 아랑곳하지 않은 채 다시 입을 놀리기 시작했다.

"유흥상권 말고도 근린상가 주변에 세대수가 큰 아파트 단지가 있다면 3층 이상도 투자가치는 높은 편입니다."

젤 바른 선정재는 회원들의 웃음소리가 수그러들자, 새로운 투자처를 끄집어내어 말했다.

"어머, 정말…?"

여성 회원들은 입을 모아 한목소리를 내듯 탄성을 질렀다.

"특히 학원이라면 수익률이 괜찮은 편에 속합니다. 흐흐…."

그는 미모의 명정관을 바라보며 실실 웃었다.

"그래요? 근거 있는 얘기입니까?"

큰 머리 문정인은 자신이 듣고 싶었던 말이 나오자 반갑게 반응을 보였다.

다른 일부 회원들은 의혹의 찬 눈초리로 그를 쏘아보며 떨떠름한 태도로 있었다.

"완전 당근이죠. 음… 제가 조사한 바에 의하면 단지 내 근린상가 학원은 특성상 배우는 학생들의 변동이 그리 심하지 않은편이었습니다."

젤 바른 선정재는 말을 해 놓고 가볍게 어깨를 올렸다.

"헐…! 대박! 정말… 그런 거야?"

흰머리 윤편인은 혼잣말로 중얼중얼거렸다.

"상대적으로 임대수익도 안정적이라 볼 수 있습니다."

그는 눈동자를 굴려 가며 젤 바른 머리를 주억거렸다.

회원들은 '설마… 그런 물건이 경매로 나오겠어?' 하는 의심에 찬 눈빛으로 그를 쏘아보았다.

"그러면 매각하기도 쉽겠네요?"

미모의 명정관은 달달한 목소리로 묻고는 그를 올려다보았다.

"예에… 맞습니다. 매수인 찾기가 그만큼 유리한 부동산입니다. 후후…"

젤 바른 선정재는 자상한 눈빛으로 그녀를 마주 대하며 말했다. 그녀는 상했던 마음이 조금은 누그러져 타이핑을 치면서도 그의 말을 받아 주고 있었다.

"그렇다 치고요, 지하상가는 수익률 면에서 어떻습니까?"

그의 시선을 가로채듯 새치 머리 안편관이 불쑥 끼어들었다. 그는 이국적인 조다혜와 쉴 새 없이 속닥거리다 그녀가 걸려온 핸드폰을 받자, 그 틈을 이용해 질문을 던졌다.

"조사한 바에 의하면 지하상가는 선별적으로 골라서 낙찰을 받아야 수익을 낼 수 있었습니다."

젤 바른 선정재는 눈길을 돌려 새치 머리 안편관 쪽을 쏘아보며 말했다.

"아… 그래요. 선별적이라면…?"

새치 머리 안편관은 미간을 약간 찌푸리며 되물었다.

"음…. 지하상가를 생각하신다면, 우선 주변에 수요는 많은데 공급이 없는 업종을 선택하셔야 수익을 낼 수 있습니다."

그는 질문이 애매했던지 떨떠름한 미소를 지으며 말했다. 새치 머리 안편관은 '그거야 누가 모릅니까?' 하는 눈빛으로 재차 물어 왔다.

"좀 구체적이고 현실적인 대안은 없을까요?"

그는 신뢰를 못 하겠다는 듯이 냉소적인 얼굴을 보여 가며 물었다. 일부 회원들은 두 사람 대화가 생소해서 궁금한 얼굴로 그들을 빤히 쳐다보며 듣고 있었다.

"음…. 인테리어 비용으로 거액을 사용한 상가 즉 권리금이 비싸서 임차인이 포기할 수 없는 상가라면 낙찰을 받아도 매각 시까지는 안정적인 수익도 챙기면서 위험도 낮출 수 있다고 봅니다."

젤 바른 선정재는 엷은 미소를 보여 가며 설명을 계속 이어 갔다.

"아니면 시대 흐름을 읽고 유행할 수 있는 업종을 시설해서 직영할 매수인 또는 임차인을 확보할 수 있는 상권이라면 한번 낙찰을 받아 볼 만할 겁니다."

젤 바른 선정재는 회원들을 둘러보다 애매한 미소로 새치 머리 안편관을 쳐다보았다.

"대개 어느 종류의 업종들이 있습니까?"

그는 알고 싶어 했던 궁금증이 풀리자 씽긋 웃어 가며 재차 물어 왔다.

이국적인 조다혜는 통화가 끝나자 자연스럽게 두 사람을 향해 눈길을 돌렸다.

핸드폰을 받느라 이들의 대화를 잘 듣지 못한 그녀는 '무슨 소리들을 하고 있나?' 싶어 귀를 쫑긋 세우고 두 사람을 주시하고 있었다.

"상권에 따라 다르기는 하지만, 대체적으로 비대면을 염두에 둔 아이티 관련 운동시설을 많이 운영하는 편입니다."

그는 구두 앞발을 비벼 가며 말을 이어 갔다.

"경매 나온 대중사우나 등을 낙찰받아서 어린이 강습 실내 수

영장으로 리모델링하거나, 아니면 레전드 카페나 실내 낚시터, 그리고 실내 스크린 골프장이나 야구장 또는 퓨전 게임방 등을 고려해 보는 것도 수익을 내는 한 가지 방법입니다."

그는 새치 머리 안편관을 바라보며 '이제 감이 좀 오냐? 이 우라질 자식아!' 하는 눈빛으로 그를 쳐다보고 있었다.

"호호! 그 말이 설득력이 있는 것 같아요, 요즘 우리 동네도 비슷한 업종들이 신장개업 광고지를 뻔질나게 돌리는 것을 자주 목격했어요."

모던한 한옥경은 밝게 웃으며 끼어들었다.

"아니면, 자신이 직접 운영을 할 수도 있지 않습니까?"

상구 머리 노식신은 그와 다른 방향을 제시했다.

"하긴, 요즘은 프랜차이즈 도움을 받아서 직원 없이도 자동 시스템으로 운영하는 업체가 대세라고 합니다."

젤 바른 선정재는 어디선가 읽었던 시대 흐름을 끄집어냈다. 즉 인공 로봇이 손님을 접대하는 시설을 말하고 있었다.

"헐…! 대박!"

짱구머리 나겁재가 소리쳤다.

"어머, 정말?"

여성 회원들은 너나없이 한마디씩 조잘거렸다.

"혼자만 아는 뉴스인가…."

둥근 머리 맹비견은 멍한 표정으로 고개를 갸웃거렸다.

"자고 일어나면 진화하는 세상인데 상가라고 다르겠습니까?"

흰머리 윤편인은 반사적으로 대꾸하며 자신의 평소 생각을 계속 이어 주절거렸다.

"상점 운영도 직원을 고용하던 시대에서 자동 로봇이나 오토 시스템으로 전환하는 인공 지능 시대라는 현실을 모두 아는 사실이잖아요?"

그는 아는 척 까발리며 회원들의 눈치를 살폈다.

남성 회원들 몇몇은 긍정을 하듯이 고개를 끄덕거리고 있었다.

"하여튼, 상가든 뭐든 모르면 두렵습니다."

큰 머리 문정인은 그를 쳐다보며 독백하듯 말했다.

"그렇죠, 두말하면 잔소리, 세말하면 개소리라 할 겁니다. 아마…?"

흰머리 윤편인은 그의 말에 얄궂은 표정을 보이며 대꾸했다. 그의 말을 들은 회원들은 주둥이를 댓닭처럼 내밀며 고시랑거렸다.

"우리가 모여서 이렇게 새로운 정보를 공유하거나 부동산 지식을 학습하면 장차 수익률은 그만큼 높아지는 반면 위험률은 낮아진다는 사실을 모두가 공감하고 있지 않습니까?"

젤 바른 선정재는 모두를 둘러보며 눈동자를 희번덕거렸다. 그의 말에 짱구머리 나겁재는 '어쭈구리…. 하여튼 지 잘난 맛에 사는 놈이야, 에이 재수 대가리 젠장!' 하고는 눈총을 쏘아 대고 있었다.

"완전 당연하죠, 세상은 아는 만큼 보이잖습니까? 흐흐…"

흰머리 윤편인은 그를 비웃듯 히죽 웃었다.

"맞습니다. 모르는데 돈 되는 꿀 정보가 무슨 소용 있겠습니까?"

젤 바른 선정재는 왠지 비위가 상했다. 하지만, 부정하지는 않았다.

"빙고! 당연하죠."

새치 머리 안편관이 그를 보며 한마디 거들고 나섰다.

"암만, 모르면 돼지 목에 진주 목걸이요, 돼지 족발에 다이아 반지죠. 허허허!"

속 알머리 봉상관은 넉살을 떨며 너털웃음을 터트렸다. 이들은 하나둘씩 따라 웃기 시작했다.

"까르르…!"

"으하하하…!"

이들은 사무실이 떠나가도록 한바탕 웃었다. 사무실은 잠시 떠들썩하게 소란스럽다가 점차 가라앉고 있었다.

신도시 상가

그때 흰머리 윤편인이 그를 향해 주절거렸다.

"신도시 상가 물건은 무엇을 고려해 분석했습니까?"

그의 표정은 어딘지 모르게 진지해 보였다.

흰머리 윤편인은 프린트 내용을 수시로 확인하며 젤 바른 선정재를 올려다보고 물었다.

"아… 예, 다른 부동산과 별반 다를 것은 없습니다.

여러분이 보시고 있는 내용을 그대로 분석을 했습니다."

그는 흰머리 윤편인을 가만히 쏘아보며 말했다.

"여기 내용을 읽어 보니 그런 것 같네요."

도회적인 안혜숙은 프린트를 살펴 가며 혼자 중얼거렸다.

"보고서를 검토해 보시면 아시겠지만, 지역, 입지, 업종, 수익률

등 다른 게 있다면, 상가의 평수 정도입니다."

젤 바른 선정재는 달관한 전문 강의를 하듯 나불거렸다.

그러자 흰머리 윤편인이 불쑥 나서 주절거렸다.

"제가 듣기로는 신도시 상가의 경우 분양 초기에는 가격이 비싸다가 점차 가격이 떨어진다고 들었는데, 그 원인은 어디에 있다고 보십니까?"

그는 미소를 보이며 그를 향해 눈길을 주었다. 우아한 전원숙은 새로운 내용이 솔깃해서 귀를 기울여 가며 이들의 모습을 쫓고 있었다.

"글쎄요?"

젤 바른 선정재는 고개를 갸웃거렸다.

"저는 분양 초기에는 분양 마케팅(시장 조사·상품 계획·선전·판매 촉진)과 투기수효에 의해 높은 분양가와 프리미엄이 형성된다고 봅니다."

젤 바른 선정재는 말을 해 놓고 모두를 둘러보았다.

"그럼 갈수록 낮아지는 원인은 어디에서 찾을 수 있습니까?"

둥근 머리 맹비견이 히죽 웃으며 끼어들었다.

그는 잠시 생각을 하는 듯 멈칫하다가 이내 물음에 답을 주고자 주절거렸다.

"음…. 첫째는 시행사의 개발 경쟁으로 수효에 비해 공급이 증가하는 이유를 들 수 있습니다."

그는 둥근 머리 맹비견을 슬쩍 보았다. 그가 메모를 하고 있자 그는 다시 말을 이어 갔다.

"둘째는 신규 공급된 상가는 초기에 상권 형성이 늦어져 쉽게 임차인을 채울 수 없다는 것이 문제점입니다."

젤 바른 선정재는 호흡을 고르며 머뭇거렸다. 그리고는 그를 보며 잘 이해하시겠느냐는 눈짓을 하고서 다시 말을 이어 갔다.

"셋째는 상가 공실률이 증가하면서 그나마 형성된 상권마저 무너지고, 설상가상으로 분양받은 가격까지 하락하는 이중고를 겪게 되는 겁니다."

그는 어두운 표정으로 말을 이어 갔다.

"넷째는 수익률은 제로인데 관리비와 대출이자는 눈 덩어리 굴러가듯 불어난다는 겁니다."

젤 바른 선정재는 얼른 헛바닥을 빼물고는 다시 집어넣었다.

"헐…! 대박!"

둥근 머리 맹비견은 안타까워 미치겠다는 듯이 탄성을 질렀다.

"아이…고! 구구절절이 옳은 소리네 뭐…"

이국적인 조다혜는 혼잣말로 종알거렸다.

"젠장! 가만히 듣고 보니 틀린 말은 아니네 뭐…"

삼각 머리 조편재가 미간을 구긴 채 중얼거렸다.

"내 말이…. 내가 미쳤어 정말!"

짱구머리 나겁재는 지난날 손해가 떠올라 신경질적으로 고시랑거렸다.

대부분의 회원들이 동요를 일으키며 술렁거렸다.

"이런 문제를 감당할 수 없는 소유주나 특히 대박 나는 상가라는 뜬소문에 혹해서 여기저기서 빚을 끌어다가 대출로 구입한 구매자는 이자 감당이 힘들어지면서 서둘러 분양받은 상가를 매매 시장에 급매로 내놓는 겁니다. 거리나 전봇대에 붙은 급매 상가 등도 그런 부류라고 보아도 결코 틀린 말이 아닐 겁니다."

젤 바른 선정재는 마케팅 유혹에 걸려들어 분양받은 투자자들 중에 채무를 잔뜩 안고 사들인 깡통 상가 소유주가 자기 딴에는 무척 안타까워 중언부언 지껄이고 있었다.

"제길! 나라도 팔겠다."

새치 머리 안편관이 덩달아 구시렁거렸다.

"어머! 세상에 그렇구나."

이국적인 조다혜는 놀란 표정으로 속살거렸다.

"현실이 이렇게 삭막한데 상권이 공실로 죽은 상가에 정신 나간 미친놈이 아닌 다음에야 매수자가 나타나겠습니까?"

젤 바른 선정재는 자신의 일처럼 한숨을 토해 내며 말했다. 회원들은 수긍을 하는 사람과 다른 생각을 하는 사람들이 각자의 표정을 보이며 고개를 끄덕거리고 있었다.

"마지막으로 대출이자 늪에 빠진 상가는 결국 채권자 손에 넘어가 법원 등 공개 입찰로 총살을 당하는 겁니다. 즉 매각 절차 과정을 밟는 것이죠."

그는 조금 전까지만 해도 걱정이 한가득하던 낯빛은 눈 녹듯 사라지고 없었다.

어느새 탐욕의 눈빛만 반짝거리며 경매 꾼이 되어 떠벌리고 있었다.

"우라질…! 신도시 상가는 흐름을 읽지 못하면 손실을 털어 내는 일조차 힘든 투자로군요?"

둥근 머리 맹비견은 자신의 일처럼 인상을 찌푸리며 구시렁거렸다.

"그래서 신도시 상가는 등기사항전부증명서를 필수적으로 검토해야 합니다. 그리고 소유주가 될수록 많이 바뀐 상가를 눈여겨보라는 겁니다. 물론 예외적인 상가도 있겠지만 말입니다."

젤 바른 선정재는 전문가 못지않은 달관한 식견을 뽐내며 어깨 뽕을 살짝 올려 주억거렸다.

회원들은 이미 다 알고 있다는 표정을 짓고서 '아! 그 정도야 기본이지… 우라질 자식아!' 하는 눈총을 쏘아 대고 있었다. 그러나 누구 하나 나서지 않았다.

그는 계속해서 주절거렸다.

"왜냐하면 등기사항전부증명서(등기부 등본)를 분석해 보면 상가 소유주가 대출은 어디서 얼마나 끌어다 구입했으며, 또는 어떻게 얼마에 매입매도를 했는지? 그리고 언제 건물이 준공되어 몇 번 손바꿈을 했는지까지, 상가 이력 등에 대해서 상세하게 파악해 낼 수 있기 때문입니다."

젤 바른 선정재는 '내가 한 말을 이해들은 하는 거야?' 하는 돼먹지 못한 눈망울로 모두를 얕잡아 보듯 쏘아보았다.

"헐…! 대박! 그런 거야?"

짱구머리 나겁재는 새삼스럽다는 낯빛을 보이며 거기까지는 생각을 못 해 본 듯 탄성을 내뱉었다.

"어머머… 정말?"

일부 여성 회원들도 미처 거기까지 생각을 하지 못했다가 그의 설명을 듣고 새삼스럽다며 탄성을 질렀다.

몇몇 회원들은 '그걸 누가 모르나?' 하는 눈빛으로 그를 쏘아보고 있었다. 반응이 신통치 않다는 것을 눈치 챈 그가 좀 난감했던 모양이다.

잠시 호흡을 고르며 머뭇거렸다. 그때 무리 중에 한 사람이 고개를 들고서 질문을 던졌다.

"그럼 신도시 상가는 투자하기에 언제쯤이 알맞은 시기입니까?"

회장 속 알머리 봉상관이었다. 그는 모두를 대신하듯 물었다.

"글쎄요…?"

젤 바른 선정재는 뭔가를 생각하는 표정으로 고개를 갸웃갸웃거리다 이내 답변을 늘어놓기 시작했다.

"지역마다 상권마다 조금씩 다르겠지만, 대체적으로 소유주가 서너 번 정도 바뀐 곳, 즉 주변에 상권이 안정되고 유동 인구가 점차 증가되는 회전된 상가를 낙찰받아야 그나마 안전하다고 저는 봅니다."

젤 바른 선정재는 말끝에 버릇처럼 고개를 끄덕거렸다.

그리고 자신의 설명을 스스로 긍정하듯 눈을 끔적였다.

"어머나! 대박…! 어째서 그렇죠?"

미모의 명정관은 이미 경험을 가지고 있으면서도 아무것도 모르는 척 자못 심각한 표정으로 물었다. 다른 여성 회원들은 가시 눈총으로 그녀를 흘겨보고 있었다.

"이유야 일일이 끄집어내기가 한 많은 미아리 고개이지만, 흐흐…. 한마디로 요약해서 그런 식으로 접근해야 낭패를 보더라도 손실을 최소 범위로 줄일 수 있습니다.

그 반면 잘 풀리면 수익도 더 챙길 수 있다고 봅니다. 흐흐…."

젤 바른 선정재는 말을 하면서도 연신 히죽거렸다.

그녀의 반응에 대한 예의였다. 여성 회원들은 그의 웃음이 자신들을 향한 메시지로 착각을 하면서 덩달아 실실 따라 웃었다.

"꼭 그렇지만은 않던데…?"

속 알머리 봉상관은 대놓고 말은 못 한 채 갸웃갸웃거리며 혼잣말로 읊조렸다.

"그러나 되도록 주변에 개발될 토지가 조성될 수 있는 지역이나 상가 공급이 가능한 지역은 되도록 피하는 것이 상책입니다."

그는 속 알머리 봉상관의 생각을 읽기나 한 것처럼 그를 빤히 주시하며 말했다.

"왜 그래야 하는지를 물어도 되겠습니까?"

속 알머리 봉상관은 익아한 눈으로 되물어 왔다.

"좀 전에 설명한 내용처럼 상가는 흐름이 중요하지 않습니까?"

그는 눈에 힘을 주어 말했다.

"하긴, 뭐… 그렇기는 합니다."

속 알머리 봉상관은 그를 빠히 쳐다보며 고개를 끄덕거렸다.

"메말라 죽은 대지 위에 비가 내리면 새로운 새싹들이 돋아나 듯이 상권도 배후 세대수가 증가하면 죽었던 상권도 살아나고, 상가 공실은 자연스럽게 감소하면서 더불어 지역상권도 살아나 기 때문입니다."

젤 바른 선정재는 말을 하고는 '영감태기 이제는 뭔 말인지 감을 좀 잡겠습니까?' 하며 눈길을 주었다.

"그렇지, 세상은 늘 변하는 거니까…?"

이국적인 조다혜는 혼잣말을 속살거렸다.

"그러나 문제는 상가 영업이 활성화되면서 상권이 살아나면 그 동안 주저하던 시행사(건설 회사)들이 잠정적으로 중단했던 상가 공급을 발 빠르게 재개한다는 겁니다."

그는 안타깝다는 듯이 인상을 잔뜩 구긴 채 담담하게 말했다.

"어머… 미쳤어! 다 같이 자폭하자는 건가요…?"

도회적인 안혜숙은 순간 흥분해서 구시렁거렸다.

삼각 머리 조편재가 그 모습을 훔치며 빙그레 웃고 있었다.

"내 말이…."

모던한 한옥경은 맞장구를 치며 미간을 약간 찡그린 채 종알거렸다.

"쳇! 다 함께 공멸하자는 거야, 뭐야? 우라질 자식들…"

상구 머리 노식신이 구시렁거렸다.

"그러면 이런저런 상황들이 전개되면서 다시 공실은 증가하고, 상권은 점점 활력을 잃고 죽어 갑니다."

"…"

회원들은 당연하다는 눈길로 끄덕거렸다.

"헐…! 웃긴 자식들이네… 남이야 죽든 말든 자기들 실속만 차리면 된다. 뭐 이건가…?"

짱구머리 나겁재는 기가 막히고 코가 막혀 어이가 없다며 구시렁거렸다.

"그래서 시행사가 상가 공급을 할 수 없는 지역, 즉 토지 개발이나, 상가건축이 차단된 지역을 낙찰받아야, 그나마 생존하는 데 유리하다고 강조하는 겁니다."

젤 바른 선정재는 긴 설명을 늘어놓은 탓으로 물컵을 집어 들고는 단숨에 들이켰다.

"상가는 이미 기존상권이 자리 잡은 지역을 중점적으로 공략하는 방법도 핵심 포인트 중 하나라고 볼 수 있겠네요?"

듣고만 있던 미모의 명정관이 슬쩍 물었다.

"그렇게 접근하시면 수익률을 높이는 데 한층 효율적인 효과를 볼 수 있을 겁니다."

그는 피식 웃으며 대꾸해 주었다. 속 알머리 봉상관은 인상을 잔뜩 찌푸린 채 두 사람을 째려보고 있었다.

"그럼 알짜 상가 건물을 고르는 기본 상식이나 절세에 대해서도 분석을 하셨습니까?"

큰 머리 문정인은 두 사람의 대화는 아랑곳없다는 듯이 느물스럽게 물었다.

"예…. 나누어 준 용지 뒷면에 대충 설명을 했습니다만, 제가 보충 설명을 할 테니, 궁금한 사항이나 의심나는 점이 있으면 질문해 주세요?"

그는 젤 바른 머리를 끄덕이며 미소를 짓고 말했다.

"여기 분석한 물건을 살펴보면 제 기준 상식하고는 조금 달라서 질문을 드립니다."

속 알머리 봉상관은 이마에 굵은 주름을 오므렸다 펴면서 물었다.

"예…. 봉 회장님, 계속 말씀해 보세요."

젤 바른 선정재는 가만히 손짓을 해 보이며 말했다.

"1층은 36.3~62.7제곱미터(11~19평)가 적당하다고 했습니다."

속 알머리 봉상관은 그의 눈을 마주 보며 물었다.

"어머… 그러네. 그게 뭐 어째서…?"

미모의 명정관은 프린트 종이와 그를 번갈아 쳐다보면서 혼잣말로 읊조렸다.

"그리고 2층은 85.8~102.3제곱미터(26~31평)가 적당하다고 기재해 놓았습니다."

그는 보고서를 손에 들고 지적한 내용을 꼭 짚어 가리켰다.

"아니, 그게 뭐 어쨌다는 거야?"

젤 바른 선정재는 짜증스러운 표정으로 속살거렸다. "마지막 3층의 경우는 128.7~165제곱미터(39~50평)라고 하셨는데, 그렇게 보는 이유라도 있습니까?"

속 알머리 봉상관은 캐묻듯 말하며 그를 쏘아보았다. 몇몇 회원들은 '그게 뭐 어때서?' 하는 눈길로 이들을 번갈아 주시하고 있었다.

"아… 평수요? 그건 사람마다 보는 기준은 다 제각각이지만, 제 생각은 1층의 경우 접근성이 용이해 단위당 가격이 높다고 봤기 때문입니다."

젤 바른 선정재는 미간을 찌푸리며 언짢은 안색으로 말했다.

속 알머리 봉상관이 따지고 든 것은 대부분 사람들이 기억하는 상가 넓이도 일반적인 건축 설계 표준 사이즈가 정해져 있다는 생각에서였다.

그러나 그가 기재한 제곱미터는 상가의 평수가 규격이 없는 마구잡이식처럼 자신만의 정의를 내렸기 때문이었다.

"헐…! 대박! 그런 거야?"

둥근 머리 맹비견은 그의 말에 뭔가 아는 듯 탄식하며 소리를 내었다.

"반면 2층은 접근성이 1층보다 떨어져 출입에 어려움이 따르는 만큼 내부 공간이 넓고 쾌적해야 고객을 확보하는 데 유리하다고 보았습니다."

젤 바른 선정재는 '이 영감태기가 내가 뭔 소리를 하는 건지 알 아나 먹고 태클을 거는 거야? 젠장!' 하는 눈빛으로 그를 싸늘하게 쏘아보았다.

"어머… 다 그런 이유가 있었구나?"

여성 회원들은 서로를 쳐다보며 중얼거렸다.

"그러므로 고층으로 올라갈수록 점포 평수를 넓게 산정해야 고객에게 편안함과 안정감을 줄 수 있다고, 저는 생각하는 편입니다."

젤 바른 선정재는 말을 끝내고 봉상관을 슬쩍 건네다 보며 '영감탱이 또 뭘 원해…?' 하는 눈빛으로 그를 쏘아보고 있었다.

"하긴 1층의 경우 전면이 넓으면 가시성이 좋아 광고 효과도 뛰어난 편이고, 고객 끌기에도 2층보다는 여러모로 편리해서 유리하다고 볼 수 있겠습니다."

속 알머리 봉상관은 처음과 달리 그의 주장을 수긍하고 알겠다며 머리를 끄덕거렸다.

"상가 출입문은 왜 오른쪽에 내야 하는지에 대해 누가 아십니까? 흐흐…."

둥근 머리 맹비견은 전체를 둘러보며 뜬금없이 물었다.

"어머… 저 알아요, 왜 쇼핑할 때 보면 시계 반대 방향으로 상품을 설치하는 것도 다 그런 숨은 곡절이 있기 때문이라면서요?"

모던한 한옥경은 알은척 대꾸하면서 그를 쓰윽 보았다.

"어머나! 세상에. 그렇구나?"

이국적인 조다혜가 놀라는 표정을 짓고서 웅얼거렸다.

"헐…! 뭘 제대로 알고나 말을 하는 건지 모르지?" 도회적인 안혜숙은 혼자 중얼중얼 읊조리고는 그에게 주절거렸다.

"어쨌거나 그 이유나 한번 들어 보고 싶네요." 하며 비아냥거린 그녀는 아니꼽다는 시선을 그녀에게 날렸다.

"왜 사람이 시계 역방향으로 움직이는 행동은 지구의 자전 방향인 서에서 동으로 운행하는 인간 본능설에 익숙해져 있기 때문이 아니겠어요?"

그녀는 미소를 살짝 보이며 '내가 것도 모르고 설치는 줄 아냐? 이 앙큼한 계집애야, 흥!' 하는 눈길로 그를 쏘아보았다.

"어머… 쩐…다! 정말 그런 거예요?"

우아한 전원숙은 그런 줄 까맣게 몰랐다는 기함한 얼굴로 물었다.

"에이, 정말요?"

도회적인 안혜숙도 뜻밖이라 도저히 믿지 못하겠다는 의심의 표정을 지으며, 고개를 갸웃갸웃거렸다.

"어머나! 세상에, 그래서 쇼핑 상가 위치를 선택할 때 시계 역방향을 선호하는군요?"

이국적인 조다혜는 '별걸 다 알고 있다.' 하면서 감탄하는 눈빛이었다.

"그럼, 상가 명당자리는 보통 어느 곳을 말하나요? 흐흐…."

도회적인 안혜숙은 '설마 네가 이것까지 알겠어?' 하며 얄궂은 표정으로 히죽거렸다.

몇몇 회원들이 의혹에 찬 눈초리로 그녀를 유심히 지켜보고 있었다.

"호호! 보통 코너 자리를 최고로 여기지 않나요?"

우아한 전원숙이 허공을 가르며 먼저 말했다.

회원들 몇몇이 끄덕이며, 긍정을 하는 태도를 보였다.

"하하하! 아시고 계시네요, 그렇습니다. 모퉁이 자리는 대체적으로 시세가 비쌉니다."

둥근 머리 맹비견은 히죽 웃으며 도회적인 안혜숙을 제쳐 두고 먼저 끼어들어 말했다.

"그러나 수익률 면에서는 모퉁이 점포가 옆 상가보다 매출이 떨어질 때가 많다는 사실도 혹시 아십니까?"

그는 새로운 사실을 까발리듯 그녀를 향해 '요건 몰랐지?' 하는 눈빛으로 어깨 뽕을 살짝 올렸다.

그 모습에 회원들은 실소를 터트리며 어깨 웃음을 '쿡쿡' 웃었다.

"어머머… 정말입니까?"

모던한 한옥경은 커다란 눈을 회번덕거리며 물었다.

"난 몰랐는데 정말 대단도 하시네요…?"

도회적인 안혜숙은 그의 잘난 척에 빈정이 상해서는 입술을 삐

쭉대며 비아냥거렸다.

"맹 이사님은 혹시 건물 모양도 아시는지요?"

흰머리 윤편인은 그의 아는 척에 대한 반감으로 슬쩍 객쩍은 질문을 하나 물어 왔다.

"아니요."

그는 고개를 가로저었다.

"그럼 누가 아시는 분이 있으시면 한번 말씀해 보시겠습니까?"

그는 회원들을 두루 쳐다보며 말했다. 그러고는 이어 주절거렸다.

"모양은 정사각형과 직사각형, 그리고 삼각형과 육각형 등 여러 상가 가운데 하나를 고르시면 됩니다."

흰머리 윤편인은 몇 가지 예를 들어 가며 알려 주었다. 그러고는 그들의 답변을 기다리고 있었다. 그는 조금이나마 보탬이 될까 싶어 평소에 알고 있던 양택론(풍수지리에서, 사람이 사는 집터 이론)을 슬그머니 꺼내 놓았다.

회원들은 '뜬금없이 뭔 개소리야?' 하는 눈초리로 그를 쏘아보며 나름 생각에 잠겨 눈동자를 부지런히 움직이고 있었다. 그때였다.

"상가야 가시적 면이나 광고 효과를 보는 데 직사각형이 최고 아니겠습니까? 후후."

상구 머리 노식신은 그의 말이 채 끝나기도 전에 잽싸게 나서 재잘거렸다.

"물론 전면이 넓은지, 속이 깊은지에 따라 가시성이나 시설 배치 면에서 공간 활용도가 뛰어날 수도 있고, 그 반대인 경우도 있습니다."

그는 대꾸해 주며 히죽 웃었다.

"헐…! 대박! 그런 거야?"

회원들은 중얼거렸다.

"그러나 풍수적인 면에서는 정사각형 건물을 최고 길지라고 봅니다. 반면에 삼각형 건물은 최악지라고 양택론은 말합니다."

그는 빙그레 웃음을 보이고는 그녀를 쳐다볼 뿐 악지라도 보음을 할 수 있다는 방법을 말하지 않았다. 풍수는 사람의 운세에 따라 길지도 되고, 악지로 변한다는 속설이 있는데 믿거나 말거나 그것도 사람의 마음가짐일 뿐이다.

"헐…! 대박! 정말이야?"

상구 머리 노식신은 혼잣말로 속살거렸다.

"하하하! 음양오행에 관해서야 우리 윤 부회장님의 식견이 남다른 면이 있다는 사실은 알지만, 상가는 전면이 넓고, 폭도 깊어야 최고 아닙니까?"

속 알머리 봉상관은 자신이 알던 상식과는 조금 다르다는 생각에 따지고 들었다. 그 소리를 듣자 우아한 전원숙은 무슨 이유에서인지 가자미눈을 뜨고 그를 쏘아보고 있었다.

"아… 예, 제가 상가는 좀 무딘 편이죠. 후후…."

흰머리 윤편인은 '그 소리가 그 소리 아닌가?' 하고는 금세 백기

를 들면서 꼬리를 내렸다. 그는 논리적이며 객관적으로 설명을
해 줘도 풍수를 이해하는 사람과 이해하지 못하는 사람이 있다
는 생각에 이쯤에서 그만두는 게 서로에게 좋겠다 싶었다.

상가 세금

그때였다. 이국적인 조다혜가 불쑥 나서며 주절거렸다.

"상가는 세금을 얼마나 내야 하나요?"

그녀는 경쾌하게 묻고는 젤 바른 선정재를 올려다보았다.

"음…. 일반상가는 취득세가 4.6% 정도 나옵니다."

그의 눈빛은 유리알처럼 반짝이고 있었다.

"헐…! 정말이라면 주택(1.1~4.4%, 6억 이하 1.1%, 6억 이상 9억 이하 2.2%, 9억 이상 3.3%, 세 채 이상 네 채부터 4.4~8~12%)에 비해 높은 세율이네."

그녀는 살짝 놀라워하며 속살거렸다.

"그러나 상가라도 유흥업소 등 위락시설은 최고 13.4%까지 중과세를 내는 곳도 있습니다."

젤 바른 선정재는 준비된 자료를 뒤적거려 내용을 발췌해서 읽었다.

"어머머… 세상에나…! 그래요?"

이국적인 조다혜는 소스라치듯 말했다.

"아, 그리고 매입 시점에는 일반 상가였지만 5년 이내에 위락 시설(일반유흥음식점, 무도·유흥음식점, 특수목욕탕, 유기장업법에 의한 유기·기원 기타 이와 유사한 것)로 변경된 경우에는 소급(지나간 일에까지 거슬러 올라가서 미치게 함)해서 중과세를 적용하고, 생각지 못했던 과징금을 두들겨 맞기도 합니다."

젤 바른 선정재는 경각심을 일깨워 주고 싶은 마음에 세금에 대해 덧붙여 설명을 해 주며, 회원들의 눈치를 슬쩍 보았다.

"헐…! 대박! 정말… 그런 거야?"

흰머리 윤편인은 몰랐던 사실에 대해 절규하듯 소리를 내며, 혀를 내둘렀다.

"경매로 낙찰을 받아도 취득세 세율은 마찬가지입니까?"

그녀는 의심에 찬 궁금한 얼굴로 다시 물었다.

"당근이죠, 낙찰자는 낙찰가격을 기준으로 합니다."

젤 바른 선정재는 실실 웃어 가며 말했다.

"세금은 똑같군그래. 흐흐…."

새치 머리 안편관이 혼자서 웅얼거렸다.

"그러나 상가를 넘겨받는 매수인 입장에서는 거래가액이 시가표준액 보다 낮을 경우 시가표준액(부동산 가격 공시 및 감정평가에

관한 법률에 따라 공시된 가액)으로 취득세를 낸다는 사실도 기억하
셔야 합니다."

그는 자료 내용을 천천히 읽어 가면서 차분하게 말했다.

"헉…! 정말?"

"어머, 미쳤나 봐."

여성 회원들은 수시로 고시랑거리며 속닥거렸다.

"세상에 그럴 수가…?"

남성 회원들도 이따금씩 술렁거렸다. 서늘했던 사무실은 사람
들의 열기로 어느새 후끈 달아올라 있었다.

"상가는 거래가액에 10% 부가가치세를 더 내야 한다면서요?"

도회적인 안혜숙은 궁금한 눈망울을 여미며 가볍게 미소를 짓
고 물었다.

"하하하! 경매와 다르게 일반 매매의 경우가 그렇습니다."

젤 바른 선정재는 고개를 가로저으며 말했다.

"헐…! 그렇구나?"

그녀는 자신이 알던 것과 다르다는 말에 약간 놀란 듯 곱게 단
장한 머리카락을 흔들며 끄덕였다.

"단, 경매로 낙찰을 받는 경우에는 그렇지 않습니다."

젤 바른 선정재는 그녀를 보며 눈에 힘을 주고 말했다.

"어머… 대박! 정말이에요?"

그녀는 소스라치게 놀란 눈동자를 반짝이며 다시 물었다.

"예…."

젤 바른 선정재는 히죽 웃어 가며 끄덕거렸다.

"오…호! 그렇구나, 호호! 저는 경매도 그런 줄 알고요."

그녀는 부러 안도의 한숨을 내쉬며 웃었다. 마치 어렵사리 낙찰을 받은 입찰자의 표정 같았다.

"가령, 경매가 아닌 일반매매의 경우라면 매수인(구입자)은 매도인(판매자)에게 거래가액의 10% 부가세를 더 지급해야 합니다."

젤 바른 선정재는 모두에게 알겠느냐고 눈짓을 해 보였다.

"왜냐하면 건물 거래를 부가가치세법에서는 재화(돈이나 값나가는 물건으로 대가를 주고 얻을 수 있는 물질)를 공급으로 보기 때문입니다."

그는 회원들이 이해하는 눈치인지를 눈여겨 살펴보았다. 대부분 긍정적인 태도로 자신을 주시하고 있어 그는 마음이 놓였다.

"아하! 그렇군그래."

흰머리 윤편인은 맞장구를 쳐 주며 중얼거렸다.

"그럼 받은 부가세는 매도인이 세무서에 신고하고 납부합니까?"

짱구머리 나겁재는 뻔히 알면서 장난삼아 수작질을 부리듯 슬쩍 물었다.

"하하! 완전 맞죠."

젤 바른 선정재는 웃어 가며 받아 주었다.

그러고는 '자식! 하여튼 알아줘야 돼….' 하며 또다시 주절거렸다.

"왜냐하면 매도인이 매수인을 대신해서 세금 심부름을 해 주는 셈이니까요.”

그는 눈을 깜박대며, ‘알겠냐? 우라질 나겁재야!’ 하며 고까운 듯 샐쭉거리며, 그의 얼굴을 쏘아보았다.

“어머, 사는 사람은 환급을 받을 수 없나요?”

도회적인 안혜숙이 호들갑을 떨며 물었다.

돈 사랑 회원들은 그녀의 생소한 물음에 호기심이 돌아 일제히 두 사람에게 시선을 주고 있었다.

“하하! 그런 건 아니고요, 조건만 갖추면 환급을 받을 수 있습니다.”

그는 고개를 가볍게 저으며 싱겁게 웃었다.

젤 바른 선정재는 세무서에서 요구하는 임대사업자 등의 요건을 갖추면 환급을 받을 수 있다는 것이었다.

“아니… 그러면 낙찰을 받아서 매매할 때 계약서에 반드시 부가세 별도라고 기재해야 되겠네요? 호호!”

미모의 명정관은 엷붉은 눈빛을 반짝이며 다짐을 받듯 물었다.

“완전 당근이죠.”

젤 바른 선정재는 눈웃음을 살살 치며 살갑게 말했다.

“아… 참! 이걸 빠트릴 뻔했네, 만약에 매도인이나 매수인 모두가 임대 사업자라면 얘기가 완전 달라집니다.”

그는 미모의 명정관을 달달한 눈빛으로 핥으며 말했다.

“어머… 어떻게요?”

그녀는 콧소리를 내어 앙증스럽게 물어 왔다.

"양 당사자 모두가 임대 사업자라면 부가세를 주고받지 않는 방법이 있기 때문입니다."

젤 바른 선정재는 답변을 해 주며 밝게 웃었다.

"헐…! 대박!"

여성 회원들은 질시가 섞인 탄성을 내뱉었다.

"어머… 그런 절세 방법이 있었나요? 호호!"

미모의 명정관은 주위에 가시눈이 있어 그런지, 절제된 목소리로 실실 웃었다.

"하하하! 그럼요."

눈치코치가 빠른 그는 그녀의 목소리에 어떤 의미가 담겨 있는지를, 그리고 무엇을 말하고 있는지에 대해 이미 아는 눈치였다. 그래서 그는 푼수처럼 껄껄 웃었다.

"계약서를 작성할 때 사업포괄양수양도 계약서(회사 사업에 관한 일체의 권리와 의무를 이전 권리자가 새로운 권리자에게 양도, 양수한다는 내용으로 작성하는 계약 문서)를 이용하시면 됩니다."

젤 바른 선정재는 보고서를 들춰보면서 중얼거렸다.

"그게 뭐죠?"

그녀는 생소해서 의아해하며 물었다. 순간 회원들의 눈길이 그에게 모아졌다. 속 알머리 봉상관은 벌써부터 두 사람이 주고받는 말속에 숨은 의미를 알고 있는 것처럼 눈초리가 예사롭지 않았다. 둘이 노는 꼴이 아니꼽고 거슬려서 눈뜨고 못 보겠다는 질시의 표정이었다.

그러나 그의 말이 더 궁금증이 돌았다. 자신에게 내일이라도 닥칠 일이기에 더욱 그랬다.

　"아하! 그게 뭐냐 하면 사업의 동일성이 유지될 때 경영 주체만 바꾸는 계약입니다."

　젤 바른 선정재는 솜사탕처럼 부드럽고 가볍게 응대를 하고 있었다. 일부 회원들이 이해가 부족해 질문이 다시 나왔다.

　"만약 동일 사업자가 아니라면 부가가치세를 환급받지 못하나요?"

　모던한 한옥경이 불쑥 끼어들어 물었다.

　"아니… 그건 그렇지 않습니다. 조건만 맞으면 환급을 받을 수 있습니다."

　젤 바른 선정재는 고개를 좌우로 흔들며 대답하고는 실실 웃었다.

　"헐…! 대박!"

　이국적인 조다혜가 엷은 소리로 종알거렸다.

　"정말인가요?"

　여성 회원들은 정말인지 아닌지가 궁금해서 입을 모아 물어왔다.

　"그러나 매수인이 부가가치세를 냈더라도 면세업체(병의원 등)를 직접 운영하고 있으면, 예외자로 취급해 부가가치세 환급을 받지 못합니다."

　젤 바른 선정재는 고개를 가로저으며 보충설명을 덧붙였다.

"완전 대박!"

모던한 한옥경이 낮게 소리쳤다.

"헐…! 미쳤어, 내가 미쳤어, 이걸 몰랐다니?"

삼각 머리 조편재는 두 주먹을 불끈 쥐어 가며 속살거렸다.

"호호! 그럼 면세 업체의 경우는 절세할 수 있는 방법은 없나요?"

모던한 한옥경은 경쾌하게 웃고는 '없으면 말고' 하는 얼굴로 물어 왔다.

"하하하! 욕심도 많으시네, 방법이 하나 있긴 합니다."

젤 바른 선정재는 얄궂은 얼굴로 넌지시 웃었다.

그 순간 '그 말이 정말일까?' 싶어 회원들의 눈길이 황급히 그에게 쏠렸다.

"어머나…! 정말요?"

그녀는 깜짝 놀라는 얼굴로 어린아이처럼 기뻐하고 있었다.

"맨입에요?"

젤 바른 선정재는 무슨 생각에서인지 능청스럽게 농담을 던졌다.

"어머머… 뭐가 먹고 싶으세요?"

모던한 한옥경은 장난질을 받아 주며 대뜸 물었다.

"하하! 주는 대로 뭐든 잘 먹습니다."

젤 바른 선정재는 눈웃음을 치며 히죽거렸다.

순간 미모의 명정관의 눈초리가 싸늘해져 시베리아 혹한 추위는 감히 곁눈질도 못 할 정도로 그를 차갑게 쏘아보고 있었다.

"이… 그래요, 소화력이 왕성하신가 보죠? 호호!"

그녀는 콧소리로 아양을 떨듯 말했다.

삼각 머리 조편재는 그 모습이 눈꼴사나워 '지랄들 떨고 있네, 젠장!' 하며 듣거나 말거나 비아냥거렸다.

젤 바른 선정재는 주변의 눈초리보다 그녀의 눈총이 여간 심상치 않자, 바짝 긴장을 해서는 슬그머니 말을 돌렸다.

"아이… 괜히 웃자고 해 본 농담입니다. 신경 쓰지 마세요."

그는 서둘러 손사래를 치며 히죽 웃었다.

"싱거우시기는…. 아무튼 언제고 날 한번 잡으세요, 제가 확실하게 소주 한잔 쏠게요. 호호!"

모던한 한옥경은 그에게 눈짓을 흘려 가며 '이 오빠야! 그걸 누가 몰라 이럽니까…?' 하고서 은근히 히죽거렸다.

그녀의 표정에 질시를 느낀 미모의 명정관은 '저 언니 지금 뭐라는 거야?' 하며 왕방울 눈을 찢어 가며 흘겨보고 있었다.

"그럼 저야 황송하죠. 하하!"

젤 바른 선정재는 차갑게 쏘아보는 그녀의 서슬 퍼런 눈총을 피하며, 살짝 고개를 돌려 피식 웃었다.

미모의 명정관은 주둥이가 딱따구리처럼 튀어나온 채로 두 사람을 번갈아 째려보며 잠시 손가락 놀림을 멈추고 있었다.

"그럼, 제가 하는 말을 잘 듣고 기억해 두셨다가 필요할 때 요긴하게 꺼내 쓰세요."

젤 바른 선정재는 숨겨 놓은 비법이라도 꺼내 놓을 듯 조심스럽게 말했다.

"호호! 알았으니 어서 설명이나 해 보세요."

모던한 한옥경은 웃음을 보이며 재촉했다. 그는 젤 바른 머리를 갸웃거리며 다시 주절거렸다.

"그런 경우는 부부간이라도 임대인과 임차인으로 역할을 나누어서 임대차 계약서를 작성해 주고받으면, 임대 사업자로 분류되어 부가가치세 환급이 가능해집니다."

젤 바른 선정재는 정리된 보고서를 확인하며 읽었다. 그러나 임대 사업자 요건이 걸림돌이 된다는 사실을 빼놓고 있었다.

"어머… 대박! 사실이에요?"

모던한 한옥경은 새삼 감탄하며 소리쳤다.

"으흠… 세상에. 그럴 수도 있구나…"

흰머리 윤편인은 혼잣말로 읊조리며 속으로 놀라워하고 있었다.

"어머나…! 세상에 이런 깜찍 발랄한 절세법이 숨어 있었군요? 호호!"

그녀는 하늘에서 돈벼락이라도 맞은 얼굴로 기뻐했다. 돈 사랑 회원들도 대부분 흡족한 표정을 짓고 있었다.

"이런 식으로 접근하면 임대인은 소득이 분산되어 소득세를 절감할 수도 있습니다."

젤 바른 선정재는 미소를 머금고 그녀를 바라보았다.

"어머머! 세상에…. 완전 대박!"

도회적인 안혜숙은 탄성을 내뱉으며 웅얼거렸다.

"그뿐 아니라 임차인은 필요경비로 처리할 수도 있어 일석이조 효과를 볼 수 있습니다. 크크!"

젤 바른 선정재는 그 말을 해 놓고 회원들을 향해 밝게 웃었다.

"헐…! 완전 대박!"

여성회원들은 좋아 어쩔 줄 몰라 하며 저마다 한마디씩 외쳤다.

"호호! 가만히 듣고 보니 양면적인 절세효과가 숨어 있네요?"

모던한 한옥경은 마치 넝쿨째 굴러들어온 호박을 얻은 것처럼 좋아했다.

회원들은 당장 손에 잡히는 지폐가 없어도 심리적 위안으로 서로를 보며 모두가 행복한 표정으로 기뻐하고 있었다.

젤 바른 선정재는 그동안 상가 자료를 수집하고 분석하느라 고생한 보람을 얻은 것 같아 마음이 뿌듯했다.

그러나 한편으로는 자신이 알고 있는 재테크 기법이 전부가 아니라는 사실을 알고는 세상 변화에 스스로 부족했다는 반성을 하고 있었다.

그는 새로운 지식을 더 보강하고 채워야겠다는 다짐을 하면서 자신의 프레젠테이션 설명을 마쳤다.

"저의 상가 보고서는 여기까지입니다."

젤 바른 선정재는 가볍게 고개를 숙였다.

"수고하셨습니다. 우리에게 알찬 상가 정보를 제공하신 선 감사님께 박수 한번 쳐 주세요."

상구 머리 노식신은 모두를 부추기듯 먼저 손뼉을 쳤다.

짝짝짝!

순간 사무실은 떠나갈 뜻한 박수소리가 소란스러웠다.

"수고했습니다!"

"…."

"좋은 정보 감사합니다!"

회원들은 돌아가면서 각자 한마디씩 고맙다는 인사말을 전했다.

"그럼 다음 발표하실 분은 누구신가요?"

그렇게 말을 꺼낸 속 알머리 봉상관은 두리번거리며 회원들을 바라보았다.

상가 투자 결론

"아니, 다음으로 넘어가기 전에 상가에 대한 정리도 하고 낙찰을 받기 위한 모두의 생각을 들어 보는 것도 나름 의미가 있다고 봅니다."

흰머리 윤편인은 지금까지 상가에 대한 피상적인 견해를 나누었으니 회원들의 각자 의견도 중요하다고 생각했다.

"다른 회원들은 여기에 동의하십니까?"

속 알머리 봉상관은 마땅찮은 듯 모두의 눈치를 살피며 물었다.

"자료를 준비한 분의 성의를 존중하는 입장에서나 상가에 대한 결산을 한다는 차원에서 결론을 모은다는 것은 결코 나쁘지 않다고 봅니다."

둥근 머리 맹비견은 이런저런 이유를 갖다 붙이며, 슬그머니 찬성을 하고 나섰다.

"뭐… 그렇게 합시다."

짱구머리 나접재도 나섰다. 대부분의 회원들도 고개를 끄덕이며 반대하지 않는 눈치였다. 이도 저도 아닌 일부의 회원들은 중도를 지키며, 입을 함구한 채 멀뚱멀뚱 쳐다만 보고 있었다.

"여러분의 생각이 정 그러시다면 좋습니다. 상가에 대해서 각자의 의견을 먼저 듣도록 하겠습니다."

속 알머리 봉상관은 그것도 나쁠 것이 없다는 생각에서 다수의 의견을 따라갔다.

"시계 반대 방향인 나 이사님부터 스타트를 끊으면 되겠습니다."

상구 머리 노식신은 그를 가리키며 눈짓을 했다. 회원들은 웅성웅성 떠들면서 서로를 쳐다보고 있었다.

"아… 알겠습니다. 그럼 저부터 하겠습니다."

짱구머리 나접재는 고개를 까닥이며 말문을 열기 시작했다.

"에… 저는 일자리를 얻기 위해 도시로 몰려드는 취업준비생들이 선호하는 임대 부동산(월세)을 낙찰받는 것도 한 번쯤 고려해 봄이 어떨까 싶습니다."

그는 얼떨결에 평소의 생각을 털어놓고는 히죽 웃었다.

"그러고 보니 제 구상과 비슷한데 도시에 호텔이나 양로원 같은 실버 맨션 등을 낙찰받아서 아파트텔(오피스에 아파트형 설계) 내지 도시형 생활주택, 그리고 청년 임대주택으로 재건축하거나 리모델링을 한 후 매매하는 방법도 실속 있다고 봅니다."

속 알머리 봉상관은 그의 제안을 정리하듯 자신의 견해를 덧붙여 말을 하고는 다음 발언자를 가리켰다.

짱구머리 나겁재는 얼떨결에 내뱉은 말을 속 알머리 봉상관이 그럴싸하게 옷을 입히자 그는 '뭔 소린가?' 싶어 듣고만 있었다.

조용히 듣고 있던 둥근 머리 맹비견은 그가 자신을 보며 가리키자, 이미 준비하고 있다는 듯이 곧바로 주절거렸다.

"음… 저의 생각은 경매로 나온 공실건물이나 병원단지 등을 낙찰받아 비대면 복합 중간 쇼핑몰 사무실 겸 창고로 개발하면 어떨까요?"

그는 저 출산으로 폐업하는 병원 건물 등을 염두에 두고 견해를 밝혔다.

"하하! 거기에 저도 관심을 가지고 있었는데 기존 병원을 낙찰받아서 여러 기능을 덧붙여 활성화시켜도 괜찮을 것 같습니다."

젤 바른 선정재는 반색하며 평소에 구상하고 있었던 자신의 소견을 밝혔다. 회원들은 서로의 얼굴을 마주 보며 나쁘지 않다는 표정이었다.

"또 다음 분 말씀하세요."

속 알머리 봉상관은 눈짓을 해서 상구 머리 노식신을 가리켰다.

"에, 앞으로는 원격근무시대[1]가 본격화되면 공용 공간이나 공유공간에 대한 독립적이고도, 차별적인 개념도 확산될 조짐도 보입니다. 거기에 대비해 사무실 개념을 새롭게 조성해 상가매매 차익이나 임대 개념으로 접근할 필요가 있다고 봅니다."

상구 머리 노식신은 자신의 의견을 주저 없이 꺼내 놓고는 자리에 앉았다.

그러자 속 알머리 봉상관은 다음 사람을 지명하듯 슬쩍 눈짓을 보냈다.

삼각 머리 조편재는 고개를 끄덕이며 주저 없이 입을 열어 주절거렸다.

"음, 저는 백화점과 대형슈퍼마켓(마트) 상권은 공중파 상권과 인터넷 상권의 비약적인 진화로 시장 자체가 축소될 것으로 봅니다. 그래서 전문점과 쇼핑센터에 비중을 두고 거기에 대비한 상가 건물을 낙찰을 받아쓰면 합니다."

그는 속도마케팅 경쟁이 심화되는 현실에서 나름 상가 변화 흐름에도 예민한 반응을 보였다.

젤 바른 선정재는 핸드폰을 들여다보는 미모의 명정관을 슬쩍 찔렀다.

그러고는 눈짓을 해 주며 명 서기 차례라고 일러 주었다.

---

1) 블록체인(네트워크에 참여하는 모든 사용자가 관리 대상이 되는 모든 데이터를 분산해 저장하는 데이터 분산처리 기술), 클라우드(데이터를 인터넷과 연결된 중앙컴퓨터에 저장해서 인터넷에 접속하기만 하면 언제 어디서든 데이터를 이용할 수 있는 장치) 등을 이용해 근무하는 시대.

"어머, 저예요?"

그녀는 흠칫 놀라는 표정으로 말을 받았다.

"으음, 죄송합니다."

미모의 명정관은 목이 잠겨 잠시 헛기침을 하고는 곧바로 주절 거렸다.

"제 생각은 상품과 특별한 경험을 패키지로 묶어 함께 파는 전 문점이 유행할 것 같아요."

그녀는 사람들의 눈치를 힐끔 보고는 계속 주절거렸다.

"그래서 거기에 합당한 입지상가를 낙찰받으면 어떨까 생각해 보았습니다. 후후!"

미모의 명정관은 자신의 소망 사항을 내놓고서 모두를 보았다. 회원들은 무슨 말인지 알겠다는 눈망울로 까닥거리고 있었다.

속 알머리 봉상관은 '우리 여우는 말도 잘해…' 하며 기다리고 있었던 것처럼 계속 토론을 이어 갔다.

"에… 다음 분 하세요."

그는 새치 머리 안편관을 쓰윽 바라보며 단조롭게 가리켰다.

"글쎄, 저는 상품이나 경험도 좋지만, 그보다는 가치나 체험 등 을 묶어서 소비할 수 있는 전문 상가를 추천하고 싶습니다.

왜냐하면 시장 흐름을 따라가지 못하면 수익률은 고사하고, 상 가 공실로 인해 낭패를 당할 수 있거든요."

그는 젠트리피케이션(낙후됐던 구도심이 번성해 중산층 이상의 사람 들이 몰리면서, 임대료가 오르고 원주민이 내몰리는 현상) 같은 피해를 염려해 자기 생각을 털어놓고 있었다.

그의 눈치를 살피던 속 알머리 봉상관은 다음 이어지는 말이 없자 목소리를 높여 소리쳤다.

"다음 분 하세요!"

그는 타령조로 읊조렸다. 그러고는 큰 머리 문정인을 은근한 눈으로 쏘아보았다. 그는 그러거나 말거나 서두르지 않은 채 차분히 주절거렸다.

"요즘은 경험을 함께 판매하는 서점이나 전문점 공유문화 등이 증가 추세에 있는데 앞에서도 몇 분이 비슷한 말을 했지만, 저도 그와 관련된 꼬마빌딩이나 건물을 낙찰받아야 되지 않을까? 추천해 봅니다."

그는 책을 보기도 하고, 음식과 음료를 함께 즐기며 다양한 쇼핑도 할 수 있는 스토리 공간을 염두에 두고 있었다.

회원들은 공감을 하고 있어 그런지 이렇다 할 문제를 제기하지 않았다. 그사이 속 알머리 봉상관은 흰머리 윤편인을 쏘아보고 있었다. 다음은 당신 차례니 준비하라는 눈치 같았다.

그는 큰 머리 문정인의 말이 끝나자 서둘러 주절거렸다.

"다음 분 말씀하세요."

그가 흰머리 윤편인을 유심히 쳐다보았다. 그는 이미 할 말을 준비하고 있다며 흰머리를 끄덕이고는 천천히 입을 열었다.

"에…. 저도 요리와 관련된 책을 판매하면서 식기와 식재료를 함께 쇼핑하는 공간, 그리고 여행 서적을 사면서 여행 상담까지

원스톱 서비스를 받을 수 있는 세컨드 공간에 사회적으로 공간을 얻을 수 있는 아이티(정보기술)와 접목시킨 상가들이 대세라 봅니다. 그래서 취향을 공감할 수 있는 위치에 상가들을 낙찰받아서 미래 비대면을 겨냥하는 사업자들에게 매도하는 방향도 가치 부가에 도움이 된다고 봅니다.

덧붙여 헬스 케어(넓은 의미로는 기존의 치료 부문 의료서비스와 질병 예방 및 관리 개념을 결합한 건강관리 사업, 좁은 의미로는 원격 검진이나 방문 건강컨설팅 등의 사업)를 창업하는 사업주에게 매도할 수 있는 상가라면 더욱 좋겠지요… 더불어 언택트(비대면) 시대에 허름한 단독주택을 낙찰받아 전문적인 요리 주방 건물을 건축하거나 리모델링해서 요리 배달로 수익을 올리는 임차인에게 임대 또는 분양도 한 방법이라고 봅니다."

흰머리 윤편인은 제4차 산업혁명(정보통신기술의 융합으로 이뤄지는 차세대 산업혁명)의 변곡점에서 빅데이터와 딥러닝 그리고 인공지능(인간의 학습능력과 추론능력, 지각능력, 자연언어의 이해능력 등을 컴퓨터 프로그램으로 실현한 기술)과 사물인터넷(사물에 센서를 부착해 실시간으로 데이터를 인터넷으로 주고받는 기술이나 환경)을 증강현실(현실의 이미지나 배경에 3차원 가상 이미지를 겹쳐서 하나의 영상으로 보여 주는 기술)이나 가상현실(컴퓨터로 만들어 놓은 가상의 세계에서 사람이 실제와 같은 체험을 할 수 있도록 하는 최첨단 기술)과 연결하는 5G 정보통신기술 그리고 3D 프린트(입력한 도면을 바탕으로 3차원의 입체 물품을 만들어 내는 기계) 등을 융·복합한 전문 상가들을 염두에 두고 있었다.

왜냐하면 미래는 언제 어디서나 편리하게 존재하는 유비쿼터스 서비스가 슈퍼 커넥티드(광대역 통신망)와 결합되어 스마트한 도시들이 인간의 생활환경과 교통(하이퍼소닉, 하이퍼루프, 플레잉카, 자율 자동차 등)과 문화 그리고 의식주에 이르기까지 완전 혁명적으로 급격한 진화를 유도해 새로운 문명 등 메타버스(사회·경제·문화 활동이 이뤄지는 3차원 가상세계 플랫폼)가 지구에 존재할 것으로 보기 때문이었다.

"다음 분 하세요."

속 알머리 봉상관은 이국적인 조다혜에게 다정하게 눈짓을 했다.

그녀는 무슨 생각을 하고 있는 표정으로 잠시 머뭇거리다가 입을 열었다.

"제 판단에는 수도권과 지방의 양극화 현상에서 길이 있지 않을까 싶네요. 어쩌면 상당한 파급효과를 얻지 않을까도 조심스럽게 전망해 봅니다."

그녀는 부동산 시장에 불어 닥칠 국지적 호경기와 불경기를 미리 예측하듯 자신의 구상 속에 있는 말을 꺼냈다. 그녀는 경매시장으로 넘어오는 물건 속에서 대어(수익)를 낚을 수 있다는 예상을 한 것 같았다.

그리고 이어지는 말이 없자 속 알머리 봉상관은 다음 발언자를 찾느라 두리번거렸다. 그 순간 도회적인 안혜숙은 날라든 문자를 답하느라 정신이 없었다.

속 알머리 봉상관은 자연스럽게 이어짐이 없자 미간을 찌푸리며 주절거렸다.

"또 다음 분!" 하며 짜증 섞인 목소리로 그녀를 응시했다. 그녀는 깜짝 놀라 하던 짓을 중단한 채 얼른 주절거렸다.

"어머… 제 차례군요?"

그녀는 속 알머리 봉상관을 힐끔 보며 겸연쩍게 히죽 웃었다.

"에… 저, 복합적인 체험공간도 승산이 있다고 보이고요, 전문점도 활성화되는 추세에 있다고 모두들 말씀하시는데 저도 그 점에 동감합니다. 호호!"

그녀는 머뭇머뭇하다가 이내 살가운 눈웃음을 치며 간드러지게 말했다.

회원들은 은근히 쏘아보며 '할 말이 그리도 없나?' 하는 눈빛이었다. 삼각 머리 조편재는 다른 회원들과 달리 미소를 보이며, 그녀에게 눈웃음을 보내고 있었다.

그러거나 말거나 속 알머리 봉 회장은 주절거렸다.

"다음 분 하세요."

그는 가벼운 목소리로 불렀다.

"어머나! 벌써 내 차례군요?"

모던한 한옥경은 자기 차례가 돌아오자, 기다렸다는 표정으로 차분하게 설명을 시작했다.

도회적인 안혜숙은 '어머… 저 언니 내숭하고는. 하여튼 못 말려…' 하며 눈을 흘겨 대고 있었다.

"간선도로변 입지가 역세권을 지나치는 길목보다 비중이 커지고 있다고 누군가 말을 했지만, 그래도 제 생각은 소비수효가 큰 역세권을 선호합니다. 다만 상가는 시장흐름이 중요하므로 신중하게 처신할 필요가 있다고 봅니다. 호호!"

그녀는 히죽 웃고는 이어 주절거렸다.

"만약에 여유가 있다면 간선도로 변 상가도 잘 따져 보고 낙찰을 받아야겠지요. 후후…."

그녀는 주관적인 생각과 객관적인 판단을 오가며 속내를 털어놓고 있었다.

"이제 마지막 분."

속 알머리 봉상관은 히죽거리며 우아한 전원숙을 가리켰다.

"호호! 제가 하고 싶은 내용들을 이미 앞에서 여러분이 다 말을 했지만, 굳이 한마디 덧붙인다면 저는 시대 흐름에 적응하는 골목길 상권과 매치되는 스토리 공간이 개인적으로 마음에 와 닿습니다. 거기에 제 소견을 곁들인다면 미래 시장의 트렌드를 외면하는 상가 낙찰은 외람되게도 커다란 메리트가 없다고 저는 봅니다."

그녀는 회원 모두가 나름대로 시대를 반영하고 상권 흐름을 적절하게 제시하고 있어, 더 이상 할 말을 찾지 못하고 있었다.

그러나 이들은 세계적으로 대유행하는 이상 조짐을 간과하고 있는 줄 모른다.

이들이 하나같이 외치는 공유 문화와 공유 경제는 인류를 바이러스(예를 들어 COVID-19와 같은) 공포 속으로 몰아넣는 핵심적인 역할을 내포하고 있기 때문이었다.

그래서 공유경제보다는 역설적인 비대면 경제 시대가 도래 할지 모른다.

왜냐하면 지금까지 인류가 경험하지 못한 바이러스 균이나 인류의 삶을 송두리째 변형시킬 수 있는 변이들이 세계 곳곳에서 나타나는 정황들이 속속 발견되고 있기 때문이다.

그러나 세균과의 싸움보다 이들은 눈앞에 닥친 현재의 문제들을 쟁점으로 열띤 토론을 벌이고 있기에 당면한 사실을 어쩜 외면하고 있는 줄 모른다.

아마도 미래에서 일어나는 문제들을 미리 예측해 조치할 수 있는 선견지명이 있다면 아마도 이렇게 모여서 이기적인 궁상을 떨고 있지 않을 것이다.

시장의 불안 속에서 정부도, 국회도, 국민도, 이미 갈 길을 알면서도 불협화음을 내는 것은 이타주의(자기를 희생함으로써 다른 사람의 행복과 복리의 증가를 행위의 목적으로 하는 생각이나 행위)를 외면한 이해의 저울추鍾가 모두를 갈등하도록 만들기 때문이다.

"허허허! 다들 좋은 의견들을 제안하셨습니다. 이 가운데 의문이 나거나 궁금한 점이 없다면 다음 주제로 넘어갈까 합니다."

말끝에 모두를 휙 둘러본 속 알머리 봉상관은 질문이 없자 주제를 계속 이어 갔다.

"그럼, 이번엔 누가 발표하시겠습니까?"

그는 새로운 보고서를 넘겨 가며 삼각 머리 조편재를 슬쩍 건너다보았다. 회원들은 서로의 얼굴을 쳐다보고 눈짓으로 뭔가를 물어 가며 미적거렸다.

그러나 그가 워낙 방대한 보고서를 발표하고 난 이후라 모두가 엄두조차 나지 않는 눈치였다. 예상했던 시간도 초과해 더 이상 발표할 시간이 부족한 것도 이들에게는 걸림돌이었다.

그때 흰머리 윤편인이 앞으로 나서 주절거렸다.

"오늘은 여기까지 하고 나머지 자료는 공유하는 선에서 마무리하는 것은 어떨까요?"

그는 회원들을 떠보듯 조심스럽게 자신의 의견을 제시하고 나왔다.

"그러고 보니 시간이 제법 많이 흘렀습니다. 허허허!"

시간이 부족하다는 소리에 속 알머리 봉상관은 가만히 손목시계를 들여다보며 중얼거렸다.

회원들은 휴대폰이 가리키는 시간을 확인하고는 제각각 다른 표정을 짓고 있었다.

"그러게 나 말입니다. 저도 벌써 이렇게까지 시간이 됐는지 몰랐습니다."

상구 머리 노식신은 고개를 끄덕이며 말을 받았다.

그 말에 슬쩍 벽시계를 바라본 젤 바른 선정재는 은근히 미안하다는 생각이 들었다.

지기 딴에는 충분히게 자료를 준비힌다는 것이 너무 많은 시간을 소비한 것이었다. 그러나 많은 정보를 제공했다는 자부심은 왠지 그를 떳떳하게 만들었다.

그때 누군가 불쑥 한마디 꺼냈다.

"저는 오늘 상가에 대해 많은 정보를 얻은 것 같아서 정말 좋은 시간이었다고 생각합니다."

삼각 머리 조편재였다. 그는 엄지를 세우며 젤 바른 선정재를 향해 추켜세웠다.

두 사람의 얼굴에는 뿌듯함이 가득 차 있었다. 그의 반응에 젤 바른 선정재는 겸손을 떨며 이렇게 주절거렸다.

"죄송합니다. 제가 시간을 너무 잡아먹은 것 같습니다."

그는 죄송한 마음에 고개를 살며시 까닥거렸다. 반면 미모의 명정관은 '아니, 저 오빠도 참! 죄송하긴 뭐가 죄송해?' 하며 살며시 눈을 흘겼다.

"뭔 그런 소리를 하십니까? 오히려 알찬 정보에 우리가 되레 감사해야죠, 안 그렇습니까? 여러분…!"

오른손을 가로저으며 삼각 머리 조편재가 그런 소리는 하지도 말라는 제스처와 함께 눈짓을 해 보였다.

"그럼요, 정말 '깜놀' 했어요. 호호!"

삼각 머리 조편재에게 호감을 가지고 있던 모던한 한옥경이 슬쩍 끼어들어 너스레를 떨었다.

미모의 명정관은 '아! 우리 언니들 너무 오버하는 거 아냐? 쳇!'

하고는 눈살을 찌푸리고 있었다.

"호호! 저도요, 그 어마 무시한 자료를 준비하느라 얼마나 많은 공을 들였겠어요."

도회적인 안혜숙은 덩달아 칭찬을 하고 나섰다. 그 소리를 듣고 있는 젤 바른 선정재는 흐뭇한 표정으로 웃고 있었다.

"그럼요, 제가 준비한 자료는 빈약해서 도저히 발표할 엄두가 나지 않더라고요."

삼각 머리 조편재는 자신이 준비한 자료를 손에 쥐고서 엄살을 떨며 말했다.

"뭐… 양이 중요한 잣대는 아니지요, 뭔가를 준비해 왔다는 성의가 쾌심할 뿐이죠. 으하하하! 아닙니까?"

객쩍은 소리를 지껄이며 환한 웃음을 터뜨린 속 알머리 봉상관은 모두를 향해 두 손을 벌렸다.

"으하하하…!"

"까르르…!"

이들은 영감탱이 봉상관의 입담에 모두가 빵 터졌다. 꼰대 익살에 제대로 걸려든 회원들은 너나없이 배꼽을 잡고 한바탕 난리를 치며 웃고 있었다.

"그럼요. 호호!"

미모의 명정관은 추임새를 넣어 가며 환한 미소를 보였다.

"완전 당근이죠."

둥근 머리 맹비견은 목청을 높이며 들이대듯 말했다.

"분량이야 많으면 좋겠지만, 그보다 중요한 사실은 우리 사업에 얼마나 보탬이 되고, 이익을 주느냐가 핵심 아니겠습니까?"

젤 바른 선정재를 빗댄 소리인지 새치 머리 안편관은 속말을 들춰내며 빈정거렸다.

역시 사람은 사촌이 땅을 사면 배가 아프다는 옛말이 허구는 아니었다. 젤 바른 선정재는 그의 비아냥거리는 소리에 부아가 치밀어 순간 이맛살을 구기고 있었다.

"이런 제길, 오늘 빈손으로 왔는데 그럼 난 뭐야? 좀비야 루저야? 흐흐흐."

짱구머리 나겁재는 스스로를 타박하듯 양손을 벌려서는 어깨 뽕을 쭈뼛거렸다. 시간이 많이 지체되어 회원들도 대부분 끝내는 쪽을 원하는 눈치였다.

이들의 속셈을 눈치 챈 속 알머리 봉상관이 먼저 총대를 메고 나섰다.

"오늘은 이쯤에서 끝내는 걸로 합시다."

그는 사람들을 둘러보며 말했다. 회원들은 약속이나 한 것처럼 그게 좋겠다며 한목소리를 내고 있었다.

이들은 서로에게 눈짓을 하고는 고개를 끄덕거렸다.

"그럼 나머지 보고서는 각자 돌아가서 검토하고, 공유하는 걸로 합시다."

상구 머리 노식신은 마무리를 짓기 위해 각자가 해야 할 일에 대해 말했다.

"좋아요, 최종적으로 어떤 물건들을 선택해야 할지는 대화방을 통해서 결정하도록 합시다."

흰머리 윤편인은 수익을 남길 수 있는 부동산을 찾기 위해서는 좀 더 논의가 필요하다는 생각에 일단 입에서 나오는 대로 말했다.

제24장

토론의 끝자리

삼각 머리 조편재는 그의 보고서를 듣고서 가만히 생각해 보니 발표를 하지 않아서 다행이라는 안도감보다는 왠지 모를 꺼림직스러운 뒷맛이 남아 있었다.

그래서 그랬을까? 그의 마음 한구석은 어찌 된 노릇인지 머릿속과 다르게 씁쓸한 뒷맛이 남아 영 개운하지 못했다.

발표를 하지 못한 아쉬움이었을까? 그를 잠시 혼란 속에 빠트렸다. 화장실에 갔다가 뒤처리를 제대로 처리하지 못하고 나온 칙칙한 느낌이었다.

나름 토지에 관해서 자료를 작성하느라 몇 날 며칠을 잠을 설쳐 가며 준비를 했었다. 그러나 앞서 젤 바른 선정재가 발표한 내용과는 비교도 할 수 없는 초라한 보고서였기에 망설임은 있었다.

왜냐하면 토지와 관련된 방법을 제외하면 특별히 내세울 만한 내용이 없었다.

그래서 삼각 머리 조편재는 두리뭉실 넘어간 상황이 한편 다행이라 생각하고 있었는지 모른다. 그가 준비한 보고서를 잠시 들여다 볼 것 같으면 줄거리가 이랬다.

조편재의 토지보고서

대한민국 토지시장은 물가 상승률을 비례하다 보니 매년 공시지가 상승이 내리는 지역보다 오르는 지역이 많다는 것이었다. 그는 1997년 아이엠에프와 2008년 세계금융위기(서브프라임 모기지) 사태와 같은 경제적 충격이 재현되지 않는 한 땅값은 시간이 갈수록 상승한다는 것이다.

왜냐하면 국토는 공급이 제한되어 있는 상황에서 국민 총생산 규모가 성장을 지속하고, 국내 총생산이 국민 총소득을 증가시키는 추세라면, 토지시세는 우상향하는 속성을 보이기 때문이었다.

물론 정책적인 공시지가 상승은 예외적으로 보더라도 말이다. 삼각 머리 조편재는 지난 5년간 토지가격을 꾸준히 상승시킨 원인도 여기에 있다고 보고서를 작성했다. 그는 공급과 수요의 대원칙을 간과(대충 보아 넘김)한 채 토지는 개발이라는 추진력을 가져야 땅값을 밀어 올린다고 보았다.

그랬다. 그는 개발이라는 원동력이 토지시세를 물가상승률과 경제성장률보다 높일 수 있다고 본 것이었다.

그래서 삼각 머리 조편재는 개발 사업이 진행되거나 도청이나 정부청사 이전 등 국책사업으로 토지 수요가 증가하는 지역을 타깃으로 낙찰을 받으라고 권장하고 있었다.

특히 산업단지 조성 및 기반시설 확충(예를 들어 반도체 산업단지) 그리고 주택 재개발 사업과 타운 조성사업 등 신도시나 대심도 철도 그리고 고속도로가 뚫리는 지역의 땅값은 금싸라기 땅으로 가격이 폭등하는 점이 토지의 속성이라고 적었다.

그는 부동산 투자에서 토지는 재산을 증식시키는 중요한 수단이라고 보았다.

그는 보유세(재산세 및 종합부동산세)는 토지 상승률에 비하면 조족지혈이라고 여겼다. 또한 큰 재산을 형성하는 데는 토지만 한 재테크가 없다고 말했다. 그러나 도시가 쇠퇴하면 토지시세는 추풍낙엽처럼 하락할 수 있다며 주의할 것을 당부하고 있었다.

특히 기업이 떠난 지역은 산업이 쇠퇴하는 연쇄적 작용으로 인구도 감소하고, 토지와 주택 가격까지 하락한다고 써 놓았다.

공단이 침체되거나 제조업 불황 등 구도심 공동화현상(마땅히 있어야 할 것이 없어져 속이 텅 비게 됨)이 나타나는 지역은 토지 상승세기 미비하다며, 낙찰을 피해야 할 지역으로 빨간 경고등을 켜 놓았다.

반면 그는 일자리가 늘어나고 인구가 증가하는 기업도시나 혁신도시 그리고 세대분리로 1, 2인 가구가 증가하는 수도권 주변에 신도시개발 토지를 찾아내서 낙찰을 받는 혜안도 수익을 창출하는 재테크 수단이라고 파란불을 켜 놓았다.

왜냐하면 수도권은 대한민국 인구 절반이 넘는 2600만 명이 모여 살고 있어 인구가 감소하지 않는 한 토지공급은 수요에 비해 부족하다는 것이다.

그는 토지를 매입하는 과정에서 법 규정을 회피할 수 있는 방법을 간략하게 설명해 놓았다.

토지거래허가구역 맹점

그리고 우라질 토지거래허가구역에서 논밭(500제곱미터)과 임야
(1,000제곱미터)와 그린벨트를 거래할 때는 해당 지역 단체장의 허
가를 받아야 하지만, 경매를 이용하면 허가를 받지 않아도 된다
는 맹점을 부각시켜 놓았다. 그가 말하는 수법은 법망을 교묘하
게 피해 가는 책략을 사용하고 있었다. 마치 합법적인 수단처럼
농간을 부렸다.

거래 방식은 이랬다. 양 당사자 간에 거래할 토지가 합의되면
매수자는 매도자 토지에 담보권(근저당권 및 담보가등기)을 설정한
다는 것이었다.

그리고 저당금액은 토지가격보다 큰 금액을 설정해 압류등기
를 한다고 했다. 그다음 매수자 비용으로 법원에 경매를 신청하

고, 경매 절차가 진행되면 매수자는 먹잇감을 기다리는 독수리처럼 입찰기일에 낙찰을 받아 깔끔하게 먹어 치운다는 것이었다.

그가 써 놓길 매수자는 경매가 시작되면 1회의 감정가보다 우라지게 높은 금액으로 낙찰을 받는다고 했다.

이 과정에서 그는 더 높은 금액을 써낸 지랄 맞은 낙찰자가 나타나면 매각허가일(7일) 안에 또는 잔금납부일 이전에 서둘러 담보권 채무를 변제(돈을 갚음)하는 방식으로 경매를 취하(취소)시킨다고 했다.

그는 1차에 우라질 경쟁자가 없어 정상적으로 낙찰을 받는다면 입찰보증금 10%를 제외하고, 나머지 잔금납부는 차용금액으로 상계(두 사람이 서로 같은 종류의 채무를 부담하고 있는 경우에, 서로 변제하는 대신에 당사자의 일방의 의사 표시에 따라 양쪽의 채무를 같은 액수만큼 소멸시키는 일)를 한다고 설명해 놓았다.

삼각 머리 조편재는 만약 예상을 초과하는 큰 금액으로 낙찰을 받는 대박 경쟁자가 나타나면 최초의 거래 금액을 제외한 차액은 매수자가 갖는 조건으로 계약서에 특약을 기재해 공증을 해 둔다고 적었다.

다만 경매 과정이 매매 과정보다 비용(세금, 등기 등) 면에서는 훨씬 많이 들어간다는 망할 놈의 사실을 그는 설명해 놓지 않았다.

삼각 머리 조편재는 우라질 토지거래허가지역에서 땅 투기하는 방법도 몇 가지 설명을 해 놓았다. 그중 하나가 위장 전입이었다.

전개 과정은 이랬다. 우선 토지를 매입하려는 지역에 내려가 값싼 방을 하나 골라 월세로 계약을 해 놓는다. 그러고는 가까운 중고 가전 센터를 방문해 필요한 가전제품도 사들인다는 것이었다.

그리고 그 집에 거주하는 것처럼 가택을 치장하고 만약을 위해 가족사진도 곁들여 걸어놓는다고 써놓았다.

그는 매월 공공요금을 낼 수 있도록 가전제품을 쌩쌩 가동하면서 더불어 이따금씩 들러 수돗물을 온종일 틀어놓기도 하고, 아예 수돗물을 동절기처럼 졸졸 나오도록 틀어놓고 집으로 돌아가기도 한다고 했다.

우라질은 그렇게 세간살이를 갖춰 놓고 가끔씩 식구들을 데리고 와 온 동네를 돌아다니며 전원생활이 하고 싶어 내려왔다는 둥 설레발을 치면서 동네 사람들이나 유지들을 찾아가 인사를 하며 다닌다고 했다.

그리고 행정 관청에서 조사가 나오면 자식들과 떨어져 전원생활을 즐기고 있다며 능청스럽게 둘러댄다고 적었다.

거주이전의 자유와 행복추구권을 운운하면서 국민의 한 사람으로 이러한 권리는 누려야 한다고 주장을 하면서 모두의 눈을 속이는 것이었다.

하지만 이들이 단속에 걸리면 하나같이 이렇게 말했다. "국가 공무원들이나 기득권층이 개발 정보를 빼돌려 투기하는 것에 비하면 우리들은 개미 발의 군화에 불과할 뿐이다. 왜 우리들만 투기로 몰고 가느냐?" 그처럼 항변을 하곤 했었다.

그러나 이러한 수법은 우라질 고전 수법이라고 그는 마지막에 적었다. 차라리 동네 유지나 이장을 통해 토지를 거래하고 위장 전입을 해 놓으면, 단속이 나오더라도 손쉽게 피해 갈 수 있다는 것이다. 특히 동네 사람들과 미리 입을 맞춰놓는 것이 요령이라고 했다.

그의 말인즉 이장이나 유지를 앞세워 자연스럽게 소문을 퍼뜨리는 것이다. 삼각 머리 조편재는 토지를 쪼개 파는 기가 막히는 수법도 설명해 놓았다.

대규모 토지를 거래하면서 토지거래허가면적 기준보다 더 낮게 필지를 잘게 쪼개서 팔면 토지거래허가구역에서도 허가를 받지 않고도 거래를 할 수 있다고 기록해 놓았다.

그의 젠장맞을 방식은 이랬다.

우선 토지거래허가구역으로 지정되기 전에 매매한 소급(지나간 일에까지 거슬러 올라가서 미치게 함) 계약서를 작성한다는 것이었다.

그다음 계약이행소송을 진행한다고 적었다. 즉 명의이전 소송을 통해 소유권을 넘겨받는 작업이다.

이 경우에 매도자가 법원의 출석요구를 불응하면서 매수자가 자동 승소하는 것이다.

이들은 이러한 우라질 수법을 교묘히 이용해 자연스럽게 소유권을 합법적으로 양도받는 것이었다.

그는 공유물 분할 청구 소송을 걸어서 토지를 쪼갤 수도 있다고 적었다.

그는 먼저 토지를 거래하고 일단은 공유 지분 형태로 등기를 해 둔 상태에서 나중에 분할청구 소송을 통해 개별등기를 한다는 것이었다.

삼각 머리 조편재는 토지 공유 지분권자가 동일 토지 등기 위에 다른 공유 지분권 자를 상대로 소송을 제기하면 젠장맞을 지 자체 분할허가를 받지 않고도 토지를 합법적으로 쪼갤 수 있다고 설명해 놓았다.

다만 우라질 토지거래허가지역 기준면적보다 면적이 대폭 축소된다며, 미리 감안해 대비하라고 주의를 당부해 놓았다. 그 면적의 축소 내용은 이랬다.

도시지역 가운데 주거지역은 현행 180제곱미터에서 120제곱미터로 60제곱미터나 축소된다고 적었다.

게다가 시행령에 의하면 주택(180제곱미터)은 국토교통부나 지방자치단체조례에 따라 10~30%(예: 주택 18제곱미터 이상 상가 20제곱미터 이상)까지 이미 조정이 가능하다는 것을 유의하라고 적었다.

상업지역은 200제곱미터에서 130제곱미터로 70제곱미터나 축소된다고 적었다.

공업지역은 660제곱미터에서 440제곱미터로 220제곱미터나 축소된다고 적어 놓았다.

녹지는 200제곱미터에서 100제곱미터로, 임야는 2,000제곱미터에서 1,000제곱미터로, 농지는 1,000제곱미터에서 500제곱미터로 각각 허리를 잘라서 절반씩이나 축소된다고 써 놓았다.

특히 토지 거래허가 지역은 지방자치단체 조례를 잘 살펴야 실수가 없다고 했다. 삼각 머리 조편재는 택지개발로 발생한 이주자 택지에 관해서도 간략하게 설명을 해 놓았다.

이주자 택지 딱지는 공람공고일 1년 전부터 그 지역에 집을 가진 원주민에게 주어진다고 적었다.

다만 협의 양도한 택지는 공람공고일 이전에 그 지역에 1,000제곱미터 이상 토지를 가진 지주에게 준다고 설명해 놓았다.

그리고 물 딱지(권리가 확정되지 않은 딱지)를 제외한 이주자용 딱지와 협의양도 한 딱지는 원주민이 분양 계약을 한 이후부터 소유권 이전등기 전까지 1회에 한해서 전매할 수 있다고 기록해 놓았다.

그러나 그는 이주자 택지 등은 토지 배정과 위치 추첨을 거친 후에 거래가 이루어져야 정상적인 매매로 볼 수 있다며 주의를 당부했다.

또한 소유권이 확정되고 배정받은 단독 주택지의 지번이 결정된 이후에 거래를 해야 문제가 발생하지 않는다고 경고등을 켜 놓았다.

그는 분양계약 전에 거래하는 것은 빨간 불이 켜져 위험하고,

미등기된 딱지는 불법이며 이중 매매되었거나 자격이 없는 딱지일 수도 있다며, 주의 경고등과 함께 사이렌을 울려 놓았다.

농지 투자

삼각 머리 조편재는 농지 투자에 관해서도 유의할 사항을 간략하게 설명해 두었다. 그는 비 진흥 지역 내 경지 정리가 안 된 전답을 주목하고 여유가 된다면 낙찰받기를 권장했다.

특히 개발 가능성이 큰 지역은 임대를 주었다가 개발 지역에 편입되는 시기에 시세차익을 노려보라고 파란불을 켜 놓았다. 그는 수도권에서 가까운 농지는 주말농장용(1,000제곱미터 이하)으로 쪼개서 분양하는 것도 대안이라고 팁을 주었다.

진흥 지역(농사 이외 다른 용도로 사용할 수 없는 토지) 내 농지는 20년 이상 장기적 안목을 가지고 투자해야 된다며 잃느니 차라리 죽는 게 낫다는 속담으로 빨간불을 켜 놓았다.

삼각 머리 조편재는 도심과 가까워 도보로 20~30분 내에 승용

차로는 5~10분 이내에 경지(일정한 경계 안의 땅) 정리가 되지 않은 관리지역 농지는 개발 압력이 높아 빠른 투자 회수가 가능하다고 파란불을 켜 놓았다.

그는 그린벨트 내 농지는 환경과 교통 여건이 양호해 개발제한 구역에서 해제되면 주거지로 바뀔 가능성이 크다면서 꿀 침을 흘려 놓았다.

다만 가격이 급격하게 상승한 지역은 수익 면에서 낙찰을 받아도 차익이 작다고 빨간불로 경고를 하고 있었다. 특히 높은 가격에 매입하거나 낙찰받은 지역이 수용되면 낭패가 따를 수 있다고 경고 사이렌을 미리 울려 놓기도 했다.

그는 한계농지(진흥 지역 밖의 농지 중 영농조건이 불리해 생산성이 낮은 토지) 투자에 대해서도 대충 설명해 두었다.

그는 한계농지는 인허가 등 절차가 간편해 비용절감 효과가 있고, 개발 사업을 하는 데 유리하다며 귀담아 들어놓으라고 적었다.

한계농지는 평균 경사 율이 15% 이상이거나 집단화된 농지규모가 2헥타르[1헥타르(1만 제곱미터) ÷ 1평(3.305785제곱미터) = 3,025평(1정보)] 미만인 농지라며 주의를 당부했다.

그가 설명하길 규모에 따라 한계농지 또는 한계농지정비지구로 지정받을 수 있다고 써 놓았다.

삼각 머리 조편재는 지정된 지역은 전원주택, 펜션, 관광휴양지를 개발할 때 수도권과 광역시를 제외하고, 농지의 농지조성비가

면제된다고 파란불을 켜 놓았다.

그는 한계농지를 결정할 때는 교통과 자연환경을 잘 살펴보고 골라야 한다고 주의를 당부했다.

특히 고속도로 개통지역과 유명관광지 주변 그리고 경관이 뛰어난 계곡 등을 주목하라고, 파란불로 추천해 놓았다.

그러고는 한계농지 및 한계농지정비지구로 지정받을 수 있는 토지인지 먼저 확인하는 습관을 가져야 한다고 당부했다.

그는 낙찰을 받기 전에 반드시 자신이 계획한 개발내용을 가지고 관할 지자체를 방문해 확인하는 작업을 거치라고 주의를 부탁해 놓았다.

왜냐하면 한계농지 개발 시 농지조성비 등은 감면되지만, 기반공사비가 높으면, 비용 대비 수익이 손익분기점(수입과 비용이 일치해 손실과 이익의 갈림길이 되는 점)에 머무를 수 있다고 경고등을 켜 놓았다.

삼각 머리 조편재의 보고서를 대충 훑어본 회원들은 이구동성으로 고개를 끄덕이고 있었다.

이들 가운데 몇몇은 미지의 개척지를 찾아낸 듯 놀라는 눈치였다. 그러나 이견을 달리하는 사람들의 낯빛은 사뭇 달라 있었다. 왜냐하면 시대에 따라 또는 집권 세력에 따라 부동산 규제 환경이 수시로 변하기 때문이었다.

뒤풀이

흰머리 윤편인을 비롯해 미처 보고서를 준비 못 한 회원들은 송구스러움을 면했다는 안도의 표정들이 남모르게 스치고 지나갔다.

그때 속 알머리 봉상관이 불쑥 나서며 구원 투수처럼 주절거렸다.

"그럼 오늘은 이쯤 하고 이 근처 돼지갈비집이나 갑시다."

그는 호기롭게 말하며 속 알머리를 주억거렸다.

그 말을 기다렸다는 듯이 회원들은 하나둘씩 자리에서 일어섰다. 속 알머리 봉상관은 오늘 모임도 중요했지만, 며칠전 개업 술자리에 다녀가지 못한 회원들에게 답례를 해야 되겠다는 마음이었다.

그래서 회합을 겸해 소박한 저녁식사를 대접하겠다며, 호기를 부렸다.

그가 앞장서는 이유는 일주일 전에 치른 공인중개 사무실 개업식에 돈 사랑 회원들이 화환과 금일봉을 미리 보내와 축하를 해 주었기 때문이기도 했다.

그래서 회원들도 이런저런 사정을 핑계로 개인적인 개업인사는 잠시 뒤로 미루어 두고, 오늘 모임을 가졌던 것이다.

"그래 맞아, 마포에 돼지갈비를 잘하는 골목이 있다고 들었어… 흐흐…."

상구 머리 노식신은 오늘을 기다렸다는 듯이 입맛을 다셔 가며 말했다. 회원들도 그 말에 공감을 하며 여유 있는 표정들로 웃고 있었다.

"시장 골목도 유명하다고 하던데… 아닌가? 흐흐…."

둥근 머리 맹비견은 유들유들한 얼굴로 히죽거렸다.

자리를 털고 일어선 회원들은 흐트러진 사무실 집기들을 뒤로 한 채 웅성거리며 문밖으로 나왔다.

거리는 이미 어둑어둑 저물어 가며 땅거미가 내리기 시작했다. 어디선가 낯모를 박 모가 스멀스멀 기어 나오고 있었다.

셔터를 끌어 내려 문단속을 조치한 속 알머리 봉상관은 자신을 따라오라며 손짓을 했다. 그러고는 앞장을 서서 성큼성큼 걸어갔다. 이들은 삼삼오오 짝을 지어 남극 펭귄 무리처럼 어울려 돼지갈비집으로 몰려갔다.

둥근 전등불로 어둠을 밝힌 골목길은 퇴근길 손님들을 불러들이고 있었다.

그곳은 '여기요, 여기 있어요, 당신이 찾는 갈빗집이 여기 있어요.' 하며 환하게 손짓하고 있는 것 같았다.

돼지갈비 골목길은 초입부터 오고 가는 행인들로 북적거리고 있었다.

골목 안으로 들어서자 갑자기 고기 굽는 냄새가 한바탕 코끝을 휘젓고 지나갔다. 그곳을 지나가는 취객들을 유인하는 삐끼처럼 행인들의 후각을 자극하며, 이들을 끌어들였다.

골목은 한곳으로 빨아들이는 블랙홀 통로처럼 퇴근하는 사람들의 발길을 유혹하고 있었다.

그곳은 다른 상점들과 달리 유독 양 기둥 출입문부터 기름때로 절여져 반질반질 윤기가 흘렀다.

누가 돼지갈비집이 아니랄까 봐 잔뜩 티를 낸 것 같았다.

점포 내부는 기름 타는 연기로 뒤덮은 채로 스모그가 보였다. 벽면은 발그스레한 숯불 그을음에 검뿌옇게 채색된 벽돌들 사이로 더덕더덕 찌든 오랜 맛들이 해초처럼 흐느적흐느적 휘날리고 있었다.

흰머리 윤편인과 회원들은 침샘을 자극하는 갈비 굽는 냄새에 마른침을 꼴깍꼴깍 삼키면서 빈자리를 찾아 안으로 들어갔다.

다행히 이들은 기다리는 빈 테이블을 발견하고, 그곳으로 우르르 몰려갔다.

속 알머리 봉상관을 필두로 회원들은 빈 테이블을 고지 점령이나 하는 자세로 서둘러 둘러앉기 시작했다.

동그란 원형 테이블은 회원 전체가 둘러앉기에는 의자 수가 아니 공간이 부족했다.

회원들은 할 수없이 두 테이블로 나누어 앉아야 했다.

그사이 여종업원이 다가왔다. 속 알머리 봉상관은 그녀를 보자, 대뜸 큰소리로 주문을 이렇게 말했다.

"여기요, 돼지갈비와 소주 좀 주세요!" 하며 소리를 질렀다.

주방에서 귀 밝은 여종업원이 주문 소리를 들었나 보다. 그녀는 얼른 돼지갈비를 쟁반 위에 담아 가지고 걸어와 가만히 원탁 위에 내려놓고 돌아갔다.

그사이에 먼저 손님을 맞이한 여종업원은 테이블마다 소주잔과 젓가락 등을 잠시 세팅을 해 주고 있었다. 그리고 얼마 안 있어 벌겋게 피어오른 숯불 화로가 도착했다.

연륜이 쌓인 얼굴에 검은 숯가루를 묻힌 늙다리 남종업원은 검은 장갑을 낀 손으로 화덕 위에 철판을 올려놓고 말없이 돌아갔다.

그의 움직임을 눈여겨보며 기다리고 있던 짱구머리 나겁재가 잽싸게 돼지갈비를 철판 위에 올렸다.

두 개의 화덕 위에는 넓적한 돼지갈비가 오글쪼글 냄새를 피우며 천천히 익어 가기 시작했다. 속 알머리 봉상관은 곧바로 소주병을 따서는 모두에게 한 잔씩 돌리며 한마디 주절거렸다.

"제가 회원님들 덕분에 개업식을 잘 치를 수 있었습니다. 허허!"

그의 너털웃음 속에는 오늘따라 유난히 밝은 화색이 드러나고 있었다. 성질이 급한 짱구머리 나겁재를 비롯한 몇몇 회원들은 소주잔을 받자마자 단숨에 들이켰다. 그리고는 "크윽! 캭! 그래 이 맛이야!" 하면서 소주의 맛을 중얼거렸다.

그들을 지켜보는 속 알머리 봉상관은 익살스러운 이들의 넉살에 웃어 가며 고맙다는 인사치례를 거듭하고 있었다.

"오늘은 맘껏 드세요, 제가 내는 개업 턱입니다."

그는 빈 잔을 채워 주며 생색을 내듯 거듭해서 인사를 건넸다. 흰머리 윤편인과 회원들은 그의 술잔을 받아 들고서 진심으로 축하한다며 입에 발린 말들을 연거푸 쏟아 내고 있었다.

"호호! 봉 회장님 다시 한번 개업을 축하드려요, 앞으로 대박 나시길 빌게요."

이국적인 조다혜는 붉게 타오르는 엷은 미소로 아양을 떨었다. 누차 곁눈질로 째려보던 새치 머리 안편관은 그녀의 행동에 은근히 질시를 느끼며, 쓸쓸하게 쏘아보고 있었다.

"호호! 저도 축하드려요, 회장님."

미모의 명정관은 이에 뒤질세라 덩달아 립 서비스를 쏘아 그의 마음을 설레게 했다.

"허허! 감사합니다."

그는 함박웃음으로 달아오른 속마음을 감추고 속 알머리를 끄덕거렸다.

"지, 모두를 위해서 건배합시다."

속 알머리 봉상관은 술잔을 치켜들며 앞으로 내밀었다. 순간 회원들은 다 함께 소리쳤다.

홀 안은 많은 손님들로 와글와글 소리가 뒤섞여 귀가 멍멍할 정도로 떠들썩거렸다.

"위하여…!"

쨍그랑…!

"봉 회장님! 대발하세요!"

흰머리 윤편인은 그를 위해 목청을 한껏 높였다. 사람들은 술잔을 부딪치며 자기 멋대로 외쳤다. 개업을 축하한다며 일부는 단숨에 들이켰고, 몇몇은 눈치를 살피며, 찔끔찔끔 술잔을 꺾어가면서 마시고 있었다.

"선 감사님 덕분에 상가에 대해서 많이 배웠습니다. 정말… 알찬 정보에 감사드립니다. 흐흐…"

둥근 머리 맹비견은 취기가 돌자 새삼스럽게 너스레를 떨었다.

"에이… 뭘요? 서로에게 도움을 줄 수 있다면 고마운 거지요."

그는 거만한 자세로 유유자적하게 말을 받았다.

그러나 둥근 머리 맹비견의 눈동자는 줄곧 그의 옆자리에 앉아 있는 미모의 명정관을 흘끔거리며 그녀의 앞가슴을 훑고 있었다.

그러면서 그는 생각해 보았다. 왜 젤 바른 선정재의 옆자리는 항상 그녀의 얼굴이 해바라기처럼 웃고 있는지 궁금했다. 다른 한편으로는 부러워하면서도 은근히 질투가 솟구치곤 했었다.

그래서 그는 수시로 눈총을 쏘아 가며, 그들을 번갈아 훑어보곤 했었다.

'이것들은 뭔가 있나? 어째 매일 붙어 다니지 않으면 짝꿍처럼 옆자리에 앉는 거야? 눈꼴사납게시리…. 젠장맞을!' 둥근 머리 맹비견은 속으로 속살거렸다.

그러나 그와는 달리 대부분의 회원들은 대충 짐작을 하면서도 둘 사이를 모르는 척 눈감고 지냈다.

"조 이사님 토지보고서도 배울게 많더라고요, 자… 내 술 한 잔 받으세요."

짱구머리 나겁재는 앞자리에 앉은 삼각 머리 조편재를 올려다보며 술잔을 건넸다.

"하하하! 저는 준비한 내용도 별로 없는데 극찬을 해 주시니 감사합니다."

삼각 머리 조편재는 입이 찢어지도록 웃어 가며 술잔을 받았다. 그리고 단숨에 들이켰다.

그러고는 마신 술잔을 그에게 건네며 소주를 따랐다. 술잔을 채운 그는 술병을 내려놓자마자 돼지갈비 한 점을 집어 깻잎으로 쌈을 쌌다. 한데 느닷없이 갈비를 굽고 있던 도회적인 안혜숙을 향해 깻잎쌈을 받으라며 건넸다.

그의 입 안으로 들어갈 줄 알았던 회원들은 그 모습을 보자 볼썽사나운 꼴불견을 본 것처럼 순간 놀라 눈동자를 희번덕거렸다.

마치 못 볼 눈요기를 본 것처럼 수상한 눈총을 쏘아 대고 있었다. 일부는 그러거나 말거나 못 본 척 눈길을 돌렸다.

"어머… 고마워라. 호호!"

그녀는 뜻밖에 벌어진 일이라 갑자기 당황해서 얼굴이 화끈 달아올랐다. 그러나 그녀의 손은 이미 쌈을 받아 입 속으로 가져다 넣고 있었다. 그것도 여러 사람들이 보고 있는 가운데서 날름 받아먹었다. 그러자 그가 빠르게 주절거렸다.

"어때요? 제가 싸 드리니 입맛이 돌지요? 하하!"

삼각 머리 조편재는 히죽거리며 능청을 떨었다. 주변에 앉아 있던 회원들은 '이것들이 뭐가 있나?' 싶은 수상한 눈초리로 쏘아보면서도 한편은 부러운 표정이었다.

속 알머리 봉상관은 그러든 말든 옆자리에 앉아 있는 모던한 한옥경을 챙겨 주느라 부지런히 손을 놀리고 있었다. 그녀는 거북했지만, 사양하지 못하고 주는 대로 받아먹고 있었다.

하지만 그녀의 눈빛은 '삼각 머리 조편재야… 나 좀 봐 주라.' 하는 표정으로 싱글벙글 눈웃음을 치며 먹었다.

흰머리 윤편인은 '흐흐… 영감탱이 속심은 딴 곳에 있으면서 엉뚱하기는, 젠장!' 하며 눈살을 찌푸린 채 그들을 쏘아보았다.

"이것도 좀 드세요. 흐흐…"

속 알머리 봉상관은 자연스럽게 말했다.

그의 넉살에는 연륜에서 묻어나는 느긋한 여유처럼 윤기가 자르르 흘렀다. 순간 그의 이마는 불빛에 반사되어 붉은 대리석처럼 반짝거렸다.

"회장님 옆자리에 앉는 분은 늘 호강하시는군요? 하하하!"

새치 머리 안편관은 얌통 맞은 눈매로 이죽거리고는 낄낄 웃었다. 그의 빈정거림을 지켜보던 큰 머리 문정인은 소리 없이 술잔을 비우며 피시식 웃고 있었다.

"하여튼 남자 분들은 짓궂은 데가 있군요."

옆자리에서 날선 눈으로 지켜보던 이국적인 조다혜가 쓸데없는 소리를 다한다며 그를 향해 눈을 흘기고는 내 술이나 한잔 받으라며 그에게 빈 잔을 슬쩍 건넸다.

"하하하! 회장님이야 늘 주변 분들을 내 몸같이 챙기시는데, 오늘이라고 다를 게 있겠습니까?"

이들의 노는 짓거리가 유치하고 우스워 한바탕 웃고 난 흰 머리 윤편인은 가볍게 비아냥거렸다.

어느새 거나하게 취기가 오른 큰 머리 문정인은 술기운 탓에 그들을 헤벌쭉 건너다보며 내려온 안경을 슬그머니 올렸다. 흰머리 윤편인을 마주 보고 있던 우아한 전원숙은 그가 건네준 상추쌈을 한입에 넣고서 오물거렸다.

그녀는 소주 몇 잔에 취기가 올라 양 볼이 사춘기 소녀처럼 붉게 물들어 잘 익은 복숭아처럼 안색이 익어 가고 있었다.

"전 서기님은 술이 약하신가 봅니다?"

흰머리 윤편인은 빈 잔을 권하며 그녀를 바라보았다.

우아한 전원숙은 입을 가리면서 이렇게 주절거렸다.

"호호! 저는 예전부터 술 한 잔만 마셔도 얼굴이 빨개지는걸요."

그녀는 눈웃음을 지으며 대답하고는 그가 따라 준 소주를 맛있게 마셨다. 흰머리 윤편인은 그런 그녀가 마냥 사랑스러웠다. 그래서 취기에 젖은 달달한 눈빛으로 쳐다보다가 그녀가 마시고 건네주는 빈 잔을 냉큼 받았다.

그녀는 소주를 따라주면서 사랑하는 내 당신을 바라보듯 그를 뚫어져라 쳐다보고 있었다.

흰머리 윤편인은 그녀의 눈초리가 부담스러워 얼른 술잔을 들이키고 내려놓으며 해죽 웃었다.

그러고는 얼른 상구 머리 노식신을 향해 눈길을 돌려 마신 빈 잔을 권했다.

"헤헤! 고맙습니다. 저를 챙겨 주는 분은 역시 우리 윤 부회장님 밖에 없으시군요? 땡큐 베리머치입니다."

그의 붉어진 기색에는 취기와 흥이 묻어 있었다. 남녀가 어우러진 술자리는 여자 회원들의 기름지고 깨 문은 입담 덕분에 분위기는 점점 무르익어 갔다.

빈 병이 하나둘씩 늘어 갈수록 이들의 얼굴은 서서히 붉은 노을처럼 물들어 가고 있었다.

반면 이들의 상체는 주마등처럼 이따금 흔들흔들 움직이며 소주에 취해 갔다.

젤 바른 선정재는 주위 사람들의 칭찬에 고무되어 평소 자신의 주량보다 많은 술을 마시고 있었다.

그는 벌써 취기가 목구멍까지 올라 입을 열 때마다 입에 담지 않던 거친 개소리를 짖어 대며 헛바닥이 잔뜩 꼬여 갔다.

그 모습을 지켜보던 미모의 명정관은 실망스러운 눈빛으로 안절부절못하며 어쩔 줄 몰라 하고 있었다.

그녀는 오늘따라 왠지 느낌이 좋지 않았다. 그래서 아까부터 한 걱정 속에서 표정이 어두워져 무겁게 가라앉아 있었다. 왜냐하면 금방이라도 소나기를 동반한 천둥 벼락이 내리칠 것 같은 묘한 긴장감이 섬뜩하게 스쳐 지나갔기 때문이었다.

그래서 그가 취해 갈수록 그녀는 마음이 초조하고 불안해서 어찌할 바를 몰라 했었다. 아니 불안감에 휩싸여 갔다. 도저히 이대로는 참고 있을 수가 없었다. 갑자기 밀려드는 날카로운 조바심이 그녀를 더 이상 기다릴 수 없도록 턱밑까지 조여오자 먼저 조용히 입을 떼었다.

"많이들 먹고 마신 것 같은데… 이제 그만 일어들 나시죠?"

그녀는 말과 동시에 자리를 털고 일어나 출입문 쪽으로 천천히 걸어 나갔다.

술 먹는 시늉만 내던 그녀는 회원들의 취한 언동이나, 추태를 눈뜨고 보고 있으려니 슬슬 짜증과 노여움이 한꺼번에 쌓여 갔었다.

그보다 더 참을 수 없는 것은 지분거리는 회원들의 농익은 재담이었다. 그러나 진정 그녀가 무서워한 것은 옥죄며 다가오는 젤 바른 선정재의 취한 행동이 너무 노골적인 추태로 변해 가고 있다는 것이었다.

서둘러 일어나지 않으면 뭔가 꼬투리를 잡혀 회원들에게 자기들의 숨겨진 실체가 낱낱이 들통이 날지 모른다는 압박감이 그녀를 먼저 자리에서 일으켜 세웠다.

"그래, 그만들 일어납시다."

큰 머리 문정인은 남아 있는 술잔을 비우며 중얼거렸다.

"그럽시다. 뭐… 먹을 만큼 먹은 것 같은데…."

흰머리 윤편인은 맞장구를 치고 일어나면서 우아한 전원숙의 소맷귀를 슬쩍 잡아 당겼다.

"어머!"

남은 술잔을 기울이다가 짐짓 놀란 그녀는 그를 힐끔 올려다보았다.

취기가 벌겋게 오른 흰머리 윤편인은 이만 나가자며 눈짓을 보냈다.

"잠깐만요…. 내 핸드백은 챙겨야지요?"

그녀는 취기 오른 입술로 웅얼대고는 주위를 더듬거리며, 소지품을 챙기기 시작했다. 매무새를 고치는 여자들을 두고, 먼저 일어난 남자 회원들은 휘청거리는 몸을 가누며, 하나둘씩 돼지갈비집을 빠져나가고 있었다.

새치 머리 안편관이 앞서 걸어 나가자 마음이 급해진 이국적인 조다혜는 그의 뒤통수 쏘아보면서 널브러진 자신의 소지품을 집어 들었다.

그녀는 '같이 가요!' 하는 말이 목구멍까지 튀어나오다가 도로 쏙 들어가 버렸다. 속 알머리 봉상관이 계산을 치르는 동안 나머지 회원들도 하나둘씩 낭창낭창 걸어 나왔다.

남은 술과 안주가 못내 아쉬운 상구 머리 노식신을 남겨 놓고는 모두가 빠져나왔다.

갈빗집 앞마당에 삼삼오오 모인 회원들은 두 사람을 기다리며, 꼬이는 헛바닥을 놀려대고 있었다.

계산을 끝내고 나온 속 알머리 봉상관은 이 근처 어디 뽕 필이 살아 있는 노래방을 찾아가자며 흥얼거렸다.

취기가 잔뜩 오른 그는 기다리는 회원들이 자기 똘마니나 되는 것처럼 헛바닥을 굴려 가며, 코 삐뚤어진 말로 명령을 내렸다. 이들의 행동을 가만히 지켜보던 미모의 명정관은 뒤에서 '으이구! 영감태기.' 하며 비틀거리는 젤 바른 선정재를 붙잡고 서 있었다.

그러나 젤 바른 선정재는 몸도 가누지 못할 만큼 취해 다리가 풀린 상태로 비틀비틀거리며 누군가를 향해 횡설수설 지껄이고 있었다.

그즈음 돼지갈비집을 빠져나온 상구 머리 노식신이 주절거렸다.

취중 주사

"봉 회장님! 저쪽에 노래방들이 제법 있더라고요."

그는 속 알머리 봉상관의 옆으로 붙으며 말했다.

"그래요? 그럼 그리로 가지 뭐…."

속 알머리 봉상관은 그를 쳐다보며 대꾸하고는 몸을 휘청거렸다. 옆에서 상구 머리 노식신이 한 손을 뻗어 그를 살짝 받쳐 주었다.

그때였다. 누군가 옆에서 냅다 고함을 지르며 속 알머리 봉상관을 찾았다. 그는 취기가 올라 한 꺼풀이 축 늘어진 눈을 가늘게 뜨고서 천천히 고개를 돌렸다.

"봉 회장 죄송함다. 나는 그만 여기서 헤어져야겠는데…."

젤 바른 선정재였다. 그는 미모의 명정관에게 부축을 받고서 횡설수설 떠들며 혀 꼬부라지는 소리로 지껄이고 있었다.

취기가 오른 속 알머리 봉상관은 그의 말에 아랫사람을 다루 듯 주절거렸다.

"아이쿠! 정말 오늘 수고가 많았어, 내가 선 감사를 다시 봤다 는 거 아닌가. 허허허!"

그는 헤어짐을 아쉬워하면서 그를 추켜세웠다.

젤 바른 선정재도 술기운 때문에 평소와는 다르게 어름어름 넘 기는 말투로 반말 비슷하게 으름장을 놓듯이 주절거렸다.

"아니, 봉 회장님아! 나를 지금까지 별 볼 일 없는 똘마니로 봤 다는 거야? 이거 정말 뭐 하는 돼먹지 못한 개소리냐?"

젤 바른 선정재는 야자 하는 소리에 순간 기분이 상해 버럭 성 깔을 내며 입에서 나오는 대로 뇌까리고 있었다.

"허허! 그럴 리가 있나, 오늘 뭐 대단했다 이 말이지…. 이 사람 술 먹으니 완전 다른 사람이네…."

속 알머리 봉상관은 그의 횡설수설에 잔뜩 화가 나서 반말 비 슷하게 어린아이를 다루듯이 그를 달랬다.

그 시각 다른 회원들은 이들이 지금 무슨 짓을 하든 아예 상관 없는 사람들이었다. 그들 눈앞에는 당장 아른거리는 노래방을 찾 아서 이곳저곳을 헤매고 있었다.

그들이 유흥가 골목길을 헤매 가며 한 곳에 쏠려 있을 시간에 미모의 명정관만 휘청거리는 젤 바른 선정재를 잡아 주면서 애를 태우고 있었다.

그 순간 허리가 고꾸라질 듯 넘어지다가 다시 벌떡 몸을 세운 젤 바른 선정재는 반쯤 감긴 눈을 치켜뜨고는 속 알머리 봉상관을 향해 꺼덕꺼덕 쏘아보면서 혀가 꼬인 채로 주절거렸다.

"흐흐…. 그래 알겠다. 나는 여기까지…!"라고 지껄이고는 휘청거리며 다시 넘어졌다.

속 알머리 봉상관은 하도 어이도 없고, 기가 막혀서 아무런 대꾸도 없이 그길로 회원들이 부르는 쪽으로 걸어가 버렸다.

그는 젤 바른 선정재의 취기 오른 추태보다도 미모의 명정관에 태도가 더 속이 상했다. 시종일관 젤 바른 선정재를 부축하며, 자기 남편처럼 챙겨 주고 있는 모습이 영 거북스럽고 눈에 가시처럼 박혔었다.

그 꼴을 눈뜨고 보고 있자니 속이 메스꺼워 가슴마저 쓰리고 아파서 견딜 수가 없었다.

그는 화가 머리끝까지 치밀었지만, 그렇다고 나설 처지도 아니고 해서 그렇게 모른 척하며 조용히 가버렸다.

속 알머리 봉상관이 떠나자, 그녀는 서둘러 그를 부축하면서 일으켜 세우려고 안간힘을 다했다.

그 순간 미모의 명정관을 우악스럽게 휘어잡은 그가 사정없이 그녀의 손을 내동댕이치듯 뿌리쳤다.

눈앞에 번갯불이 번쩍하고 지나가듯이 그의 충혈된 눈에는 '네가 뭔데 나를 붙잡느냐.' 하는 서슬 시퍼런 칼날이 서려 있었다.

그 힘이 얼마나 우악스럽고 거칠었으면 그녀는 졸지에 버려진

짐짝처럼 길바닥에 내팽겨진 채로 한 바퀴 회전하듯 뒹굴며 나가자빠졌다.

별안간 당한 일이라 당황한 미모의 명정관은 황당무계한 눈길로 겨우 고개를 쳐들었다. 그러자 젤 바른 선정재가 험악한 인상을 해 가지고 그녀를 째려보았다.

그러고는 밤거리에서 시비 거는 낯모르는 화냥에게 해대듯 삿대질을 하면서 생전 들어 보지도 못한 쌍욕을 그녀에게 퍼부었다.

그녀는 갑자기 양아치 건달로 변한, 아니 치사한 양아치이자 건달처럼 돌변해 마구잡이로 행동하는 그놈이 도대체 누군가 싶었다.

평생 들도 보도 못한 욕설을 들으며 고개를 숙이고 있다가 참으로 어안이 벙벙하고 기가 막혀서 그놈을 죽일 듯 노려보았다.

그러나 젤 바른 선정재는 그렇게 퍼붓고는 아무 일도 없었다는 듯이 비틀비틀 도롯가로 걸어갔다.

밤거리는 휘황찬란한 네온사인 불빛이 반짝거리고 도로에는 귀갓길을 서두르는 자동차 행렬들이 어디론가 쏜살같이 질주하고 있었다.

그 사이로 낭창낭창 걸어간 그는 정차된 택시의 문짝을 사정없이 열어 제치고 무작정 올라탄 채 문짝을 힘껏 닫았다.

그러고는 그길로 횡하니 떠나가 버렸다. 그녀는 길바닥에 쓰러진 채로 그놈을 노려보다가 부들부들 떨려 오는 전신을 추스르며 겨우겨우 엉거주춤 털고 일어섰다.

그녀는 잠깐 사이에 벌어진 그놈의 몹쓸 행동에 소스라치게 놀란 얼굴로 경악을 금치 못하고 벌벌 떨고 있었다.

소름이 끼쳐 꼼짝 못 하는 어린아이처럼 한참을 그대로 서 있었다. 그녀는 지금까지 자신이 알고 지내던 그 사내가 맞는지조차 의심스러웠다. 자신을 거리에 내동댕이치고, 거침없이 쌍소리를 내뱉는 그의 모습에서 도저히 용서할 수 없는 치욕과 모멸감을 느꼈다.

그녀는 숨겨진 그놈의 본모습을 본 것 같아 온몸에 소름이 끼쳤다.

치가 떨리고 분이 가시지 않아 핏발이 서고 손발이 오그라들 정도로 속이 잔뜩 상했다. 하지만, 그 순간 누구에게 드러내놓고 표현할 수도 없었다.

미모의 명정관은 근래 들어 술만 들어가면 그놈의 못된 술버릇 때문에 가끔 경기를 하곤 했었다. 하지만, 오늘 같은 행동은 처음 당한 것이었다.

그녀는 다른 회원들의 눈이 있어 속으로 분을 삭이면서 그냥 지켜만 볼 수밖에 없었다.

그래도 한때 뜨겁게 사랑을 나누던 사이였기에 그녀는 치욕과 모멸감을 감내하고 있었는지 모른다.

그녀가 도움을 받기 위해 함께 육정을 불사르던 그놈은 도무지 영문을 알 수 없는 우라질 추태를 부리다가 눈 깜짝할 사이에 그렇게 사라져 버린 것이었다.

한편 두 사람이 따라오지 않는 것을 눈치 챈 짱구머리 나겁재가 그들을 찾아 나섰다가 휘청거리며 택시를 타는 젤 바른 선정재의 뒷모습을 목격하고, 그는 '무슨 일인가?' 싶어 서둘러 그녀 곁으로 다가 왔다.

하지만 미모의 명정관을 남겨 두고 밤거리 속으로 사라지는 그를 보고서 조금 의아한 눈길로 멀어져 가는 택시를 쳐다보았다. 그러고는 시침미를 떼고 떨며 서 있는 그녀를 부축했다.

그는 일행들이 기다리는 곳으로 가자며 그녀를 잡아끌다시피 회원들이 모여 있는 곳으로 데려갔다.

"자… 자, 간 사람은 간 사람이고. 어디로 갈까요?"

짱구머리 나겁재는 그녀의 아픈 사정도 모른 채 혀 꼬부라진 소리로 모두를 향해 외치고 있었다.

"저만 따라오시면 됩니다."

상구 머리 노식신은 큰소리를 치면서 앞장을 섰다. 일행들은 어슬렁거리며 그를 따라가고 있었다. 그 모습이 밤거리에 전등 행렬 축제를 즐기는 사람들 같았다.

"바로 저깁니다."

상구 머리 노식신은 기다란 손가락으로 자신이 찾아낸 화려한 노래방을 가리켰다.

그곳은 네온 불빛이 팔색조로 번쩍이는 노래방이었다. 이들을 따라가는 미모의 명정관의 머릿속은 많은 생각들로 어지러웠다.

사내들은 여자를 자기 소유물이라는 착각을 하는 순간 긴장감이 사라져 황당무계한 행동을 함부로 한다는 사실을 전 남편과 살면서 치 떨리도록 체험했었던 그녀였다. 그런데 젤 바른 선정재 모습에서 전 남편의 환영을 또다시 보게 될 줄은 꿈에도 상상을 못했다.

언제부턴가 술을 마시면 괴물로 변해 버리는 그놈의 모습에서 차츰 환멸을 느끼고는 있었다.

그녀는 울컥울컥 밀려드는 배신감에 서러움과 외로움이 함께 몰려왔다. 갑자기 마음이 우울하고 슬퍼지며 별안간 술이 확 당겼다.

그녀는 아무리 취중이라지만 사랑했던 사람에게 버림받은 허무함과 쓰라린 상처가 너무 가슴이 아팠다.

예리한 면도칼로 자신의 창자를 도려내는 것처럼 마음이 아리고 쓰려왔다.

그녀는 누군가에게 위로를 받기보다 스스로를 달래 주고 싶었다. 그래서 집으로 가려던 발길을 돌려 노래방으로 따라간 이유도 거기에 있었다.

회원들과 술이나 마시면서 오늘 밤은 선정재라는 우라질 사내놈을 잊고 싶었다. 아니 어쩜 죽도록 미워하고 죽지 않을 정도로 패 주고 싶었는지 모른다.

그즈음에 이국적인 조다혜와 상구 머리 노식신은 노래방 업주의 안내로 제일 큰 방을 돌아보고 있었다.

업주는 맥주와 안주는 시키는 대로 보내 주겠다며, 노래방값을 선불로 요구하며 복도로 나왔다.

상구 머리 노식신은 자신의 카드로 먼저 결제를 하려고 카운터로 따라갔다.

그러나 언제 들어왔는지도 모르는 미모의 명정관이 먼저 모든 계산을 일시불로 처리하고 있었다. 그녀는 말릴 틈도 주지 않은 채 일사천리로 술과 안주까지 주문했다.

그는 의외라는 생각을 했다. 그리고 퍼즐을 맞춰 가듯 어지럽게 눈동자를 굴려 가면서 그녀를 빤히 쳐다보았다. 계산을 끝낸 그녀는 카운터를 벗어나며 살짝 미소를 보였다.

그러고는 룸으로 가자고 앞장을 섰다. 그녀 뒤를 바짝 따라붙은 상구 머리 노식신은 콧노래를 흥얼거리며, '뭐 그럴 수도 있겠다.' 싶었다.

그런 사실을 모르는 회원들은 벌써 룸으로 들어가 신나게 노래를 부르고 있었다.

그 광경을 그려보자면, 흰머리 윤편인은 우아한 전원숙과 어울려 놀고 있었다.

도회적인 안혜숙은 삼각 머리 조편재와 사이에 모던한 한옥경이 끼어 있는지도 모른 채 그들 사이에서 탬버린을 흔들고 있었다.

이국적인 조다혜가 노래를 부르자 새치 머리 안편관은 그 앞에 서서 재롱을 피우듯 손뼉을 치고 있었다.

그런데 오늘따라 제대로 엉덩이에 신이 난 사내는 속 알머리 봉상관이었다.

그는 노래방값 따위는 안중에도 없었다. 술값이 얼마가 나오든 그에게는 중요하지 않았다.

왜냐하면 그녀 옆에 그림자처럼 따라다니며 코브라도 춤을 추게 만드는 피리 부는 사내 젤 바른 선정재가 없다는 사실이었다.

이러한데 어찌 속 알머리 봉상관이 흥이 절로 솟구치지 않겠는가? 그는 늙은 젊음을 불태울 마음에 엉덩이가 가만있지 못하고 있었다.

그는 한때 미모의 명정관을 마음에 두고 속을 태우며 상상의 수음을 수도 없이 했었다. 그런 그녀가 지금 혼자라는 사실이었다. 오늘 밤은 그녀와 자유롭게 놀 수 있다는 행복감에 영감탱이는 잠자던 욕정마저 꿈틀거렸다.

그의 바람기는 일반적인 상식과는 괴리감을 느끼게 하는, 뭐 그런 사내였다. 방 안을 가득 채운 회원들은 술과 안주가 들어오기 전부터 마이크를 붙잡고 가수 뺨치게 노래를 부르고 있었다.

회원들 가운데는 선곡을 하느라 노래 책자 삼매경에 빠져 있는 사람, 탬버린을 흔들고 치는 남녀, 귓속말을 하는 여자, 손뼉을 치는 남자, 노래방 번호를 누르는 사람, 모두가 자기 행동에 빠져 있었다.

잠시 후 술과 안주가 들어왔다. 회원들은 2차를 하자고 술잔을 돌리며 음악 소리에 상체를 흔들고 있었다.

박자에 맞춰진 이들의 하체는 건들건들거렸다. 제대로 흥이 오른 회원들은 호감을 가진 이성에게 은근슬쩍 손을 내밀었다.

이들은 거리낌 없이 서로의 파트너가 되었다. 속 알머리 봉상관은 음악이 흐르면 그녀에게 접근해 춤을 신청하곤 했었다. 그러고는 엉덩이를 사정없이 마구 흔들었다.

미모의 명정관은 속상한 마음을 떨치고 싶었기에 오늘만큼은 이들과 함께 놀았다. 그래서 그랬을까? 누구라도 손을 내밀면 그대가 되어 함께 어울렸다. 그 순간을 잊기 위해 아니 아픔을 감추고 싶어 춤을 추었다.

그 속을 모르는 속 알머리 봉상관은 그녀를 부둥켜안은 채 황홀한 시간을 즐겼다. 서로가 다른 마음을 품은 채 음률에 맞춰 이들은 한때를 보냈다.

파트너와 어울린 회원들은 술기운을 핑계 삼아 서로에게 밀착을 하고 있었다. 이들은 음악이 계속되길 바라는 눈치로 떨어질 줄 몰랐다.

소파에 기댄 새치 머리 안편관은 옆자리에 앉은 이국적인 조다혜에게 귓속말로 속닥대느라 노래는 뒷전이었다. 두꺼운 노래 책자를 펼쳐 놓은 도회적인 안혜숙은 회원들의 신청곡을 받느라 옆자리에 앉은 삼각 머리 조편재의 눈길조차 의식하지 못했다.

그녀는 신청곡을 챙겨 주랴, 노래를 선곡하랴, 나름 바쁘게 움직이고 있었다. 소파에 앉을 새도 없는 모던한 한옥경은 노래방에서 인기만큼은 가수 뺨치는 최고의 파트너였다.

그녀의 춤과 노래는 아마추어 실력을 뛰어넘는 깜찍한 수준이었다. 발라드 음률이 흐르면 블루스 춤을 선보이고, 뽕짝이 나오면 지르박 춤으로 회원들의 흥취를 살렸다.

이따금 노래를 선곡하는 우아한 전원숙은 경쾌한 가요를 주로 불렀다.

그런 그녀가 마음에 드는지 흰머리 윤편인은 발라드를 부르며, 우아한 전원숙에게 자주 손을 내밀었다.

그녀는 기다렸다는 몸짓으로 자석처럼 달라붙어 춤을 추었다. 흰머리 윤편인은 때로는 블루스로, 때로는 지르박으로, 그녀의 마음을 유혹하며, 감미로운 창법으로 애창곡을 불렀다.

한차례 순서가 지나가면 이들은 좌석을 이동해 비어 있는 자리에 가서 앉았다.

그러고고 선곡을 찾아서 다음 차례를 기다렸다. 남성들은 파트너를 먼저 차지하려고, 눈치껏 여성들에게 손을 내밀었다.

여우들은 누구라도 마다하지 않았다. 회원이기에 함께 어울렸다. 그녀들은 즐긴다는 마음 그 이상도 그 이하도 아니었다. 늑대들도 술기운에 들이대지만, 몇몇을 제외하고 스트레스를 풀어 버리는 선을 넘지 않았다. 설상 호감을 느끼는 상대라도 어리석은 행동은 자제하면서 어울리고 있었다.

누구라도 그러하듯이 이국적인 조다혜는 애창곡을 간드러지게 부르며 사내들의 애간장을 녹였다.

그녀의 노래 솜씨에 흠뻑 취해버린 새치 머리 안편관은 그에 화답하는 발라드로 둘만의 대화를 나누고 있었다.

가사 속에 무슨 사연이 담겨 있든, 회원들은 자기들만의 세상에서 놀고 있었다.

흥이 많은 상구 머리 노식신은 연신 탬버린을 치며, 분위기를 살렸다. 트로트 멜로디를 선곡한 짱구머리 나겹재는 틈만 나면 도회적인 안혜숙에게 손을 내밀었다.

그 틈에 끼어든 둥근 머리 맹비견은 파트너를 가로채어 놀다가 돌려주곤 했었다. 질투를 느낀 삼각 머리 조편재는 막춤으로 들이대며 교묘하게 그들을 갈라놓곤 했었다.

오랜만에 술에 취한 미모의 명정관은 흐트러진 모습을 보이며, 회원들과 누구라도 어울렸다. 그녀는 가끔씩 큰 머리 문정인의 품에 안겨 블루스를 즐겼다.

자유로운 영혼처럼 모두와 함께 어울렸다. 그녀는 늑대들의 미끄러지는 손놀림에 몸을 뒤틀며 꿈틀거렸다.

특히 속 알머리 봉상관의 엉덩이 놀림은 그녀를 기겁시켜 잠시나마 아픈 상처마저 잊도록 임팩트를 주기도 했었다.

그렇게 음악이 끝나면 의식적으로 소파에 돌아와 남은 술을 마셨다.

그렇게 흘러버린 유희 속에서 이들은 서비스 노래방 시간을 다 채우고 나서야 흘러내린 땀에 끈적거림을 느낄 수 있었다.

모니터 속에서 펼쳐지는 영상과 흘러나오는 뮤직을 들으며 아쉬움을 간직한 채 이들은 자신들의 사물을 챙기기 시작했다.

그리고 한참 후…. 흰머리 윤편인과 회원들은 땀방울을 훔치며 한 사람씩 띄엄띄엄 밖으로 걸어 나왔다.

마포의 밤하늘은 스쳐가는 한강 바람으로 시원스러웠다.

밤거리를 쏜살같이 달려가는 자동차의 불빛들이 어지럽게 흔들리며, 마로니에 나뭇잎 속으로 숨어들었다.

아름답게 흐느끼는 밤의 그림자는 마포의 밤 풍경을 화려하게 그려 내고 있었다.

"어쨌거나, 회장님 오늘 무리하신 것은 아니죠?"

모던한 한옥경은 가볍게 웃으며 물었다.

"즐겁게 놀았으면 됐지 무리는요. 참! 노래방값은 명 서기가 지불했습니다."

속 알머리 봉상관은 히죽대며 좋아죽겠다는 표정으로 말했다.

그는 노래방값을 지불하러 갔다가 선불로 결제된 사실을 확인했었다. 그래서 더욱 그녀에게 마음이 끌렸는지도 모른다.

"아… 그랬군요. 호호!"

모던한 한옥경은 그런 줄 몰랐다는 표정으로 웃었다. 그리고는 곧바로 미모의 명정관에게 다가갔다.

"명 언니 고마워요, 덕분에 잘 놀다 갑니다."

그녀는 고맙다는 말 외에는 이유를 묻지 않았다.

미모의 명정관은 빙그레 미소를 보이며 슬픈 눈빛을 감추듯 고개만 끄덕거리고 돌아섰기 때문이었다.

"다음에 또 봐요."

그녀의 인사 소리를 못 들은 채 미모의 명정관은 흔들리는 불빛 속으로 유유히 걸어갔다. 그러고는 이내 택시를 잡아타고, 먼저 간다는 말도 없이 그 자리를 떠났다.

그녀의 뒤를 쫓아간 속 알머리 봉상관은 날아간 파랑새를 바라보듯, 한참을 그녀가 사라진 방향을 멍하니 바라보고 서 있었다.

즐거움 뒤에 찾아드는 허무감마저 채우고 싶은 회원들은, 뭔가 아쉬워하면서도 각자에게 작별을 고했다.

이들은 서로 방향이 같은 회원들끼리 길동무를 청해 동행을 하고 있었다.

지방에서 올라온 새치 머리 안편관과 이국적인 조다혜는 간다 온다는 소리도 없이 바람과 함께 사라졌다.

노래방에서 죽이 맞은 회원들은 서로에게 방향은 중요하지 않았다. 그래서 함께 움직이며 길동무로 나섰다.

흰머리 윤편인은 술기운에 휘청거리는 우아한 전원숙을 부축해 주고 있었다.

그는 다른 남자 회원들이 근접하지 못하도록 그녀를 커버 하고는, 보호자라도 되는 사내처럼 지난번 기억 속에 남아 있던 그녀의 집 방향으로 자취를 감췄다.

모두가 떠나 버린 거리에는 홀로 남은 속 알머리 봉상관이 덩그러니 외롭게 서 있었다.

그는 못내 아쉬움이 남아서 그녀가 떠난 도롯가를 하염없이 바라보고 입맛을 다셔 가며 걸어갔다.

제25장

새로운 제안

다음 날 오전.

따르릉 따르릉!

이른 아침부터 공인중개 사무실에 전화벨이 요란스럽게 울려 퍼졌다. 책상을 청소하다 말고 수화기를 집어 든 통통한 여사무장이 천천히 주절거렸다.

"여보세요? 봉상관 공인중개 사무실입니다."

그녀는 매우 공손하고 상냥한 목소리로 말했다.

"안녕하세요? 저는 선정재라는 사람인데요, 봉 회장님 계시면 잠시 바꿔 주시겠습니까?"

"아… 예…. 잠시만…요. 중개사님! 전화 받아 보세요."

"누구신데요?"

모니터를 쳐다보고 있던 속 알머리 봉상관이 고개를 돌려 물었다.

"선정재라는 분에게 걸려온 전화입니다."

그녀는 가볍게 말하며 손짓과 눈짓으로 받겠느냐는 제스처를
해 보였다.

그는 받겠다며 조용히 수화기를 들었다.

"여보세요? 전화 바꿨습니다."

속 알머리 봉상관은 하던 일을 잠시 멈춘 채로 점잖게 말했다.

그러고는 문득 어젯밤 일을 떠올렸다. '아… 이 사람이 어제 그
러고 가더니 무슨 일이야? 아침 댓바람부터… 전화를 다하고, 젠
장! 잠자고 일어나 생각해 보니 죄송한 생각이 들었나? 사람하고
는…' 생각하며 수화기를 귀에 가깝게 가져갔다.

"저예요… 봉 회장님! 선정재 감사…."

"아이쿠…. 이거 아침 댓바람부터 전화를 다 주시고 무슨 급한
볼일이라도 생겼습니까?"

그는 평소와는 사뭇 다른 억양으로 퉁명스럽게 받았다.

"아… 예, 그게…?"

그는 빈정거리듯 대꾸하는 그의 말투에 잠시 말문이 막혔다.

"그래 어제 집에는 잘 들어가셨습니까?"

속 알머리 봉상관은 '어젯밤 자신에게 그렇게 못되게 하고 가더
니 그래 네 놈은 잘 들어갔느냐?'를 비아냥거리듯 빗대고 물었다.

"예… 덕분에…. 그런데 어제는 제가 너무 술이 과해서 회원들
에게 실수를 좀 한 것 같은데 말입니다…."

그 말에 속 알머리 봉상관은 '아니 다행이네, 사람이 말이야…' 하며 혼잣말을 속살거렸다.

"그런데… 영 기억이 가물가물해 도저히 생각이 나지 않는데… 어제 제가 무슨 실수라도 저질렀습니까?"

"…"

"실수야 뭐… 술버릇이 좀 고약한 것 빼고는 크게 별일은 없었습니다."

그는 '어제 이미 지나간 일을 굳이 아침부터 입에 담아 서로 기분 상할 필요가 있을까?' 싶어 어물쩍 대충 말했다.

"하하! 이거 죄송합니다. 어제 저의 실수가 있었다면 헤헤! 봉회장님께서 너그럽게 용서를 부탁드립니다. 참! 그리고 회원 분들은 잘 놀다 들어가셨습니까?"

그는 이 대목에서 목소리에 힘을 주어 물었다.

"그럼요, 노래방에서야 다들 잘 놀다 헤어졌습니다."

속 알머리 봉상관은 속에 든 생각과는 달리 그의 사과하는 한마디에 너그럽게 받아 주고 있었다.

"아닌 게 아니라, 어제는 평소보다 술이 많이 취하신 것 같던데… 내가 모르는 무슨 일이 있었습니까?"

"하하하! 일은 무슨 일이요, 그딴 거 없습니다."

"정말입니까? 뭐 그렇다면 다행이지만…"

그는 그가 미모의 명정관의 소식이 궁금해서 걸었다는 것을 어림짐작하고 있었다.

그래서 그는 '이 사람아. 내가 이미 훤히 알고 있는데 어디서 내숭을 떨고 지랄이야… 이 음흉하고 버르장머리 없는 놈 같으니라고…' 하며 속살거렸다.

"예… 어제는 제가 기분이 좋았던 모양입니다."

"허허! 그렇다면 다행이군요."

"그보다 어제 회장님 사무실 근처 차고에다 차를 두고 그냥 왔는데 괜찮을지 모르겠습니다."

젤 바른 선정재는 그녀의 소식이 궁금해서 전화를 걸었다는 말은 못 했다. 그러면서 엉뚱하게도 다른 화제를 꺼내 놓으며, 빙빙 돌렸다. 그렇게 그는 상대를 떠보듯 어제 일을 묻고 있었다.

왜냐하면 자신이 술에 취해 무슨 해괴한 실수를 저질렀는지가 도통 기억이 나지 않았다. 게다가 미모의 명정관이 자신의 전화를 전혀 받지를 않고 있었기 때문에 더욱 그랬다.

그래서 그는 속이 타들어 가는 마음으로 계속 통화를 시도했었다. 그러나 그녀는 평소와 다르게 받지도 않을뿐더러 문자를 보내도 일절 답장 한마디도 없었다.

그는 애가 타는 심정으로 '혹시나 작은 실마리라도 건질 수 있을까?' 싶어 속 알머리 봉 회장에게 전화를 걸어온 것이었다.

물론 다른 볼일을 핑계 삼아 걸기는 했다. 하지만, 그것도 아직 이들에게 내놓고 말할 단계는 아니었다.

그러나 자빠진 김에 쉬어 간다고, '이참에 잘 됐다.' 싶었다. 그래서 조금 일찍 자신이 그동안 눈여겨보며, 분석한 토지 물건을 내놓기로 작정을 했다. 그러면서 은연중에 그녀의 소식을 전해 듣고 싶었다. 하지만 그는 속마음과 달리 한참을 엉뚱한 소리만 지껄이고 있었다.

"걱정 말아요, 요즘은 감시 카메라가 달려 있어서 함부로 건드리지 못합니다. 허허!"

그는 미간을 약간 찡그리며 말했다.

"그럼 다행인데 말입니다. 혹시나 싶어서요? 뭐… 그건 그렇고, 하여튼 제가 점심시간에 사무실로 찾아갈 테니 점심이나 같이하시죠?"

젤 바른 선정재는 어젯밤 자신이 그에게 부린 추태는 까맣게 잊고서, 아니 기억조차 나지 않는 듯이 말을 하고 있었다.

물론 속 알머리 봉상관이 내뱉는 억양 속에는 자신을 설렁설렁 받아 주고 있다는 고까운 기분이 잠시 들었다.

하지만 그는 아랑곳하지 않는 눈치였다.

왜냐하면 그녀의 소식도 소식이었지만, 우선 자신이 기획한 일을 추진하기 위해 서둘고 있었기 때문이었다.

아무튼 그는 두 가지 일을 다 수확하려는 속셈인 것 같았다. 어찌 되었든 젤 바른 선정재는 그녀의 소식도 들을 겸 일을 핑계로 먼저 그에게 만남을 청했다.

"허허허! 그럼 저야 감사하죠."

속 알머리 봉상관은 먼저 선수를 치며 속없이 받아 주고는 혀를 '쯧쯧' 차고 있었다.

"참! 제가 제안할 죽이는 사업 아이템이 하나 있는데… 한번 들어 보시겠습니까?"

그는 말끝에 혀를 내밀며 히죽 웃었다.

"아… 그렇습니까? 그게 뭔지 몰라도 여하튼 말씀을 해 보세요."

속 알머리 봉상관은 말은 하면서도 '아니 어제는 뭐 하고, 이제 와서 뭘 제안하겠다고 난리야…. 사람하곤 나 참!' 하며 속살거렸다.

"제가 전화로는 좀 곤란하고 이따가 만나서 말씀을 드리도록 하겠습니다. 왜냐하면 간단한 물건이 아니라서 그렇습니다. 그렇게 아시고… 제 부탁 하나만 들어 주시겠습니까?"

"부탁이요…?"

"별것은 아닙니다. 저기…. 윤 부회장님하고 조 이사님, 그리고 문 감사님도 함께 식사를 했으면 좋겠는데…? 어째… 가능은 한지 모르겠습니다."

"아니… 제안할 사업 아이템만 괜찮다면 나오지 않겠습니까? 아무튼 제가 연락을 취해 보고, 시간이 되면 나와 달라고 부탁을 해 보겠습니다."

"그럼 회장님만 믿고, 그 시간 내에 사무실로 나가겠습니다."

"알겠습니다. 일이 잘못되면 문자로 통보해 드릴 테니 그렇게 아시고, 이따 만납시다."

그는 궁금증만 잔뜩 안기고 통화를 끊었다. 속 알머리 봉상관은 수화기를 내려놓지, 곧비로 지신의 핸드폰을 집어 들었다. 그러고는 그가 부탁한 내용을 빠르게 작성하기 시작했다. 회원들에게 전송할 문자였다.

그는 사업 아이템이라는 소리에 어제 섭섭했던 일은 벌써 다 잊어버린 듯 발 빠르게 움직이고 있었다.

한참이 지나 그에게 들은 내용을 적당히 정리한 그는 똑같은 문장을 세 사람에게 동시에 전송했다.

잠시 후….

문자를 전달받은 회원들은 시간차를 두고 몇 분 간격으로 참석하겠다는 답장을 그에게 보내왔다.

한편 핸드폰 알람 소리에 잠에서 깨어난 흰머리 윤편인은 몽롱한 상태에서 문자를 읽었다. 어제 먹은 술기운 탓에 그는 내용을 도통 이해를 못하겠어, '뭔 소린가?' 싶었다. 그래서 궁금한 마음에 직접 통화를 시도했다.

"날 보러 와요— 날 보러 와요—."

책상 위에 가지런히 놓여 있던 속 알머리 봉상관의 핸드폰이 요란하게 울렸다.

"여보세요?"

"…"

그는 하던 일을 잠시 멈추고 핸드폰을 받았다.

"안녕하세요? 봉 회장님! 윤편인입니다."

"아… 예, 윤 부회장님! 보낸 문자는 확인하셨습니까?"

"예…. 방금 확인했습니다."

"그런데 어쩐 일로…?"

속 알머리 봉상관은 마땅찮은 표정으로 그에게 물었다.

"아니 뭐… 다른 일이 있어서 건 것은 아닙니다. 보낸 문자를 읽어 보니 사업 아이템이라고만 하셨는데, 구체적인 내용은 무엇인지 궁금해서 걸었습니다."

"아하! 그러셨군요? 그거야 이따 만나 보시면 알게 되겠죠, 저도 아직 이렇다 할 내용을 듣지 못했습니다. 그러니 늦지 않게 시간이나 맞춰서 사무실로 나오세요."

"하하! 알겠습니다. 아… 그리고 어제는 회장님 덕분에 잘 놀다 들어왔습니다. 다시 한번 감사드립니다."

"허허! 뭘요… 아무튼 이따 봅시다."

"예… 알겠습니다. 그럼 이만…."

흰머리 윤편인은 가만히 핸드폰을 접었다.

둘만의 밤

그러고는 정신을 좀 차려야겠다는 생각에 곧장 샤워실로 향했다. 그는 어제 먹은 술기운이 아직 체내에 남아 있어 뒷머리가 지끈지끈거려 왔다.

흰머리 윤편인은 어젯밤 3차까지 즐기느라 부인과 가족들이 모두 잠든 이른 새벽녘에 살그머니 귀가를 했다. 그는 깨지 않는 숙취로 골도 아프고, 속은 쓰려왔다. 하지만, 마음만은 째지도록 흐뭇해하고 있었다.

그 이유는 우아한 전원숙과 잊지 못할 황홀한 밤을 불태우고, 돌아왔기 때문이었다.

그는 회원들과 헤어져 술기운에 비틀거리는 우아한 전원숙을 돌보면서 혼자서 보내면 어쩐지 밤길이 위험하겠다는 생각을 잠시 했다.

그러다 문득 '내가 데려다 주고 흐흐…' 하는 위험한 생각도 스쳐갔다. 그러다 '그러면 안 되지.' 하고 자신을 말렸다. 그렇게 갈등을 잠깐 사이에 했다.

그러나 그녀의 상태를 보면서 '아무래도 집까지 바래다줘야 안심이 되겠다.' 하는 생각이 다시 들었다. 그래서 그녀를 부축할 수밖에 도리가 없었다.

하지만 그는 집 앞까지만 바래다주고서 귀가해야겠다며 마음을 먹고서 동행을 자처했다.

그러면서 회원들에게는 사내가 이 정도 기사도 정신을 발휘해야 되지 않겠느냐며 너스레를 떨기도 했었다.

그는 일전에 그녀의 집이 마포 경찰서에서 멀지 않은 주상복합 아파트에 살고 있다는 것을 어렴풋이 기억해 내고 '그 정도 수고는 할 수 있겠다.' 싶었다.

그래서 그는 차 안에서 들었던 기억을 떠올려 짐작만으로 그녀의 집 앞까지 도착할 수 있었다.

그러고는 어서 들어가라며 현관 앞에서 손을 흔들어 주면서 작별을 고했었다. 그런데 뜻밖에도 그녀가 돌아가려는 흰머리 윤편인을 붙잡고 늘어졌다.

자신의 집에 들어가서 한 잔만 더하고 가라면서 그의 손목을 잡아 끈 것이었다. 그러나 문제는 그녀의 유혹에 마지못해 따라 들어간 것이 화근이었다.

두 사람은 그만 '내로남불'의 불씨를 만드는 위험한 불륜 속으로 빠져들어 간 것이었다. 아니, 어찌 보면 두 사람만의 사랑 유희라고 해야 할까? 아무튼 이들은 애욕의 첫발을 내딛고 있었다. 잠시 후…

집 안으로 들어선 그는 30평 남짓한 아파트 평수가 그녀만의 안식처요, 혼자 살기에는 아방궁이 따로 없다 싶을 정도로 그런 아늑한 느낌이 들었다.

"호호! 잠깐 소파에 앉아 계세요."

그녀는 가볍게 한마디를 남기고 방 안으로 사라졌다.

"아… 예, 그러죠."

흰머리 윤편인은 건성으로 대답하면서 집 안을 훑어보기에 여념이 없었다. 응접실은 잘 정돈되어 한눈에 보아도 정갈하고 깔끔해 보였다. 어느 전시관을 연상시키듯 그림들과 장식품들이 앙상블로 조화를 이루고 있었다. 그는 잠시 소파에 앉아 그림을 감상하며 그녀를 기다렸다.

그즈음 간편한 옷차림으로 갈아입은 그녀가 백옥처럼 하얀 대리석 피부를 드러낸 채 섹시한 모습을 하고 나타났다.

그러고는 어디론가 들어간 그녀는 잠시 후 양손에 양주병과 마른안주를 챙겨 가지고 돌아왔다.

그사이에 흰머리 윤편인은 상의 겉옷을 벗어서 잠시 소파 위에 걸쳐 놓았다.

그의 눈앞에 나타난 그녀의 황홀한 비너스의 자태는 선비를 자처하던 그의 숨겨진 늑대의 본능을 자극하고 있었다. 아니, 욕정에 불을 지르고도 남았다.

그는 눈을 뗄 수 없는 아름다움에 숨이 탁 막혀 오자, 얼큰한 취기와 함께 온몸을 죄어 오는 그녀의 가녀린 자태에 침을 꿀컥 삼키며 불끈 솟는 힘을 느끼고 있었다.

그녀는 이곳에서 독신으로 살고 있었다. 나이로 봐서는 이미 시집을 한번 갔다 돌아온 싱글이 아닌가 싶었다.

그는 아무래도 말 못 할 사연을 간직한 채 사내의 체취가 그리운 여자라는 것을 직감적으로 느꼈다.

두 사람은 이미 전작이 있어 술기운이 이성을 삼켜 버린 채 판단력마저 무너트린 상태였다.

이들은 어느새 감성에 푹 빠진 채로, 눈빛이 달콤한 정열에 불타고 있었다. 뜨겁게 달아오른 마음은 이성마저 흐트러진 상태로 통제 불능의 몸가짐으로 변해 가고 있었다. 그녀는 가져온 양주 병을 가볍게 비틀어 뚜껑을 열었다.

그러고는 그의 눈동자를 삼킬 태세로 쏘아보면서 아이스로 채워진 온더록스 잔에 천천히 술을 따라 가며 이렇게 주절거렸다.

"지금까지 우리 집에 들어온 남자는 윤 부회장님이 처음이라는 사실을 알고나 마시세요. 호호!"

그녀는 야릇한 미소를 보이며, 꽃뱀의 혀처럼 날름거렸다. 그로서는 듣기에 따라 매우 부담스러운 멘트였다.

"정말입니까? 이거야말로 영광이군요. 허허허!"

흰머리 윤편인은 그 말이 인사치레라는 것을 뻔히 알면서도 흡족한 웃음을 날렸다.

"자! 우리 건배할까요? 오늘 밤 둘만을 위해서…. 호호!"

그녀는 눈이 부시도록 고운 긴팔을 내밀었다.

흰머리 윤편인은 갑자기 술맛이 확 당기는 기분을 느끼고 있었다.

"그럴까요? 아가씨…. 하하하!"

그녀의 긴팔을 은근슬쩍 휘어감은 그는 러브 샷을 권했다. 그러고는 술잔을 입 안에 천천히 털어 넣는 순간 두 사람은 서로의 눈빛을 빨아들일 듯 마주 보았다.

순간 스파크가 튀었다. 누가 먼저라고 할 것도 없이 두 사람은 와락 껴안은 채 입술을 찾았다.

술에 촉촉이 젖은 입술을 비비며 소파를 점령한 두 사람은 순간 부리나케 거추장스러운 헝겊 조각들을 하나씩 벗어 던지기 시작했다.

어느새 아담과 이브로 돌아간 이들은 점점 딥 키스로 빠져들었다. 두 사람은 야욕을 채우려는 욕망의 남녀처럼 거리낌 없이 서로를 요구했다. 그리고 프렌치키스로 파고들었다.

그렇게 불태운 정사의 밤은 자정을 넘기고, 서로의 등골을 휘어잡은 후에야 정욕에서 해방되었다.

20대 청춘으로 돌아갔던 두 사람은 그렇게 뜨거운 하룻밤을 지새우고, 어스름한 이른 새벽 그는 집으로 귀가했다.

한편 부지런한 큰 머리 문정인은 연락을 받자마자 채비를 갖춰서 봉상관의 사무실 앞에 도착하고 있었다.

"안녕하십니까?"

그는 공인중개 사무실로 들어서며, 인사를 했다.

"어서 오세요."

컴퓨터를 작업 중이던 남 사무장이 인기척에 먼저 고개를 돌려 얼른 인사를 챙겼다.

"어허…. 이게 누구십니까? 어서 오세요, 문 감사님!"

속 알머리 봉상관은 숙였던 고개를 들어서 그를 반갑게 맞이했다.

"하하! 어제는 잘 들어가셨습니까?"

큰 머리 문정인은 소파에 털썩 앉으며 말했다.

"예…에, 오늘도 늦지 않게 오셨습니다."

속 알머리 봉상관은 자리에서 일어나며 대꾸를 했다.

"하하하! 저야 원래 시간 약속 하나는 칼같이 지키지 않습니까?"

큰 머리 문정인은 익살스럽게 웃으며 말했다. 사무실 직원들은 그를 힐끔 쳐다보고는 빙그레 웃고 있었다.

"그러게 말입니다. 문 감사님이야 평소에도 시간 하나는 똑 소리 나는 분 아닙니까? 허허!"

속 알머리 봉상관은 엄지손을 보여 가며 그의 표정을 살폈다. 그러고는 너털웃음으로 이렇게 주절거렸다.

"홍 시무 장님! 여기 마실 것 좀 준비해 주시겠습니까?"

그는 여직원을 힐끔 쳐다보며 서슴없이 말했다.

"예… 알겠어요."

그녀는 자리에서 일어나 정수기 쪽으로 걸어가며, 큰 머리 문정인에게 주절거렸다.

"무슨 차를 드릴까요?"

통통한 여사무장은 웃는 얼굴로 그를 쳐다보며 물었다.

"뭐… 적당한 걸로 한잔 주세요, 커피 주시면 더욱 좋습니다. 하하!"

그는 예의를 갖춰 넉살을 떨었다. 그리고 여사무장의 통통한 얼굴을 보며 히죽 웃었다. 그때 사무실 문이 열리며 누군가 들어섰다.

"안녕하십니까?"

큰 소리로 인사를 건네며 들어선 사내는 삼각 머리 조편재였다.

"아이쿠… 이게 누구야? 문 감사님 아니십니까? 밤새 안녕하셨습니까?"

그는 선뜻 인사부터 챙기며 설레발을 떨었다.

큰 머리 문정인은 그를 보고 피식 웃더니 면전에 대고 농담을 지껄였다.

"하하하! 어제 보고 오늘 또 만나니 아주 징글징글 합니다. 크크!"

그는 웬일로 평소에 안 하던 농으로 인사를 건넸다. 사무실 직원들은 우스갯소리에 실실 웃으며, 이들을 힐끔거렸다.

"그렇습니까? 저도 뭐, 별로 반갑습니다. 하하하!"

그의 조크에 삼각 머리 조편재는 넙죽 받아넘기며, 넉살스럽게 카운터펀치를 날렸다.

큰 머리 문정인은 기다렸다는 듯이 손가락을 들어 그의 얼굴을 가리키며 웃었다.

"으하하하…!"

"까르르…"

그의 코믹한 소리에 사무실 사람들은 모두가 빵 터졌다. 웃음소리 덕분에 사무실 분위기는 한결 명랑하고, 부드러워져 있었다.

그때 다시 누군가 문을 밀치고 들어왔다.

"잘들 계셨습니까? 저도 왔습니다."

흰머리 윤편인은 밖으로 새어 나오는 웃음소리에 괜히 기분이 좋아져서는 밝은 표정으로 인사를 건넸다.

"허허! 어서 오세요, 윤 부회장님!"

속 알머리 봉상관은 그를 먼저 보고 반갑게 맞았다.

"아니, 두 분은 언제 오셨습니까…? 하여튼 반갑습니다. 여기 제 선물입니다."

그는 먼저 와 있던 회원들의 얼굴을 보자 얼른 손가락 하트를 만들어 보여 주었다.

그들은 씨익 웃고는 대뜸 "반사!" 하고 외쳤다.

"하하하! 이제 선 감사님만 도착하면 되겠습니다."

한바탕 웃음을 보인 큰 머리 문정인은 그와 인사를 나누면서 중얼거렸다. 그러고는 차고 있던 손목시계를 힐끔 쳐다보았다.

"그러게 말입니다. 약속을 잡은 분이 제일 늦고 있습니다."

속 알머리 봉상관은 불평을 하듯 벽시계를 올려다보며 미간을 찌푸렸다. 그의 구시렁대는 소리에 사람들은 여유를 부리며 '곧 오시겠죠.' 하는 얼굴로 입구를 쳐다보고 있었다.

요즘은 도로 사정이 제시간 안에 도착할 수 없다는 인식들을 가지고 있었다. 그래서 이들은 느긋한 표정이었다. 그때 출입문이 쓰윽 열렸다.

"그래서 지금 막 도착했다는 거 아닙니까? 하하하!

모두들 안녕하셨습니까?"

문을 열고 들어서다가 자기 이야기를 들은 젤 바른 선정재는 잽싸게 넉살을 떨며, 인사를 챙겼다.

"어서 와요, 양반 되기는 다 틀린 모양입니다. 허허허!"

흰머리 윤편인은 웃는 얼굴로 그를 맞이했다.

사무실에 모여 있는 사람들은 그의 넉살을 눈인사로 반기며, 키득키득 웃고 있었다.

"그러게요, 제가 쌍놈 기질이 좀 있긴 있는 모양입니다. 하하하!"

그는 말을 받아치면서 한바탕 웃었다.

"오늘은 파트너를 어디다 두고 혼자 왔습니까?"

째진 눈을 가늘게 치켜뜬 삼각 머리 조편재가 이죽거리듯 옆구리를 쿡 찔렀다. 사람들은 무슨 소리인지를 금세 알아듣고는 실실 웃고 있었다.

"하하하! 오늘은 우리끼리 할 말이 있어서 은행 금고에 넣어 두고 오느라 좀 늦었습니다. 크크!"

그는 묻는 의도를 알기에 능청스럽게 받아넘겼다.

"허허허! 그래요?"

속 알머리 봉상관은 헛헛한 웃음을 웃어 가며 '자식! 그래도 존심은 살아서 너구리 피우고 있네.' 하며 비웃듯 속살거렸다.

"개인금고입니까? 흐흐흐."

삼각 머리 조편재는 히죽 웃으며 빈정거렸다.

"아니, 소중한 재산을 공용 금고에 넣어 두는 사람도 있답니까? 하하하!"

젤 바른 선정재는 비아냥거리며 까칠하게 받아쳤다. 그러고는 슬쩍 그녀가 내 여자라고 공표를 하듯 뉘앙스를 풍겼다.

"하긴 뭐… 난 은행금고를 이용할 때마다 느끼는 건데… 이상하게도 뺄 때보다는 넣고 있을 때가 좋더라고요. 하하하!"

분위기가 탁해지자, 흰머리 윤편인이 능청을 떨며 끼어들었다.

"그래요? 나는 넣을 때가 좋은데… 개인 성향인가 봅니다. 허허허!"

속 알머리 봉상관은 아재 개그라는 것도 모른 채 순진한 꼰대처럼 받아들였다. 큰 머리 문정인은 슬쩍 눈을 흘기면서 키득키득 웃고 있었다.

"하하하! 저는 넣고 있을 때 보다 뺄 때가 좋아요. 흐흐흐."

삼각 머리 조편재는 한바탕 웃고는 능청스럽게 말했다.

흰머리 윤편인은 낄낄거렸다. 이유를 모르는 사람도, 아는 사람들도, 덩달아 웃고 있었다.

"하하하! 모두들 그만들 하시죠, 숙녀분도 계신데…."

큰 머리 문정인은 그들을 향해 눈치를 주면서 여사무장을 슬쩍 쳐다보았다.

그 순간 사내들의 눈길들이 일제히 한곳으로 쏠렸다.

그러나 미소를 머금은 여사무장은 이들의 시선은 안중에도 없다는 듯이 빠른 속도로 컴퓨터 기판을 두드리고 있었다. 그녀는 개념 없이 나대는 사내들에게 '철 좀 들어라 이 무기들아!' 하는 낯빛이었다.

"그래요, 이제 모두들 오셨으니 점심 식사나 하러 나갑시다."

속 알머리 봉상관은 웃음기 있는 표정으로 말했다. 그 말을 끝으로 젤 바른 선정재는 커피는커녕 자리에 앉아보지도 못한 채 사무실을 나와야 했다. 밖으로 나온 다섯 사람들은 서로를 쳐다보며 주절거렸다.

"어디로 갈까요?"

속 알머리 봉상관은 오늘의 주인공을 향해 물었다.

"저… 혹시 이 동네 조용하고 한정식 잘하는 식당은 어디 없습니까?"

젤 바른 선정재는 서슴없이 되물어 왔다.

한식당 회동

"그리 조용하지는 않아도 우리끼리 대화를 나누면서 식사를 할
수 있는 음식점이 한군데 있긴 합니다."

속 알머리 봉상관은 가끔 생각날 때마다 한 번씩 들르곤 했던
한정식집이 떠올라 그곳을 추천했다.

"아… 그래요? 그럼 그곳으로 가십시다."

젤 바른 선정재는 마침 잘 됐다는 표정이었다.

"근데 가격이 좀 비싼 편입니다. 어째… 그래도 그리로 가시겠
습니까?"

속 알머리 봉상관은 뭔가 석연치 않은 불안한 눈빛으로 그의
의중을 다시 물어 왔다.

"밥값이 대수입니까? 사업이 먼저죠, 그리로 갑시다."

의기 있게 대꾸한 젤 바른 선정재는 히죽 웃고는 그를 앞세 웠다.

흰머리 윤편인과 일행들은 '굿이나 보고, 떡이나 먹으면 되지.' 하는 뻔뻔스러운 낯짝을 보이며, 조용히 따라갔다.

"말은 맞는데… 그 사업이 도대체 뭡니까?"

삼각 머리 조편재는 조급한 마음에 그를 다그치듯 보챘다.

"흐흐… 그게 그렇게 궁금하십니까?"

젤 바른 선정재는 이죽거리며 받아넘겼다.

"궁금한 거야 다 인지상정 아니겠습니까? 조급해 말고 기다려 봅시다."

말끝에 흰머리 윤편인은 무엇이 그리 급해서 호들갑을 떠느냐 는 눈빛으로 그를 쏘아보았다.

"아니… 식당에 도착하면 으레 알아서 보따리를 풀어놓을 덴 데, 뭘 그리 안달을 떠십니까? 조금만 참으세요."

젤 바른 선정재는 짜증스러운 말투로 받아치고는, 그를 한껏 째려보았다.

그사이 앞장선 속 알머리 봉상관은 서둘러 건널목을 건너갔다.

그러고는 첫 번째 골목길 안쪽에 자리한 한정식 집으로 들어갔 다. 그를 따라 흰머리 윤편인과 일행들이 문턱을 넘어갔다. 그곳 에는 단정한 여종업원이 손님들을 기다리고 있었다는 표정을 지 으며, 공손하게 그들을 맞이했다.

그녀의 안내를 받은 흰머리 윤편인과 일행들은 구석진 조용한

방을 찾아 들어갔다.

그곳에는 앞서간 속 알머리 봉상관이 벌써 자리를 잡고 우두커니 앉아 있었다. 그를 본 일행들은 모두가 안으로 들어갔다.

젤 바른 선정재는 방석 위에 앉자마자 탁자 위에 놓인 메뉴판을 자기 앞에 갖다 놓고 가만히 펼쳐 보며 입을 열었다.

"아가씨! 여기 한정식 5인분하고, 맥주 두 병만 추가해서 가져다주세요."

그는 안내한 아가씨를 향해 미소를 지어 가며 말했다.

그녀는 알겠다며, "더 이상 시킬 것은 없습니까?" 물으며 재차 확인을 한 뒤에야 발길을 돌렸다. 여종업원이 방문을 닫고 사라지자, 젤 바른 선정재는 궁금해하는 얼굴들을 한명씩 돌아보았다.

그러고는 먼저 두툼한 컵에 물을 따라 한 잔씩 돌렸다.

이들은 손을 뻗어서 컵을 받아들며 한 사람이 먼저 주절거렸다.

"거… 그만 뜸들이시고, 이제 개봉을 하시죠? 선 감사님! 허허허!"

속 알머리 봉상관은 이때를 기다렸다는 듯이 지그시 웃으며 말했다. 흰머리 윤편인과 회원들은 '이제 그래도 되지 않나?' 싶은 눈길로 그를 쏘아보고 있었다.

"하하하! 그럴까요?"

젤 바른 선정재는 한바탕 웃어 가며 젤을 발라 반짝이는 머리를 까닥까닥거렸다.

"다른 것은 이니고 제가 지난달부터 눈여겨 본 토지 물건이 하나 있는데, 여러분께 먼저 선을 보이고 싶어서 회장님께 어려운 부탁을 드렸습니다."

그는 근엄한 표정을 짓고는 무게를 잡듯이 차분하게 말했다.

"그래요, 그럼, 당연히 들어 봐야 되겠습니다."

속 알머리 봉상관은 모두를 둘러보며, 따라 놓은 물을 쭉 들어 마셨다.

"그렇다면 한번 들어나 봅시다."

회원 가운데 유독 삼각 머리 조편재는 땅이라는 소리에 귀가 번쩍 뜨였다.

그는 째진 눈빛을 반짝거리며 '아따. 우라질 자식! 그런 거였어…?' 하는 시선으로 그를 쏘아보고 있었다.

"다른 게 아니고, 물건을 검색하다가 돈이 될 만하다 싶은 땅을 하나 찾았습니다. 그런데 사업이 될 가능성은 있는 물건인지도 모르겠고…. 또한 제가 땅에 대해서 잘 몰라서 말입니다."

"…"

그는 밝은 표정으로 서두를 꺼냈다가 다시 어두운 얼굴로 마무리를 지었다.

"하여튼 여러분들의 생각을 듣고 싶었습니다. 흐흐…."

"아, 참! 그리고 혹시라도 사업성이 있다면… 회원님들이 동참을 해 줄 수 있는지도 궁금합니다."

젤 바른 선정재는 미리 선수를 치듯 이들에게 부담감을 안겨 주며 엄살을 떨었다. 그는 일찌감치 협력 의사를 타진하듯 돗자리를 깔고 있었다.

"아니…. 돈이 되는 부동산이라면 거절할 이유가 없지 않습니까?"

평소에 차분했던 큰 머리 문정인이 호들갑을 떨며 잔뜩 기대에 부풀어 반색하고 나섰다.

"그러게…? 이번에 우리 선 감사님께서 제대로 된 물건을 하나 건지신 모양 같은데, 이익이 남는 장사라면 외면할 이유가 일도 없죠, 안 그래요? 하하하!"

삼각 머리 조편재는 혓바닥에 기름칠을 하며 그를 급속히 추켜세웠다.

까칠하고 따지기 좋아하는 그가 돈이 된다는 소리에 갑자기 얄밉도록 태도가 돌변한 것이었다.

흰머리 윤편인은 '아니, 저 우라질 자식 봐라?' 하며 야릇하게 쏘아보고는 한마디 주절거렸다.

"우리야 내용을 들어 보고 판단하겠지만, 이미 선 감사님은 검토가 끝났다는 얘기 같은데, 그래서 회원들을 불러 모으신 거 아닙니까?"

그는 퍼즐을 맞추듯 예리하게 들이댔다.

"그렇습니다. 제가 물건에 대해 권리분석을 끝냈지만, 아직 미덥지 못한 부분과 낙찰로 끝낼 물건이 아니라서 말입니다."

그는 모두의 눈치를 살피느라 눈동자가 어지럽게 움직이고 있었다.

삼각 머리 조쩐재는 땅 소리를 듣는 순간 신경을 바짝 곤두세우고는 '그래 그거였어?' 하며 속살거렸다.

"하하하! 그럼 뭘 또 기대하시는데요?"

큰 머리 문정인은 경쾌하게 웃어 가며, 그에게 능청스럽게 물었다.

"물건만 좋다면 이번에 제대로 한 방 터트려 보는 것은 어떨까? 싶어서요. 흐흐…"

그는 말끝에 히죽 웃었다.

"아니… 도대체 어떤 괴물을 가져오셨는데, 이토록 호기심을 남발하시는 겁니까?"

흰머리 윤편인은 의아한 얼굴로 까칠하게 들이댔다.

속 알머리 봉상관은 '그러게 말이야, 웃긴 자식이네.' 하는 눈빛으로 쏘아보고 있었다.

"하하하! 그럼 제가 준비한 물건을 슬슬 공개해 볼까요? 여기 리포트를 검토를 해 보시고, 여러분께서 확답을 해 주세요."

젤 바른 선정재는 한바탕 웃고는 가져온 봉투를 뒤적거려 각자에게 인쇄물을 한 부씩 돌렸다.

회원들은 무슨 물건인데, 이렇게 뜸을 들이고 호들갑을 떠나 싶었다. 그래서 돋보기 눈을 뜨고서는 읽어 내려가기 시작했다.

첫머리에 기획 제안서라는 표지 제목이 눈에 들어왔다.

흰머리 윤편인은 첫 장을 패스하고, 다음 페이지부터 읽어 내려갔다.

잠시 후…. 고개를 먼저 든 사람은 큰 머리 문정인이었다.

"아이디어는 죽이는데, 요즘 시장 흐름에 적절한 아이템일까 모르겠습니다."

그는 입으로는 걱정을 하면서도 젤 바른 선정재를 몹시 경외하는 눈빛으로 응시하고 있었다.

"그래서 말인데요, 제가 권리분석이나 할 줄 알았지, 부동산 개발로 돈을 벌어 본 적이 없어서 말입니다."

그는 이미 물건을 분석해서 기획 제안서까지 배포해 놓고서 겸손을 떨고 있었다.

삼각 머리 '조편재는 우라질 자식! 제법인데, 다시 봤어….' 하며 속으로 놀라고 있었다.

"그래, 이 물건을 낙찰을 받아서 개발까지 해 보자는 말인데, 가능은 하겠습니까?"

속 알머리 봉상관은 고개를 갸웃갸웃 가로저었다.

큰 머리 문정인은 '쉽게 판단할 문제가 아닌 것 같은데…' 하고는 혼자서 웅얼거렸다.

"뭐, 일단 토지부터 낙찰을 받고 나서, 개발 문제는 그때 가서 할 얘기 같습니다."

삼각 머리 조편재는 자료 내용을 훑어 가면서 흥감스럽게 말했다.

"그렇죠? 토지를 낙찰받는 것이 순서이긴 한데…. 이런 일은 사전에 치밀한 계획을 세워 놓고, 움직여야 성공할 확률이 높지 않을까 싶습니다.”

큰 머리 문정인은 조심스럽게 말을 하고는, 모두의 눈치를 살폈다.

흰머리 윤편인은 공감을 하는 눈치로 그의 의견에 연신 고개를 끄덕이고 있었다.

“문 감사님 말이 틀리지는 않습니다. 다만 토지를 낙찰받지 못했을 때입니다. 모든 수고는 물거품이 되는 것은 물론이고, 들어간 비용조차 한 푼도 건지지도 못한 채, 우리 돈 사랑 회원까지 그대로 공중분해 될 수 있다고 저는 생각이 듭니다.”

돈 냄새를 귀신같이 맡는 삼각 머리 조편재가 무슨 일로 단점을 지적하고 나섰다. 그는 아킬레스건을 찾아낸 듯 거만하게 말했다.

“그거야 충분히 감안하고 덤벼야죠. 그 정도 투자도 없이 날로 먹을 수는 없잖습니까?”

큰 머리 문정인은 그를 쏘아보며 비아냥거리듯 말했다.

“하긴, 뭐 그렇긴 해도…. 저는 혹시나 몰라서 한마디 해 본 거니 제 말에 너무 민감해하지 않았으면 좋겠습니다.”

그의 주저 없는 대거리에 삼각 머리 조편재는 슬쩍 발을 뺐다. 그러고는 말을 돌려 다시 주절거렸다.

“뭐 틀린 말은 아니죠. 어찌… 하늘에서 감 떨어지기만을 기다리겠습니까? 흐흐….”

그는 혀를 날름거리며 한쪽 눈을 찡긋 감았다 뜨면서 비아냥대고는 히죽거렸다.

이들의 모습을 가만히 지켜보던 흰머리 윤편인이 슬쩍 나서며 주절거렸다.

"그러면 우선 선 감사님의 제안서를 받아들일 것인지, 아니면 이쯤에서 접을 것인지에 대해 그 결론부터 내기로 합시다."

그는 마시던 물 잔을 내려놓으며 말했다.

"그럼, 그럴까요?"

속 알머리 봉상관은 히죽 웃고서 이어 주절거렸다.

"그런데 제 생각으로는 여기서 한 가지 더 짚고 넘어가야 할 사항이 있다고 생각하는데 말입니다."

"…"

"만약, 선 감사님의 제안을 받아들인다고 해도, 제안서 내용을 보완 없이 그대로 절차를 밟아 나갈 겁니까? 아니면 다른 계획을 좀 더 보충할 겁니까? 그 문제도 걸림돌이 되지 않겠습니까?"

그는 모두가 숨겨 놓은 걱정을 털어놓듯이 중얼대고는 이들의 눈치를 살폈다. 회원들은 일리가 있다는 표정으로 고개를 끄덕이고 있었다.

그 중심에 있던 큰 머리 문정인은 말했던 내용이 신경이 쓰였다. 그래서 고개를 까닥거리며, 고뇌에 찬 기색을 엿보이고 있었다.

"아… 뭐, 좋습니다. 모두가 의논을 해 보고, 결론이 나면 나는 대로, 절충이 되면, 절충안을 토대로 실행에 옮겨보는 것도, 그리 나쁘지 않다고 저는 생각합니다만. 어째 내키지들 않습니까?"

흰머리 윤편인은 전체를 향해 물어 가며 눈치를 보듯 주억거렸다.

"아니… 굿 프러포즈라는 생각이 듭니다. 그럼, 먼저 할 건지 말 건지에 대해 결론부터 내 봅시다. 허허!"

속 알머리 봉상관은 손가락을 문질러 '딱!' 소리를 내면서 히죽 웃었다.

"먼저 선 감사님한테 묻고 싶은 말이 하나 있습니다."

큰 머리 문정인은 의혹의 눈빛으로 그를 쏘아보며 말했다.

"뭔지? 말씀해 보시죠."

젤 바른 선정재는 신경을 바짝 곤두세우면서도 표정은 뭐든 물어오라는 눈길로 그를 비스듬히 내려다보았다.

"토지와 관련된 서류는 확인해 보았습니까?"

큰 머리 문정인은 토지 등기사항전부증명서(등기부등본) 및 토지대장 그리고 지적도와 토지이용계획 확인서를 검토했는지부터 먼저 물어 왔다.

"그거야 기본 사항 아니겠습니까?"

그는 어이가 없다는 듯이 피식피식 웃었다.

"그럼 토지 용도지역과 지목을 먼저 말해 주시겠습니까?"

큰 머리 문정인은 그가 어이가 없어하는 표정을 쳐다보면서 도리어 자신이 더 기가 막힌다는 얼굴로 그를 야멸차게 쏘아보았다.

그러고는 확인할 수 없었던 내용을 그에게 물었다.

두 사람 대화를 듣고 있던 회원들은 제안서를 슬그머니 다시 들여다보면서 이들을 힐끔 거렸다.

"엉! 뭔… 소리를 하시는 겁니까?"

젤 바른 선정재는 마치 맷돌 손잡이가 사라져 버린 듯 어이가 없다는 표정으로 그를 쏘아보았다.

"여기 제안서에는 보이지 않아서 말입니다."

큰 머리 문정인은 제안서를 훑어 가며, 여기 보라는 듯이 한 곳을 가리켰다. 그는 순간 당황해 얼굴이 파랗게 굳어지면서 급하게 주절거렸다.

"아이쿠! 죄송합니다. 제가 분명 넣었다고 생각했는데… 순간 깜박했나 봅니다."

그는 얼른 고개를 살짝 숙여 말하고는 어쩔 줄 몰라 긴장한 표정을 보이고 있었다.

"망할 자식! 지금 애들 데리고 장난 치냐?"

그는 혼잣말을 속살거렸다.

"헐…! 잘난 체는 혼자 다 하더니…. 에이!"

속 알머리 봉상관은 괜히 입이 쓴 지 입속말을 웅얼거렸다. 그런데 그의 얼굴은 '그럴 수도 있지 뭐…' 하는 표정을 보여 주고 있었다.

"지목은 대지와 주유소 용지이고, 용도지역은 준주거지역입니다."

당황한 그는 히죽 웃고는 뒷머리를 긁적거렸다. 그러고는 기억을 더듬어 내듯 주절주절 끄집어냈다.

"혹시… 도로를 끼고 있습니까?"

속 알머리 봉상관은 시크무레한 눈으로 그를 건너다보며 물었다.

"물론입니다. 토지 앞뒤로 도로를 끼고 있으며, 지하철역까지 거리도 그리 멀지 않습니다."

젤 바른 선정재는 순간 긴장을 해서 묻지도 않은 지하철역까지 들먹여 가며, 어찌할 바를 몰라 했다.

"그럼 지자체 규제나 공법상 장애물만 없다면, 낙찰을 한번 받아 볼 만하겠는데요?"

해쭉거리며 삼각 머리 조편재가 끼어들었다. 큰 머리 문정인은 '서류 검토도 제대로 못 했는데, 김치 국물부터 마시느냐?' 하는 눈빛으로 그를 안타까워하듯 혀를 끌끌 찼다.

"토지 자체로만 볼 때는 돈 되는 물건이라는 확신은 오는데, 문제는 그다음이란 말입니다."

흰머리 윤편인은 주억거리며 한발 뒤로 물러서는 뉘앙스를 보였다.

그때 노크 소리와 동시에 방문이 사르르 열렸다. 한정식 음식들로 푸짐한 상차림이 추가시킨 맥주병을 앞세우고 차례대로 들어왔다. 여종업원은 빠른 손놀림으로 식탁 위에 음식들을 가지런히 정리해 주고 있었다.

이들은 나누던 대화를 잠시 중단한 채 너도나도 수저를 집어 들었다. 상차림을 끝낸 여종업원이 방긋 웃는 미소로 "맛있게 드세요." 하고 방문을 닫고 나갔다.

이들은 시장기가 들어 먼저 음식을 이것저것 집어 맛을 보면서 적당히 속을 채우고 나서야 끊어졌던 줄거리를 다시 이어 갔다.

"음…. 우선은 경제성(재물·자원·노력·시간 따위가 적게 들면서도 이득이 되는 성질이나 정도)과 시장성(가격이 안정되어 있어서, 용이하게 매매할 수 있는 유가 증권의 융통성)이 얼마나 있는지? 그리고 부동산 시장 흐름에 타당성과 공법(국가나 공공 단체 상호 간의 관계나 이들과 개인의 관계를 규정하는 법률)적인 걸림돌은 없는지…?"

"거기에 덧붙여서 시장 조사(상품의 수요와 공급, 소비자 동향, 판매 경로, 경쟁 상품 따위에 대해 조사·분석하는 일)나 투자분석 등을 통해 시장 흐름에 역행하는 경매 물건은 아닌지를 확인절차가 필요한 부동산이라, 아직 투자에 대한 확실한 판단이 서지 않는 것은 사실입니다."

조금 전 말을 하다만 내용의 논점을 이어 가며, 흰머리 윤편인은 음식을 먹었다. 건너편 조편재는 '잘났어, 정말! 우라질 자식!' 하고 읊조리며, 그를 째려보고 있었다.

"그래서 선 감사님 제안서에 흥미가 당기지 않는다는 겁니까?"

음식을 씹다 말고 물어온 속 알머리 봉상관이 그를 쏘아보며 남은 음식을 마저 우물거렸다.

"하하하! 곡해하지 마세요, 봉 회장님! 진행과정이 그렇다는 말입니다. 제가 관심이 없다는 소리는 아닙니다."

그의 말 펀치를 경계하듯 흰머리 윤편인은 즉각 부정을 하고 나섰다.

건너편 삼각 머리 조편재의 눈빛은 '내 그럴 줄 알았어, 우라질 자식! 지가 돈이 보이는데 제까짓 게 마다하겠어…?' 하며 비웃듯 이글거렸다. 그리고 곧바로 주절거렸다.

"아, 그 일이야… 지금처럼, 차려 놓은 푸짐한 밥상에 수저만 들고, 먹을 수 있는 일은 아니잖습니까?"

들고 있던 젓가락을 휘저으며 그가 말했다.

"물론, 입찰부터 시작해서 개발에 분양까지 많은 난관들이 줄줄이 놓여 있다는 점은 저도 압니다."

흰머리 윤편인은 그의 딴죽에 냉소를 지으며 대답했다.

"제기…. 알면 뭐 해? 육시랄…!"

삼각 머리 조편재는 째진 눈알을 희번덕거리며, 속살거렸다.

"그러나 우리가 누구입니까?"

순간 속 알머리 봉상관은 실실 웃어 가며, 끼어들었다.

"누구긴 누구야? 영감탱이지, 헤헤!"

삼각 머리 조편재는 입속말을 빈정거렸다.

"아… 부동산 경매로 한가락 하는 프로들 아닙니까? 허허!"

속 알머리 봉상관은 능청스럽게 모두를 보며 중얼거렸다. 순간 그를 쏘아보던 큰 머리 문정인이 '아주, 영감탱이가 생 쇼를 하고 자빠졌어요.' 하며 인상을 구기고 있었다.

"어째? 마음 한번 맞춰서 대박 한번 쳐 봅시다. 허허!"

속 알머리 봉상관은 젓가락질을 옮기다 말고는, 모두를 쳐다보면서 협조를 구하듯 말했다. 그 순간 젤 바른 선정재는 얼른 주위를 돌아보며 회원들의 눈치를 살펴보았다.

"대박이요? 크크! 난 큰 거 바라지 않습니다. 내가 노력한 만큼 결실을 얻기만 해도, 저는 그걸로 만족합니다. 하하하!"

불고기를 한 젓가락 집어 든 큰 머리 문정인이 입으로 가져가려다 멈칫한 채 한마디 중얼거렸다.

젤 바른 선정재는 그 말을 듣고 '아이고 내가 뭘 바라겠는가? 그래 지금 사이즈대로 쭉 그렇게 사세요.' 하듯 미간을 잔뜩 구긴 채로 그를 쏘아보았다.

속 알머리 봉상관은 대꾸 소리가 영 마음에 차지 않았다. 그래서 미간을 구긴 채 약간 떨떠름한 표정을 보이고 있었다.

"하긴, 뭐 요즘 세상에 공짜 점심이 있던가요? 받으면 받은 만큼 내 것도 돌려줘야 하는 세상이잖습니까?"

흰머리 윤편인은 누구 들어 보라고 하는 소리처럼, 주절주절 넋두리를 늘어놓았다.

그때 동태찜을 난도질을 하며 발기발기 찢어 대던 삼각 머리 조편재가 잠시 젓가락을 멈추고 이렇게 주절거렸다.

"저는 어쨌거나 이번 프로젝트에 도전해 보고 싶습니다. 젠장맞을! 지금 못 하면 언제 다시 이런 기회가 올지 모르는데, 선조들 말에 '기호지세'라고, 눈 딱 감고 올라타서 한번 달려 보고 싶습니다. 크크."

삼각 머리 조편재의 한을 품은 듯이 쏟아 내는 넋두리에 흰머리 윤편인은 어이가 없는 눈초리로 '저… 저 인간 또 뭐라는 거야?' 하며 째려보았다.

큰 머리 문정인도 정말 지린다는 눈초리로 그를 한껏 쏘아보고 있었다.

"어차피 한 번 사는 인생인데, 못 먹어도 저는 고입니다."

맥주 한 컵을 단숨에 들이켜고 난 삼각 머리 조편재는 거침없이 내지르듯 자기의 소신을 지껄였다.

돈 나오는 길목을 누구보다 잘 아는 그였기에 가능한 소리였는지 모른다.

그는 돈에 관해서는 청진기가 필요 없는 신이었다. 꿀단지가 무엇인지 단번에 알아보는 혜안을 가졌다고나 할까? 여하튼 그는 돈에 관해 남다른 재능을 가지고 있었다.

그런 그가 한눈에 돈 냄새를 맡은 아이템을 그냥 걷어차고 가만히 넘어갈 리 만무했다.

그러나 인간은 누구나 과오나 실수를 범하고 산다는 사실을 묵과하는 그의 용기는 당장은 높이 살 만했다.

"허허허! 역시 조 이사님은 사이즈가 남달라서 좋아."

속 알머리 봉상관은 너털웃음을 보이며 그에게 엄지손을 보였다.

큰 머리 문정인은 '아주 지랄들을 떠세요.' 하는 눈초리로 은근히 째려보고 있었다.

"여기 적힌 대로가 맞다면 토지가 2,314.06제곱미터인데, 여기에 1평(3.30578제곱미터)을 소수점을 올려서 (3.3058제곱미터)로 나누면 대략 700평 정도가 나옵니다. 이 땅에 어떤 건축물을 올려야 대박 나겠습니까?"

대지를 제곱미터에서 평으로 환산해 주절주절 늘어놓은 흰머리 윤편인은, 고개를 주억대면서 모두를 둘러보고 나더니, 다시 덧붙여 주절거렸다.

"여기에 땅이 부족하다 싶으면 지주작업[토지소유주를 잘 달래고 꾀어서 어떤 일(매도, 투자 등)을 하도록 부추김] 통해서 소유주를 끌어들이든가? 흐흐…."

그는 히죽 웃었다. 삼각 머리 조편재는 '우라질 자식! 하여간 잔머리 하나는 기똥차게 잘 굴려…' 하는 눈빛으로 은근히 미소를 지은 채 그를 쏘아보고 있었다.

"어쭈구리! 아주 생…쇼들 하고 자빠졌네."

큰 머리 문정인은 그의 자신감에 순간 속살거렸다. 그가 그렇게 눈총을 쏘아 대고 있을 때 맞은편에서 음식을 먹고 있던 젤바른 선정재가 슬그머니 나섰다.

"아니면, 주변에 놀고 있는 토지나, 낡은 건물을 매입하는 방법도 곁들여서 생각해 볼 수 있습니다."

회원들의 의견을 주로 듣기만 하던 그는 긍정적인 반응이 나오자 기다렸다는 얼굴로 반색을 하며, 새로운 대안을 보완하듯 자신의 의견을 제시하고 나섰다.

어찌 보면 기존의 건물과 토지를 사들여 주변에 오래된 건물들과 함께 재건축하는 밸류 애드(가치 부가) 투자 방식을 말하는 것 같았다.

큰 머리 문정인은 '갈수록 가관이로군.' 하며 듣고 있었다. 그는 어쩌면 자신이 품고 있던 계획들을 이들이 먼저 내놓고 있다는 데 괜히 짜증과 신경질이 났는지도 모른다. 그래서 은근한 눈총으로 이들을 쏘아보고 있었다.

"아니… 주변에 뭐가 있습니까?"

흰머리 윤편인은 그 일이 밥 먹듯 쉽게 할 수 있는 일이 아니라는 것을 잘 알기에 어림도 없다는 눈빛을 쏘아 대며 그를 쳐다보았다.

느닷없이 들이대는 그의 물음에 젤 바른 선정재는 잠시 주춤거리며, 한참을 그를 쏘아보다가 뭔가 생각이 스쳐갔다. 아니 기억 속의 형상이 떠올라 이내 주절거렸다.

"음…. 주변에는 오래된 건물도 있고, 단층이지만, 작은 건물들도 있었습니다."

젤 바른 선정재는 갸웃갸웃거리며 기억을 더듬어 가듯 차분하게 말했다.

"그래요? 주변에 아파트 단지는 없던가요?"

무슨 연유인지, 흰머리 윤편인은 주택에 대해서도 물었다.

"제가 알기로는 길 건너편에 대략 12층에서 15층 아파트 단지가 좌우로 돌아가면서, 병풍처럼 둘러쳐 있는 지역입니다."

젤 바른 선정재는 두 눈을 껌벅이며, 뭔가를 떠올리는 표정을 짓고서 어림잡아 더듬더듬 말했다.

"아… 그럼 주변은 주거지역 같은데, 아닙니까?"

흰머리 윤편인은 지역 환경을 예단하듯 단조롭게 물었다.

"예…. 저도 그렇게 짐작을 하고 있습니다."

젤 바른 선정재는 '자식이 점쟁이처럼 찍어서 들이대기는…젠장!' 하는 눈길로 쏘아보며 실 웃어 보였다.

"그런데 당장 짐작이 가는 것은 공법상 문제가 있다고 보입니다."

흰머리 윤편인은 고개를 가로저으며, 표정이 어두워져 말했다.

"뭐가 걸림돌이라도 있습니까?"

수저를 들다 말고 속 알머리 봉상관은 굳은 표정으로 그를 쳐다보았다.

"지금 낙찰을 받고자 하는 토지가 대지와 주유소 용지라고 하셨지요?"

그는 뭔가 문제를 들추어낼 듯이 두 눈을 치켜뜨며 물어 왔다.

나머지 회원들은 음식을 먹다 말고, '무슨 또 개소리를 하려고 저러나…?' 싶어 그에게 눈길을 주었다.

"아니… 그거 뭐 어때서 그럽니까?"

궁금증을 참지 못한 속 알머리 봉상관은 순간 긴장한 얼굴로 먼저 물었다.

"그게 말입니다. 만약 개발을 하려면 신경을 써야 할 일이 한두 가지가 아니라서 그럽니다."

그는 씨익 미소를 짓고 대답을 해 주었다. 그러고는 입 안에 음식을 오물거리며, 그를 빤히 보았다.

"에잇…. 난 또 뭐, 큰 걸림돌이라도 있는 줄 알고, 목구멍에 밥이 걸릴 뻔했잖습니까? 크크!"

밥숟가락을 뜨다 말고 삼각 머리 조편재가 목소리를 높였다.

"윤 부회장님이 무슨 말을 하려고 그러는지를 대충은 짐작이 갑니다."

젤 바른 선정재가 그의 의도를 눈치 채고 히죽 웃어 가며 말했다. 순간 흰머리 윤편인은 '이 자식! 제까짓 것이 뭘 안다고, 히죽대는 거야? 기분 나쁘게시리….' 하는 눈총으로 그를 쏘아보고 있었다.

"저도 주유소 용지에 대해 좀 알아보았습니다."

젤 바른 선정재는 태클을 걸고 나오는 흰 머리 윤편인을 먼저 안심부터 시켜야 되겠다 싶어 먼저 선수를 치고 나왔다.

"그래, 짐작이라는 게 뭔지 들어나 봅시다. 흐흐…."

흰머리 윤편인은 그를 쳐다보며 자기를 이해시켜 보라는 눈길로 히죽히죽 웃어 가며, 빈정거렸다.

"지목에 관해서는 지적법이 개정돼서 주유소 용지로 사용하던 토지가 폐업하면, 종전 지목으로 변경이 가능하다고 합니다."

그는 해죽거리며 '요건 몰랐지?' 하는 눈길로 그를 쳐다보았다.

"헐…! 정말?"

나머지 회원들이 동시에 중얼거렸다.

"그리고 덧붙이고 싶은 말은 종전 지목이 고맙게도 대지로 나온다는 겁니다. 흐흐흐."

젤 바른 선정재는 그 정도는 이미 다 파악하고 있었다는 눈길로 그를 바라보며, 빙그레 웃었다.

"그거 듣던 중 반가운 소리군요, 하지만 진짜 중요한 문제는 오염된 토지를 정화시키는 데 드는 비용이 만만치 않다는 겁니다."

흰머리 윤편인은 알고 있다니 다행이라며 반가운 표정을 보이면서 또 다른 걱정거리를 털어놓았다.

그의 말에 이들은 아니 이게 무슨 찬물 끼얹는 개소리냐는 황당한 표정을 짓고 그를 쏘아보고 있었다.

"아니, 주유소 용지를 개발하려면, 토질 정화 작업을 거쳐야 가능하다는 말입니까?"

큰 머리 문정인은 '오뉴월에 웬 서릿발 내린 소린가…?' 싶어 먹던 숟가락을 내려놓고, 이맛살을 찌푸린 채 물어 왔다.

"그뿐 아니라, 지목을 변경하는 데도 이런저런 세금 및 추가 비용을 충분하게 감안해야 한다는 겁니다."

흰머리 윤편인은 무거운 낯빛으로 말했다.

"헐…! 대박! 정말 그런 겁니까?"

이들은 그 말을 듣자 식욕을 잃은 듯 탄식을 하며 물었다.

"가령 지목 변경으로 토지 가액이 증가된 경우에 우라지게도 취득세 납세 의무가 발생한다는 겁니다."

흰머리 윤편인은 모두의 얼굴을 돌아보며 아시겠느냐는 표정을 짓고, 눈알을 번뜩이면서 고개를 주억거렸다.

"그거야 개발을 하는 데 필요한 작업, 아니, 절차가 아닙니까?"

젤 바른 선정재는 약간 짜증 섞인 목소리로 대거리를 하며 받아쳤다. 삼각 머리 조편재는 '그래 시벌! 그거야 당연한 과정 아니야?' 하는 눈길로 이마를 찌푸린 채 그를 쏘아보고 있었다.

"그래 뭐…. 건축 사업이 다 그렇듯 경제성과 시장성, 그리고 공법과 시장 조사 등등을 세밀하게 검토하고, 우리가 몰랐던 것도 배워 가면서, 하나하나 따져 보는 거지 뭐, 그러다 승산이 있다 싶으면 죽기 아니면 까무러치기로 달려들어 보는 거고, 아니다 싶으면 똥 밟았다 생각하면 될 것이고, 안 그렇습니까? 여러분…. 허허!"

속 알머리 봉상관은 호들갑을 떨면서 젤 바른 선정재를 두둔하고 나섰다.

"미쳤어! 이 영감탱이가 돈맛에 단단히 미쳤어! 아주 돌아 버린 것 같아…."

큰 머리 문정인은 겁 없이 덤벼드는 그가 무모하다는 생각에 혼잣말을 중얼거렸다. 그러면서 입으로 내놓기는 이렇게 주절거렸다.

"하긴 뭐… 그렇기는 한데. 그래도 말입니다, 비용도 그렇고, 어째… 찜찜하긴 합니다."

큰 머리 문정인은 약간 어두운 표정을 보이고 고개를 갸웃갸웃
거렸다.

"에이… 조사해서 아니다 싶으면, 그때 가서 새로운 물건을 찾
더라도… 까짓것 한번 깡다구 있게 덤벼들어야 경험도 쌓이고 할
것 같은데, 어째… 제 말에 모두 오케이…?"

속 알머리 봉상관은 억지를 부리듯 밀어붙이며, 이들의 의향을
물었다.

"봉 회장님 취지는 충분히 알겠지만, 개발허가 문제도 그렇고,
또 자금 문제는 어떻게 대처할 것인지? 좌우지간 신경 쓸 일이 한
두 가지가 아니라는 점은 확실합니다."

누구보다 의심이 많은 흰머리 윤편인은 사사건건 문제를 짚어
가며, 여러모로 지적하고 나섰다.

그러나 누구 하나 대놓고 싫은 내색을 보이지 않았다. 달리 보
면 그만큼 관심이 많다는 것이었다.

그래서 이들은 문제를 제기하는 사람이 많으면 많을수록 사업
은 안정적이고, 수익이 보장된다는 사실을 잘 알고 있기에 순간
순간 인상을 찌푸려도 다른 한편으로는 묵인을 하고 있었다.

회원들은 때로는 속으로 쌍말도 하며, 시기와 질투를 숨기고
있었다. 하지만, 겉으로 드러난 표정이나 행동은 선비처럼 점잖
았다.

어찌 보면 이들도 신중히 접근하는 흰머리 윤편인을 노골적으
로 거부하거나 견제하지 않는 눈치였다.

"좋아요, 그럼, 만약에 토지를 낙찰을 받았다면, 무슨 건축물을 신축할 수 있습니까?"

큰 머리 문정인은 그가 제안서에 도시형생활주택(단지형 연립주택과 단지형 다세대주택은 주택으로 쓰는 층수를 5개 층까지 건축할 수 있다. 원룸 형은 세대별 주거전용면적은 50제곱미터 이하 세대별로 독립된 주거가 가능하도록 욕실 및 부엌을 설치할 것, 욕실 및 보일러실을 제외한 부분을 하나의 공간으로 구성할 것. 다만, 주거전용면적이 30제곱미터 이상인 경우에는 두 개의 공간으로 구성할 수 있다. '국토의 계획 및 이용에 관한 법률'에서 정한 도시지역에서만 건축할 수 있고, 1세대 당 주거 전용면적 85제곱미터 이하인 국민주택 규모의 300세대 미만으로 건축할 수 있다)을 건축하겠다고만 밝히고 있어, 구체적으로 어떤 건축물인지를 잘 모르겠어, 질문을 하고 있었다. 즉 아파트냐? 아니면 연립 및 빌라 주택 건축물이냐…? 그것도 아니면 주상복합이나 오피스텔 건축물인지를 몰라 물어온 것이었다.

"그 문제야 건축설계 사무소에 가서 의뢰를 해 보면, 토지에 맞는 적당한 해답을 얻지 않겠습니까?"

젤 바른 선정재는 물을 마시다 말고, 다 계획을 세워 두었다는 눈빛으로 그를 보면서 말했다.

"뭐, 그건 그렇다 치고, 토지 매입 자금과 건축 자금 조달은 어떤 방안을 가지고 있습니까?"

흰머리 윤편인은 숭늉을 마시다 말고 그를 쳐다보며 물어 왔다.

"자금 문제는 아직 고민 중에 있습니다. 하지만, 글쎄요? 지금 당장은 이렇게 생각을 해 보았습니다. 우선 토지 자금 문제야 회원들이 십시일반으로 낙찰 대금을 처리한다고 쳐도…"

"음…. 건축 자금 문제는 프로젝트 파이낸스나, 금융 담보 대출, 또는 개인 간 피투피 출자금(크라우드 펀드 등)을 알아볼까? 고려해 보았는데, 뭐… 자금 문제만큼은 회원 분들과 충분히 상의해서 결정해야 되겠지요?"

젤 바른 선정재는 모두의 표정을 살피면서, 조심스럽게 자신의 대안을 말했다.

"건설 시공 회사와의 관련된 문제, 그리고 부동산 분양 문제 등은, 추진 위원회나 조합 결성 이후에 의논할 수 있다 쳐도…. 우리가 토지를 낙찰받기 전에 먼저 선결해야 할 일은 윤 부회장님이 앞서 말을 했습니다만, 경제성, 시장성, 그리고 시장 조사 등투자 분석이 선결 조건이라고 봅니다."

큰 머리 문정인은 이쑤시개로 잇몸을 후비며, 그렇게 자신의 의견을 늘어놓았다.

"맞습니다. 권리 분석과 인허가와 관련된 공법은 선 감사님이대충이라도 검토를 해 놓았으니 그렇다손 치더라도, 중요한 것은지금 지적한 여건들의 분석인데, 제안서에는 대충 설명해 놓아 판가름하기가 쉽지 않았습니다."

"하여튼 이번 물건은 신중하게 접근해야 됩니다. 괜히 어설프게덤벙대다가는 중도에 낭패 당하기 십상입니다."

흰머리 윤편인은 큰 머리 문정인의 주장에 '옳다고나!' 싶어 얼른 속내를 까발렸다.

"아… 아, 물론 틀린 말은 아닙니다. 그러나 너무 재다 보면 오래간만에 주어진 기회마저 놓치고, 두고두고 후회할지를 누가 알겠습니까?"

두 사람 이야기를 가만히 듣고 있던 삼각 머리 조편재는 불편한 심기를 드러내듯 버럭 짜증을 부리며 끼어들었다.

"허… 내 참! 이러다가 부동산 낙찰은커녕 우리 모임부터 두 동강이 나겠습니다."

속 알머리 봉상관은 이들을 나무라듯이 언성을 높였다. 그러고는 속이 타서 맥주를 벌컥벌컥 들이켰다.

"아니… 봉 회장님도 아시다시피 이번 물건은 한두 푼 가지고 하는 사업이 아니지 않습니까?"

큰 머리 문정인은 역정을 내는 그의 속내를 모르겠다는 표정으로 그를 잔뜩 쏘아보았다.

"물론 그렇습니다. 그래서 선 감사님이 여러분의 고견을 듣고 싶어 이렇게 도움을 청한 것이 아니겠습니까?"

속 알머리 봉상관은 말끝에 히죽 웃었다.

"아…아! 그만들 하세요, 저의 사업 제안은 어디까지나 제안일 뿐입니다. 꼭 해야 된다는 것은 아니니 이쯤 해 둡시다."

젤 바른 선정재는 달아오른 분위기에 찬물을 끼얹듯 자신이 한 말을 느닷없이 없었던 것으로 눙치려는 분위기를 조성하고 나왔다.

삼각 머리 조편재가 그 소리를 듣고 열이 뻗쳐 '지랄을 사서 해요, 저 인간 누굴 가지고 노는 거야, 뭐야?' 하는 눈초리로 그를 매섭게 쏘아보았다.

그러든 말든 그는 또다시 주절거렸다.

"저는 여러분이 반대하면 이번 제안은 없었던 일로 여기서 그만 접겠습니다. 흐흐…"

젤 바른 선정재는 이들의 반응을 살피며 '무슨 말이 나올까?' 싶은 표정으로 변죽을 울렸다. 순간 회원들은 황당한 표정으로 그를 쏘아보았다. 그는 실 웃어 가며 계속 주절거렸다.

"그러니 너무 열들 받지 마시고, 차려진 음식이나 맛있게 드시면서 즐거운 대화나 나누다가 일어납시다. 점심 값은 제가 낼 테니…. 흐흐…"

젤 바른 선정재는 체념을 하는 척 에둘러 한방 먹이고는, 피식피식 웃어 가며, 이들의 눈치를 살피고 있었다.

속 알머리 봉상관은 '그럴 걸 왜 모이라고 했어? 이 우라질 자식! 같으니라고…' 하며 두 눈을 부라린 채 눈살을 찌푸렸다.

그 순간 불똥이 자신에게 넘어올 것을 염려한 흰머리 윤편인은 서둘러 주절거렸다.

"아니… 하던 말은 마저 끝내고 일어나셔야지, 제대로 논의도 못 했는데, 뭘 섭섭한 소리들을 하고 그러십니까? 식사 자리에서 이런 말을 꺼내기는 뭐 하지만, 젠장! 똥 누다 말고 도망가듯이 끝내면 모양 빠지죠, 안 그렇습니까?"

흰머리 윤편인은 그를 향해 구시렁대고는, 씨익 냉소를 보이며 또다시 말을 이어 갔다.

"아시다시피 제가 뭐든 신중한 편이라 그렇지, 사업을 훼방 놓거나, 태클을 걸기 위해 하는 말은 절대 아닙니다. 모두들 오해 없으시길 부탁드립니다. 하하!"

젤 바른 선정재가 쳐 놓은 올가미에 딱 걸려든 그는 괜히 마음이 무거워져 변명을 하듯 속에 말을 꺼내 놓았다.

그러고는 조금이라도 부담감을 덜어 낸 표정으로 김치 한 조각을 집어서 입으로 가져갔다.

삼각 머리 조편재는 순간 가자미눈을 치켜뜨고서 '아주 잘났어, 정말! 우라질 자식! 말이야…' 하는 눈빛으로 그를 쏘아보고 있었다.

"하하하! 그럼요, 윤 부회장님이야 워낙 의심도 많고, 신중한 편이라, 만사에 짚고 넘어가는 마포 스타일 아닙니까? 크크!"

큰 머리 문정인은 한바탕 웃어 가며, 은근히 농담 반 진담 반을 섞어 비아냥거렸다. 삼각 머리 조편재는 그 소리가 자기 딴에는 깨소금 맛이었던 모양이다. 입술이 쭉 찢어진 채로 능글맞게 웃고 있었다.

"아니… 듣다 보니 좀 그러네, 흐흐…. 문 감사님! 내가 뭐, 의심이 많다고요? 농담이래도 너무 심한 거 아닙니까? 크크!"

흰머리 윤편인은 그가 던진 말장난을 농으로 받아들이며, 한껏 웃는 얼굴로 그를 몰아세웠다.

"하하하! 오해하지 마세요, 웃자고 하는 농입니다. 흐흐…."

큰 머리 문정인은 소리 내어 웃어 가며 유들유들한 미소 짓는 얼굴로 얼버무렸다.

회원들은 이들의 노는 짓거리가 재미있어 씹던 음식마저 한바탕 낄낄거렸다.

"아… 예, 저도 뭐… 좀스럽게 탓하자고 한 말은 아닙니다. 하하하!"

흰머리 윤편인은 경쾌하게 웃어 가며 계속 이어 주절거렸다.

"음…. 제 단편적인 생각이지만, 각자의 의견들을 대충은 밝혔다고 봅니다."

그는 좌중을 둘러보며 말했다.

'그래서 뭘 어쩌자고?' 삼각 머리 조편재는 입속말을 속살거리며 그를 째려보고 있었다.

"이번 사업은 다른 물건과 달리 규모 면에서 약간의 두려움이나, 거부감을 저는 물론이고, 여러분도 느끼고 있을 거라고 짐작해 봅니다."

흰머리 윤편인은 모두를 보면서 말을 계속 이어 갔다.

"그거야 혼자 생각이지 이 사람아!"

속 알머리 봉상관은 눈살을 찌푸리며 혼잣말을 웅얼거렸다.

"그래서 하는 말인데 먼저 이번 안건에 대해 찬반을 묻고, 그다음 문제를 진행하면 어떨까 싶습니다."

그는 수저를 내려놓으며 모두의 얼굴을 찬찬히 돌아보았다.

"뭐… 좋습니다."

속 알머리 봉상관은 대뜸 대답을 해 주며 빙그레 웃었다.

"그렇게 하도록 하십시다."

젤 바른 선정재는 '내 그럴 줄 알았다.' 하는 표정으로 히죽 웃었다. 그의 속은 북장구를 치며 남모를 쾌재를 부르면서도 겉으로는 무덤덤한 표정으로 말했다.

그 순간 삼각 머리 조편재가 한마디 주절거렸다.

"저도 찬성입니다."

그는 입 안에 남은 음식을 씹어 가며 어눌하게 말했다. 잔망스럽게 눈치를 살피며, 이들을 지켜보던 큰 머리 문정인이 뒤이어 입을 열었다.

"저도 좋습니다."

그가 해쭉 웃어 가며 마지막으로 합류를 했다.

"그럼 손을 들까요? 육성으로 말씀하실래요? 아니면 쪽지로 하겠습니까?"

흰머리 윤편인은 이들의 눈치를 살피며 의향을 타진하듯 물었다.

"인원도 없는데 간편하게 말로 합시다. 저는 찬성입니다."

속 알머리 봉상관은 대뜸 귀찮은 듯이 말했다.

"저도 찬성입니다."

삼각 머리 조편재가 그의 뒤를 따랐다.

"저도 참석하는 걸로 하겠습니다."

공개적인 투표가 영 탐탁지 않은 큰 머리 문정인은 잔뜩 미간을 찌푸린 채 구렁이 담 넘어가듯 미적대다가 어쩔 수 없이 찬성을 하고 나왔다.

"저도, 이번 사업에 기대를 한번 걸어 보겠습니다."

마지막까지 남아 있던 흰머리 윤편인은 고심 끝에 찬성표로 돌아섰다.

비로소 젤 바른 선정재가 제의한 안건은 만장일치로 결정을 보았다. 비록 예비적인 성격을 띠고 있었지만, 어쨌든 몇몇의 우려 속에서도 의견의 일치를 보았다는 데 의의를 두었다.

정작 안건을 제한한 젤 바른 선정재 보다 더 기쁜 속 알머리 봉상관은 흐뭇한 표정을 짓고서 갈채를 보내고 있었다. 그는 선거에 당선된 승리자의 얼굴 같았다.

"나머지 회원들은 제외할 겁니까?"

삼각 머리 조편재는 무슨 꿍꿍이 속셈인지, 그의 얼굴을 마주 보며 물었다.

"그 문제야 진행 과정을 지켜보고 나서 결정해도 늦지 않을 겁니다."

젤 바른 선정재는 그를 보고 말했다.

삼각머리 조편재는 대충 알겠다는 눈빛을 한 채 "자식 좆나 신중하기는…" 하며 혼잣말을 중얼거렸다.

"저는 그건 아니라고 봅니다. 뭐든 투명해야지, 불신을 조장하는 일은 서로에게 이롭지 못합니다."

흰머리 윤편인은 발끈히며 손을 가만히 흔들었다. 그는 팀이 존재하고 함께 번영하는 밑거름은 서로가 신뢰를 하고, 의지를 하면서 협력하기에 가능하다고 믿었다.

"그 말도 틀린 소리는 아닙니다. 하지만, 이번 프로젝트는 여기 모인 다섯 사람만 참여하는 걸로 알고 있었는데… 그게 아닌가 봅니다."

돈 욕심이 많은 삼각 머리 조편재는 벌써부터 수익을 나누어야 한다는 계산적인 생각으로 선수를 치고 나왔다.

"하하하! 조 이사님은 뭔 욕심이 그리도 많으십니까?"

젤 바른 선정재는 그에게 손가락을 가리키며 한바탕 웃었다.

"제가요?"

삼각 머리 조편재는 씨익 웃어 가며 손가락으로 자신을 가리켰다.

"만약 조 이사님만 왕따 시키고, 다른 회원들끼리만 따로 놀면 기분이 좋겠습니까?"

속 알머리 봉상관은 그를 나무라듯 웃는 얼굴로 말했다. 흰머리 윤편인은 그에게 눈을 흘기면서 헛바닥을 끌끌 차고 있었다.

"하하하! 하긴 뭐 저라도 기분이 나쁘죠, 그럼 오늘 모인 다섯 명은 뭡니까?"

그는 머리로는 이해한다면서도 행동으로는 뭔가 아쉽다는 눈치를 보였다.

"말하자면 총대를 멘 준비 위원이라고나 할까요? 크크! 뭐, 그 정도로 해둡시다. 허허!"

속 알머리 봉상관은 무슨 말을 하려다가 적당한 말이 떠오르지 않자, 대충 얼버무렸다.

"아… 예, 그건 뭐, 그렇다고 치더라도, 여기 제안서에 나와 있는 금액대로라면 경매 물건의 감정 가격이 300억에서 한 2억 1500만 원 정도 빠지는데 말입니다…."

흰머리 윤편인은 무엇을 감지하려는 표정으로 모두의 눈치를 살펴 가며 말했다.

"그게 뭐 어째서 그럽니까?"

속 알머리 봉상관은 눈총을 쏘아 대며 구시렁거렸다.

"제 말은 토지 공시지가는 평당 얼마이며, 대지의 실거래 시세는 얼마에 거래되고 있는지? 그리고 현장 조사는 직접 해 보셨는지에 대해 묻고 싶습니다."

흰머리 윤편인은 두 사람 대화를 가로막듯이 물을 마시는 젤 바른 선정재를 보며 질의를 던졌다. 젓가락을 부지런히 놀리던 회원들의 눈길이 두 사람을 번갈아 돌아보고 있었다.

"그럼요, 당연하죠, 하지만 토지 공시지가[3.3058제곱미터(1평) 2723만 9000원]는 확인을 했는데, 거래 시세가 애매하긴 합니다."

그는 마시던 물컵을 식탁에 내려놓으며 말했다.

"왜요? 그 동네 토지 거래가 전혀 없었나…. 그런 겁니까?"

흰머리 윤편인은 의아한 얼굴로 선수를 치듯 물었다. 그리고는 그를 빤히 쳐다보고 있었다.

"혹시나 해서 국토교통부 홈페이지를 샅샅이 찾아보았습니다. 하지만, 안타깝게도 요즘 거래한 부동산은커녕, 실거래가토지 정보마저 한 건도 없었다는 거 아닙니까? 젠장맞게도…."

이렇게 구시렁거린 젤 바른 선정재는 양손을 벌리면서 고개를 흔들고 있었다. 거래한 건수가 한 건도 없었다고 말하는 그의 표정은 어딘지 모르게 쓸쓸해 보였다.

"현장 주변에 있는 공인중개 사무실은 가 보기나 했습니까?"

삼각 머리 조편재가 따지듯이 그에게 물었다.

"아직 가 보지는 못했습니다. 하지만, 인터넷 지도에서 거리 뷰를 통해 현장을 둘러보긴 했습니다. 그리고 중개 사무실과 통화해 시세 등을 상세하게 물어보았습니다."

그의 말 펀치에 은근히 뿔이 솟은 젤 바른 선정재는 '뭐 이런 자식이 다 있나?' 싶은 눈길로 대꾸했다.

"중개 사무실에서는 뭐라고 말을 하던가요?"

삼각 머리 조편재는 그의 기분은 안중에도 없다는 듯이 눈을 껌벅껌벅거리며 재차 물었다.

"공인중개사들은 뭔가 다를까 싶었는데… 역시나 그들도 시세에 대해 노코멘트로 일관했습니다. 그래서 그 이유를 물어보았더니 요즘 토지 거래가 없어서 딱히 얼마라고 꼬집어 말하기가 애매하다는 겁니다."

젤 바른 선정재는 무거운 표정으로 그들의 사정을 대변하듯 말했다.

"그럼 미래가치와 내재가치(토지가 지닌 현재자산가치와 장래수익가치)를 따져 보고, 평균치로 계산하면 대충 감정가와 비교가 가능하지 않겠습니까?"

삼각 머리 조편재는 알은척 어림셈법(대강 짐작으로 셈함)을 들추어내며 이들의 의향을 떠보았다.

"뭐… 할 수 없죠, 거래시세를 알 길이 없다면, 그렇게라도 하든가, 아니면 다른 지역 거래 사례를 들여다보는 수밖에요."

젤 바른 선정재가 해결책을 내놓듯이 중얼거렸다.

"그러지 말고, 적정한 실거래가 가격이 없으니 공시지가 기준법(비교 표준지의 공시지가 × 시점 수정 × 시점 요인 × 개별 요인 비교 × 그 밖의 요인 보정)으로 대상 토지 평가액을 도출해 봅시다."

큰 머리 문정인이 슬쩍 끼어들어 말했다. 그는 참석 의사를 밝히고부터는 매사에 적극적으로 관여하고 나섰다.

"좋습니다. 그럼, 비교 표준지 공시지가(인근 지역 표준지 중에서 대상토지와 용도지역, 이용 상황, 주변 환경 등이 같거나 비슷한 표준지 선정)를 선정하고, 시점 수정(시간의 차이를 제거해 양자의 가치를 동일하게 수정하는 작업을 말한다)과 시점 요인(현재 사물이나 사건의 성립에 중요한 원인 또는 조건이 되는 요소), 그리고 개별 요인(대상 부동산의 이용 상태와 가격형성에 어느 정도 영향을 주는지 분석해 최유효 이용을 판정하는 작업) 비교와 그 밖의 요인을 보정(대상 토지의 인근 지역 또는 동일수급권내 유사 지역의 가치형성요인이 유사한 정상적인 거래 사례 또는 평가사례를 고려해 보정함)해야 하니."

"그 지역의 지가 변동률을 조사해 지역 요인(어떤 지역에서 부동산가격에 영향을 미치는 일반요인과 자연요인을 말하는 것임)과 개별 요인도 비교해 봅시다. 더불어 인근 지역의 거래 사례나, 평가 사례 등을 찾아내서 확인해 보기로 합시다."

흰머리 윤편인은 감정평가사처럼 아는 척하며 떠벌렸다.

"으이구! 하여튼 아는 척은…. 우라질 자식! 말이야."

삼각 머리 조편재는 배알이 꼴려 더는 눈뜨고 못 듣겠다며 혼 잣말을 속살거리고 있었다.

"그래야 대충이라도 입찰 가격의 윤곽을 추려 낼 것 아니겠습니까?"

흰머리 윤편인은 참여하겠다고 의사를 밝힌 이상 두고만 볼 수 없었다. 그래서 이왕 덤벼든 김에 적극성을 보이기 시작하며 팔을 걷어 붙었다.

"선 감사님! 그 지역 주변은 상업지역으로 용도 변경될 가능성은 없던가요?"

속 알머리 봉상관은 돌솥에 눌어붙은 누룽지를 벅벅 긁다 말고, 그를 쳐다보며 물었다.

"잘은 모르겠지만, 아마 그런 지역은 아닌 것 같습니다. 제가 보기에는 주상복합이나, 오피스텔 정도가 적당하지 않을까 싶습니다."

젤 바른 선정재는 고개를 흔들며 대답을 해 주고는 해쭉 웃었다.

"아니… 그 정도 파악도 안 하고 덤벼들었단 말이야…"

큰 머리 문정인은 두 사람 대화에 괜히 걱정이 되어 미간을 찌푸린 채 속살거렸다.

"젠장맞을 모르죠, 제 판단이 틀릴 수도 있으니, 모두 함께 현장에 나가서 좀 더 자세하게 확인을 해 봅시다."

젤 바른 선정재는 떡 본 김에 제사를 지낸다고, 머리를 흔들어 대며, 뭔가 떠올리는 표정을 지었다. 그러고는 눈망울을 좌우로 굴려 가며 말했다.

"당연히 그래야 되겠죠?"

이들은 서로를 쳐다보며 끄덕였다.

"현장에 나가 봐야 1차에 치고 들어갈 환장할 물건인지? 아니면 기다렸다가 2차에 입찰해도 적당한 물건인지? 그것도 아니면 아예 포기할 우라질 물건인지를 결정할 게 아니겠습니까? 흐흐…"

삼각 머리 조편재는 약간 들뜬 기분에 들이대며 계속 이어 주절거렸다. 속 알머리 봉상관은 그러는 그의 익살스러운 말투가 재미있어 빙그레 미소를 짓고 있었다.

"아예… 말 나온 김에 다 같이 현장에나 한번 가 봅시다."

그는 경쾌한 얼굴로 중얼대고는 모두의 눈치를 살피고 있었다.

돈 욕심이 많은 삼각 머리 조편재는 실행력만큼은 타의 추종을 불허하는 성격으로 돈 버는 일은 물불을 가리지 않는 불나방 같은 사내였다.

"이째… 모두들 시간들이 괜찮을리나 모르겠습니다."

속 알머리 봉상관은 '옳다고나! 잘됐다.' 싶어 환한 얼굴로 물어왔다.

"특별한 일이 없으면 지금 가 보는 것도 나쁘지 않을 것 같은데…?"

젤 바른 선정재는 조심스럽게 이들의 의중을 물었다.

삼각 머리 조편재는 '당연한 절차가 아닌가?' 웅얼거리며 고개를 끄덕거리고 있었다.

"아… 예, 그럼 그렇게 합시다. 여기서 엎드리면 코 닿을 곳에 있는데, 못 갈 것도 없습니다."

흰머리 윤편인은 선뜻 동의를 하고 나섰다. 속 알머리 봉상관은 그의 답변이 예상외로 시원시원하게 나오자, 눈동자를 희번덕거리면서 짐짓 놀라워하고 있었다.

"뭐… 언제 가도 갈 곳인데, 미리 현장에 가 보는 것도 그리 나쁠 것도 없지 않겠습니까?"

큰 머리 문정인은 당연하다는 듯이 흔쾌히 승낙을 하며 고개를 끄덕였다. 그러고는 이어 주절거렸다.

"이왕 나선 길에 그 동네를 제대로 한번 살펴봅시다. 어때요 다들…?"

그는 모두로부터 동의를 받아 내려는 마음에 슬쩍 덧붙이며 눈짓을 깜박거렸다.

"그럽시다. 이번 사업이 대박이 나면 여러 가지로 유리한 무형의 자산과 백그라운드까지 생길지를 누가 알겠습니까? 흐흐…"

흰머리 윤편인은 갑자기 어디서 생긴 자신감의 발로인지, 회원들이 잘 알아듣지도 못하는 혼자만의 유토피아를 늘어놓고 있었다.

"하하하! 난 윤 부회장님의 솔선수범이 뭐가 뭔지 헷갈립니다."

젤 바른 선정재는 걸림돌로 생각하고 있던 그가 발을 벗고 나서자 의외라며, 그는 의혹이 가시지 않는 눈망울로 갸우뚱 갸우뚱거리고 있었다.

그는 저 인간의 속셈은 무엇을 감추고 있는지를 도대체 감을 잡지 못하겠다는 얼굴이었다.

"그럼 대충 식사는 끝난 것 같은데 서둘러 다녀옵시다."

마시던 숭늉 그릇을 내려놓은 속 알머리 봉상관은 모두를 향해 눈짓을 해 보였다.

이들은 그렇게 하자면서 서로를 부추기며 하나씩 자리에서 일어났다.

"그럼, 제가 나가서 계산을 할 테니 그동안에 준비들 하고 나오세요."

젤 바른 선정재는 말과 동시에 방문을 열어젖히며 서둘러 밖으로 나왔다. 그리고 벗어 놓은 자신의 신발을 찾아 신었다.

"오늘은 선 감사님이 쏘시려고요?"

고마운 마음과 왠지 이건 아니라는 생각이 잠깐 사이에 교차하면서 속 알머리 봉상관은 그의 뒤통수에 대고 예의를 갖추듯 물었다.

순간 회원들은 '이건 혼자 해결할 일이 아닌데…' 하는 눈길로 그를 쳐다보았다.

"예…에!"

젤 바른 선정재는 대답을 하면서 곧장 계산대가 있는 밖으로 걸어 나갔다.

"음… 대접받는 것도 좋지만, 앞으로는 공동 사업에 들어가는 경비는 비용으로 처리해서 한꺼번에 결산 처리하도록 합시다."

흰머리 윤편인은 어정쩡한 모양새가 영 불편스러워 담고 있던 속뜻을 꺼내 놓으며 이들의 눈치를 살폈다.

"그럽시다. 혼자서 부담하는 것은 서로가 불편할 수 있으니, 다음부터는 그렇게 하도록 합시다."

큰 머리 문정인이 그의 말끝에 거들고 나왔다.

"그럼 아예 봉 회장님께서 오늘 먹은 영수증을 챙겨 가시고, 나중에 따로 회계 처리하시면 어떻겠습니까?"

토지 물건 임장

삼각 머리 조편재는 해쭉 웃어 가며 그러는 게 좋겠다고 말했다.

"아… 예, 그럽시다. 그게 뭐 어려운 일이라고…."

속 알머리 봉상관은 혀를 살짝 내밀어 입술에 침을 묻혀 가며 씽긋 웃었다.

방문을 빠져나온 일행들은 출입구 앞에서 기다리고 있는 젤 바른 선정재와 어울려 곧장 속 알머리 봉상관의 사무실 쪽으로 향했다.

점심시간이 훨씬 지난 거리에는 북적이던 직장인들의 모습은 간데없고, 어디론가 바쁘게 달려가는 자동차 경적 소리만 요란하게 들려왔다.

지나가는 행인들마저 뜸해서 거리는 한적한 풍경이었다.

"제 차로 가시죠?"

젤 바른 선정재는 어제 두고 간 자기 차가 있다는 생각에 그리로 가자고 말했다.

"선 감사님 세단은 어디에 주차해 두셨습니까?"

속 알머리 봉상관은 단조롭게 물어 가며 한발 앞서서 걸었다.

뒤따르는 흰머리 윤편인과 일행들은 자신들의 이야기에 정신들이 팔려 이들의 대화는 흘려듣고 있었다.

"봉 회장님 사무실 근처 골목길 차고에다 차를 두고 갔습니다."

젤 바른 선정재는 그의 뒤통수에 대고 중얼거렸다. 그는 말을 하면서, 주위를 두리번거리며 그를 바짝 따라갔다. 두 사람의 대화를 잠깐 귀담아 들었던 삼각 머리 조편재가 불쑥 끼어들며 주절거렸다.

"다섯 명이 한 차에 다 타기에는 아무래도 불편하지 않겠습니까?"

삼각 머리 조편재가 고개를 갸웃거리며 물어 왔다.

"그럼, 제 차에 나누어 타고서 두 대로 갑시다."

그 말을 기다렸다는 듯이 속 알머리 봉상관은 대뜸 반응을 보였다.

"그럼, 저는 회장님 차를 타고 가면 되겠네요?"

어느새 따라붙은 흰머리 윤편인이 '잘됐다' 싶은 표정으로 그를 바라보면서 말했다.

그는 평소에 껄끄러운 젤 바른 선정재와 삼각 머리 조편재보다는 사려 깊고, 인간성이 괜찮은 속 알머리 봉상관이 왠지 정이 가고, 편안했었다.

큰 머리 문정인은 자신도 그러는 게 좋겠다며 생각을 했다. 그래 이어 주절거렸다.

"조 이사님은 선 감사님 차로 함께 가시고, 윤 부회장님과 저는, 회장님 차를 타고 가면 될 것 같습니다?"

그는 편 가르기라도 하는 것처럼 일행을 두 패로 나누고 있었다.

"본인들 좋을 대로 하세요."

막 차고 방향으로 모습을 감추며, 젤 바른 선정재는 목소리를 높였다.

잠시 후 골목길을 빠져나온 그의 세단이 미끄러지듯 다가와 도롯가에 서 있는 삼각 머리 조편재의 발 앞에 가만히 멈춰 섰다. 그가 손을 내밀어 차 문을 열려고 하자, 문짝은 매미가 날개를 펴듯이 스스로 위로 올라갔다.

순간 멈칫한 삼각 머리 조편재는 '아차!' 싶어 잠시 기다렸다가 차에 올라탔다.

스스로 차 문이 닫힌 세단은 좌회전을 하면서부터 슬슬 속력을 내기 시작해 이내 앞장서서 달려갔다.

그가 나오기를 기다리고 있던 속 알머리 봉상관은 세단 차 후미에 바짝 따라붙었다.

임장할 지역은 그리 멀지 않은 장소에 있었다. 오거리에서 5분 정도 달려가니 우측으로 서수 대학교 정문이 활짝 열려 있었다.

그곳을 지나 고갯마루를 넘어가자, 다시 로터리가 보였다. 이들의 자동차는 잠시 빨간 신호등에 걸려 정차했다가 파란불로 바뀌자, 직진 코스에서 좌회전을 했다.

'아차!' 싶은 순간에 금지 구역을 위반한 위험 운전이었다. 강남에서 건너온 젤 바른 선정재는 교통 흐름을 따라가다가 순간 곡예를 하듯, 망할 놈의 불법을 저질렀다.

후미에서 뒤따르던 속 알머리 봉상관도 어쩔 수 없이 비상등을 켜고서 그의 꽁무니를 따라붙었다.

반대편에서 우회전하다 놀란 자동차들이 급하게 클랙슨을 '빵빵!' 눌렀다. 창문을 내린 운전사 하나가 가운뎃손가락을 들어 보이면서 온갖 쌍욕을 퍼붓고 있었다.

이들은 교통 순찰차가 따라붙지 않을까? 백미러를 연신 쳐다보면서 총알처럼 내달렸다.

그는 채 3분도 달리지 못하고, 서서히 속력을 줄이고 있었다.

속 알머리 봉상관은 '혹시나 순찰차에 걸리지는 않았나?' 싶어, 불안한 마음에 덩달아 속력을 죽이며, 천천히 따라갔다.

그러나 젤 바른 선정재는 어느새 주변 도로를 맴돌며, 주차할 공간을 찾아 두리번거리고 있었다.

일단 단속에 걸리지 않았다는 사실이 확인되자, 속 알머리 봉상관은 가속기를 다시 밟았다.

물건이 위치한 장소는 공덕 오거리에서 대로를 끼고서, 복잡한 상업지역을 따라 약 15분 거리 이내에 있었다.

젤 바른 선정재가 말한 지역은 역세권을 끼고서 주변에 지하철 2호선과 6호선, 그리고 경의선 서강역이 멀지않은 곳에 있었다.

주거환경은 경의선 '숲세권'과 한강을 보듬어 안은 '강세권'으로 쾌적한 환경에다, 교통 흐름까지 뛰어난 입지에 자리하고 있었다.

근처에는 유명 대학교 및 중·고등학교와 학원들이 다수 위치하고 있어 교육 환경은 강남 대치동이나, 목동, 노원구 상계동만큼은 아니어도 나름 괜찮은 곳이었다.

가까운 곳에는 영화관, 마트, 관공서, 백화점 등 편의시설을 갖추고 있어서 문화 및 쇼핑과 장보기에도 편리하고, 특히 시내의 접근성이 뛰어났다.

주변에는 강변 자동차 전용도로가 지나고 있어, 강남과 경부 고속도로와 수도권 도로 등 접속 연계도 잘 정비되어 있어 교통편이 편리한 주거 지역이었다.

대지 좌우로는 아파트 단지들이 형성되어 있어서, 상업지역으로 발전되거나 용도 변경은 힘든 한계점을 가지고 있었다.

그러나 준주거지역으로 주상복합 아파트나, 도시형 생활주택, 오피스텔 등을 건축해 분양할 수 있는 적당한 입지에 속했다.

삼각 머리 조편재를 태운 세단은 한적한 공간을 찾아내고서, 그곳에 주차를 시켰다.

"와우! 여기라면 거래 시세는 둘째 치고, 공시지가조차도 만만치 않겠는데요?"

삼각 머리 조편재는 차에서 내리면서 감탄하듯 소리를 질렀다.

그는 두리번거리며, 눈빛이 먼저 달라져 있었다. 그의 옆으로 중형 오토바이 한 대가 쏜살같이 지나가며, '비키라 이 자슥아!' 하듯 빵빵거렸다.

"공시지가는 평당 2720만 원 정도 나오더라고요."

그 말과 동시에 젤 바른 선정재는 한 발 뒤로 비켜서며 바로 반응을 보였다.

삼각 머리 조편재는 고개를 끄덕이며 다시 주변을 확인하면서 이어 주절거렸다.

"그럼… 대충 따져 봐도 평당 4500만 원을 웃도는 시세가 형성 되겠는데요?"

핸드폰을 꺼내든 삼각 머리 조편재는 계산기를 눌러 보며, 어림 셈법으로 말했다. 그러고는 약간 실망한 표정을 지어 가며 삼각 머리를 까닥거렸다.

"그래서 감정가도 평당 4255만 원이 평가 되었겠지요?"

차에서 빠져나와 리모컨을 작동시키던 젤 바른 선정재는 주저 없이 뇌까렸다.

그의 꽁무니를 바짝 뒤따라온 속 알머리 봉상관은 세단 차와 약간의 간격을 두고서 자기 차를 주차시켰다.

잠시 후 차 문을 벌컥 열고 운전석에서 빠져나온 속 알머리 봉상관은 인상을 잔뜩 찌푸린 채 격양된 목소리로 냅다 주절거렸다.

"아니… 선 감사님은 무슨 운전을 그렇게 살벌하게 하십니까?"

속 알머리 봉상관은 평소와는 달리 그를 매몰차게 몰아세웠다. 그는 여기까지 오는 내내 머리끝까지 화가 치밀어 씩씩거리며, 독이 잔뜩 오른 살모사처럼 성질을 내고 있었다.

"헤헤! 죄송합니다. 좌회전이 되는 줄 알고 들어섰는데, 아차! 싶더라고요."

젤 바른 선정재는 죄송한 표정을 보이며 머리를 긁적거렸다.

"뭐요…? 몰랐단 말입니까?"

그는 하도 어처구니가 없어 황당한 눈빛으로 그를 째려보았다.

"저 때문에 식겁했지요? 정말 죄송합니다."

그는 실실 웃으며 사과를 표한 듯 손바닥을 비볐다.

그러고는 뒷머리를 긁적대며, 죄송스러운 얼굴로 고개를 가볍게 숙여 보였다.

"허허! 기가 막혀서 웃음뿐이 안 나오네, 거기서는 좌회전이 금지되는 차도입니다."

속 알머리 봉상관은 그럴듯한 평계에 더 이상은 추궁할 수 없어 그냥 웃고 말았다.

"앞으로는 그길로 다니지 말아야 되겠습니다."

죄송스러운 마음에 그는 죄 없는 도로에다 화풀이를 하며 짜증을 냈다.

회원들은 그들이 뭐라 떠들든 두 사람 대화에는 안중에도 없었디. 이들의 눈길은 온통 주변을 둘러보는 데 신경을 곤두세우고 있었다.

"경매 나온 물건이 길 건너편에 보이는 저 주유소를 말하는 겁니까?"

차에서 내린 흰머리 윤편인은 젤 바른 선정재의 옆으로 다가서며 그쪽을 가리키고 물었다.

"하하하! 맞습니다. 눈앞에 보이는 저 주유소 토지가 경매에 올라온 물건입니다."

속 알머리 선정재는 금세 표정을 바꿔 밝게 웃고는 한 곳을 손짓을 해 보였다.

"몇 년도 감정가격입니까?"

큰 머리 문정인은 문득 잊고 있었던 생각이 떠올라 감정된 날짜를 물었다.

그 시각 일행들은 제각각 흩어져서 주변을 살피고 있었다.

"제가 제안서에 기재해 놓지 않았습니까?"

젤 바른 선정재는 그의 돌연한 물음에 '그것도 빠트렸나?' 싶어 개운치 않은 얼굴로 되물었다.

"그래요? 이거 죄송합니다. 미처 확인하지 못했습니다."

큰 머리 문정인은 배시시 웃으며 말했다.

"아… 예, 그러시군요? 2017년 11월 감정 가격입니다."

그는 미묘한 표정을 짓고는 다시 알려 주었다.

"생각보다는 늦은 연도군요, 내부적으로 상당한 진통을 겪고 있는 문제의 물건처럼 생각이 드는데요?"

흰머리 윤편인은 늦어진 사건 처리가 마음에 걸려 직감적으로 말했다. 그때 삼각 머리 조편재가 이어 주절거렸다.

"여기가 준주거지역이라고 했습니까?"

주변을 유심히 살피던 그가 두 사람 사이에 끼어들며, 시선을 돌려 물어 왔다.

"예… 확인한 바에 의하면 그렇습니다."

젤 바른 선정재는 고른 치아를 드러내며, 긍정하듯 고개를 끄덕였다.

"그럼… 건폐율은 60~70%에 용적률은 400~500% 정도 나오겠습니다."

흰머리 윤편인은 머릿속으로 암산을 하듯 손가락을 오물오물거렸다.

"이 지역 호재는 뭐 없습니까?"

토지 주변을 한 바퀴 구경하고 돌아온 속 알머리 봉상관은 개발에 관심을 보이고 있었다.

"아… 예, 주변에 재개발 아파트가 올라가는 정도지, 다른 특별한 개발 이벤트는 보이지 않는 지역 같습니다."

젤 바른 선정재는 자신이 조사한 근거에 따라 말하면서 그를 쳐다보았다.

"으음… 아깝다 아까워… 쯧쯧!"

속 알머리 봉상관은 혀를 끌끌 찼다.

"굳이 갖다 붙인다면 성장기 중간 무렵에 접어든 지역이랄까…? 뭐… 대충 그 정도로 보면 될 것 같습니다."

그는 어정쩡하게 대답을 하면서 주위를 살폈다.

아무래도 그는 지역의 흐름을 대충은 읽고 있는 눈치였다. 그래서 이들의 물음에는 막힘이 없었다.

"한눈에 봐도 그래 보입니다."

속 알머리 봉상관은 어디지 모르게 영 뒷맛이 개운치 않은 표정이었다.

"상업지역으로 성장할 가능성은 눈을 씻고 찾아보아도 지금으로서는 전혀 눈에 잡히지 않습니다."

가볍게 손을 털며 삼각 머리 조편재가 이죽거렸다.

"그냥 쾌적한 근린 생활 주거지역으로 적당한 동네 같습니다."

흰머리 윤편인은 아쉬움이 남는 눈초리로 덧붙여 중얼거렸다. 몇몇은 기대했던 것만큼 결과가 신통치 않은 듯 표정들이 그리 밝지 않았다.

특히 삼각 머리 조편재의 낯빛이 영 심상치 않았다. 자다가 개똥이라도 씹은 못마땅한 표정이었다.

"너무 실망들 하지 마세요, 아직 성숙기에 접어든 지역도 아닌데, 뭐…. 쇠퇴기까지는 아직 많은 세월이 남은 지역이라 희망의 불씨는 여전히 남아 있어 보입니다."

큰 머리 문정인은 달게 웃어 가며 회원들의 기대치를 높이듯 중얼거렸다.

"맞아요, 맞아⋯. 어쩌면 주택을 건축해서 짭짤하게 수익을 남길 수도 있는데, 괜히 미리부터 보따리 싸는 짓은 좀 그렇지 않습니까?"

속 알머리 봉상관은 이들과 다르게 입술에 침을 묻혀 가며, 희망에 부풀어 있었다. 그는 이때까지만 해도 주도적인 입장에서 말했다.

"저는 객관적으로나, 주관적인 입장에서, 이 지역 공시지가는 앞으로도 계속 상승할 여지가 있다고 봅니다."

젤 바른 선정재는 미동도 하지 않다가 회원들의 표정들이 여간 심상치 않다는 것을 눈치 채고, 다급한 마음에 서둘러 미래가치를 들먹거렸다.

왜냐하면 공시지가 인상은 각종 세금은 물론 거래 시세를 상승시키는 추진 로켓이기에 그는 너구리 잡듯 회원들의 기대치에 불을 질렀다.

"뭐⋯ 틀린 소리는 아닌 것 같습니다. 다만, 나 홀로 주상복합 아파트는 분양하는 게 쉽지 않다는 점이 문제이긴 합니다."

그의 목을 옭아 조이듯 삼각 머리 조편재가 뜬금없이 몰아붙였다. 그는 지금까지 긍정적인 시그널(신호)을 보내다가 어찌 된 영문인지, 갑자기 부정적인 발언을 서슴지 않고 있었다.

"꼭 아파트만 고집할 게 아니라, 오피스텔 등도 검토해 볼 필요가 있지 않습니까?"

속 알머리 봉상관은 아쉬움 속에서 무엇이든 생각이 떠오르는 대로 끄집어냈다.

"어쩌면… 그 말이 맞을지도 모르죠? 왜냐하면 서울에서 이만한 위치에 주거환경으로 적합한 곳을 찾기가 그리 쉽지 않기 때문입니다."

흰머리 윤편인은 갑자기 직관력이 발동해서 처음과는 달리 아주 긍정적인 입장에서 말했다. 그는 주위를 살피며 다시 주절거렸다.

"우리가 여기서 이럴 것이 아니라, 각자 흩어져서 가까운 공인중개 사무실에 들러 보고, 그들이 뭐라고 떠들어 대며 지역을 팔아먹고 있는지를 그리고 이 동네 사정에 대해 좀 더 알아봅시다."

그는 두 손을 좌우로 흔들어 가며 말했다.

"에잇… 우라질 자식! 그러면 뭐가 달라지나…?"

삼각 머리 조편재는 영 탐탁지 않은 표정으로 입술을 비틀어 가며 속살거렸다.

"이 지역에 대해 부동산 시세도 물어보고, 동네 돌아가는 현황도 듣다 보면, 생각지 못했던 새로운 정보라도 건질지 누가 압니까?"

큰 머리 문정인은 무슨 복안을 간직하고 있는 사람처럼 적극적으로 공감하며, 민첩하게 움직이기 시작했다.

그는 눈앞에 빌딩이 올라가는 가상현실을 보면서 새로운 구상을 계획하는 눈빛처럼 반짝거리고 있었다.

"좋아요, 어차피 여기까지 나왔는데, 이 동네 탐방이나 해 봅시다."

젤 바른 선정재는 호들갑을 떨어 가며, 먼저 선수를 치고 나섰다. 그는 미주알고주알 꼬투리를 잡고, 물고 늘어지던 흰머리 윤편인과 처음과는 달리 전혀 다른 모습을 보이는 큰 머리 문정인의 변화된 태도에서 갑자기 힘이 솟아나는 모양이었다.

"그럼… 한 시간 후에 우리 사무실에서 다시 만나기로 합시다."

반면 속 알머리 봉상관은 현장에 오기 전과는 완전 딴사람이 되어 단조롭게 말했다. 그는 얼마 전까지만 해도 먼저 서두르며 회원들을 부추기곤 했었다. 그러나 현장에 도착해서 용도 변경 전환이 쉽지 않겠다는 판단이 들자 그는 상업지역 미련을 버리지 못한 채 갑자기 마음이 돌아서 붕 떠 있는 상태였다.

그래서 지금은 출발 때와 달리 분위기가 완전 딴사람으로 변해 있었다.

"그러지 마시고, 볼일이 끝나는 대로 누구든 먼저 핸드폰을 걸기로 합시다."

삼각 머리 조편재가 중간에 끼어들며 퉁명스럽게 말했다.

"그럼… 좋을 대로 하세요, 아무튼 이따 봅시다."

속 알머리 봉상관은 방향을 틀면서 말했다. 그는 함께 타고 온 일행들에게 자기를 따라오라며, 눈짓을 보냈다.

이들은 각자 흩어져서 부족한 정보를 수집하자며, 두 패로 갈라졌다.

흰머리 윤편인과 회원들은 주변 지역 공인중개 사무실을 하나씩 훑어 가며, 점차적으로 여러 업소를 돌아다녔다.

흰머리 윤편인과 일행들은 먼저 눈에 뜨이는 중개업소 앞에다 무조건 차를 들이밀었다. 그러고는 비딱하든 올바르든 개의치 않은 채로 차에서 무작정 내렸다.

이들은 누가 먼저라고 할 것도 없이 공인중개 사무실 유리창에 붙어 있는 전단 광고 목록부터 잠시 살펴보았다.

그러고는 누가 먼저라고 할 것도 없이 업소 문을 밀고 들어가는 회원의 뒤를 따라 우르르 몰려 들어갔다.

그러나 방문하는 중개업소마다 신통한 정보를 가지고 있는 업소는 여간해서 찾아보기 힘들었다.

다만 재개발·재건축 아파트 분양권과, 입주권 거래에 혈안이 되어 있는 중개업소는 그나마 활기가 넘쳤다.

나머지 중개업소는 대부분 정부의 부동산 규제 정책을 원망하느라 중개사 주둥이에 불이 붙어 있었다.

그들의 이마에는 가로막힌 삼팔선처럼 그늘진 주름살만 가득했었다.

이들은 그 지역 정보를 흡수하러 들어갔다가 중개업자들로부터 정보는커녕 봉변만 당하고 뛰쳐나왔다.

왜냐하면 세찬 빗발처럼 쏟아 내는 그들의 망할 놈의 욕지거리와 우라질 신세 한탄을 듣다가 도저히 참을 수가 없어 발길을 돌려야 했기 때문이었다.

그래도 나름 소득은 있었다. 그 지역 소형주택 공급이 부족해 부동산 가격은 상승곡선을 탈 가능성이 높다는 것이었다. 그때 누군가의 핸드폰 알람 소리가 요란하게 울려 퍼졌다.

"날 보러 와요— 날 보러 와요—."

속 알머리 봉상관이 손에 들고 있던 핸드폰에서 나오는 멜로디였다.

"예… 접니다."

그는 접혔던 핸드폰을 가볍게 펴서는 공손하게 받았다.

"봉 회장님! 저예요, 선 감사… 어째 일은 다 보셨습니까?"

"아… 예, 뭐… 좀 건지셨습니까?"

그의 폰 너머로 작은 소음들이 촘촘히 들려오고 있었다.

"여기도 별 볼일이 없습니다. 소득은커녕 한숨만 듣고 나왔습니다."

젤 바른 선정재는 한숨을 내쉬며 맥없이 말했다.

"우리도 마찬가지입니다. 그럼… 지금 사무실로 오시겠습니까?"

속 알머리 봉상관은 입맛이 씁쓸해서 허공을 쳐다보며 중얼거렸다.

"예… 알겠습니다. 그럼, 사무실로 곧장 가겠습니다."

젤 바른 선정재는 간단하게 대답했다.

"우리도 지금 출발합니다. 그럼, 조금 이따 봅시다." 속 알머리 봉상관은 '알겠다'며 핸드폰을 접고서 가속기를 힘차게 밟았다.

중개업소를 빠져나온 젤 바른 선정재는 리모컨을 눌러 시동을 걸었다. 뒤따라 나온 삼각 머리 조편재는 조수석 쪽으로 잽싸게 올라탔다.

　주위를 살피던 세단 차는 깜빡이등을 켜고서 도롯가로 슬쩍 끼어들고는, 이내 중개 사무실을 향해 미끄러지듯 속력을 내기 시작했다.

중개 사무실 재회

한편 먼저 도착한 흰머리 윤편인은 사무실에 들어서자 갈증을 느끼고 곧바로 정수기 앞으로 걸어갔다.

그러고는 상자 속에 들어 있던 봉지 커피를 하나씩 뜯어서 세 개의 종이컵에 쏟아 부었다.

그는 평소에도 남을 헤아리는 마음이 체내에 배어 있어 바쁜 여직원을 대신해 손수 커피를 타고 있었다.

그즈음 근처에 주차를 마친 속 알머리 봉상관은 큰 머리 문정인을 앞세우고 사무실 안으로 들어왔다.

이들은 서로의 의견이 달라 목소리에 힘이 잔뜩 들어가 있었다.

"이번 물건이 경제성이 있다는 겁니까? 아니 그보다 돈이 된다고 보시는 겁니까?"

속 알머리 봉상관은 약간 상기된 얼굴로 목청을 한껏 올렸다. 직원들은 신경이 쓰여 미간을 구긴 채 이들을 힐끔 쳐다보고는 바쁘게 손놀림을 하고 있었다.

"이건 제 솔직한 견해인데요, 봉 회장님이 단독으로 토지를 낙찰받아도 손해 보는 장사는 아닐 것 같습니다."

큰 머리 문정인은 단언하듯 일침을 놓았다.

"하하하! 맞아요, 당장 낙찰을 받아서 넘겨도 수익이 나면 낳지, 손해를 볼 것 같지 않습니다."

흰머리 윤편인은 종이컵을 건네며, 큰 머리 문정인을 나름 거들고 나섰다.

그는 자신의 직관적인 관점으로 볼 때 손해나는 물건이 아니라며, 섣부른 판단을 하고 있었다.

따뜻한 커피를 받아든 두 사람은 소파로 찾아가서 가만히 앉았다. 그러고는 서로를 보고 홀짝거리며 목을 축였다. 흰머리 윤편인은 두 사람을 향해 다시 주절거렸다.

"만약의 경우 적당한 임자를 만나면, 투자한 대가는 충분히 뽑을 것 같습니다."

그는 히죽 웃어 가며 자신 있게 말했다.

"쳇! 이 사람들 마치 다 해 본 놈처럼 주둥이로 놀리고 자빠졌네…"

속 알머리 봉상관은 미간을 찌푸리며 속살거렸다.

그러고는 아주 못마땅한 눈초리로 두 사람을 번갈아 쏘아보았다.

"뭐… 건축물을 신축해서 분양까지 스트레이트로 하면 더욱 좋겠지만 말입니다."

큰 머리 문정인은 희망에 찬 얼굴로 모두를 둘러보았다.

그의 눈빛은 경제성과 시장성을 떠나서, 이번 프로젝트를 한번 성공을 시켜 보고 싶다는 절실한 마음이 엿보였다.

흰머리 윤편인도 한편으로는 이런 기대를 품고 혼자만의 꿈을 꾸고 있는 건지 모른다. 그래서 숨겨진 플랜을 남의 일처럼 자신 있게 말한 것 같았다.

"저도 그런 생각을 안 해 본 것은 아닌데 말입니다."

속 알머리 봉상관은 해쭉 웃으며, 말을 이어 갔다.

"처음에는 제대로 대박을 칠 수 있다는 말에 기대에 차서 흥분도 되고, 마음마저 흔들렸는데, 막상 현장에 나가 보니, 제 생각하고는 많이 다르더라 이 말입니다."

속 알머리 봉상관은 아쉬움이 남는 씁쓸한 표정으로 입맛을 '쩝쩝' 다시며 말했다.

"아하! 그러셨구나? 아니… 왜 아까 현장에서 중도에 보따리 싸는 짓은 뭐라 뭐라 했는데, 그건 이미 물 건너 간 겁니까?"

큰 머리 문정인은 그를 다그치듯 실망스러운 눈빛으로 비아냥거렸다.

"그때까지만 해도 저도 정말 기대에 차 있었습니다."

속 알머리 봉상관의 얼굴은 말하는 내내 아쉬움으로 가득했었다.

"그런데 막상 현장과 그 지역 중개업소를 돌아보고는 마음이 흔들리는 건 사실입니다. 허허!"

그는 커피를 한 모금 마시며, 말을 이어 갔다.

"그렇지만, 아주 포기하겠다는 생각은 아닙니다."

속 알머리 봉상관은 유들유들 웃어 가며, 능청을 떨었다. 큰 머리 문정인은 그를 쏘아보며, '젠장! 한 가닥 아쉬움은 남아 있다 이건가? 영감탱이하고는…' 하며, 눈살을 찌푸렸다.

이들은 커피를 마시면서도 서로를 경계하듯 눈치를 살피고 있었다. 그때였다. 흰머리 윤편인이 툭 나서며 주절거렸다.

"이도 저도 아니면, 도대체 뭘, 어쩌자는 겁니까?"

그는 노여운 눈빛으로 짜증스럽게 물었다.

그러고는 '이느무 영감탱이가! 도대체 뭐 하자는 수작이야?' 하며 차갑게 쏘아보고 있었다.

"허허허! 다만 가능성을 열어 놓고, 고민을 더 해 보자는 말입니다."

속 알머리 봉상관은 너털웃음을 웃어 가며, 능청스럽게 중얼거렸다. 그때 출입문을 밀치며 젤 바른 선정재가 들어섰다. 뒤이어 삼각 머리 조편재가 뭐라 뭐라 떠들면서 들어왔다.

"수고들 했어요."

그들을 보자, 속 알머리 봉상관은 먼저 어서 오시라며 손짓을 했다.

"와우! 벌써들 도착해 계셨네요?"

두 사람은 먼저 와 있는 회원들을 가리키며, 밝게 웃었다.

"그럼요, 제가 세월의 흔적이 익어 보여도 운전 하나는 똑 소리 나는 베테랑 드라이버 아닙니까? 허허!"

속 알머리 봉상관은 경쾌하게 웃으며, 현란한 손동작을 해 보였다. 사람들은 그 모습에 키득키득 웃고 있었다.

"그래… 뭐라도 건진 정보가 있습니까?"

흰머리 윤편인은 삼각 머리 조편재를 향해 물어 가며, 젤 바른 선정재를 넌지시 보았다.

그는 못 먹을 거라도 씹은 표정으로 고개를 좌우로 흔들었다.

"우라질! 정보는커녕 요즘 정부가 부동산 규제 정책을 난발해 다 죽게 생겼다며, 중개업자 원성만, 귀에 딱지 않도록 듣고 왔습니다."

젤 바른 선정재는 속상했던 마음을 털어놓으며, 난망한 표정을 짓고 서 있었다.

"뭐라 하더라…? 아… 그래, 정부가 시장에 맡기면 될 일을 쓸데없이 과잉 규제로 부동산 시장을 쑥대밭을 만드는 꼴이라 하던가?"

그는 핏대를 세우며, 얼굴을 붉혔다.

"하여튼 빈대 잡자고, 초가삼간 다 태우는 무능한 정책이라면서, 시발 개발 욕 나팔을 부는데, 그 성깔 한번 더럽더라고요."

그는 혀를 내두르며, 고개를 기로저었다.

"아니… 왜 그걸 그냥 듣고만 있었습니까? 선의로 저지른 정책이라며 한마디 해 주지 그랬습니까?"

속 알머리 봉상관은 같은 업자 입장이었지만, 내 새끼가 당한 것처럼, 괜히 열이 받쳐 말했다.

"젠장! 제발… 지나가다가 들어와서 개풀 뜯어 먹는 소리 좀 안 했으면 좋겠다고 성질을 부리는데, 거기다 무슨 말을 더 합니까?"

삼각 머리 조편재는 손을 휘휘 내젓고는, 맺혔던 응어리를 성질로 풀어내듯 게거품을 물었다.

"천하에 못된 놈들이네!"

흰머리 윤편인은 두 사람을 쏘아보며 능청을 떨었다.

삼각 머리 조편재는 눈을 한번 회번덕거리더니 그를 흘겨 가며 다시 주절거렸다.

"그래서 괜히 더 봉변을 당하기 전에 얼른 뛰쳐나왔습니다."

삼각 머리 조편재는 어지간히 속이 상했던 모양이다. 그들에게 분풀이를 하듯 이들에게 목청을 높였다.

흰머리 윤편인은 그 소리가 깨소금 맛으로 고개를 살짝 돌려 웃었다. 속 알머리 봉상관도 그의 분노한 모습을 참지 못하고 돌아서며 히죽 웃고 말았다.

"아니… 감히 어떤 망할 놈의 녀석들이 우리 조 이사님을 구박한단 말입니까?"

흰머리 윤편인은 괜히 능청을 떨어 가며 비아냥거렸다.

그는 '아니 저 우라질 자식은 왜 저래…? 누가 그 속을 모를까 봐? 깝죽대기는, 개자식!' 하는 눈빛으로 그를 째려보고 있었다.

젤 바른 선정재는 회원들 입에서 '무슨 소리가 나올까?' 싶어, 잔뜩 긴장한 얼굴로 눈치를 보다가 먼저 주절거렸다.

"그 우라질 공인중개사 말이 부동산 규제 때문에 시장 경제가 다 절단 나게 생겼다며, 악악거리는데 금방이라도 누구 하나 때려잡을 기세더라고요, 뭐라더라…? 아… 식구들과 생계유지라도 하려면 야간에 대리 기사라도 뛰어야 겨우 입에 풀칠이라도 할 수 있을 것 같다며, 하소연을 떠나 분통을 터트리는데 하여튼 대단하더라고요, 젠장맞을!"

젤 바른 선정재는 그들의 대변자 노릇이라도 하듯 나름 열을 올려 투덜거렸다.

옆에 서 있던 삼각 머리 조편재는 아직 분을 삭이지 못한 채 얼굴 가득 노기가 서려 있었다.

"글쎄 말입니다. 하다못해 보유세(종합 소득세, 재산세)는 올리더라도 거래세(취득세, 양도세)를 내려서라도 다주택자나 임대 사업자들 출구라도 뚫어 줘야지, 이거야 원, 거래가 활성화되든가, 숨이라도 쉴 텐데 말이야, 이래서는 시장뿐만 아니라, 서민들마저 모조리 힘들게 하지 않나 싶어…. 정말 특단의 새로운 공급 대책이라도 강구해야지…. 이거야 젠장! 선의에 의한 정책인지 나발인지… 시장을 잠식시켜 거래마저 실종시키고 있으니, 정말 아닌 게 아니라, 부동산 및 시장 경제가 다 죽게 생겼으니 걱정입니다."

큰 머리 문정인은 선의에 의한 행동이 지옥을 만들 수 있다는 자유 시장경제 옹호자 프리드리히 하이에크Friedrich Hayek의 말을 떠올렸다.

그리고 쥐를 몰아대더라도 도망갈 길을 터 주고 몰아야지, 쥐도 막다른 길에 몰리면 달려들어 대드는 것처럼, 시장도 비상 출구를 찾아서 새로운 계책을 찾아낼 것이기에, 스마트한 국민과 시장을 외면한 정부의 정책은 힘든 싸움이라 생각했다.

풍선효과처럼 여기 누르면 저기서 튀어나오듯이 시장은 널뛰기 장마당을 닮은 것 같았다.

그래서 정책은 상책인데 대책은 하책이면, 부자는 오히려 부를 더 얻고, 반면 서민들은 가난의 굴레에서 벗어나지 못한 채 정책에 의한 볼모로 잡혀 민생고에서 허덕이다가 시장의 작동에 의해 주거 선호 지역은 계속 집값이 상승하고, 인구의 감소로 인한 수도권 외곽과 지방은 (투기에 의한 풍선효과를 일으키는 비규제지역은 제외) 집값이 하락하는 역효과가 발생하는 것이다.

따라서 선호 지역 공급의 부족은 집값 인상의 발화지요, 서민과 청년의 고통을 가중시키는 데 일조를 하는 것이다. 한마디로 정책이 역행하면 모두가 힘들어진다는 말이다.

"헐…! 혼자만 똑똑한 척 지랄을 떨어요."

삼각 머리 조편재는 혼잣말을 뇌까리고 있었다.

"서민들이나 한 가구 소유자들을 대출만 풀어 주어도 부동산 시장이 이렇게까지 냉동 시장으로 변질되지 않았을 텐데 말입니다."

큰 머리 문정인은 탄식을 하며 속이 상해 말했다.

"하여튼 큰일입니다. 고래싸움에 새우 등 터진다고, 애꿎은 서민들만, 죽을 판이니 말입니다. 우라질 잘난 놈들은 다 어디 갔어?"

흰머리 윤편인은 공급을 늘려야지, 수요를 규제하면 당장은 잠잠하지만, 중·장기적으로 공급 부족이 발생해 집값 상승만을 부채질하는 자충수가 될 수 있다면서, 그는 나라를 걱정하는 충무공 이순신 장군의 시를 떠올렸다.

'한산 섬 달 밝은 밤에 수루에 홀로 앉아, 큰칼 옆에 차고 깊은 시름하는 터에, 어디서 일성호가一聲胡笳는 남의 애를 끊나니…' 하며 호국의 시조를 읊조리고는 선조宣祖가 그를 힘들게 하던 고충을 떠올리며 한숨을 내쉬었다.

그러나 사무실 사람들은 이들의 버럭질에 이따금씩 움찔거리며, 못마땅한 눈살을 찌푸린 채 소리 나는 쪽을 흘끔흘끔 쏘아보고 있었다.

"맞아요, 그들의 말은… 거래는 뭔 말라빠진 소리냐며, 요즘은 전·월세라도 좋으니 계약서에 도장이나 한번 찍어 보는 게 소원이랍니다."

젤 바른 선정재는 안타까운 눈망울로 속사포를 쏘아 대듯 주둥이를 떠벌렸다. 그러자 흰머리 윤편인은 씨익 웃으며 주절거렸다.

"서로가 일진이 안 맞는 중개입소를 방문했나 봅니다. 히히히!"

그는 두 사람이 당했다는 소리에 괜히 신이 나 너털웃음을 웃었다.

"거기서 서 그러지 마시고, 이리 들어와서 않으세요."

웃음을 머금은 속 알머리 봉상관은 두 사람에게 손짓을 했다. 젤 바른 선정재가 앞장서 안으로 들어와 빈자리에 앉자, 뒤따른 삼각 머리 조편재가 옆자리에 털썩 앉았다.

그사이 여사무장이 두 사람에게 커피와 녹차를 가져다 놓고 말없이 돌아갔다.

예비적인 결론

"어찌 됐든, 고생들 하고 오셨으니, 차나 한잔 마시면서 차분하게 각자의 생각들을 취합해 봅시다."

큰 머리 문정인은 두 사람을 위로하듯 중얼거렸다.

"선 감사님이 제안한 물건이니 본인의 의견부터 먼저 들어 봅시다."

속 알머리 봉상관은 차편을 함께 이용했던 일행들과 나누었던 부정적인 모습은 어디에서도 찾아볼 수 없었다.

그는 다시 출발 전에 활기찬 표정을 해 가지고, 두 사람을 대하고 있었다.

"저는 현장을 돌아보고, 확신을 얻었습니다."

젤 바른 선정재는 굳은 의지를 엿보이며, 기대에 찬 자신감을 보였다. 그의 말에 주위 사람들은 궁금증과 호기심을 가지고, '무슨 확신?' 하며 눈길을 모았다.

"어떤 확신을 말합니까?"

속 알머리 봉상관은 그의 속맘이 궁금해서 물었다.

"한방이나 대박은 아니더라도 얼마의 수익은 챙길 수 있다는 확신 말입니다."

젤 바른 선정재는 눈빛을 반짝이며, 자신의 찬 의욕을 내 비추듯 말했다.

"어디 그 말이나 한번 들어 볼 수 있을까요?"

그의 말이 흥미로운 큰 머리 문정인은 귀가 솔깃해져서 그 이유를 알려 달라며 부탁하고 나섰다.

"봉 회장님은 용도 변경에 의한 상업 지역을 예상했다가 실망을 하는 눈치셨지만, 저는 희망을 보았다고나 할까요?"

그는 초롱초롱한 눈망울에 힘을 주고 모두를 돌아보며 중얼거렸다.

"그래요, 다행입니다. 무슨 희망을 보았는지는 모르겠지만…"

속 알머리 봉상관은 비꼬는 투로 비아냥거렸다.

삼각 머리 조편재는 눈살을 찌푸린 채 그를 쏘아보고 있었다.

"오해하지 마세요, 봉 회장님! 비록 주거 지역도 우리가 어떻게 접근하느냐에 따라 흥망성쇠가 판가름 난다고 저는 보았거든요."

젤 바른 선정재는 말끝에 봉상관을 올려다보며 고개를 살짝 수그리고 씨익 웃었다.

큰 머리 문정인은 '사람 능청스럽기는 젠장!' 하고는 그를 쏘아 보고 있었다.

"자꾸 말을 빙빙 돌리지 말고 진짜 생각을 말해 보세요."

속 알머리 봉상관은 점잖게 '이 우라질 놈아! 이제 속 시원하게 다 털어 놓아라.' 하는 낯빛을 보이며 다그쳤다.

"여러분도 아시다시피 그 지역은 주거지역 중에서 용적률 (400~500%)이나 건폐율(60~70%)이 최고로 나오는 준주거지역이 아닙니까?"

젤 바른 선정재는 이들을 둘러보며 말했다.

"그건 그렇지?"

속 알머리 봉상관은 혼잣말을 뇌까렸다.

"게다가 주거 환경은 숲 세권과 강 세권으로 쾌적하고, 교통편 도 그렇지만, 편의시설 접근성도 뛰어납니다."

그는 부동산 전문 컨설턴트처럼 떠벌렸다.

"그거야 다 확인된 사실이고…."

속 알머리 봉상관은 뭐가 마땅찮아 계속 입속말을 웅얼거리고 있었다.

"거기다가 교육 환경도 결코 뒤처지지 않습니다. 서울에서 이만 한 대지를 찾기가 쉽지 않습니다."

젤 바른 선정재는 열변을 토하듯 자기주장을 떠벌렸다.

그는 이따금씩 이들의 눈치를 살펴 가며 계속 주둥이를 주절거 렸다.

"제가… 기기디 한 가지를 더 보탠다면 당장 건물을 짓는다고
해도 주위에 걸림돌이 별로 없다는 점입니다."

젤 바른 선정재는 속 알머리 봉상관을 쳐다보며 해쭉 웃었다.

"틀린 말은 아니지?"

흰머리 윤편인은 지나가는 소리로 웅얼거렸다.

"아마… 인허가를 받아 내는 문제도 그리 어렵지는 않을 것 같
습니다."

큰 머리 문정인은 말을 보태며 그를 지지하고 나섰다.

삼각 머리 조편재가 듣고 있다가 눈을 회번덕거리며 '아이고야!
이 우라질 자식들 좀 보게, 허가받는 게 이웃집 강아지 이름 부
르듯 그리 쉬운 줄 아나 보지? 미친놈들!' 하는 눈빛으로 그를 쏘
아보고 있었다.

"그거야 심의를 받아 보면 알 것이고 당장은 맞습니다. 맞고요,
히… 왜냐하면 서울은 주택을 공급하고 싶어도 지을 만한 마땅
한 땅이 부족하기 때문입니다."

순간 흰머리 윤편인이 장단을 맞추어 주며 끼어들었다. 큰 머리
문정인도 공감을 하면서 고개를 끄덕거리고 있었다.

"헐…! 그걸 누가 몰라서 그러나?"

속 알머리 봉상관은 입속말을 뇌까렸다.

"그 정도 대지라면 도시 근린 생활주택지로 흠잡을 데 없이 적
당한 땅이라고 볼 수 있습니다."

흰머리 윤편인은 누구를 위해 종을 울리는 것도 아니요, 오로

지 자신을 위해 팔을 걷어붙이고 있었다.

"하긴… 서울은 개발할 땅도 없고, 재개발이 아니면 재건축이 고작인데, 그런 땅 구하기가 어디 흔하겠습니까?"

땅에 대해서 일가견이 있는 삼각 머리 조편재가 그제야 숨겨 놓았던 야욕의 발톱을 드러내며, 은근슬쩍 두둔하고 나왔다.

그의 가담으로 속 알머리 봉상관을 제외한 세 사람이 젤 바른 선정재를 두둔하는 방향으로 분위기를 몰아갔다. 대세는 이미 기울어져 이들은 처음과 달리 경제성을 높게 평가하면서 긍정적인 방향에서 검토를 시작했다.

다만 현장 조사를 통해서 나타난 임시 결과였기에 분양에 대한 시장성 등 아직 미숙한 부분에 관한 검증이 턱없이 부족했었다.

부동산 권리분석은 경매 전문가들로 구성된 이들에게 문제 될 이유가 없었다.

공법상에 하자만 없다면, 주상복합 아파트 등을 건축해서 대박은 아니더라도 얼마간의 수익을 기대해 볼 만한 투자처라며 지금 당장은 그렇게 추측하고 있었다.

속 알머리 봉상관은 그만두기도 그렇고, 덤벼들자니, 어딘가 찜찜하고, 그렇게 오랜 망설임 끝에 그는 어쩔 수 없이 대세를 따라가기로 마음을 굳힌 눈치였다. 그는 '어쩜 자신의 인생에서 마지막이 될지 모르는 기회를 놓치는 것은 아닐까?' 고민 끝은 내린 결론이었다.

이들은 결국 합의를 이끌어 내며, 모두가 물건을 낙찰받기로 예비적인 결론을 내렸다.

"그러면 이번 사업을 결행하는 데 여기 모인 회원들은 동참하는 걸로 믿어도 되겠습니까? 흐흐…"

젤 바른 선정재는 이들을 향해 다짐에 다짐을 받듯 재차 확인하고 물었다.

그는 기쁜 마음에 입이 귀에 가서 걸려 있었다.

왜냐하면 자기 페이스에 말려든 아니, 이끌리도록 도와준 회원들이 징그럽도록 고마웠기 때문이었다.

어찌 되었든, 흰머리 윤편인과 큰 머리 문정인의 확인된 검증은 마지막에 변심한 두 사람의 마음마저 돌려놓았기에 더욱 그랬다.

"그럼요, 못 먹어도 고입니다. 으하하하!"

삼각 머리 조편재는 그제야 익살스러운 얼굴로 능청을 떨었다. 흰머리 윤편인은 순간 이해의 저울추가 그의 표정에 그려지는 것을 보며 씨익 미소를 지었다.

"아마… 모르긴 몰라도 이번 사업이 성공적으로 마무리가 되면 참여한 회원들에게 짭짤한 수익이 돌아갈 거라고 저는 감히 예상을 해 봅니다."

큰 머리 문정인은 자신의 직관력에 의한 추측으로 이들을 은근히 들뜨게 했다.

"하하하! 그렇게만 된다면 프로젝트를 제안한 선 감사님은 우리의 영웅이 되는 게 아니겠습니까?"

흰머리 윤편인은 경쾌하게 웃어 가며 엄지손을 그의 눈앞에 추켜세웠다.

"문 감사님 말대로만 된다면야 더 이상 뭘 바라겠습니까? 허허허!"

속 알머리 봉상관은 심리적인 기분 탓이었을까? 이전과 달리 환하게 화색이 돌고 있었다.

"저는 돌아가는 대로 물건을 확인해 보겠지만, 여러분도 대법원 경매 사이트 등에 들어가서 다각적인 분석을 부탁드립니다."

흰머리 윤편인은 회원들을 보며 말했다. 그는 현장을 가기 전에 모습이 아니었다.

처음과 달리 그는 주체적인 입장으로 돌아서 있었다. 아니 그의 태도는 확연하게 달라져 있었다.

그래서 그랬을까? 삼각 머리 조편재는 그를 보면서 '역시, 돈의 힘은 대단해, 무시할 수가 없는 이 시대의 괴물이야.' 하며 혼잣말을 속살거렸다.

그는 '아마, 현재나 미래 세상도 가진 놈, 특히 자본가들이 세상을 선점하고, 지배할 것'이라며, 미소를 짓고 있었다.

그는 자신의 눈으로 확인한 세상은, 아니 자기가 지금 사는 사회는 물질만능시대라는 것이다.

그는 황금이면 무엇이든 다 할 수 있다는 착각을 하면서 넋 빠진 소리를 자기 안에서 하고 있는 줄 모른다.

왜냐하면 세상을 살아가는 인간의 삶 속에는 반드시 물질이 필요하지만, 그밖에 또 다른 가치관과 새로운 세상이 존재하고 있다는 것이다.

즉 물고기 눈에는 물이 보이지 않고, 인간의 눈에는 공기가 보이지 않는 것처럼 말이다.

"아니⋯ 선 감사님이 권리 분석을 끝내셨다고 했는데 굳이 그러실 필요까지 있습니까?"

속 알머리 봉상관은 이맛살을 찡그리며, 그를 돌아다보았다.

"에이⋯ 사람 일은 아무도 모른다고⋯ 혹시라도 놓친 부분이 있다면, 혼자 보는 눈 보다야 여럿이 확인해 보는 것이 보다 더 정확하지 않을까요? 그래야 올바른 판단도 내릴 수 있다고, 저는 봅니다."

큰 머리 문정인은 '이 영감태기가 무슨 헛소리를 늘어놓는 거야?' 하며, 경계심을 보이듯 날을 세웠다.

"당연히 그러셔야 합니다. 왜냐하면 혹시라도 제가 놓친 문제점이 하나라도 있다면 큰일 아닙니까? 그러니 모두들 사건 번호에 들어가셔서 한 번이라도 더 검토해 주시길 바랍니다."

젤 바른 선정재는 오히려 그렇게 해 달라며 간절한 눈빛으로 부탁을 해 왔다.

"그거야 빼놓을 수 없는 절차 아닙니까?"

삼각 머리 조편재는 당연한 소리를 왜 하고 자빠졌느냐는 눈길로 그를 쏘아보았다.

"참! 선 감사님, 사업 자금에 대한 대책은 세우셨습니까?"

흰머리 윤편인은 매입 자금을 어떻게 마련할 건지에 대해 궁금해서 물었다.

그는 일이라는 것이 순서가 있다는 생각에 지금까지 꾹 눌려 참고 있다가 이제야 끄집어냈다.

회원들은 사업 자금이라는 소리가 예사롭지 않게 들렸다. 아니 귀에 선명하게 꽂혔다.

이들에게는 관심이 가는 중요한 대목이 아닐 수 없었기에 눈과 귀가 자연스럽게 두 사람에게 쏠렸다.

"아직… 확실하게 결정된 사항은 없습니다. 대충 밑그림만, 그려 놓았습니다."

젤 바른 선정재는 제안서를 펼쳐 놓고, 한곳을 지목해 가리켰다. 순간 회원들의 시선이 그가 가리킨 곳을 향해 돌아갔다.

"아하! 여기 짜 놓은 계획을 말하는 겁니까?"

흰머리 윤편인은 그가 가리킨 곳을 체크해 가며, 되물었다. 속 알머리 봉상관은 돋보기 너머로 제안서를 훑어 가며, 눈이 빠져라 찾고 있었다.

"그렇습니다. 제안서를 살펴보시면, 예상되는 자금과 확보해야 할 자금 계획을 일목요연하게 정리해 두었습니다."

그는 자금 예산 안에 동그라미를 치며, 이들을 힐끔거렸다.

"여기에 나와 있는 자료는 직접 뽑아서 계산하신 겁니까? 아니면, 참고 자료를 인용하신 겁니까?"

제안서를 받았을 때는 대충 훑고 넘어갔던 자금 예산안을 꼼꼼하게 살펴 가며, 큰 머리 문정인은 다시 물었다.

속 알머리 봉상관은 뒤늦게 내용을 찾아내 찬찬히 훑어 가며 가끔씩 고개를 끄덕거리고 있었다.

"입찰 가격은 제가 직접 계산해서 정리했습니다. 그리고 나머지는 참고 자료를 토대로 소요될 예산을 정리해 봤습니다."

그는 별거 없다는 식으로 그에게 말했다.

"오우! 대단하십니다."

그와는 달리 삼각 머리 조편재가 엄지손을 추켜들었다.

"에잇… 뭘요? 대단할 것 하나도 없습니다. 예산을 뽑는 거야 참고 자료만 있으면, 누구나 할 수 있는 거 아닙니까? 흐흐…."

젤 바른 선정재는 오른손을 들어 가볍게 가로저었다. 그는 아니라는 손짓과 달리 어깨 뽕은 하늘로 으쓱하고 있었다.

"그러나 저러나 애매한 문제는 입찰가격이 아니겠습니까?"

삼각 머리 조편재는 모두를 둘러보며 말했다.

"그렇기는 한데…?"

막상 긍정을 하면서도 속 알머리 봉상관은 고개를 갸웃갸웃거렸다.

"그럼 모두들 얼마를 쓰면 좋을지도 생각해 보시고, 대충이라도 정리해 둡시다."

흰머리 윤편인은 낙찰받기에 적당한 금액을 한 사람씩 내놓으라는 식으로 각자 입찰 금액을 책정해 보라고 부추기듯 말했다.

"그거야 1차에 들어갈지? 2차에 들어갈지? 아니면 경쟁자의 숫자에 따라 입찰 상한선을 정할지? 가격 한도는 얼마까지로 책정할 건지? 등 뭐 그런 문제들이 당락의 핵심 요소가 아니겠습니까?"

삼각 머리 조편재는 '고까짓 것쯤이야 무엇이 어렵다고 호들갑을 치고 난리야?' 하는 눈빛으로 당차게 들이대며 빈정거렸다.

그 순간 속 알머리 봉상관은 '하여튼 이 사람 큰소리치는 허풍은 알아줘야 한다니까?' 하는 싸늘한 눈총을 그에게 쏘아 대고 있었다.

"맞습니다. 문제의 핵심은 바로 거기에 있습니다."

큰 머리 문정인은 그의 주장을 거들고 나섰다.

"아… 그러면 문 감사님한테 좋은 아이디어라도 있습니까?"

흰머리 윤편인은 그의 의도가 뭔가 싶어 물어 왔다.

"제 생각도 비슷합니다."

그는 서슴없이 대답했다.

"그럼 어디 한번 들어나 봅시다."

흰머리 윤편인은 그에게 눈짓을 하며 조금 올려다보았다.

"제 말은 안전하게 일차에 삼켜 버릴 건지, 아니면 조금이라도 저렴하게 매입해서 수익을 더 창출하는 데 초점을 맞출 것인지에 대해 각자의 의견을 수렴해 보자는 겁니다."

큰 머리 문정인은 침을 튀겨 가며 자신의 주장을 늘어놓고는 흰머리 윤편인을 지그시 쳐다보았다.

그러나 이들은 아직 경쟁자에 대해서는 아무런 정보나 데이터조차도 가진 것이 없었다.

당장 경쟁자가 몇 명인지, 그들이 누구인지, 얼마의 금액을 제시할지조차도, 장막에 싸인 채 그 모든 사항이 추측에 의한 상상일 뿐 아는 정보라고는 개뿔이 전부였다.

장님이 코끼리 다리를 만지며 엉뚱한 소리를 지껄이는 것처럼, 이들도 지금으로서는 똑같은 입장이었다.

"그러게 문 감사님은 안전성이냐 수익성이냐 갈림길에서 고민이다, 이 말 아닙니까?"

속 알머리 봉상관은 개기름이 번들거리는 이마를 만지작대며, 두 사람을 번갈아 쳐다보면서 물었다.

"글쎄… 제 생각은 좀 다릅니다."

흰머리 윤편인은 오른손을 가로저으며, 속 알머리 봉상관을 쳐다보았다.

"아니… 그럼 어떤 생각을 가지고 있으신지, 그 말이나 좀 들어봅시다."

속 알머리 봉상관은 느물스럽게 쏘아보며, 그를 몰아세웠다. 두 사람의 신경전에 은근히 신이 난 삼각 머리 조편재는 슬그머니 곁눈질을 하며, 깨소금을 씹듯 히죽거리고 있었다.

"안전성에 수익성까지 다 좋은 말입니다. 그러나 이 물건은 워낙 입찰 금액 및 덩어리가 커서 일반인이 감당하기에는 무리가 있을 테고, 아마도 덩치 큰 입찰자들이 먹겠다고, 덤벼들지 않을까? 싶습니다."

흰머리 윤편인은 눈알을 희번덕거리며, 고개를 가로저었다.

"그럼?"

"…"

이들은 일제히 그를 쳐다보며 약속이나 한 것처럼 입을 모았다.

"그래서 말인데 아마도, 경쟁자들은 법인 업체나 기관 또는 고 래나 상어 같은 자본가들이 아닐까? 미루어 짐작해 봅니다."

흰머리 윤편인은 미간을 찌푸린 채 말했다.

"저도 결코 개인은 아니라고 봅니다."

큰 머리 문정인은 고개를 가로저었다.

그러고는 인상을 한번 오므렸다가 펴며 다시 주절거렸다.

"아마, 경쟁자도 다섯 손가락 이내라고 봅니다."

그는 긴장한 얼굴로 손가락을 펴 보이며 미간을 찌푸렸다.

"뭐… 대충 그 정도는 되지 않겠습니까? 아마도 문 감사님의 예 상이 얼추 맞을 겁니다."

흰머리 윤편인은 끄덕거렸다.

"혹시… 예상이 빗나갈 수도 있겠지만, 그 안에서 놀 확률이 높 을 겁니다."

그는 건방지게도 자신의 예견을 확신한다는 자신감 있는 표정 으로 말하고 있었다.

옆에서 지켜보던 삼각 머리 조편재가 째진 실눈을 치켜뜨며, '우 라질 자식! 꼭 선무당 같은 소리를 하고 자빠졌네?' 하며 혼잣말 을 읊조렸다.

"액수가 커서 말입니까?"

속 알머리 봉상권이 불쑥 끼어들며 물었다.

"예…에, 다만 입찰 경쟁자가 늘어난다면 예기치 못한 상황으로 복잡해질 수도 있을 겁니다."

흰머리 윤편인은 달관한 전문가처럼, 예측성 발언을 늘어놓았다.

"체! 그래 봐야 우라질 금액 문제 아니겠습니까?"

삼각 머리 조편재는 별거 아니라는 표정을 해 보였다.

"금액도 금액이지만, 우리는 반드시 낙찰을 받든가. 아니면 어느 선에서 포기할 것인지에 대해 먼저 가이드라인이 필요하지, 않겠습니까?

왜냐하면 합의를 해 놓지 않고, 입찰에 참가하면 서로 간에 트러블이 생겨 괜한 낭패를 볼 수도 있지 않을까? 미리 염려가 돼서 드리는 말씀입니다."

흰머리 윤편인은 자신의 생각을 거침없이 떠벌렸다.

"윤 부회장님은 뭘 그렇게 복잡하게 생각하십니까?"

속 알머리 봉상관은 대뜸 대거리를 하듯 들이대며, 꼬집고 나왔다.

"입찰 당일 법정에 모인 사람들의 움직임과 현장 상황을 둘러보고, 결정하면 될 텐데, 미리 사서 고생할 필요까지 있습니까? 안 그렇습니까?"

그는 아파트한 채를 낙찰받는 것처럼 단순하게 말했다.

그래서 별로 대수롭지 않은 일을 가지고 미로를 빠져나가는 생쥐처럼 지랄을 떤다는 식으로, 인상을 찌푸렸다.

"뭐… 간단하게 생각하면 봉 회장님 주장도 맞는 말입니다."

그는 어이가 없어 꼬나보면서도 까칠하게 부정하지 않았다. 가만히 듣고 있던 삼각 머리 조편재는 '우라질 자식! 사람을 가지고 노는 것 좀 봐…. 완전 찜 쪄 먹고 있네.' 하는 눈길로 그를 째려보고 있었다.

"그럼… 그렇게 가면 되겠습니까?"

큰 머리 문정인은 그의 마구잡이 말이 하도 기가 막혀 은근히 비아냥거렸다.

"그러나 모든 일에는 단순하게 덤벼야 할 일이 있고, 이번처럼 덩치 큰 물건은 치밀한 계획을 세워 접근해야 모두가 원하는 대박을 치든, 돈벼락을 맞든, 제대로 원하는 것을 성취할 수 있다 이 말입니다."

흰머리 윤편인은 그를 쳐다보며, 비아냥거리듯 히죽 웃었다.

그 소리를 듣자 속 알머리 봉상관은 대번에 '대박 같은 소리 하고 자빠졌네!' 하고는 입을 삐죽거렸다.

"만약 봉 회장님 말씀처럼 당일 분위기에 따라 결정하는 무모한 짓은 대박은커녕 쪽박을 찰 수도 있고, 문제에 따라서는 심각한 후유증을 남길 수 있다는 사실을 아셔야 합니다."

흰머리 윤편인은 그의 눈총을 심하게 받아 가면서도 해야 할 말은 해야겠다는 소신처럼 거리낌이 없이 자기의 생각을 털어놓았다.

"가만히 듣고 보니 윤 부회장님 말씀도 틀린 말은 아닌 것 같습니다."

속 알머리 봉상관은 속심과 달리 한발 양보하며 듣기 좋게 떠벌렸다.

그는 속이 상하고, 비위가 뒤틀렸지만, 구구절절 옳은 말이라 겸손하게 받아들이는 눈치였다.

그 순간에도 젤 바른 선정재는 벙어리 귀신이라도 붙은 것처럼, 아니, 한여름 플라타너스 그늘 밑에 붙은 암컷 매미처럼, 입을 꾹 다물고 있었다.

"하하! 우리가 입찰에서 높은 금액으로 낙찰을 받아도 분양에서 충분한 수익을 남길 수 있다면, 달리 생각해 볼 여지도 있지만 말입니다."

큰 머리 문정인이 한마디 거들며 나섰다. 그러고는 이내 다시 주절거리려 하자, 삼각 머리 조편재가 불쑥 끼어들며 나섰다.

"뭐… 그럴 수도 있겠네?"

그는 긍정을 하듯 중얼거렸다.

"만약 시장 조사에 의해 반대 상황이라면 예측하지 못한 손실을 고려해서 충분한 손익 계산을 미리 따져 보고, 수익이 날 가능성이 있다면, 그때 접근하자, 뭐… 그 말 아닙니까?"

큰 머리 문정인은 모든 내용을 꽤 뚫고 있는 족집게 도사처럼 흰머리 윤편인의 마음을 꼭 집어내고 있었다.

"역시… 문 감사님은 속세에 살 분이 아니라니까? 하하하! 어찌 그리도 내 속을 잘 알고 계십니까?"

흰머리 윤편인은 그를 향해 엄지와 집게손가락으로 하트를 만들어 보이며 밝게 웃었다.

"내 귀에는 낙찰은 높은 금액으로 받았는데, 분양까지 손실이 나면, 이번 사업은 수익은커녕 어렵게 뭉친 회원마저 두 동강이 난다 뭐… 그런 말처럼 들리는데, 어째… 제가 과민한 반응입니까?"

삼각 머리 조편재는 이들의 알은척에 눈꼴이 사나워 '자식들 잘난 척은 더럽게 하고 자빠졌네.' 하는 눈빛으로 어깃장을 놓고는 심통 사납게 쏘아 보고 있었다.

"허허허! 조 이사님 뭐… 기분 나쁜 일이라도 있습니까? 어째… 말을 그렇게 하십니까? 듣는 사람 생각도 하셔야지…. 왜, 아까 중개 사무실에서 당한 화가 아직 풀리지 않은 겁니까?"

속 알머리 봉상관은 자기를 편들어 주는 것도 좋지만 이건 아니다 싶어 그에게 하지 말라며 타이르듯 말하고는 슬며시 눈짓을 해 보였다.

"아니, 그렇다기보다 괜히 언짢은 기분이 들어서요. 흐흐…."
그는 능청스럽게 히죽 웃었다.

젤 바른 선정재는 그런 그가 한편으로는 이해가 되었다. 다만 혼자 당한 것도 아니고, 함께 욕을 보았는데, 유독 혼자만 생색을 내고 있다는 생각에 괜히 못마땅해서 눈살을 찌푸리며 그를 쏘아보고 있었다.

"우리 좀 진지해 집시다. 애들 장난하는 것도 아니고, 이거 뭐하자는 짓입니까?"

큰 머리 문정인은 성난 얼굴을 붉혀 가며, 볼멘소리를 해 댔다.

"윤 부회장님이 틀린 소리 한 것도 아니고, 다 우리가 잘 되기 위해 한 소린데, 뭘 그렇게 예민하게 반응을 보이십니까?"

그는 서릿발이 서린 표정으로 뺨따귀를 때리는 것처럼, 매몰차게 몰아붙였다. 그 소리에 힘이 솟은 흰머리 윤편인은 양 어깨가 슬그머니 올라갔다.

"건물을 올려서 수익만 낼 수 있다면 낙찰 가격을 얼마를 쓰든 간에 입찰을 보겠다는 소리는 설마 아니시겠죠?"

가만히 듣고 있던 흰머리 윤편인은 괘씸하다는 낯빛으로 까칠하게 들이댔다. 회원들은 틀린 말은 아닌지라 눈만 멀뚱멀뚱 쳐다보고 있었다.

"아니, 건물 분양을 통해서 얼마의 수익을 낼 수 있느냐를 계산하면 입찰 가격은 대충 나오는 거 아닙니까? 젠장! 뭐가 그렇게 어렵다는 건지…. 나 원 참!"

젤 바른 선정재는 못마땅한 표정으로 구시렁거렸다.

그러자 속 알머리 봉상관은 '사람들이 도대체 왜들 그러는지…?' 하며 눈살을 찌푸리고 있었다.

"내 말이… 어차피 거래가 없어서 실거래 시세를 누구도 알 수 없다면…?"

삼각 머리 조편재는 눈을 감았다 뜨면서 중얼거렸다.

"없다면, 뭐요?"

젤 바른 선정재가 곧바로 눈짓을 주며, 으르렁거렸다.

"감정가를 플러스하든지, 마이너스를 하든지…? 그날의 입찰자 숫자나 사정에 따라 금액을 달리 쓸 덴데 쉽게 볼 일은 아니죠?"

삼각 머리 조편재는 자신의 생각을 들이대며, 구시렁거렸다.

"뭐… 그럴 수도 있겠지요?"

젤 바른 선정재는 고개를 끄덕이며 단조롭게 받았다.

"그럼… 우리도 그걸 감안해서 그들보다 조금 더 지르면, 낙찰은 안 봐도 비디오인데 말이야…. 괜히 사서 걱정을 하고 지랄이야…. 크크!"

삼각 머리 조편재는 혼잣말을 뇌까렸다.

그는 음흉스럽게도 속셈은 따로 있으면서 괜히 억지소리로 심통을 부리고 있었다.

"제가 가만히 생각해 보니 지금으로서는 누구의 말도 틀렸다고 보지 않습니다."

분위기가 냉랭해지자 큰 머리 문정인은 안 되겠다 싶어 슬그머니 다잡고 나섰다.

"당연하지."

삼각 머리 조편재가 혼잣말을 웅얼거렸다. 큰 머리 문정인은 그가 뭐라 하든, 말든, 관여하지 않은 채 자기 말을 계속 주절거렸다.

"그러나 달리 생각해 보면 토지 금액이 커서 일반 입찰자는 쉽세 덜러들지 못할 것 같습니다."

그는 누군가 앞서 한 말을 되풀이한다는 생각에 민망해 히죽 웃었다.

흰머리 윤편인은 자신의 생각이 그렇다며, 먼저 말을 꺼냈기에 그의 말을 조용히 듣고 있었다.

"그거야 세 살짜리 꼬마도 아는 거 아냐?"

젤 바른 선정재가 혼잣말을 속살거렸다. 나머지 회원들도 가만히 혼잣말로 종알거리고 있었다.

"아마도 경쟁자가 있다면, 윤 부회장님 짐작대로 투자회사 법인이나 주택 건설업자들이 주판알 튕겨 보고 들어오지 않을까 짐작이 됩니다."

큰 머리 문정인은 분위기가 뜨겁게 달궈지면서 공방이 거듭되자, 모두를 진정시키고 싶어 한마디 거들고 나섰다. 그는 모두를 부둥켜안고서 완성된 그림을 그리고 싶은 마음에 눈치껏 긍정적인 분위기로 몰아가고 있었다.

"빙고, 맞습니다. 맞고요, 히…. 특별한 경우를 제외하고는 대부분 우리와 비슷한 사람들이거나 더 큰 단체들일 겁니다."

흰머리 윤편인은 이미 예상을 하고 있었다는 얼굴로 중얼거렸다.

"어쩌면 우리가 상대조차 할 수 없는 엄청난 고래일지도 모르죠? 아마… 그런 경쟁자라면 거액의 입찰가뿐만 아니라 죽기 살기로 물고 늘어질 겁니다."

속 알머리 봉상관은 이들을 실망시키며 기운을 뺄 때가 언제였는지조차 기억이 나지 않는 모양이었다.

그는 자다가 봉창 두들기는 것도 아니고, 이제야 힘든 싸움을 경고하며, 무거운 기색으로 이들의 긴장감을 조성하고 나왔다.

삼각 머리 조편재는 그의 오지랖에 '이느무 영감태기 봐라…?' 속엣말을 하며, 입을 삐죽거리고 있었다.

"그러기가 십상팔구죠, 모르긴 몰라도 어마 무시한 고래나 식인 상어 떼들일 겁니다."

흰머리 윤편인은 그의 돌변한 마음이 고마워 얼른 받아 주었다. 그러고는 뜻밖에 강적을 만날 수 있다는 자신의 생각을 말했다.

"상어가 아니라 큰 고래들이 설치면 머니 경쟁도 장난이 아니겠군요?"

속 알머리 봉상관은 걱정스러운 낯빛으로 중얼거렸다.

"그럼요, 상어도 식인 상어인지, 아니면 고래도 돌고래인지, 통 큰 고래인지에 따라 파란만장만큼이나 치열할 겁니다."

흰머리 윤편인은 익살을 떨며, 코를 훌쩍 들이켰다.

"젠장! 파란 거 만장이면 1억 아니야? 흐흐…. 그 말을 듣고 보니 정신이 번쩍 나는 게 재미있는 게임이 될 것 같습니다."

삼각 머리 조편재는 당장 고스톱이라도 칠 자세로 넉살을 떨며 그를 비아냥거렸다.

큰 머리 문정인은 '사람 참! 뭐든지 돈에다 갖다 찍어 부치는 재주가 있군그래… 역시 특이한 놈이야? 쯧쯧.' 하고는 입맛을 다시며, 그를 쏘아보았다.

"경쟁자들이 식인 상어나 통 큰 고래들이라면 어설프게 달려들었다가 괜히 비용만 날리고, 헛수고만 하는 거 아닌지 모르지…? 젠장!"

갑자기 의기소침해진 속 알머리 봉상관은 체념한 패배자의 표정으로 구시렁거렸다. 그 모습을 지켜본 큰 머리 문정인은 '젠장! 벌써부터 쫄기는… 역시 나이는 못 속여.' 하며, 히죽 웃었다.

"아이코! 이제야 윤 부회장님이 지적한 잔소리가 무슨 뜻인지 제대로 실감이 나는데요? 히히!"

방금 전까지 꽈배기를 쳐드신 놈처럼 사사건건 걸고넘어지던 삼각 머리 조편재가 재롱을 부리듯 꼬리를 살랑거렸다. 아니 어찌 보면 비아냥거린 것이다.

흰머리 윤편인은 하여튼, '저놈의 주둥이를 집게로 확 비틀어 줘야 속이 시원하지 내가…' 하는 눈길로 그를 쏘아보며, 입을 열었다.

"선 감사님도 아시다시피 대지 감정가 300억 원은 그렇다고 쳐도 입찰가 보증금이 30억 원이 아닙니까?"

흰머리 윤편인은 입찰가 10% 금액도 때로는 적은 액수가 아니라는 것을 말하고 있었다.

"그게 뭐 어때서요?"

그는 눈을 치켜뜨며 한껏 쏘아보았다.

"아니… 내 말은 우리 입장에서 입찰 한번 삐끗하면 30억 원이 공중분해 될 수도 있습니다. 그런데 긴장을 안 하는 것이 오히려 이상한 거 아닙니까?"

흰머리 윤편인은 까칠하게 말하고는 '내 말이 틀리느냐는?' 얼굴로 눈꺼풀을 위아래로 껌벅거렸다.

그의 신중한 태도와 의견에는 그만한 이유가 숨어 있었다. 왜냐하면 이들은 파이가 커진 사실을 인지하지 못했다. 그래서 한 번의 실수는 모두에게 어떠한 위험을 아니, 어떤 불행을 초래할 수 있는지를 알려 주고 싶었다.

그러다 30억 원이라는 엄청난 액수를 듣는 순간 이들은 바짝 긴장해 온몸이 쪼그라들고 있었다.

특히 속 알머리 봉상관은 할 말을 잃은 것처럼, 멍하니 초점을 잃은 눈길로 듣고 있었다.

잠시 침묵이 흘렀다.

"…"

그때… 칙칙하고 무거운 분위기를 깨뜨린 회원은 큰 머리 문정인이었다.

"우리 같은 새우가 덩치 큰 고래들을 상대해서 승리를 쟁취하려면, 시뮬레이션을 통해 철저한 사전 준비가 필요한데 뭐 좋은 방법이 없겠습니까?"

그는 머리를 쥐어짜는 인상을 짓고는 머리카락을 가만히 넘겼다. 그 말을 듣는 순간 정신을 차린 듯 회원들은 넋 빠진 표정에서 벗어나고 있었다. 그러고는 갑자기 눈동자가 어지럽게 움직이고 있었다. 금방이라도 굿 아이디어를 짜내려는 표정 같았다.

그러나 또다시 말을 먼저 꺼낸 회원은 흰머리 윤편인이었다.

"비슷한 물건들을 찾아내서 검증을 받아보는 시뮬레이션도 하나의 방법이기는 한데 말입니다."

그는 큰 머리 문정인에게 물어보듯 단조롭게 중얼거렸다.

"아하! 이렇게 하면 어떻겠습니까?"

삼각 머리 조편재는 새로운 아이디어가 떠오른 표정으로 손가락을 문질러 '딱!' 소리를 냈다. 그 순간 사람들의 눈길이 부리나케 그를 향했다.

"뭐… 좋은 아이디어라도 생각났습니까?"

속 알머리 봉상관은 그를 돌아보며, 반가운 표정으로 물었다.

"아… 예, 입찰까지는 아직 한 달 보름 정도 남아 있다고 적혀있던데 맞습니까?"

그는 젤 바른 선정재를 보며, 간결하게 물었다.

흰머리 윤편인은 '그게 뭐 어쨌다는 건데?' 하며, 눈망울을 껌벅거리고 있었다.

"예… 그렇기는 합니다."

젤 바른 선정재가 고개를 끄덕였다.

"그럼 남은 기간 동안 비슷한 물건을 찾아내서 연습 삼아 장난질 좀 칩시다."

삼각머리 조편재는 느물스럽게 웃어 가며, 자신만의 속셈을 끄집어냈다. 이들은 '뭘 어쩌려고…?' 하는 눈빛으로 지켜보고 있었다. 그때 젤 바른 선정재가 불쑥 나서 '무슨 꿍꿍이속인가?' 묻는 궁금한 눈빛으로 주절거렸다.

"아니… 어떻게 하시려고 그럽니까?"

그는 혹시나 싶어 의아한 얼굴로 물었다.

"아… 별거 아닙니다. 그냥 낙찰받을 토지와 비슷한 물건을 찾아내서 직접 입찰을 받아보자는 겁니다."

삼각 머리 조편재는 히죽히죽 웃어 가며, 조잘거렸다.

그는 평소에도 팔딱팔딱 튀는 기지와 자기만의 계산으로 투자에 뛰어들곤 했었다.

"그러다 덜컥 낙찰이라도 되면 어쩌시려고 그럽니까?"

속 알머리 봉상관은 눈을 부라리며, 걱정스럽게 물었다.

"그거야 다 비법이 있습니다."

그는 능글능글 웃었다.

"헐…! 대박! 정말입니까?"

속 알머리 봉상관은 '허튼 장난은 치지도 말라는' 인상을 쓰며, 되물었다.

"당연하죠, 지금 여기가 장난칠 자리입니까?"

삼각 머리 조편재는 정색을 하며 받아쳤다.

"정말… 죽이는 아이디어라도 있다는 겁니까?"

젤 바른 선정재는 '무슨 특별한 복안이라도 있나?' 싶어 대견한 눈길로 물어 왔다.

흰머리 윤편인과 큰 머리 문정인은 그기 무슨 농간으로 이들을 기겁시킬지를 대충 짐작을 하고, 입가에 미소를 짓고 있었다.

"그럼요, 낙찰에 필요한 입찰서류에 미치고 환장할 하자를 미리 꾸며 놓고 제출하는 겁니다."

삼각 머리 조편재는 모두를 바라보면서 '내 우라질 아이디어가 어떠하냐?'라는 듯한 표정을 잠시 보였다. 그러고는 계속해서 말을 이어 갔다.

맞은편에서 지켜보고 있던 큰 머리 문정인은 '저 우라질 자식! 진작부터 내 그럴 줄 알았어…' 하며 히죽 웃었다.

"그러면 낙찰이 떨어져도 취소가 될 것이 뻔하고, 후 순위 입찰자는 지옥에 떨어졌다가 다시 천당을 오가는 겁니다. 그뿐 아니라 우리에게 미안하고, 고마워서 어쩔 줄 몰라 한다는 겁니다. 하하하!"

그는 능청스럽게 한바탕 웃으며 이죽거렸다.

"아하! 그거 기가 막힌 굿 아이디어입니다. 허허허!"

속 알머리 봉상관은 한바탕 소리 내고 웃었다. 사무실 사람들도 덩달아 따라 웃고 있었다.

"하하하!"

"굿!"

딱!

회원들은 너나없이 손가락을 튕기며 호들갑을 떨고 있었다.

"정말! 그럴듯한 우라질 작전이야…. 흐흐…"

흰머리 윤편인도 그럴싸하다며 엄지손을 추켜세웠다. 순간 사무실 분위기는 명랑해지며 훈훈한 기운마저 감돌고 있었다.

"만약에 말입니다. 우리가 열네 명이 아닙니까?"

기분이 좋아진 삼각 머리 조편재는 한술 더 떠 능청스럽게 손가락을 꼽아 가며 말했다.

"예…에, 그게 뭐 어째서요?"

속 알머리 봉상관은 덩달아 들뜬 기분에 주저 없이 물었다.

"거기다 돈만 많으면 입찰에 유리할 수 있는 조건이 하나 더 있긴 한데 말입니다. 흐흐…."

칭찬에 신이 난 그는 장난기가 발동해 깜찍한 발상을 이들 앞에 끄집어냈다.

"그게 뭡니까?"

젤 바른 선정재는 '이보다 나은 굿 아이디어가 있는가?' 싶어 서둘러 물었다.

"만약 입찰 인원수를 늘리면 낙찰받을 확률이 남보다 곱절은 높아질 것이 아니겠습니까?"

삼각 머리 조편재는 실실 웃어 가며, 평소에 내놓지도 않았던 우라지다 자빠질 꾀주머니 하나를 마치 우스꽝스러운 돈키호테처럼 그럴싸하게 농간을 부렸다.

이 모습을 지켜본 흰머리 윤편인은 돌고래도 칭찬에 춤을 춘다는 말이 사실인 모양이라며 기가 막히고, 코가 막혀 입가에 냉소가 흐르고 있었다.

"허허허! 그것은 기가 막히다 못해 코가 막히는 우라질 굿 아이
디어 아닙니까?"

속 알머리 봉상관은 속아 넘어가는 척 비아냥거렸다.

그 소리에 회원들은 어이가 없고 기가 막힌다는 눈길로 그를
나사 하나 빠진 얼간이 놈을 바라보듯이 한껏 눈총을 쏘아 대고
있었다.

"왜 차라리 열네 명이 각자 입찰을 넣지 그럽니까? 그러면 확률
은 더블 아니, 따따블로 높아지지 않겠습니까? 허허허!"

속 알머리 봉상관은 그의 개수작을 슬쩍 받아넘기며, 빈정거
렸다.

"하하하! 순진한 겁니까? 웃자고 하는 농담입니까?"

흰머리 윤편인은 가당치도 않은 소리에 '이 우라질 자식이 누굴
가지고 수작질이야…' 하는 눈빛으로 쏘아보았다.

"윤 부회장님은 제 말이 황당하십니까?"

삼각 머리 조편재는 대거리를 하듯 들이대고 나왔다.

"아니… 정말 몰라서 묻는 겁니까? 아니면 알면서 괜히 웃자고
하는 농지거리입니까?"

흰머리 윤편인은 그를 싸늘하게 쳐다보며, 매몰차게 몰아대
었다.

"하하하! 거 한 번쯤 속아 넘어가 주면, 어디 덧이라도 난답
니까?"

삼각 머리 조편재는 자신의 말장난이 가볍게 들통이 나자, 괜히

무안해서 웃음 바람을 하고는 뒷머리를 긁적거리고 있었다.

"싱거운 사람 같은 이라고 경매를 한 번이라도 해 본 사람이라면 그 속임수에 넘어갈 사람은 당신뿐이라는 사실을 알고나 말하는 겁니까? 허허허!"

속 알머리 봉상관은 대거리를 하듯 으르렁거리면서도 어이가 없어 한바탕 너털웃음을 웃었다.

젤 바른 선정재는 따라 웃다가 그를 나무라는 듯이 이어 주절거렸다.

"아니… 경매는 공동 참가자나 단독 참가자나 오직 최고 금액을 적어 낸 입찰자만, 낙찰되는 공개 입찰이라는 사실을 아는 사람은 다 아는데, 회원 숫자가 무슨 소용이 있다고, 어디서 그런 가당치도 않은 농담을 하시는지, 모르겠습니다. 혹시… 아니면 말고 저지르는 청산에 사는 청개구리라면 모를까? 하하하!"

젤 바른 선정재는 그의 너스레에 일침을 가하며, 말 펀치를 날렸다.

"자 자…. 농담들 그만하시고, 아까 하던 논의들이나 마저 의논해 봅시다."

흰머리 윤편인은 모두의 이목을 집중시키면서 분위기를 환기시켰다. 그때 큰 머리 문정인이 나서며, 주절거렸다.

"지금이라도 입찰 보증금만 충분하면 비슷한 물건을 골라서 시뮬레이션을 시도해 볼 텐데 말입니다."

그는 모두에게 협조를 구하며 중얼거렸다.

"그러면 이렇게 히시죠?"

젤 바른 선정재는 좋은 생각이 있어 선뜻 나섰다.

"뭐… 굿 아이디어라도 있나 봅니다."

큰 머리 문정인은 그에게 물어 가며 눈짓을 해 보였다.

"그래서 말인데, 입찰 보증금은 조 이사와 제가 준비해

볼 테니, 다른 분들은 시뮬레이션할 물건을 찾아내서 입찰 준비를 끝내 주면 어떻겠습니까?"

젤 바른 선정재는 그의 의견을 묻지도 않은 채 독단적으로 말을 꺼내 놓으며 눈짓으로만, 깜박거렸다.

처음 본 미녀에게 관심을 끌기 위해 윙크를 날리는 사내처럼 그에게도 그렇게 하고 있었다.

그는 그렇게 삼각 머리 조편재의 입을 틀어막은 채 나머지 회원들에게 의견을 물었다.

졸지에 반벙어리가 된 삼각 머리 조편재는 어이가 없어 하면서도 속 다른 이유가 있는 것처럼 입을 다문 채 눈총만 위아래로 쏘아 대고 있었다.

물론 그는 가만있지 않았다. 젤 바른 선정재가 말하는 도중에도 연신 그를 향해 금붕어 항의를 하고 있었다.

그 순간 속 알머리 봉상관이 한마디 하고 나섰다. 그는 기가 막힌다는 얼굴을 하고 있었다.

"아니… 꼭 그렇게 돈을 들여서 하지 않더라도 얼마든지 서류상 시뮬레이션을 해 볼 수 있는 거 아닙니까?"

그는 이해를 하지 못하겠다는 얼굴로 투덜거렸다.

방금까지만, 해도 좋은 생각이라면서 함께 낄낄대던 속 알머리 봉 회장이 맞는가 싶었다. 그가 갑자기 돌변해서 따지고 나선 것이다.

"그냥 물건만 찾아내서 모의 입찰로 금액을 기재하고, 결과만 보면 되는데, 왜 군이 현찰을 가지고 모의실험을 하려고 하는지를 그 속마음을 모르겠습니다. 도대체가 말이야…. 내참!"

속 알머리 봉상관은 쓸데없이 우라질 현찰을 마련해서 실습할 이유가 전혀 없다는 생각을 하고 있었다.

"물론 실전은 모의 입찰과 다른 예행연습이라는 차원에서 긴장감뿐만 아니라, 마음을 졸이게 하는 스릴과 불안감 그리고 긴박감을 주는 서스펜스 등 현장감은 상당하겠지요…? 그건 저도 인정을 합니다."

그는 앙앙거리는 아이처럼 구시렁거렸다.

회원들은 '아니, 좀 전까지 좋다고 웃더니 갑자기 웬 변덕이람? 혹, 경매 방해죄 때문인가? 영감탱이 심술하고는…. 젠장!' 하고는 눈살을 찌푸리면서 그를 쏘아보고 있었다.

"봉 회장님이 정 싫다면 어쩔 수 없지요, 접는 수밖에…"

삼각 머리 조편재는 착잡한 얼굴로 그를 째려보며 말했다.

그 순간 속 알머리 봉상관은 손을 흔들며, 한마디 주절거렸다.

"아니… 자금 되시는 분들이 꼭 그렇게 하고 싶다면, 군이 말릴 이유야 없겠죠. 하고 싶은 분들이 알아서들 하세요."

속 일머리 봉상관은 이랬다저랬다 변덕이 죽 끓듯 하는 사람처럼 갈피를 잡지 못하고 있었다.

그는 가만히 생각을 해 보니 내 돈이 들어가는 일도 아니고, 굳이 인심까지 잃어 가면서 말릴 이유가 없다는 생각이 들었다. 그래서 금세 마음이 돌아서 그렇게 말했다.

다만 그가 염려스러운 것은 '단독 입찰이 된 가운데 혹 집행관이 행여라도 낙찰을 눈감아 주지 않을까?' 하는 것과 '재수 옴 붙어 경매 방해죄에 턱하니 걸려들면 어쩌나?' 싶은 우려 때문이었다.

"그래도 모니터링을 하기보다는 실전을 한 번이라도 더 경험해 보는 편이 우리에게는 여러모로 유익할 겁니다."

흰머리 윤편인은 모두를 설득하며, 분위기를 다잡아 나갔다.

"그럼 나머지 잔금은 회원들이 투자해야 되겠습니다."

돈 소리에 민감하게 반응을 보인 속 알머리 봉상관은 속내를 은연중에 드러냈다.

흰머리 윤편인은 뭔 자다가 봉창 두드리는 소리냐며 한껏 눈총을 쏘았다. 큰 머리 문정인도 '역시 나이는 못 속이는구나.' 하며 웅얼거렸다.

삼각 머리 조편재는 "흐⋯. 봉창은 아무나 두들기나, 봉가라서 봉창을 두드리지⋯. 히히!" 하며, 싱겁게 혼잣말을 읊조렸다. 그러고는 속과는 다르게 이렇게 주절거렸다.

"아니⋯ 봉 회장님도 참! 여기서 잔금 얘기가 왜 나옵니까?"

그는 인상을 살짝 찌푸리며, 히죽거렸다.

옆에 앉은 젤 바른 선정재가 그의 말투에 재미를 느끼고 실실 웃고 있었다.

"왜 내가 틀린 말을 했습니까?"

속 알머리 봉상관은 이맛살을 잔뜩 구긴 채 반문을 해 왔다.

"으이구…! 영감탱이하고는…"

삼각 머리 조편재는 자기 입술을 비틀어 가며, 혼잣말을 뇌까렸다.

"시뮬레이션이야 그렇다 치더라도 우리가 준비해야 할 잔금이 필요하지 않습니까?"

속 알머리 봉상관은 '내가 틀린 말을 한 것도 아닌데 왜들 그래?' 하는 표정으로 미간을 찌푸리며, 눈알을 회번덕거렸다.

"그렇지, 뭐 틀린 말은 아니네, 역시 큰일은 노마 지지야…?"

큰 머리 문정인은 혼잣말을 웅얼거렸다.

"한두 푼도 아니고, 사람들 하고는 내참!"

속 알머리 봉상관은 사람 좋아 보이는 인상을 구겨가며, 목청을 높였다. 흰머리 윤편인은 '시뮬레이션이 아니고, 그 얘기였어?' 하며 고개를 끄덕였다.

"그럼요, 모두가 힘을 합쳐야 가능한 투자인데 그래야 될 겁니다."

말속에 뼈가 있다는 것을 알아챈 젤 바른 선정재는 비위를 맞춰주면서도 냉소를 머금고 있었다.

"봉 회장님 의견이 틀린 말은 아닙니다."

큰 머리 문정인은 순간 자신이 잘못 짚었다는 생각에 눈치껏 그를 거들고 나섰다.

그러자 가만히 듣고 있던 삼각 머리 조편재는 슬며시 울화가 치밀었다. 그의 말이 귀에 거슬렸던 모양이다. 그래서 그는 '우라질 자식! 지금 뭐라는 거야?' 하는 싸늘한 눈길로 그를 째려보고 있었다.

그때였다. 흰머리 윤편인이 불쑥 나서며 한마디 주절거렸다.

"만약에 낙찰이 성공을 하면, 입찰 보증금은 두 분께서 마련하셨으니, 나머지 잔금은 회원들 몫이겠지만, 그래도 작은 금액이 아닌데, 어떤 대책을 강구해 놓으셨습니까? 정말 궁금합니다."

여러모로 걱정이 앞선 흰머리 윤편인은 예산 계획표를 읽고서도 자금 확보에 대한 선 감사의 진짜 속내가 무엇인지, 알고 싶었다.

흰머리 윤편인은 투자 금액이 한쪽으로 쏠리면 형평성의 원칙이 무너진다고 믿었다. 그래서 그가 원하는 방향은 모두가 참여하는 공동 투자였다.

레버리지를 이용하는 대출부터 단체가 십시일반 투자하는 금액까지 모두가 함께 짊어져야 한다는 생각을 가지고 있었다.

물론 지분 투자 금액은 개인적 성향과 각자의 능력의 따라 달라질 것이다. 하지만, 그러는 가운데서도 그는 공동의 투자로 공동의 이익을 도모해야 된다는 것이었다.

"돈이라는 놈이 사람의 마음을 선하게도 하고, 악하게도 하는 마력을 지니고, 있다는 거 여러분 모두가 잘 알고 계시지 않습니까?"

젤 바른 선정재는 그가 말하는 도중에 의미심장한 말을 툭 던져놓고, 이들의 눈치를 가만히 살폈다.

"쳇! 그거야 사람 나름이지…"

흰머리 윤편인은 혼잣말을 웅얼거렸다.

"그래서 이번 공동 투자는 우리들의 첫 번째 비즈니스 인 만큼 다수가 원하는 방향으로 선택을 하려고 합니다. 좋은 의견이 있으시면 추천해 주시길 바랍니다."

젤 바른 선정재는 잠시 울화가 치밀어 기분이 상했다. 하지만, 되도록 복잡 미묘한 속내를 감추려고, 밝은 표정을 보이며, 도움을 청하고 있었다.

"입찰 보증금을 두 분이 마련하는 방법도 수익 배분에서 문제의 소지가 될 수 있다고, 보지 않습니까?"

흰머리 윤편인은 공동 투자의 생리상 이건 아니라는 생각에 따지고 들었다.

"아니… 제 말을 곡해하셨나 본데, 투자할 물건을 말하는 것이 아닙니다."

그는 대뜸 손사래를 쳤다.

"그럼?"

흰머리 윤편인은 '이놈이 지금 뭔 소리를 지껄이고 있는 거야?'

하는 눈빛으로 그를 쏘아보았다.

"우리가 시뮬레이션 할 물건에 대한 보증금을 마련하겠다는 말입니다. 제 말을 오해하지 마세요. 헤헤!"

회원들의 따가운 눈총을 의식한 젤 바른 선정재는 순간 기지를 발휘하듯 손짓으로 강하게 부정을 하고 나왔다.

"하하하! 그러면 그렇지, 선 감사님이 그러실 분은 아닙니다."

가재는 게 편이라고, 삼각 머리 조편재는 그를 두둔하고 나왔다.

방금 전까지만 해도 그를 죽일 듯이 노려보던 삼각 머리 조편재가 아니었던가? 그런데 고새 변덕을 부려 무엇을 노리는 눈빛처럼 반짝거렸다. 그래서 그랬을까? 그는 한껏 기분이 풀어져 그를 두둔하고 나섰다.

그가 순간 변한 이유야 너무나 뻔했다. 돈이라는 욕망이 그를 눈 녹듯 녹여 버린 것이었다.

돈이라면 자나가도 벌떡 일어나는 그가 아닌가? 그랬다 불구덩이도 마다하지 않는 불나방 같은 인생, 재물 욕심이 가득한 황금 마니아가 바로 '돈생돈사' 이들이었다. 그렇게 돈이라면 죽고 못 사는 두 사람이 눈 깜박할 사이에 한마음으로 뭉쳐 연합을 하고 있는 것이었다.

"아니라고 하니 더 이상 할 말은 없습니다. 다만 돈 관계만큼은 서로 간에 맑고 투명해야 합니다."

흰머리 윤편인은 고개를 설레설레 흔들며, 다시 주절거렸다. 삼각 머리 조편재는 '누가 그걸 몰라… 우라질 자식!' 하며 째려보는 눈길로 속살거렸다.

"그래야 서로 간의 신뢰는 물론이고, 협력 관계도 오래 갈 수 있다는 것 아니겠습니까?"

그는 두 사람의 눈치를 살펴 가며, 힘주어 말했다.

"에잇… 모두가 다 아는 사실을 가지고, 혼자만 너무 심각하게 그러지 맙시다."

삼각 머리 조편재는 입술을 내밀며, 심통스럽게 쏘아붙였다.

순간 사무실 공기가 탁해지면서 어느새 웃음이 사라져 버렸다. 흰머리 윤편인은 '뭐라는 거야 이 망할 놈의 자식이!' 하는 눈길로 희번덕거리며, 그를 위아래로 노려보았다.

"어떻게 하면 낙찰을 받을 수 있는 건지? 낙찰 후에 건축을 하면 얼마가 필요한지? 그리고 분양을 하면 손익은 얼마나 나올지? 뭐 이런 건설적인 의논을 해 보자 이 말입니다. 제 말은…?"

두 사람 사이에 끼어든 삼각 머리 조편재는 약간의 짜증을 섞어 구시렁거렸다.

"허허허! 그러게 나 말입니다. 대지가 대략적으로 700평이라면, 건폐율(대지 면적에 대한 건물 바닥 면적의 비율)은 얼마나 나오고, 용적률(대지 면적에 대한 건물 연 면적의 비율)은 얼마나 나오겠습니까?"

속 알머리 봉상관은 싸늘해진 분위기를 바꾸어 보려고 일부러 아는 내용을 모르는 척 능청스럽게 물었다.

"그 동네가 준주거지역이라면서요?"

큰 머리 문정인은 뻔히 알고 있으면서도 재확인을 하듯 선 감사의 얼굴을 쳐다보며 되물었다.

"예… 주거지역 중 건축 비율이 최고 높은 지역입니다."

젤 바른 선정재는 대꾸를 해 주며 '미친놈 아까 묻고는 벌써 까마귀 고기를 처드셨나…? 젠장!' 하고, 웅얼거렸다. 그의 답변에 큰 머리 문정인은 끄덕이며, 다시 주절거렸다.

"가만, 음… 공법이나 일조권 규제에 걸림돌이 없다면, 건폐율은 60~70%에 용적률은 400~500% 정도로 계산해 볼 수 있겠습니다."

그가 속 알머리 봉상관을 응시하며 말했다.

"음… 그럼 연면적(건물 각 층의 바닥 면적을 합한 총면적)은 대충 따져도 2,450평 정도가 나올 것 같습니다."

셈이 빠른 젤 바른 선정재는 손가락을 꼽아 가며, 어림셈으로 총면적을 순식간에 계산해 냈다.

삼각 머리 조편재는 '그래요? 그럼 연 면적에 평당 건축비[2]를 곱하면…' 하고 중얼대면서 양손을 꼼지락꼼지락거리더니 다시 주절거렸다.

"대략 157억 9025만 원이 나올 것이고…"

그는 양손을 폈다 오므리기를 반복하며, 암산으로 풀어 냈다.

"아니… 평균 건축비가 645만 원 돈이라고요?"

속 알머리 봉상관은 자기 계산하고는 어딘가 맞지 않았는지 대충 헤아려보면서 중얼거렸다.

---

2) 2019년 2월 26일 기준 644만 5,000원.

평균 건축비 소리가 나오자 흰머리 윤편인이 한마디 덧붙이며 주절거렸다.

"여기에 대지 감정가 297억 8967만 원을 더하고, 그밖에 세금과 추가비용 그리고 연도 물가 인상률을 반영해 보면, 대략적인 총 사업비와 평당 가격 추정치가 나올 것 같습니다."

어느새 핸드폰 계산기를 두드리고 있던 그가 개략적인 사업 금액을 뽑아내서 이들의 구미를 확 당겨 주었다.

"그렇죠, 뭐 어림셈법으로 얼추 따져 보아도 평당 분양가는 대략 얼마쯤 나올지가 추산이 잡힐 겁니다."

큰 머리 문정인은 히죽 웃으며 말했다.

"맞습니다. 대충 뽑아도 480~490억 정도는 나올 것 같습니다."

흰머리 윤편인은 고개를 끄덕이며, 단조롭게 말했다.

옆자리에 앉아 있던 속 알머리 봉상관은 연신 계산기를 두드리며, 침묵을 지키고 있었다.

"그거야 분양가를 역산하면 건축비를 쉽게 구할 수 있지 않습니까?"

삼각 머리 조편재가 개기름이 반짝이는 얼굴을 들이밀며, 유들유들거렸다.

흰머리 윤편인은 눈을 흘기면서 '어쭈구리! 자기가 건축 전문가라도 되는 것처럼 말하고 자빠졌네, 웃긴 자식이!' 하고 읊조렸다. 그러고는 금세 다시 주절거렸다.

"그 동네 아파트 평당 분양 가격은 얼마쯤 나가는지 주변 시세를 한번 검토해 주시겠습니까?"

그는 큰 머리 문정인을 힐끔 쳐다보며, 부탁했다.

"잠깐만요…"

그는 잠시 기다려 달라며, 히죽 웃더니 순식간에 인터넷을 뒤적거렸다. 회원들의 시선이 자연스럽게 그에게 쏠리고 있었다.

"여기 나왔다. 그 지역은 평당 2600~2700만 원대에서 분양되고 있습니다."

큰 머리 문정인은 눈 깜박할 사이에 분양가를 찾아내고는 이내 금액을 말해 주었다. 그러자 흰머리 윤편인은 기다렸다 듯이 다시 주절거렸다.

"그럼 평균치로 계산기를 두드려도 649억 2500만 원 정도 나올 것 같습니다."

그는 총 금액을 뽑아내고는 큰 머리 문정인을 쳐다보면서 히죽 웃었다.

"그럼 거기서 예비 사업비 480억 원가량 제하면 대충 어림잡아도 한 169억 2500만 원 정도 수익이 발생할 것 같습니다."

암산이 빠른 젤 바른 선정재가 잽싸게 숫자를 뽑아내어 중얼거렸다.

일부의 사람들은 입을 다물지 못한 채 고개만 끄덕거리고 있었다. 그때 흰머리 윤편인은 이들을 아우르듯 입을 열었다.

"어때요? 수익률 죽이지 않습니까? 아… 솔직히 경매를 받아서 건축하고, 분양까지, 한 2, 3년 걸린다고 쳐도, 보자…. 수익금을 열네 명으로 쪼개면, 개인당 12억하고도 890만 원 정도 떨어지는데, 한번 해 볼 만한 액수가 아닙니까?"

이들과 함께 대략적인 수익률을 뽑아 보고서, 빙그레 웃음이 터진 흰머리 윤편인은 '이 정도면 어때…?' 하듯이 이들의 눈치를 살피고 있었다.

"허허! 수익이 이 정도 파이일 줄은 꿈에도 몰랐습니다."

속 알머리 봉상관은 어림셈법으로 대충 뽑아 나온 수익 금액이었지만, 흐뭇해서 고개를 까딱까딱 흔들면서 활짝 웃고 있었다.

"놀고들 있네, 우라질 자식들! 손가락 어림셈법 이득이야 누구나 입만 있으면 뽑을 수 있는 거 아니야?"

삼각 머리 조편재는 건축은 한 번도 해 보지 못한 우라질 인간들이 주둥이만 살아서 나불거린다며 입술을 잘근잘근 씹어 가면서 웅얼거렸다.

"그러고 보면 물건만 제대로 잡으면 부동산으로 대박을 치는 일은 어려운 일이 아닌 것 같습니다. 물론 건축에 필요한 경험들이 일천하고, 아직 일처리가 미숙해 예기치 못한 상황들이 발생하면, 사태 수습에 우왕좌왕이야 하겠지만… 설마? 뒤처리를 감당할 수 없는 상태까지 가겠습니까?"

속 알머리 봉상관은 걱정을 하면서도 예상 밖 숫자에 뜻밖이라며, 입을 다물지 못했다.

그는 돈 욕심에 벌써 몇 번째 핸드폰 계산기를 두드리고 있었다.

젤 바른 선정재는 이들의 표정에서 익욕이 넘쳐나는 것을 재삼 확인하며, 속으로는 쾌재를 부르고 있었다.

"하하하! 봉 회장님께서 슬슬 돈 욕심이 생기나 봅니다."

삼각 머리 조편재는 실실 웃어 가며, 능청스럽게 유들거렸다.

흰머리 윤편인은 그런 그를 빙그레 쳐다보며 '지 놈보다 더할까?' 혼잣말을 읊조렸다.

"허허허! 여기 돈 싫어하는 사람 누가 있습니까?"

속 알머리 봉상관은 기분이 유쾌해서 마냥 웃고 있었다. 업무를 보고 있던 사무실 직원들도 오너의 환한 얼굴에 가볍게 따라 웃었다.

삼각 머리 조편재는 째진 눈길로 '아주 지랄들을 떨어요, 진짜 대박이라도 치고 나면, 아예 숨이 꼴딱 넘어가겠네, 인간들 하고는… 쯧쯧!' 하며 그들을 흘겨보고 있었다.

"내가 10년만 젊었어도 이것저것 가리지 않고 도전해 보겠습니다."

속 알머리 봉상관은 젊은 혈기라면 당장이라도 뛰어들지 못할 이유가 없다며 세월 앞에서 호기를 부렸다.

"아… 일만 잘 풀리면 못할 일이야 뭐 있겠습니까?"

흰머리 윤편인은 그에게 용기를 북돋아 주며, 은근히 부추겼다.

"논다! 놀아…."

젤 바른 선정재는 내놓는 말마다 마음에 꼭 드는 모양이었다. 그는 피식피식 웃어 가며, 웅얼웅얼 거렸다.

"지금도 늦지 않았습니다."

흰머리 윤편인은 그를 향해 주먹을 뿔끈 쥐어 보였다. 사무실 직원들이 그 모습을 곁눈질로 힐끔 쳐다보고는 히죽 이죽 웃고 있었다.

"허허허! 내 말이… 그 말입니다."

속 알머리 봉상관은 갑자기 신명이 샘솟자 맞장구를 치며 웃었다. 그와는 달리 삼각 머리 조편재는 인상을 구긴 채로 아니꼽다는 듯이 눈총을 쏘고 있었다.

"제 말은 고진감래나 대기만성이 남의 사연이 아니라는 겁니다."

흰머리 윤편인은 목소리에 힘을 잔뜩 주고 말했다.

"지랄! 아주 서당 선생이 따로 없네, 따로 없어!"

젤 바른 선정재는 혼잣말로 빈정거렸다.

"아… 말이 나왔으니 하는 말입니다만, 나이는 숫자에 불과할 뿐이지, 인생 터닝 포인트는 남녀노소를 구별하지 않고, 언제든지 찾아올 수 있는 거 아니겠습니까?"

흰머리 윤편인은 때를 만나는 시기도 사람마다 시운이 다르다는 사실을 말해 주고 싶었다.

하지만 명리학의 기초인 음양오행을 모르는 사람에게, 수천 년간 기록되어 전해진 빅데이터가 무슨 쓸모가 있겠는가? 차라리 형이상학이라면 모를까?

게다가 서양의 미화된 신화와 종교는 맹종하면서 동양의 역학은 미신으로 치부하는 사람이라면, 백날 들려주어도 소귀에 경

읽기라는 사실을 알기에 대충 둘러서 말하고 있었다. 그러나 창조론과 진화론을 가지고 무엇이 먼저인가를 대립하는 것처럼 심증이 가는 쪽에 무게를 두면 무엇이 두렵겠는가? 다 마음먹기에 달렸다.

"크크! 우리가 지금 그런 시절을 만났는지를 누가 알겠습니까?"

말뜻을 새겨들은 삼각 머리 조편재가 빈정거리듯 해죽대며 웃었다.

"하긴 된장인지? 고추장인지를 꼭 찍어서 먹어 봐야 아는 것은 아니잖아요?"

젤 바른 선정재가 핸드폰을 조작하면서 중얼거렸다.

"물론 선천적으로 돈복을 타고난 사람도 있습니다. 그러나 세상이 그리 호락호락하던가요, 어디…? 흐흐…."

흰머리 윤편인은 자기만 아는 소리를 중얼대고는 그를 향해 가만히 양손을 벌렸다.

"아니… 허허허! 말이 나왔으니 말인데, 그럼 우리는 잘될 것 같습니까?"

속 알머리 봉상관은 그를 떠보는 수작인지 아니면 진짜 궁금해서 묻는 건지, 여하튼 능청스럽게 물어 왔다.

"글쎄요, 천지인을 주관하시는 하느님만이 알지 않겠습니까?"

흰머리 윤편인은 긍정도 부정도 하지 않았다.

그는 수천 년 역사 속에 기록되어 전해진 초자연적인 세상만사가 그 속에 담겨 있다는 것 같았다.

왜냐하면 시시포스(그리스 신화에 나오는 코린토스의 왕)가 다시 구를 것을 알면서도, 언덕 위로 밀어 올리던 바윗덩어리처럼, 인간은 세상을 이겨 보려고, 하늘의 뜻을 거스르며, 자신의 운명을 바꿔 살려고 무던히 도전하면서 살아가기 때문이다. 그래서 사람은 굴곡진 생애를 사는지 모른다.

흰머리 윤편인은 때마침 울린 폰 소리에 핸드폰을 만지작거리며, 딴청을 피우고 있었다.

"내 예감은 조짐이 보인다고 봅니다. 크크!"

삼각 머리 조편재는 돈맛에 길들인 사이비 점쟁이와 선무당이 사람 잡는 소리를 아주 능청스럽게 내질렀다. 이들은 듣기 좋은 소리에 헤벌쭉 웃고 있었다.

"저기… 아까 말을 하려다가 샛길로 빠졌는데, 사업 자금 등에 관한 세부적인 사항은 회원 모두가 참석할 수 있는 대화방을 개설하는 것이 어떻겠습니까?"

큰 머리 문정인은 자신의 견해를 제시하며, 이들의 눈치를 살폈다.

"그러지 않아도 회원 전용 대화방을 개설하려고 생각을 하고 있었습니다."

젤 바른 선정재는 그의 물음에 자신의 생각을 말해 주며, 히죽거렸다.

"그럼 누가 개설을 하든지 간에 지금 당장이라도 만들면 될 것 아닙니까?"

두 사람이 속삭거리자 가만히 듣고 있던 속 알머리 봉상관이 감초처럼 끼어들었다.

삼각 머리 조편재가 그런 그를 째리며 '영감태기 우물가에서 숭늉 찾겠네, 젠장!' 하며 눈을 흘겼다.

"개설이야 간단합니다."

흰머리 윤편인은 가볍게 응해 주며 피식 웃었다.

"당연히 그래야 되겠죠? 아마, 대화방이 개설되면 지금보다 훨씬 현안이나 안건들을 신속하게 처리할 수 있을 겁니다."

큰 머리 문정인은 고개를 끄덕이며, 차분하게 말했다.

"당근! 완전 좋죠, 정보 공유는 물론이거니와 문제 발생 시 대처하기도 신속하고 말입니다. 흐흐…"

신이 난 젤 바른 선정재는 자신도 모르게 헤벌쭉 한 표정으로 떠벌렸다.

그러나 이들은 늘어지는 회의 시간 때문에 중개 업무에 지장을 초래하고 있다는 사실조차 잊고 있었다.

소란스럽게 떠들어대는 이들과 달리 짜증이 난 사무실 직원들은 언제부터가 못마땅한 눈초리로 '행여 이제나저제나 끝날까…?' 안타깝게 쏘아보고 있었다.

"대화방… 그거 괜찮은 생각이네…"

속으로 구시렁거리며, 지켜보던 삼각 머리 조편재가 호들갑스럽게 말했다.

"너무 투명하다는 것이 단점이긴 해도 우리한테는 딱일지도 모룹니다. 흐흐…"

젤 바른 선정재는 시종일관 신이 나 떠들었다.

그는 자신이 제의한 이슈가 점점 빅 파이로 커져가고 있다는 사실에 기분이 최고조에 있었다.

이들은 다 마신 커피를 대신해서 녹차를 뽑아 갈증을 해소하고 있었다. 분주히 움직이는 이들 바람에 사무실은 잠시도 조용할 시간이 없었다.

그에 반해 사무실 직원들은 똥 씹은 기색을 감추느라 애를 쓰고 있었다.

그러는 가운데 이따금씩 속 알머리 봉상관을 향해 고충을 호소하듯 힐끔힐끔 눈치를 주고 있었다.

"그럼 지금까지 진행된 사항들을 선 감사님이 정리해 올려 주시겠습니까?"

흰머리 윤편인은 그에게 눈짓을 하며, 부탁 조로 말했다.

그 소리에 속 알머리 봉상관은 공감을 하는 표정을 짓고 까닥거리며, 두 사람을 주시하고 있었다.

"저에게 초안이 있으니 그렇게 하는 게 좋겠죠?"

젤 바른 선정재는 고개를 끄덕이며, 싫은 내색 없이 받아들였다.

아니, 그의 입장에서야 열 번이고, 백 번이라도 하겠다는 열정이 고스란히 그의 눈동자 속에 담겨 있었다.

옆자리에 앉은 삼각 머리 조편재는 '지가 안 하면 어쩔 건데…?'

하는 눈빛으로 히죽거렸다.

"음… 그렇게 진행을 해 주시면 정리된 내용을 가지고, 회원들이 충분히 토의를 할 수 있을 겁니다. 또한 거기서 도출된 결론들을 가지고, 담당자가 실행에 옮기면 문제는 없을 것 같습니다."

흰머리 윤편인은 흐뭇한 미소를 머금고 중얼거렸다.

"뭐… 그럽시다. 아 참! 그런데 시뮬레이션은 누가 맡아서 진행할 예정인지, 오늘 아예 정하고 돌아가는 게 좋을 것 같습니다."

속 알머리 봉상관은 문득 떠오른 생각을 말했다.

"아니… 그건 아닌 것 같습니다. 혼자보다 여럿이 찾는 방법이 수월하지 않겠습니까?"

흰머리 윤편인은 손사래를 치며, 부정적인 입장을 보였다. 다른 회원들도 동조를 하듯 거기에 대한 반문을 하지 않고 있었다.

"그럼… 그러시든가요."

속 알머리 봉상관은 단조롭게 받아들였다.

"그렇죠, 혼자보다 여럿이 함께 찾는 게 아무래도 빠르니까요. 후후!"

삼각 머리 조편재는 언제 꼬였던가 싶을 정도로 그에게 호의적으로 대하고 있었다.

"누가됐든 적당한 물건을 찾게 되면, 대화방에 올려서 함께 토론을 하자는 겁니다."

흰머리 윤편인을 히죽 웃으며 말했다.

"당연하지…"

속 알머리 봉상관이 고개를 끄덕이며, 속살거렸다.

"그래서 하는 말인데, 경매 입찰은 물건을 찾아낸 담당

회원들만 참석하고, 낙찰 결과는 대화방에 올려놓는 식으로 진행하면 충분하지 않을까? 싶습니다."

흰머리 윤편인은 진행 과정을 얘기하며 모두의 눈치를 살폈다.

"그럼 물건은 다 함께 찾는다 하더라도 입찰 담당자는 정해야 하니 누가 좋겠습니까?"

속 알머리 봉상관은 갑자기 뭔가에 쫓기는 사람처럼 서둘고 있었다. 흰머리 윤편인이 방금 꺼낸 말들을 이해를 못 하고 새삼스럽게 입찰 담당자를 들먹였다.

그는 장시간 사무실을 차지하고 있는 회원들로 인해 업무에 지장을 초래한다는 사무장의 거듭된 눈치를 받고부터 약간 정신이 없는 눈치였다.

"오늘 참석한 회원들과 물건을 찾아낸 회원이 돌아가면서 수고를 하시면 어떻겠습니까? 흐흐…"

삼각 머리 조편재는 빤히 알면서도 그를 빈정거렸다. 그러고는 꼬고 앉았던 다리를 풀면서 히죽거렸다.

사무실 직원들은 '우라지다 자빠질 자식들 노가리 좀 그만 풀고, 이제 좀 돌아가지…' 하는 눈초리로 힐끔힐끔 눈치를 주고 있었다.

아무래도 뭔가 급히 처리할 일이 생긴 눈치였다. 직원들의 마음은 조급한데 속 알머리 봉상관은 그들을 아랑곳하지 않은 채 계

속 주절거렸다. 마치 하던 말은 끝내야 된다는 표정이었다.

"그래봤자 한 달 보름인데 몇 건이나 해 보겠습니까?"

그는 그건 아니라며, 손짓을 해 보였다.

이들의 생각은 각자 계산치가 달라서 평행선을 달릴 때가 많았다.

"저기… 이렇게 하면 어떻겠습니까?"

젤 바른 선정재는 모두를 돌아보면서 말했다.

"뭐… 상큼한 아이디어라도 생각이 났습니까?"

큰 머리 문정인은 대뜸 물었다.

"문 감사님하고, 윤 부회장님은 택지와 건축에 관해서 주력하시면 어떻겠습니까?"

그 소리에 '택지(집을 지을 땅)와 건축?' 하고 동시에 중얼거린 두 사람은 서로를 아연하게 바라보고 있었다.

"그리고 저와 나머지 회원들은 시뮬레이션에 매달리면 좋을 것 같습니다. 본인들 생각은 어떠신지 모르겠습니다."

젤 바른 선정재는 두 사람의 주장이 엇갈리자, 새로운 대안을 끄집어내서 물었다.

"뭐… 그렇게 나눠서 임무를 분담해도 저는 좋습니다."

흰머리 윤편인은 넌지시 미소를 보이며, 큰 머리 문정인을 슬쩍 쳐다보았다.

"저도 상관없습니다."

처음 얘기를 들었을 때 표정과는 사뭇 다르게 이들은 별다른 반응 없이 받아들이고 있었다.

"그럼… 모두들 그렇게 아시고 오늘은 여기까지 하도록 합시다."

속 알머리 봉상관은 말을 마치자, 다음 일이 급해 서둘러 일어 났다.

눈치를 보고 있던 여직원은 부리나케 그의 책상 위에 서류를 가져다 놓고 돌아갔다.

"그럼 오늘이나 내일 안으로 대화방에 모든 자료를 올려놓도록 하겠습니다."

젤 바른 선정재는 몹시 흡족한 미소를 지으며, 가져온 가죽 가 방을 챙겼다.

"허허허! 이번 기획도 선 감사님 작품이니, 뭐 알아서 잘하시겠 지만, 부탁드립니다. 수고 좀 해 주세요."

흰머리 윤편인은 그의 눈을 바라보며, 당부를 잊지 않았다.

"하하하! 염려 붙들어 매세요, 내가 좋아서 하는 일이니…. 후후!"

젤 바른 선정재는 해쭉 웃어 가며 말했다

"자… 일어들 납시다."

삼각 머리 조편재는 점잖은 목소리로 말하며, 옆자리 선 감사 를 슬쩍 쳐다보았다.

"사무장님! 툭하면 찾아와서 결례가 많습니다. 우리 때문에 업 무에 지장이 많지요? 죄송합니다."

눈치가 보였던 큰 머리 문정인은 남 사무장을 바라보면서 가볍게 고개를 숙였다.

"아이… 저희야 뭐, 지장이랄 게 있습니까? 다만, 손님들이 불편해하니까 그게 문제일 뿐이죠. 흐흐…."

그는 비굴하기 그지없는 낯빛을 한 채 자신들의 입장을 능청스럽게 떠벌리곤 히죽 웃었다.

삼각 머리 조편재는 '자식! 능청은 간다… 가! 젠장!' 하며, 째리는 눈빛으로 그를 한껏 쏘아보며, 걸어 나갔다.

"그럼… 수고들 하세요."

흰머리 윤편인은 마지막으로 인사를 챙기고, 사무실을 걸어 나갔다.

"안녕히 가세요!"

여직원은 이들을 향해 인사를 건넸다. 다시는 오지 말라고 속살거리는 표정이었다. 이들이 돌아간 사무실은 갑자기 찾아온 정적인 분위기에 한적한 산사처럼 고요한 기운이 감돌고 있었다.

제26장

뒷머리

한편 중개 사무실을 나온 흰머리 윤편인은 집으로 가려고 손을 흔들어 대는 큰 머리 문정인의 손목을 가볍게 잡아끌며 주절거렸다.

"잠깐… 저 좀 보고 가시면 안 되겠습니까?"

그는 실실 웃는 얼굴로 그에게 말했다.

"왜요? 무슨 할 말이라도 있습니까?"

그가 의아한 표정을 지었다.

"아예… 뭐, 좀 저랑 어디 가서 잠깐 대화 좀 나누다 가시죠?"

"그럽시다. 어려운 일도 아니고, 어디로 갈까요?"

"제가 앞장을 설 테니 저만 따라오시면 됩니다."

흰머리 윤편인은 앞을 보면서 걸어갔다. 큰 머리 문정인은 그의 옆에서 주위를 두리번거리며 걸었다.

그렇게 두 사람은 근처 조용한 카페를 찾아 들어갔다. 홀 안으로 들어서자 요즘 유행하는 발라드 멜로디가 잔잔하게 흘러나왔다.

이들은 두리번거리다 한 귀퉁이에 빈자리를 발견하고, 두 사람은 천천히 걸어가 그곳에 자리를 잡고 앉았다.

멀찌감치 떨어진 곳에서 유니폼을 차려입은 여종업원이 바쁜 손놀림 속에서도 이들의 움직임을 유심히 지켜보고 있었다.

"윤 형은 이번 사업 제안을 어찌 생각하십니까?"

의자에 걸터앉으며 큰 머리 문정인이 다짜고짜 물었다.

그사이 산뜻한 차림의 가녀린 여종업원이 이들 곁으로 조용히 다가왔다.

"글쎄요? 지금으로서는 반반입니다."

흰머리 윤편인은 느닷없는 질문에도 가볍게 받아넘겼다.

"주문하시겠습니까?"

미모의 여종업원이 해맑은 미소로 물었다. 이들은 고개를 돌려 그녀를 올려다보며, 행복한 미소를 짓고 주절거렸다.

"간단한 음료수가 뭐 있습니까?"

흰머리 윤편인은 탁자 위에 놓인 유리컵을 집어 들며 물었다.

"여기… 메뉴판을 보시면 음료수 종류가 나와 있습니다."

그녀는 상냥한 미소로 유리 탁자 한곳을 가리켰다.

"저는 그냥 생맥주 500 한 잔 주시고요."

그녀는 알겠다며, 고개를 끄덕였다.

"문 형은 뭘 드시겠습니까?"

흰머리 윤편인은 간단히 주문을 마치고 그에게 물었다.

"저도 같은 걸로 주세요."

큰 머리 문정인은 환한 미소로 그녀를 향해 눈짓을 해 보였다.

"예… 알겠습니다. 안주는… 무엇으로 드릴까요? 손님!"

긴 머리를 단정하게 다듬은 그녀가 늘씬한 허리를 약간 구부려 되물어 왔다.

"뭐… 적당한 마른안주 하나 주세요."

흰머리 윤편인은 그녀를 향해 해쭉 웃었다.

"곧 가져다드리도록 하겠습니다. 손님."

가볍게 고개를 숙인 가녀린 여종업원은 씽긋 미소를 짓고는 이내 돌아갔다.

은밀한 제안

한편 그 시각에 삼각 머리 조편재는 자주 가는 단골 횟집으로 큰 머리 선정재를 정중하게 모셔가고 있었다. 아니, 반강제로 납치하다시피 유혹해 데려간다는 표현이 어울릴 것 같았다.

왜냐하면 할 일이 있어 못 간다는 사람을 그가 온갖 기름칠을 해서 혓바닥에 땀을 내고서야 겨우 데려갈 수 있었기 때문이었다.

삼각 머리 조편재는 차를 타고 가면서 도착하는 대로 바로 음식을 먹을 수 있도록 술자리를 준비해 달라고, 미리 주문을 시켜 놓았다.

아직은 퇴근 시간 전이라 교통의 흐름은 그리 막히지 않았다. 복잡한 시내를 약간 벗어나 한참을 달린 끝에 이들의 자동차는 한적한 장소에 자리한 횟집 주차장 안으로 들어갔다.

이른 시간인데도 이미 주차장은 빈 공간이 없을 정도로 고급 세단 차들로 꽉 들어 차 있었다.

두 사람은 빈자리를 찾아 헤맨 끝에 겨우 한 모퉁이에 차를 세워두고, 횟집 안으로 들어갈 수 있었다.

정문 앞에는 단정한 유니폼 차림에 여종업원이 기다리고 있다가 단아한 미소로 이들을 맞이했다.

그녀는 삼각 머리 조편재를 알고 있는 눈치였다. 살포시 눈웃음을 지으며 가볍게 머리를 조아리고는 곧장 앞장을 서서 예약한 방으로 두 사람을 안내했다.

복도를 지나면서 간혹 사람들의 목소리가 들려오곤 했었다. 하지만, 실내 분위기는 아득하고 조용했다.

이들이 방문을 젖히고 들어서자 열두 폭 병풍을 둘러쳐 놓은 아담한 방이 한눈에 들어왔다.

두 사람은 식탁을 가운데 두고 마주 보며 자리에 앉았다. 미리 주문을 시켜 놓아 그런지 이미 술상은 소담스럽게 세팅되어 있었다.

탁자 위에는 일회용 물수건이 가지런히 놓아져 있었다. 두 사람은 자연스럽게 비닐을 뜯고서 가볍게 손을 닦았다. 그러는 동안에 예약된 술과 가벼운 쓰키다시들이 순번을 정한 것처럼 차례대로 들어왔다.

삼각 머리 조편재는 평소의 버릇대로 가볍게 술병을 따서 빈

잔에 술을 따랐다. 그리고 젤 바른 선정재를 향해 슬며시 술잔을 건넸다.

그는 술잔을 받으며, 인기척이 나는 문 쪽을 향해 올려다보았다. 그때 아가미와 지느러미가 살아서 꿈틀대는 생선회 접시를 받쳐 든 우람한 주방장이 웃는 얼굴로 들어왔다.

그는 밉지 않은 서글서글한 얼굴로 정중하게 인사를 마친 뒤 농엇과의 다금바리에 대해서 늘어놓기 시작했다.

"다금바리는 농어와 비슷하나 몸길이가 1미터 정도에 이르며, 비늘이 작고 등은 자줏빛을 띤 담청색으로 배는 은백색."이라고 떠벌렸다.

주방장은 다금바리는 깊은 바다에 살지만 맛은 좋다며 이들과 간단한 대화를 주고받았다.

삼각 머리 조편재가 배추 잎 몇 장을 지갑에서 꺼내 당신들 팁이라며, 주방장에게 건넸다.

냉큼 지폐를 받아 챙긴 그는 히죽 웃고는 "맛있게 드세요."라는 말을 남기고, 곧바로 돌아갔다.

"조 이사님은 여기 자주 오시나 봅니다."

젤 바른 선정재는 지그시 그를 바라보며 말했다.

그리고 술잔을 들이켰다. 그의 옆자리에는 빼어난 미모의 여종업원이 얌전하게 앉아서 이것저것 안줏거리를 올려놓고 있었다.

"자주는 아니고, 선 감사님처럼 귀한 손님을 모실 때 한 번씩 이용하곤 합니다. 크크!"

심각 미리 조편재는 입술에 침을 바르며, 히죽 웃었다.

"오늘 제가 귀빈이라 이리 모셨다고요? 거… 나는 이해가 안 되는데, 그 이유가 뭘까요?"

때 아닌 도깨비장난 같은 소리에 젤 바른 선정재는 어정쩡한 표정을 보이며, 의아한 표정으로 물었다.

"아니… 선 감사님이 귀빈이 아니면, 누가 귀빈이란 말입니까?"

삼각 머리 조편재는 아주 능청스러운 낯빛을 보이며 실실 웃었다. 여종업원은 눈을 아래로 깔고서 가볍게 미소를 보이고 있었다.

"하하하! 언제부터 제가 조 이사님의 귀찮은 빈대가 되었지요?"

그는 싫지 않은 눈빛으로 익살을 떨면서 그를 보고 한바탕 웃었다.

"히히! 굳이 말하자면 점심시간 이후 사업 프로젝트를 말하는 순간부터 입니다. 하하하!"

삼각 머리 조편재는 농담을 건네듯 진심을 담아 능청스럽게 털어놓았다.

"젠장! 너무 솔직한 것 아닙니까? 크크!"

그는 까칠하게 말을 하면서도 그리 기분이 나쁘지 않은 듯 키득거렸다.

"제가 좀 그런 편이죠? 헤헤!"

삼각 머리 조편재는 능청스럽게 되받아치며, 혓바닥을 날름거렸다. 그러고는 해죽해죽 웃고 있었다.

"아직… 낙찰은커녕 사업도 시작 안 했고, 성공을 한다는 보장도 없는데, 너무 앞서가는 것 아닙니까? 이거…"

젤 바른 선정재는 혀를 내두르며 손사래를 쳤다. 그러나 그의 속마음은 자기 페이스로 회원들을 끌어들였다는 생각에 한편으로는 기분이 상쾌 통쾌 유쾌했다.

그 순간 하늘을 날아오르는 아이언맨 느낌이었다. 그러나 그는 한껏 몸을 낮추며, 겸손을 떨고 있었다.

"아니, 꼭 그래서만은 아닙니다. 아까 한 얘기는 웃자고 한 농담입니다. 하하하!"

삼각 머리 조편재는 그렇게 중얼거리면서도 탁자 아래 그의 못된 손은 요사스럽기가 그지없게 놀려대고 있었다.

"사실, 저는 돈 버는 소스를 알려 주는 사람을 세상에서 제일 존경하는 돈 사랑 마니아 중 한 사람이거든요. 크크!"

삼각 머리 조편재 놈의 인생철학은 돈에 살고 돈에 죽는 돈 생 돈사였다.

그는 돈을 개처럼 벌어서 정승처럼 쓰고 사는 것도 좋지만, 자신은 돈을 개처럼 벌어서 폼 나게 쓰다가, 지구를 떠나갈 때 노블레스 오블리주 소리는 못 들어도, 남은 재산은 사회에 몽땅 환원하고 가는 것이 버킷리스트 중에 하나라고 늘 입버릇처럼 말하고 다녔었다.

젤 바른 선정재는 돈이라면 나도 당신 못지않다는 눈빛으로 피식 웃고는 이렇게 주절거렸다.

"젠장! 결국은 돈 때문이다. 하하하! 지도 돈 사랑만큼온 조 이
사님 못지않지만, 오늘 보니 사이즈가 남다른 게 저보다는 오대
양인 것 같습니다. 크크!"

그는 돈 사랑만큼은 태평양인 자신과 왠지 어딘가 닮은 구석이
있는 그에게 두려운 전율과 주체할 수 없는 짜릿한 동질감을 느
끼고 있었다.

그는 한편으로는 죽이 맞는 우라질 벗을 만난 것 같아 지랄 맞
게 기뻤다. 하지만, 돈에 살다 돈에 죽겠다는 그의 인생관 소리에
는 두려움 보다 앞서 색안경을 끼고, 경계할 남다른 놈이라 생각
하고 있었다.

"하하하! 처음 볼 때부터 선 감사는 내 과라는 감이 단번에 오
더라고요."

삼각 머리 조편재는 술을 들이키며, 그의 눈치를 살폈다. 이들
의 유쾌하고 질펀한 대화중에도 여종업원은 아랑곳하지 않은 채
묵묵히 자기 할 일을 하면서 뻔질나게 드나들고 있었다.

"하하하! 그렇습니까? 이거, 이거… 배짱 맞는 동지를 만났습니
다. 그러는 의미에서 우리 건배나 한번 합시다."

젤 바른 선정재는 가득 채운 술잔을 내밀었다.

삼각 머리 조편재는 얼른 빈 잔에 술을 채워 그를 환한 얼굴로
바라보면서 술잔을 앞으로 치켜들었다.

"우리의 돈 사랑과 우정을 위하여…!"

목청을 높여 소리를 지른 두 사람은 잔을 '쨍!' 부딪치고는 단숨

에 술잔을 비웠다.

미소를 머금은 여종업원은 열 개의 다리가 달린 통통한 대게를 가져와서 생글생글 웃는 얼굴로 게살을 하나씩 발라내고 있었다.

"제가 한 잔 올리겠습니다."

삼각 머리 조편재는 빈 잔을 받으라며, 그에게 건넸다.

"이것은 제 짧은 생각일 수도 있습니다만…"

그는 술을 따르며 슬쩍 간을 떠보기 시작했다.

"아이고! 겁나라 이번엔 무슨 말을 하시려고 이러시나…? 하하하!"

젤 바른 선정재는 미리 앓는 소리를 하며 엄살을 떨었다.

게살을 발라내던 여종업원은 소리 죽여 어깨 웃음을 쿡쿡거렸다. 삼각 머리 조편재는 슬쩍슬쩍 그녀의 허벅지 주변을 더듬거리며 웃고 있었다.

"이번 프로젝트는 혼자 하거나 뜻 맞는 지인들과 동업을 할 수도 있었을 텐데…"

그는 실실 웃는 얼굴로 능청스럽게 말을 이어 갔다.

"이놈이 지금 뭐라는 거야?"

젤 바른 선정재는 황당한 표정으로 그를 쳐다보며 속살거렸다.

"왜 굳이 인원수도 많은 돈 사랑 회원들을 택했는지 정말로 궁금했거든요?"

물어보는 내내 그의 눈빛은 탐욕으로 이글거리고 있었다.

"하하하! 역시 예리하십니다. 왜 저러고 혼자 해 볼 생각을 안 했겠습니까?"

젤 바른 선정재는 은근슬쩍 떠보는 그에게 일부러 털어놓고 말했다.

"어쭈구리! 이놈 봐라… 뭔가 꿍꿍이가 있다는 얘기잖아…?"

그는 순간 짐짓 놀라 하며 혼잣말로 웅얼거렸다.

"사실 핑계 같지만, 아직 건축이나 분양사업은 한 번도 해 본 적이 없는 초보자인데다, 더군다나 덩치 큰 건축 사업이라는 것 때문에… 아니, 그보다도 혼자 해 보려니 도저히 엄두가 나지 않더라고요."

젤 바른 선정재는 술기운을 핑계 삼아 두려웠던 속마음을 드러내고는 그의 표정을 살피고 있었다.

"저는 오늘부터 선 감사에 대한 편견을 깨끗하게 지웠습니다."

삼각 머리 조편재는 그에 대한 답변으로 뜬금없이 생선회를 양념장에 살짝 묻혀 건네주면서 능청을 떨었다.

"그건 또 무슨 말입니까?"

젤 바른 선정재는 그의 황당한 답변에 의아스러운 눈빛으로 그를 쳐다보았다.

"아… 제가 그전까지는 명 서기님하고 어울려 다니면서 개인적인 경매나 하시는 분으로 생각했었거든요?"

삼각 머리 조편재는 넌지시 웃으며 수작을 걸고 있었다.

"하하하! 그랬습니까?"

젤 바른 선정재는 젓가락질을 하다 말고 그를 응시하며 끄덕였다.

"그런데 이번에 상가 보고서도 그렇고, 새롭게 내놓은 사업 아이디어를 듣고 나서 깜짝 놀랐다는 거 아닙니까? 제가… 하하하!"

"이건 거짓말이 아니라, 정말 선 감사가 달리 보였습니다. 하하하!"

그는 한바탕 웃어 가며 갑자기 그를 한껏 추켜세웠다.

그리고 술잔을 든 채로 그를 존경스러운 눈빛으로 바라보았다. 대게를 다 발라놓은 그녀는 슬그머니 일어나 돌아갔다.

"하하하! 예전에는 명 서기하고 자주 어울려 다녔지만, 요즘은 신통한 물건이 없어 자주 만날 기회도 없습니다."

젤 바른 선정재는 말을 하면서도 조심스러웠다. '혹시나 그녀와 내연관계였다는 사실을 알고서는 뻔한 개수작을 부리는 것은 아닌가?' 싶어 괜히 그의 눈치가 보였다.

"뭐… 이제야 얘기지만, 두 분이 그렇고 그런 사이라는 말들이 회원들 사이에 돌고 있는 것은 사실이니까요. 하하하!"

삼각 머리 조편재는 그동안 하고 싶었던 말을 술자리를 핑계로 넌지시 떠벌리며, 그의 눈치를 살폈다.

"아니… 어떤 우라지다 자빠질 놈들이 남의 가정을 깨뜨릴 소리를 한답니까?"

젤 바른 선정재는 잔뜩 핏발을 세워 가지고, 그를 잡아먹을 듯이 으르렁거렸다.

'망할 자식! 확 잡아떼는 꼴이, 사실이었어…?'

그는 실실 비웃음을 날리며 웃고 있었다.

"누굽니까? 누구예요…?"

젤 바른 선정재는 화를 벌컥 내며 이를 악다물었다. 여기서 강하게 부정하지 않으면 그간의 숨겨진 치부를 들킬까 봐 그는 순간 두려웠다.

"하하하! 아님 그만이지, 뭘… 그렇게 발끈하세요? 그냥 웃자고 한번 해 본 말입니다."

순간 삼각 머리 조편재는 '아차!' 싶어 능청을 떨며 얼버무렸다.

"정말이지, 이 말이 명정관님 귀에 들어가면 다시는 모임에 나오지 않겠다고, 노발대발할 겁니다."

그는 강하게 부정을 하기보다는 영리하게도 그녀를 끌어들이고 있었다.

그는 소문이 나면 개망신을 당한다는 생각에 오금이 저려오고 가슴이 뜨끔했었다.

"가만히 듣고 보니 소문일 뿐인데, 괜히 말 한번 잘못했다가 구설수에 휩싸이겠습니다. 헤헤!"

삼각 머리 조편재는 아직 속셈을 제대로 꺼내 보지도 못했는데, 괜히 비싸게 마련한 술자리를 망칠 것 같은 생각이 번뜩 스치고 지나가자, 서둘러 진화에 나섰다.

"술맛 떨어지는 소리는 집어치우고, 조 이사님 속에든 생각이나 한번 들어 봅시다."

젤 바른 선정재는 그에게 술잔을 권하며 '네놈… 검은 속셈이나 꺼내 보거라…. 이 망할 놈의 자식아!' 하는 눈빛으로 그를 쏘아보았다.

그 순간에도 벽 넘어 어디선가 음탕한 웃음소리가 간간이 들려오고 있었다.

"무슨 말을 하라는 겁니까?"

삼각 머리 조편재는 한 손으로 술잔을 받으며, 짐짓 모르는 체 물었다.

"아… 여기 횟집까지 데려올 때야 무슨 곡절이 숨겨져 있다는 얘긴데, 그게 뭐냐? 말입니다."

그 순간 노기등등했던 그의 모습은 어디에서도 찾을 수가 없었다. 어느새 수더분한 인상으로 변해 부드럽고 온화한 표정으로 그를 추궁하듯 말을 건넸다.

"아하! 그거야 뭐…?"

삼각 머리 조편재는 머뭇머뭇 그의 눈치를 보았다.

"저는 다 접어 두고, 그게 제일 궁금합니다."

젤 바른 선정재는 '네놈이 나를 바보 천지 빙신 핫바지로 아는 모양인데…' 하는 눈빛으로 그를 다그치고 있었다.

"그거야 뭐… 다른 이유가 있겠습니까? 흐흐…."

삼각 머리 조편재는 말을 꺼내기가 쉽지 않았다. 그래서 미적미적거렸다.

그 순간 이디선가 간드러지는 웃음소리기 이따금씩 들려오고 있었다.

"그렇게 빼지 말고, 허심탄회하게 사내답게 털어놔 보세요."

그는 '이놈아! 내 다 알고 있어, 어서 까발려 봐… 이 우라질 녀석아!' 하는 눈총으로 계속해서 그를 쏘아보았다.

삼각 머리 조편재는 실실 웃고 있었지만, 그의 눈동자는 쉴 새 없이 빠르게 움직이고 있었다.

"자식! 눈치 하나는 더럽게 빠르네."

그는 입속말을 읊조리며, 머릿속으로는 무얼 생각하는 건지, 잠시 머뭇거렸다.

"저 그렇게 속 좁은 놈은 아닙니다. 조 이사님처럼 오대양은 못 되지만, 태평양은 되거든요. 흐흐…"

젤 바른 선정재는 그가 망설이며 머뭇거리고 있자, 히죽 웃으며 주절대고는 그를 향해 양손을 벌렸다.

그 모습을 보고 빙그레 웃음을 보인 삼각 머리 조편재는 뜸을 들일 만큼 들었다고 생각을 했다. 그래서 머릿속이 정리가 된 표정을 해 보이며, 가만히 입을 열었다.

"그럼 선형을 믿고, 단도직입적으로 물어보겠습니다."

그는 젤 바른 선정재의 눈을 뚫어져라 마주 보며 말했다.

"아… 저에게는 허심탄회하게 말을 하셔도 됩니다."

젤 바른 선정재는 술기운이 슬슬 오르자, 점점 대담해져 경계심마저도 느슨해져 있었다.

어디선가 뒷담벼락이 무너지는 요란한 소리가 들려올지도 모르는데 그는 태평하게 말했다.

"이번 사업을 우리 두 사람이 합작하면 어떻겠습니까?"

삼각 머리 조편재는 몰염치한 낯짝으로 느물스럽게 물었다. 그러고는 얼른 그의 눈빛을 살폈다.

"하하하! 이제 보니 조 이사님 욕심이 오대양 육대주를 넘어 하늘을 찌르고도 남겠습니다."

젤 바른 선정재는 어이가 없다는 표정을 해 보이며, '내가 네놈이 그렇게 나올 줄 진작부터 알았다.'라는 눈총으로 그를 쏘아보았다.

"아니… 선 감사님도 혼자 해 볼까 생각을 했었다면서요?"

그는 트집을 잡듯 비틀어 꺾어 말하며, 비열한 낯짝으로 웃고 있었다.

"지금 하신 말씀은 못 들은 얘기로 하겠습니다."

젤 바른 선정재는 금세 표정이 싸늘하게 굳어져 착잡한 심정으로 술잔을 단숨에 들이켰다.

사실 그도 그런 생각을 안 해 본 것은 아니었다. 그렇지만 설마 그의 입을 통해 듣게 될 줄은 꿈에도 몰랐다. 그때였다.

"젠장! 솔직히 돈 욕심 없는 사람이 세상 어디 있겠습니까?" 하며, 까발리는 그의 낯빛은 천연덕스럽기가 그지없었다.

삼각 머리 조편재는 흥정하는 장사꾼처럼 들이대며 설득하고 나왔다.

"그래도 농담이 지나친 것 같습니다."

젤 바른 선정재는 그의 입을 틀어막듯 중얼대고는 가당치 않다는 얼굴로 냉정하게 물리쳤다.

"헤헤! 손가락 셈법으로 대충 두들겨 보아도 한 사람 당 84억 원씩은 돌아가던데, 사내라면 한 번쯤 역심을 품어 볼 만하지 않습니까? 흐흐…"

삼각 머리 조편재는 뱃심 좋고, 당찬 임꺽정처럼 중얼거렸다. 그러자 젤 바른 선정재는 이렇게 속살거렸다.

'미친놈! 왜 아예 혼자 다 해 처먹지 그래…' 그는 하도 기가 막히고 어이가 없다는 듯이 얼굴을 붉히고 있었다. 그러거나 말거나 그의 너저분하고, 끈질긴 유혹은 계속되며, 그를 찝쩍거렸다.

"둘이 뜯어 먹어도 배가 고픈데 열네 명이 달려들면 먹을 것도 뜯을 살도 없는 계륵이 아닙니까? 헤헤!"

삼각 머리 조편재는 음흉하고 비굴한 얼굴로 실실거리며, 주둥이로 다 해쳐먹겠다는 듯이 열을 올렸다.

그는 국정을 말아 먹은 두 여자의 망사지죄(용서할 수 없는 큰 죄)를 모방 아니, 비슷한 흉내를 내려고 하는 모양으로 젤 바른 선정재를 꼬드기고 있었다.

하지만, 젠장맞을! 세상만사가 그의 의지만 가지고 이루어지겠는가? 하늘도 땅도 인간들도 두 눈 시퍼렇게 뜨고 지켜보고 있는 판에… 아무튼 그는 다 무시한 채 달려들고 있었다.

그러나 '그거야 네놈 생각이지, 이 우라질 자식아!' 하며 젤 바른 선정재는 눈총을 쏘아 대며 비웃고 있었다.

"그래도 괜찮겠습니까? 크크!"

삼각 머리 조편재는 완전 혼자 해쳐먹겠다는 심보를 들려주다 가도 한편 체념한 표정으로 피식피식 웃기도 하며, 능청스럽게 수 작을 걸었다.

"그러다 일이 잘못되면 우리 인생은 쪽박 차도 괜찮다는 말로 들리는데 아닙니까?"

젤 바른 선정재는 '네놈이 내 인생을 무엇으로 책임을 지겠다 는 건데…?' 하는 눈빛으로 뇌까렸다.

"뭘… 그렇게까지 비약을 하십니까?"

그는 눈초리를 치켜뜨며 인상을 찡그렸다.

"그래도요, 사람 일을 누가 장담할 수 있습니까?"

젤 바른 선정재는 이죽거리며 매몰차게 그를 대했다. 그는 속이 타는 눈치로 술잔을 벌컥벌컥 들이켰다. 그러고는 작심한 듯 주 절거렸다.

"대신에 터지면 한방에 대박 나는 투자가 아닙니까? 크크!"

삼각 머리 조편재는 능치듯 배짱 있게 중얼대고는 킥킥거렸다. 그는 능글능글 어깃장을 놓듯이 선 감사의 심사를 건드렸다.

젤 바른 선정재의 재물 사이즈가 '종지'라면 삼각 머리 조편재 의 재물 사이즈는 '사발'로, 두 사람의 투자 그릇은 크기 자체가 애초부터 서로 달랐다.

"조 이사님 제가 처음부터 그런 생각이 있었다면, 쓸데없이 회원들은 왜 끌이들었겠습니까? 도대체 나를 이떻게 보고 히튼수작을 하시는 겁니까?"

젤 바른 선정재는 자신의 속마음이 어떤지 간을 떠보는 그가 달갑지 않았다.

그는 연거푸 술잔을 들이키며 몹시 못마땅한 표정으로 생선회를 잘근잘근 씹어 우적거렸다.

조편재의 혓바닥을 씹어 삼키듯 그런 표정이었다.

"아이고, 선형! 그렇게 화만 내실 게 아니라, 우리 좀 솔직해져 봅시다."

그는 실실 웃으며 이죽거렸다.

'흥! 우라질 자식이 나를 간을 보았다 이거지, 아니, 간을 보겠다… 이건가?'

그는 속으로 읊조리며 갸웃거렸다.

"제 말도 일리는 있지요, 안 그렇습니까?"

삼각 머리 조편재는 그를 얼러맞추듯 달래 가며 살포시 웃었다.

그때 여종업원이 슬며시 들어와 가져온 음식을 놓고는 잠시 옆자리에 앉아 빈 접시를 챙겼다.

"물론 조 이사님 얘기는 투자자 입장에서 보면 백 번이고 천 번이고, 옳은 소리입니다."

그는 여종업원의 화사한 얼굴을 바라보며 말했다.

"망할 자식! 이제야 바른말이 나오네. 흐흐…"

그는 혼자 웅얼거리며 그녀를 향해 해쭉거렸다. 그러고는 금세 못된 손장난을 놀려대고 있었다.

"그런데 이미 엎질러진 물이요, 내 손을 떠난 얘기인데, 이제 와서 주어 담는다고, 과연 그 물이 모일까요?"

미동도 하지 않던 젤 바른 선정재도 술기운 탓으로 제 딴에 잠시 돌이켜 생각해 보니 아쉬움이 남는 것은 인지상정인지라, 잠시 눈빛이 흔들리고 있었다.

"그럼 말입니다?"

삼각 머리 조편재는 야비한 웃음을 보이며, 그를 다시 찝쩍거렸다.

"예…에, 뭔데요?"

그는 얼큰하게 취한 얼굴을 들이대며 물었다.

"이번 프로젝트는 그렇다 치더라도 다음부터는 저하고 손을 잡읍시다. 어째… 오케이? 흐흐…"

그는 마시던 술잔을 선 감사 술잔에 가볍게 부딪치며, 해쭉 웃었다.

"뭐… 그럽시다. 이번 프로젝트가 성공하면 일머리도 생길 테니…"

젤 바른 선정재는 시원스럽게 대답을 해 놓고, 영 뒷맛이 개운치 않았다. 그래서 표정이 그리 밝지 못했다.

"그럼… 그렇게 하는 걸로 알고서 다음을 기대하고 있겠습니다. 흐흐…"

삼각 머리 조편재는 은근히 압박을 가하며 음흉한 눈길로 달게 웃었다.

"예…에, 그날이 언제가 될지는 모르겠지만, 아무튼 기회를 만들어 봅시다."

젤 바른 선정재는 술기운을 빌어 담대하게 말을 했다. 하지만, 왠지 모르게 그에 대한 두려움이 가슴 저변에 깔리는 느낌이었다.

그러나 삼각 머리 조편재는 그의 생각과 달리 투자하기 전에 돌다리도 두들겨 보는 그만의 원칙을 가지고 있었다. 그는 피 같은 돈을 투자하는 입장에서 젤 바른 선정재가 어떤 인물 아니, 스노비즘snobbism을 숨기고 있는 놈인지 알고 싶었다.

왜냐하면 인간의 본능은 이利가 되면 간, 쓸개도 다 꺼내 줄 것처럼 온갖 아양과 아부를 떨다가도, 해害가 되면, 등에 비수를 꽂듯 은혜 따위는 헌신짝처럼 차 버리고, 온갖 개수작을 다 부리는 인간들을 몸소 겪었기에 당연한 그의 행보인지 모른다.

그래서 투자의 한계를 긋기 위해 조촐한 술자리를 마련했다. 젤 바른 선정재의 답변 여부에 따라 태도를 달리하겠다는 그만의 치밀함이 숨겨져 있는 늑대 걸음이었다.

그러나 우려와 달리 믿을 만한 동지라는 신뢰감을 그에게 받았다. 그래서 그랬을까? 삼각 머리 조편재는 수작 전과 달리 편안한 마음으로 남은 술병을 비우고 있었다.

둘만의 사업 이야기

한편 생맥주를 시켜 놓고 대화를 나누던 흰머리 윤편인과 큰머리 문정인은 사업 이야기에 푹 빠져 있었다.

이들은 잠깐 다녀가라는 오 마담의 신호도 완전 무시한 채 도저히 참지 못하겠다 싶을 지경에 이르면, 어쩔 수 없이 화장실에 다녀올 정도로 진지했었다.

그러면서도 두 사람은 갈증이 날 때마다 생맥주로 목을 축였다. 마른안주는 여종업원이 가져다 놓은 모양 그대로 덩그러니 탁자에 놓여 있었다.

"문 형도 알다시피 서울 지역 어디라도 집 지을 땅이 남아 있습니까?"

흰머리 윤편인은 핏대를 세워 가며 열정적으로 혓바닥을 놀리고 있었다.

"아닌 게 아니라, 그린벨트를 풀기 전에는 여간해서 찾기 힘들죠…?"

큰 머리 문정인은 수긍을 하며 묶여 있는 녹지지역을 입에 올렸다.

"그렇긴 한데 개발 제한 구역을 국토부가 해제를 한다 해도 서울시와 환경 단체 등 시민들의 반발이 거세서 그리 쉽지 않을 겁니다."

흰머리 윤편인은 한숨을 내쉬며, 고개를 저었다.

"그렇다면, 수도권 외곽으로 눈을 돌려야 개발할 땅을 구할 수 있다는 얘기 아닙니까?"

큰 머리 문정인은 조금 어두운 표정으로 그를 바라보았다.

"그렇죠, 서울은 아파트 지을 땅을 눈 씻고 찾아보아도 구할 수 없다는 게 공통된 얘기입니다. 서울을 넓히기 전에는 이렇다 할 토지가 없다는 것이죠."

흰머리 윤편인은 고개를 주억대며 그를 보았다.

"제기랄! 그럼 하늘로 솟아오르거나 땅속으로 들어가기 전에는 뾰족한 수가 없겠네요?"

큰 머리 문정인은 짜증을 내듯 말했다.

그는 갈증이 나자 맥주를 홀짝 들이키며, 눈동자를 어지럽게 희번덕거렸다.

"차라리 홍콩이나 뉴욕처럼 서울도 용적률을 조정해 재건축이

나 재개발로 백 년 이상 살 수 있는 건축물을 고도화하는 게 유일한 대안이 아닐까요?"

흰머리 윤편인은 평소 생각을 까발렸다. 그는 차라리 스마트 도시를 설계할 때 그 속에 콤팩트(압축) 도시를 융·복합해 주거와 상업 시설을 연계시킨 초고층화 빌딩(첨단 주거시설. 사무 공간, 쇼핑, 문화체육시설)으로 건설하는 것도 하나의 대안이라고 믿었다.

왜냐하면 시민이 교통수단을 이용하지 않고 도보로 걸어 다니며, 도시에서 각종 문화생활을 즐길 수 있기 때문이었다.

또한 밤이면 직장 근무를 마치고 베드타운으로 이동하는 교통 혼잡과 사건사고를 예방하고, 더불어 사회 비용을 줄이기도 하면서, 도심의 공동화 현상(도심의 상주인구가 감소하는 현상)을 막을 수 있는 장점이 있다고 생각했다.

그는 자족 기능이 없는 수도권 외곽에 신도시를 개발해 빈집을 양산하는 정책은, 출산 인구 감소로 고령화 사회가 빠르게 진행되는 시대 흐름에 맞지 않는다는 것이었다.

그리고 도시 외곽에 교통 인프라를 시설하는 엄청난 비용도 감축할 수 있기에, 그는 도심에 용적률을 높여 수요가 있는 지역에 공급을 증가시키면, 집값도 자연스럽게 안정이 될 것이라고 입버릇처럼 말하곤 했다.

"음… 글쎄요?"

큰 머리 문정인은 고개를 갸웃거렸다.

"가령 교통 문제가 걸림돌이라면 도로를 지하화 하고, 빌딩과

빌딩을 연결하는 도로를 상용회로 건설해 해결하면 큰 문제는 없을 것 같은데…. 문 형 생각은 어때요?"

흰머리 윤편인은 생맥주로 입술을 적시며, 그의 얼굴을 주시했다.

"그것도 일종의 방법이긴 한데, 그렇다면 차라리 대심도(터널공법으로 30~60m까지 땅을 파 지하에 도로나 철도 등을 건설하는 방식) 철도 건설도 하는데…. 지구의 온난화 같은 환경 문제를 고려해서 폭염과 한파를 견딜 수 있는 지하 도시를 건설하고, 인공 태양을 구축하거나 햇빛을 지하로 끌어들이는 방법도, 인류의 고민을 해결하는 하나의 수단이 아닐까 봅니다. 흐흐흐."

큰 머리 문정인은 평소의 생각을 도시의 해결책처럼 떠벌리고 있었다.

"뭐… 생각하기에 따라 가능한 일이겠죠?"

흰머리 윤편인은 그가 던지는 화제 속에 해결책이 나올 수 있다는 생각을 떠올려 보았다.

"아니… 물론 우주개발도 중요하지만, 사람이 살 수 없는 망할 놈의 달이나 지랄 맞은 화성에다, 수조 원씩 퍼부어 개발하느니 차라리 지하에 대도시를 지상처럼 개발하는 대책이 인간의 삶을 윤택하게 창조하는 복지가 아닐지, 저는 가끔씩 생각해 보곤 합니다."

큰 머리 문정인은 이미 미래 설계도를 완성한 도시 설계 건축가처럼 상상의 나래를 펼치고 있었다.

"발상이야 좋지만 의지만 가지고 되는 일도 아니고, 차라리 그린벨트를 풀든가, 서울을 넓히든가, 아니면 유휴 토지를 찾아내거나, 용적률을 높이는 재개발, 재건축 계획이 수월할지도 모르죠? 또한 시장 규제를 풀어 민간 공급을 늘리는 대책도 한 방법이긴 하겠죠?"

두 사람은 자기들이 대한민국 부동산 고민을 다 짊어지고 있는 해결사처럼 떠들고 있었다.

이 모든 계획을 당장 시작하기도 어렵겠지만, 시작한다고 해도 국민들이 주택을 공급받기까지는 수많은 걸림돌과 절차를 거쳐야 하고, 소요되는 시간도 짧게는 7년에서 길게는 10년 이상을 기다려야 한다는 사실이었다.

이들은 시대의 세력가들이 틀어쥐고 있는 결정권을 힘없는 국민들이 입맛대로 뽑아 주었다는 사실을 외면한 채 아니, 모르고 있는 것처럼 주둥이에서 나오는 대로 까발렸다.

그러고는 붉게 익은 대추처럼 빨개진 얼굴로 세상 고민을 다 짊어진 듯 서로를 마주 보고 있었다.

"아이고! 우리 현실이나 챙깁시다. 고마!"

흰머리 윤편인은 당장 자기들 발등에 떨어진 일도 한 치 앞을 모르는데, 오지랖 넓게 다른 걱정할 시간이 어디에 있느냐며 손사래를 쳤다.

"하하하! 알겠습니다. 윤 형이 이번 사업 수익을 한 사람당 12억 원 이상으로 계산을 했잖습니까?"

큰 머리 문정인은 사무실에서 나온 얘기를 다시 끄집어냈다.

"아니… 제가 언제요?"

흰머리 윤편인은 순간 기억이 가물가물한지 술기운에 오리발을 내밀며 고개를 갸웃갸웃거렸다.

"하하하! 아니… 꼰대도 아니고, 고새 치매 증세가 도진 겁니까?"

큰 머리 문정인은 그를 쏘아보며, 한껏 웃었다.

"허허허! 내가 벌써 그렇게 됐나?"

흰머리 윤편인도 자신이 기가 막혀 허탈하게 웃고 있었다.

"왜 중개 사무실에서 개인 몫으로 한 사람당 12억 얼마씩 챙길 수 있다며, 신이 나 말해 놓고서 정말 기억이 안 난다는 겁니까?"

큰 머리 문정인은 속이 답답한 듯 다시 묻고는 애매한 표정을 보이며 그를 쏘아보았다.

"듣고 보니 어렴풋이 기억이 나긴 합니다. 그래서요? 그게 뭐 어쨌다는 겁니까?"

흰머리 윤편인은 기억이 가물가물했지만, 일단 수긍을 하며, 이유를 물었다.

"다른 게 아니라, 이왕 벌리는 바에야 뭐, 다른 가치부가를 함께 올릴 수 있는 대안은 없을까 해서요?"

큰 머리 문정인은 커다란 눈동자를 반짝이며, 새로운 묘안을 찾고 있었다.

"그때는 조 이사가 대략 169억 얼마라는 말에 얼추 계산을 해 본 것뿐이지, 정확하지는 않을 겁니다."

흰머리 윤편인은 그제야 기억이 떠올라 더듬어 가듯 주절주절 늘어놓았다.

그는 손에 잡히는 사업 규모가 아직은 확실하지 않는다는 생각에 대충 어림짐작으로 해 본 소리였다. 그래서 크게 신경을 쓰지 않고 말을 했었다.

그 시각 이들 분위기와 달리 카페에 어울리는 감미로운 추억의 재즈 팝송이 잔잔하게 흐르고 있었다.

"저는 그런 얘기가 아니라, 왜 먼저 말한 지주 작업[땅주인을 달래고 꾀어서 어떤 일(매도, 지분투자)을 하도록 부추김]을 통해서 대지를 확장하는 방법이라든가? 등등 아… 왜 그런 게 있잖아요?"

큰 머리 문정인은 손을 내저으며 부가적인 수익을 창출할 수 있는 새로운 아이디어를 원하는 간절한 표정을 지었다.

"아하! 부지나 건축물을 넓혀서 효율적으로 개발하고, 또한 부동산 가치까지 끌어올려서 제대로 된 가격을 받아 낼 수 있도록 적절한 방법을 강구해 보자, 뭐… 그런 말입니까?"

흰머리 윤편인은 그가 원하는 방향을 대충 짐작하고서 일전에 꺼내던 얘기를 떠올리며, 이런저런 말들을 중얼거렸다.

"어차피 손대는 길에 뭔가 확실하게 대박을 칠 수 있는 방법을 모색해 보자, 뭐 이런 말입니다. 제 말은…. 하하하!"

그의 속셈은 지역에 랜드마크가 되도록 건축물을 구축하자는 제안이었다.

"말은 쉬운데 그게 생각처럼 쉽게 할 수 있는 일도 아니고, 뭐 이차피 계획을 짜는 데 충분히 고민해 볼 필요는 있겠지요?"

흰머리 윤편인은 지난날 가슴속에 묻어 두었던 고층 빌딩 건축 계획을 큰 머리 문정인이 먼저 거들먹거리자 알 수 없는 경쟁심이 분연히 들끓었다.

한마디로 개코같은 자존심을 건드린 것이다. 그래서 은근히 질시가 발동한 그는 엉뚱한 소리를 빙자해서 자질구레한 대꾸로 대신했었다.

그러고는 말하는 의도를 알겠다며, 자신의 속을 능청스럽게 감춘 채 연신 고개를 끄덕거렸다.

흰머리 윤편인은 이때까지만 해도 랜드마크 건축물의 꿈을 가슴에만, 간직한 채 오랜 세월 그 가능성에 의심을 품고서 설왕설래하며 살았다.

그런데 잊고 있던 가슴에 불을 지르듯 큰 머리 문정인이 먼저 얘기를 꺼낸 것이다.

"이러면 어떨까요? 대화방에다 우리의 의견을 올리고, 누구든 좋은 아이디어가 있으면 의견을 제시해 달라고 말입니다."

큰 머리 문정인은 생맥주를 깔짝거리며, 그의 얼굴을 뚫어지게 쳐다보았다. 빨리 답변을 해달라는 표정 같았다.

"뭐… 그것도 괜찮은 생각 같습니다."

흰머리 윤편인은 입술을 훔치며, 속이 쓰린 듯 애써 대꾸했다.

"그런데 우리가 여기서 개꿈 꾸는 것은 아닌지 모르지…? 크크!"

큰 머리 문정인은 갑자기 시작도 안한 사업에 김칫국부터 마신다며 자신을 타박하듯 한마디 지껄이고는 낄낄거렸다.

"하하하! 내 말이…. 진짜, 입찰에서 물먹으면 개발이고, 분양이고, 다 끝장인데… 뭘… 벌써부터 가치부가까지 들먹이는 우리가 좀 그렇기는 합니다. 흐흐….."

흰머리 윤편인은 덩달아 웃어 주며, 쌩까듯 한마디를 보태 주고, 건너편 자신들을 바라보는 모나리자 미소를 향해 윙크를 날렸다.

"하긴 사람 일은 한 치 앞도 알 수 없으니 말이야."

큰 머리 문정인은 그의 김빠지는 소리에 괜히 심란해져 힘없이 중얼거리고는 죄 없는 생맥주를 홀짝홀짝 들이켰다.

"문 형 말처럼 지역 랜드마크를 올리면 대박 나는 로또는 시간문제인데 말이야. 크크!"

흰머리 윤편인은 괜히 미안해서 달게 웃다가는 씁쓸하게 그를 바라보았다.

"세상은 유비쿼터스 도시(도시의 경쟁력과 삶의 질을 향상시키기 위해 유비쿼터스 도시기술을 활용해 건설된 유비쿼터스 기반시설로, 언제 어디서나 유비쿼터스 서비스를 제공하는 도시)에서 스마트시티(언제 어디서나 인터넷 접속이 가능하고 영상회의 등 첨단 IT 기술을 자유롭게 사용할 수 있는 미래형 첨단도시)로 가는데 건축물도 스마트 빌딩으로 올리고, 제4차 산업혁명시대에 걸맞게 AI가 살아 숨을 쉬는 사물인터넷(디지털의 발전 3단계로서, 가전 장치 등 사물에 센서를 부착해서 실시간으로 정보를 모은 후에 인터넷을 통해 개별 사물들끼리 정보를 주고받는 정보 기술) 건축물로 완성시켜 가상현실과 증강현실로 구현하는 메커니즘을 선보이면, 건축물 브랜드 가치도 상승해서 가치부가는 과히 혁명적이지 않을까요? 크크!"

큰 머리 문정인은 미래의 건축물을 손가락으로 그려가며 말했다. 그는 술에 취하면 상상의 나래를 펴는 독특한 버릇이 있었다.

"하하하! 말대로만 되면 대박이 나겠지요."

흰머리 윤편인은 발그스레한 얼굴로 활짝 웃었다.

"아마도 그럴 가능성이 클 겁니다."

큰 머리 문정인은 취기가 오른 붉은 얼굴로 끄덕거렸다.

"문 형이 상상하는 건축물은 방 한 칸 없는 청년들뿐만 아니라, 반 지하와 옥상 방, 그리고 고시원에서 지내는 무주택 사람들한테는 꿈꾸는 현실 아니, 유토피아 그 이상일 겁니다."

흰머리 윤편인은 그의 얼굴을 바라보다가 이내 고개를 돌려 창밖을 내다보았다. 그러고는 이들의 사다리를 치워 버린 서민을 위한 입법자를 향해 코웃음을 치듯 빈정거렸다.

"허허허! 그 소리를 들으니 갑자기 뭉크의 절규하는 그림이 생각나 마음이 울적해지는군요."

큰 머리 문정인은 술잔을 '꼴깍꼴깍' 들이키며 천장을 올려다보았다. 그러고는 이어 주절거렸다.

"젠장맞을! 불공평과 계급 없는 세상, 그리고 평화로운 시민 사회와 복지 민주 사회가 구현되는 자유로운 시장 경제가 살아 숨

쉬는 그런 세상이 정말 그립다."

그는 천장을 쳐다보며 컹컹… 컹컹… 짖고 있었다.

"아… 자유 경제 시장이 숨 쉬는 세상은 이미 수정자본주의 시장을 넘어 황금만능 배금주의에 깔리고, 규제에 묶여서 아마, 숨이 막히고, 미쳐서 죽었을 겁니다."

흰머리 윤편인은 맞장구를 치며 구시렁거렸다.

"아니야, 어쩜 우라질 포퓰리즘에 깔려 돌아가셨는지도 모르지…"

큰 머리 문정인은 머리를 절레절레 흔들며 중얼거렸다.

그 시각 실내에는 이들의 귓속을 파고드는 멜로디 하나가 잔잔하게 흐르고 있었다. 비틀스 멤버 중 한 명이었던 존 레넌John Lennon이 부른 「이매진Imagine」이었다.

"아… 배금주의에 쩐 지린내 나는 황금만능 시대를 살아가는 청년 세대여…. 아! 그대들은 슬프게도 돈이 개판을 치는 세월에 사는구나, 젠장맞을!"

흰머리 윤편인도 청년 세대들을 빗대어 울분을 터트리며 신세한탄을 하듯 중얼거렸다. 그의 으르렁은 서민들의 암울한 현실이 참담해 분노를 토하는 버럭질 같았다. 그는 가난해도 형제 친척 이웃 간의 서로 배려하고, 따뜻한 정을 나누던 그 시절이 그리웠다.

그래서 '으르렁… 깨갱… 컹… 컹컹… 컹… 컹컹…!' 하늘을 우러러 탄식하며 한숨을 토해 내듯 짖었다.

"어찌 보면 우리도 남 닷힐 자격 없는 자본주의적 근성을 가진 돈의 노예로, 황금을 추구하는 잡식성 인간들이 아니겠습니까?"

큰 머리 문정인은 마음속에 눈이 내려 서걱서걱 눈길을 밟듯이 자신의 더러움을 짓이기고, 원망하면서 생맥주를 들이켰다.

그는 세상을 자유롭게 공존공영하며 평화롭게 살아가는 인류를 꿈꾸는 것 같았다. 아니 자유와 평등 그리고 행복을 추구하며, 모두가 공생하는 복지 민주 사회를 꿈꾸듯 상상의 나래를 펼치고 있었다.

자신도 내로남불을 벗하며, 내 투자 남 투기 속물근성에 젖어 살면서 내면의 세계는 이중 잣대처럼 겉과 속이 달랐다.

"내 말이… 그러니 한방이니 대박을 치겠다고 있는 머리 없는 짱구를 굴려 가며, 이렇게 헛바닥을 놀리고 살고 있지 않습니까? 하하하!"

흰머리 윤편인은 능청스럽게 맞장구를 쳤다.

"근데 왜 우리가 사업 이야기를 하다가 삼천포로 빠졌습니까?"

큰 머리 문정인은 벌써 취기가 올라 혀 꼬부라진 소리로 횡설수설 뇌까렸다.

그를 빤히 쳐다보고 있던 흰머리 윤편인은, 그의 취중 넋두리에 '이제 술자리를 정리해야 되겠다.'라는 생각이 들었다. 그러고는 곧바로 주절거렸다.

"문 형! 오늘 좋은 대화를 많이 나누었는데, 이쯤에서 일어서는 게 어떻겠습니까?"

흰머리 윤편인은 그에게 귀가를 종용하며, 자리에서 일어섰다.

그는 붉은 노을처럼 빨갛게 달아오른 그의 얼굴을 바라보면서 진작부터 집에 보내야 되겠다는 생각을 떠올렸었다.

"그러지 않아도 제 몸이 견딜 수 있는 한계를 벗어난 것 같습니다."

큰 머리 문정인은 자신이 은근히 기다렸던 말이 나오자, 정신을 가다듬듯 눈을 깜박거렸다.

그러고는 고개를 주억거리며 흰머리 윤편인을 흘끔 올려다보았다. 흰머리 윤편인은 그의 눈빛이 무얼 말하고 있는지를 단박에 눈치를 채고서 빠르게 주절거렸다.

"먼저 준비하고 나가 계세요, 저는 계산하고 곧 뒤따라 나갈 테니…"

그는 그 말을 남기고, 자리에서 일어나 곧장 계산대로 걸어갔다.

"좋아요, 다음에 제가 대접합니다."

큰 머리 문정인은 혀 꼬부라진 소리로 그의 뒤통수에 대고 지껄이며 출입문을 향해 낭창낭창 걸어가고 있었다.

"여기 계산이요!"

흰머리 윤편인은 자신의 카드를 꺼내 카운터 직원에게 건네주었다. 그녀는 숙련된 손놀림으로 잽싸게 체크아웃을 하고는 영수증과 카드를 그에게 챙겨 주었다.

계산을 끝낸 그는 여종업원의 배웅을 받으며 밖으로 나왔다.

그는 마침 지나가는 택시를 발견하고서 손짓해 불러 세웠다.

그러고는 거리에서 휘청휘청 흔들거리는 큰 머리 문정인을 끌어다가 먼저 택시를 태워 보냈다.

그는 노을이 그려진 얼굴을 해 가지고, 떠나가는 택시의 뒷모습을 우두커니 바라보았다.

한참을 그렇게 서 있던 그는 휘청거리는 도시의 어둠 속으로 낭창낭창 걸어 들어갔다.

화려함 속에서 유난히 반짝이는 네온 불빛을 벗하며, 어두운 그림자를 슬그머니 밟고서 도시를 휩쓸 듯 어슬렁어슬렁 집을 향해 걸어갔다.

낙찰 연습과 시장 조사

한편 횟집에서 여종업원과 눈이 맞은 삼각 머리 조편재와 달리 그와 작별한 젤 바른 선정재는 대리운전을 시켜서 이미 집에 도착해 있었다.

그는 술기운을 떨쳐 버리기 위해 먼저 찬물로 샤워를 끝내고, 서재로 들어갔다.

그러고는 곧바로 노트북을 오픈시켜 파워를 눌렀다. 화면이 뜨자 그는 한동안 준비했던 자료들을 일목요연하게 정리하기 시작했다. 먼저 자신의 블로그에 대화방을 개설했다. 그리고 정리한 자료들과 사무실에서 결정된 안건들을 하나씩 제목을 붙여서 차례대로 올렸다.

잠을 설쳐 가며 그렇게 공들인 작업은 새벽 2시를 조금 넘기고

서야 겨우 끝을 볼 수 있었다. 블로그 작업을 마친 그는 내친김에 핸드폰 대화방을 개설하려 했었다.

하지만 시간을 확인하고는 너무 이르다는 생각이 들었다. 그래서 잠시 미루어 두고서 침대로 돌아가 잠을 청했다.

그러나 사무실 미팅에 초대받지 못했던 회원들도 젤 바른 선정재가 제안한 사업 내용을 이미 문자를 통해서 알고 있었다. 속 알머리 봉상관의 빠른 손놀림 덕분이었다.

그는 오늘 있었던 일들을 대충 정리해 상구 머리 노 총무에게 문자로 전송을 했었다. 문자를 읽은 상구 머리 노식신은 득달같이 나머지 회원들에게 속보라며 이들이 나누었던 새로운 사업 소식을 부리나케 전달했다.

그러나 속 알머리 봉 회장의 책임감 있는 선의는 의외의 결과를 낳고 말았다. 그의 핸드폰이 갑자기 불이 붙었다.

왜냐하면 소식을 전해들은 회원들로부터 항의 문자가 빗발치고 있었기 때문이었다. 자신의 호의가 아이러니하게도 원성으로 변질되어 자신의 뒤통수를 때린 것이었다.

그 이유는 자신들을 배척하고 우라질 모임을 가졌다는 성토의 목소리였다. 속 알머리 봉상관은 즉각 회장으로서 책임을 통감하고, 서둘러 자초지종을 밝히는 사과 문자를 올렸다.

한편 회원들 간에 밤새 무슨 난리가 벌어졌었는지를 전혀 모르고 있던 젤 바른 선정재는 날이 환하게 밝아서야 자리를 박차고 일어났다.

그는 정신을 차리고 자신의 블로그에 대화방을 개설했다는 소식을 문자로 알리려다가 회원들 간에 오고 간 문자들을 잠시 살펴보았다.

그런데 이게 무슨 도깨비장난도 아니고, 정말 밤새 안녕이라고, 이게 뭔 개떡 같은 소동이란 말인가…?

그는 생각지도 못한 쇼크에 눈알이 터져라 문자를 읽고 나서야 사태의 심각성을 소상히 알게 되었다.

그래도 어쨌거나 소식을 알려야 했었다. 그는 두 눈을 꼭 감는 두려운 심정으로 대화방 개설에 대한 안내 문자를 모두에게 전송했다.

그러나 문자 전송과 동시에 울려대는 알람 소리는 잔무를 보지 못할 정도로 심각했었다. 이들이 보내오는 문자는 개통 축하 인사와 더불어 항의성 문구가 대부분이었다.

성토로 도배한 액정 화면은 요란스럽다 못해 지랄 맞도록 한동안 요동을 치며 울려 대고 있었다. 그는 안 되겠다 싶어 서둘러 임시 회의를 가졌던 사정을 상세하게 밝혔다. 그런데 그는 뻔뻔하기가 이를 데 없게도 마지막 문장에 이렇게 적어 날렸다.

'회원님들에게는 정말 죄송하지만, 아낌없는 채찍과 참여를 부탁하며, 다시 한번 성원에 감사를 드립니다.' 능청을 떨었다.

하지만 소식을 보내놓고 그도 사람인지라 한동안 실의에 빠져 있었다. 그러는 가운데 그는 몇몇 회원들로부터 수고했다는 격려의 문자를 받았다.

그제야 작게나마 위안을 얻은 그는 겨우 정신을 수습하고 어수선한 마음을 다잡을 수 있었다. 어쨌든 젤 바른 선정재는 정말 하루를 어떻게 보냈는지를 모를 정도로 극심한 스트레스에 시달린 날이기도 했었다. 회원들 간에 한바탕 소동은 그렇게 서둘러 사과문을 올리면서 수그러들었다.

소용돌이에 휘말렸던 파장이 잠잠해지자 사업 프로젝트는 대화방을 통해서 급물살을 타기 시작했다.

시뮬레이션에 대한 경매 물건 아이디어와 건축물 분양에 관한 노하우들이 수시로 올라왔다.

대화방으로 부족한 문제들은 속 알머리 봉 회장과 상구 머리노 총무가 번갈아 중간 촉매 역할을 대행하고 있었다. 한편 시뮬레이션을 담당하기로 약속했던 회원들은 대화방으로 올라오는 경매 물건을 철저하게 분석해 나갔다.

적당한 물건을 찾으면 입찰 날짜에 맞춰 해당 법원을 방문했었다. 그리고 약속한 대로 중요한 서류를 빼먹거나, 인감도장을 잘못 찍는 우라질 오류를 반복 사용하고 있었다. 사람들의 시선은 집행관이 호명하는 그들의 잔망스런 낯짝과 차순위자의 기뻐 열광하는 모습에 쏠려 있었다.

어느 날은 젤 바른 선정재의 미소 짓는 담담한 표정에 사람들은 의심의 눈초리로 '아니 미친놈들 지랄하고 자빠졌다.'라는 표정들로 천연덕스럽게 이들을 빈정거리며 쏘아보기가 예사였다.

또 다른 법정에서는 삼각 머리 조편재의 비굴하고 거짓된 난망한 표정에 구경꾼들은 자기 일처럼 발을 동동 구르며, 안타까운 눈길로 속상해하고 있었다.

이따금씩 사람들은 비웃기도 하고, 자기 일처럼 안타까운 탄식을 토해 내거나 한숨을 내쉬었다. 일부의 입찰자들은 남의 사정도 모르고, 어벙한 자식들이라며 회원들에게 눈총을 쏘기가 일쑤였었다.

구경꾼들은 설마 이들이 우라질 시뮬레이션을 하리라고 상상도 하지 못했다. 아니, 차마 예상하지 못했을 것이다. 낙찰률은 경험이 쌓여갈수록 상승곡선을 그리고 있었다. 입찰된 물건들은 평균 80~95% 안에서 때로는 감정가격을 초과하는 금액으로 낙찰받았다.

데이터가 쌓여 가고 이력이 늘어 가자, 시뮬레이션 팀원들은 확률을 높이기 위해 다각적인 방법을 동원하고 있었다. 이들은 물건을 분석하고, 남는 시간을 쪼개 임장 활동을 병행하곤 했었다.

반면 큰 머리 문정인은 대지와 건축물에 대한 도시특성 분석과 도시의 위치, 그리고 경제적 잠재성과 시장의 성장성에 대해 시장 조사를 분담했었다.

그에 비해 흰머리 윤편인은 상구 머리 노식신을 끌어들였다. 그리고 점차적으로 지역의 인구 특성과 소득 주택 특성 그리고 상업 특성과 사업소 특성 등을 함께 공유하며, 시장 조사를 마쳤다.

이들은 도시의 개발 구상과 도시 특성을 요약해 대지와 건축물에 관련된 공법들은 지방 자치 관련 단체들을 방문해 필요한 업무에 대해 협조를 받기도 했었다.

또한 부족한 기술적 문제는 참고 문헌을 뒤져 가며, 보충 정리를 하곤 했었다.

그다음 건축 설계 사무실을 수소문해 시공과 관련된 상당한 정보도 입수해 놓았다. 또한 대출에 관련된 정보를 얻기 위해 건축 관련 대출 전문 금융 기관을 수소문해 자금에 관한 상담도 수차례 받았다.

그리고 물건이 낙찰되면 언제든지 사업을 시작할 수 있도록 필요한 문제들을 하나씩 준비해 나갔다. 그러는 가운데 회원들의 도움이 필요하면 대화방을 이용해 해결하곤 했었다. 이렇게 건축물 분양 회원들의 준비 과정은 결코 순탄치만은 않았다.

그러나 프로젝트를 성공시켜야 한다는 욕망이 각자의 역량을 최고조로 끌어올리고 있었다. 흰머리 윤편인을 비롯해 큰 머리 문정인의 시장 조사는 다른 회원들 못지않게 냉철한 두뇌와 부지런한 발걸음 아니 열정이 필요했었다. 그리고 상당한 시간과 자금이 요구되었다.

이들이 준비 기간으로 정한 한 달 보름이라는 시간은 정신없이 지나갔다.

겨우 시뮬레이션 몇 번 했는데 벌써 입찰 기일이 코앞으로 다가
온 것이었다.

대화방 논쟁

돈 사랑 회원들은 입찰을 앞두고 대화방에서 입찰 가격을 결정하기 위한 격렬한 논쟁을 전개하고 있었다.

상황에 따라서 감정 가격은 얼마를 책정을 할 것인지? 아예 감정 가격을 못 박고 들어갈 셈인지? 아니면 20% 차감된 2차에 받을 속셈인지? 그렇지 않으면 경쟁자가 확인되지 않더라도 안전하게 1차에 받을 심산으로 서로의 이견을 좁히느라 보이지 않는 자존심 대결로 공중전이 툭하면 벌어지곤 했었다.

"제 생각에는 일 차는 지켜보다가 경쟁자가 대충이라도 확인되는 2차 입찰에 참가하는 방법이 좋을 것 같습니다."

짱구머리 나겁재는 감정가 액수가 큰 물건은 대체적으로 일 차를 건너뛴다는 판단에서 주장하고 나섰다.

"흐흐흐, 저도 동감입니다. 국물을 먹든 건더기를 먹든 그래야 매입가에 메리트가 있다고 생각합니다."

둥근 머리 맹비견도 평소처럼 다운된 낙찰가에 욕심을 드러내고 있었다.

"물론, 그 판단에도 일리가 있지만, 제 생각은 낙찰 수익보다 건축물 분양 수익에 역점을 두고서 안전하게 일 차에 낙찰을 받는 것을 권장합니다."

새치 머리 안편관은 시장 조사에 참여하지 않았지만, 일의 이치가 그렇다는 견해를 가지고 주장하고 나섰다.

"잘 계시죠? ^^ 안 고문님. 어떤 근거를 가지고 말씀하시는지를 알아듣기 쉽게 설명을 올려 주시면 고맙겠습니다 ^^" 조다혜. 그녀는 그의 안부도 물을 겸 해서 손 빠르게 질문을 올리고 있었다.

"하하하! 알겠습니다. 조 고문님. ^^ 제 생각은 우선 물건을 놓치면 지금까지 노력한 수고가 물거품이 될 수 있다고 봅니다." 안편관.

그의 끊어진 문자가 이어지고 있었다.

"무엇보다도 물건의 낙찰 이익은 일 차가 아니라, 이 차 건축 분양을 위한 과정에 불과하다고 봅니다. 물론 낙찰 가격도 저렴하게 받을 수 있다면, 더 이상 바랄 일이 없겠지만, 큰일을 앞두고, 작은 이익에 욕심을 내면 큰 이익을 날려 버릴 수 있겠다는 생각 때문입니다." 안편관.

까칠한 그는 그녀의 질문이 빈가워 뭉툭한 손가락이 쥐가 나도록 빠르게 두드려서 날렸다.

"호호! 이성적인 설명이 왠지 그 논리에 합당한 것 같군요?ㅋㅋ" 조다혜.

그녀는 새치 머리 안편관에게 조금이라도 잘 보이고 싶다는 생각에 나름 기품을 넣은 문자로 약간의 지성적인 멋을 부리고 올렸다.

"그래도 어딘가 아쉽다는 생각이 떠나지 않습니다. ㅎㅎ" 한옥경.

"그럼 입찰 가격은 얼마를 보시는지요?" 한옥경.

그녀는 문자를 읽다가 궁금중에 질문을 던졌다.

"ㅎㅎㅎ 입찰 가격은 권리 분석과 시장 조사를 마치신 회원 분들께 믿고 맡기겠습니다. 그래도 입찰가를 정해 보라면 ㅋㅋ 300억 원을 제시해 봅니다." 안편관.

그는 입찰가를 일임한다면서 한편으로는 감정가를 웃도는 금액을 적어 올렸다.

"헉! 아니, 이 금액이 말이 된다고 생각하십니까?" 나겹재. 그는 터무니없는 가격이란 생각이 들자 따져 물었다.

"내 말이…. ㅋㅋ 안 고문님은 너무 안정적으로 접근하십니다. ㅎㅎ" 맹비견.

그는 잽싸게 맞장구를 쳤다.

"ㅎㅎㅎ 예상 가격이니 너무들 열 받지 마세요, 수명 연장에 지장 있습니다. ㅋㅋ ^^" 안편관.

그는 맞대응을 하며, 급하게 문자를 두들겨 날렸다.

"아이고… 2차에 먹어도 시원치 않은데 감정가를 넘는 가격이라니 예상가격 치고는 너무 센 것 아닙니까?" 맹비견. 그는 올라온 문자를 보고 속이 터져 잽싸게 엄지를 놀려 반문하듯 날렸다.

"그럼 맹 이사님과 나 이사님의 입찰가는 얼마를 생각하시는지요? ㅠㅠ" 노식신.

그는 어이가 없어 반격에 끼어들었다.

"글쎄요? 1, 2차도 정하지 못했는데, 가격을 정하기가 좀 그렇습니다. ㅠㅠ" 나겁재.

그는 생각할 여유를 달라며 망설이고 있었다.

"저는 만약 1차에 들어간다면 감정가격에 1만 1,111원을 더해서 넣고, 2차라면 입찰기일에 경쟁률을 염두에 두고 1차 감정 가격에 89% 이하로 정할 겁니다. ㅎㅎㅎ" 맹비견. 그는 지금까지 해온 자기 방식을 거리낌 없이 드러내고 있었다.

"가만히 생각을 해 보니 저는 1차는 포기하고, 2차 감정 가격에다 20% 정도 업그레이드를 시켜서 입찰가를 정할까 합니다. ㅋㅋ" 나겁재. 그는 끝까지 고집을 꺾지 않았다.

"ㅎㅎ 나 이사님 아집이 대단하십니다. ㅋㅋ" 안혜숙.

"그 점은 높이 살 만합니다. ㅋㅋ ^^" 안혜숙. 그녀는 그만에 똥고집을 은근히 꼬집듯이 비아냥거렸다.

"정말! 졌다 졌어, 아주 살벌들 하십니다. ㅠㅠ" 노식신. 그는 이들의 대화를 확인하고, 곧바로 문자를 올렸다.

"아… 그리고 프로젝트 담당하신 회원님들은 어째… 지금까지 이렇다 할 말 한마디도 없이 침묵만 지키고, 계십니까? 궁금합니다. ㅎㅎ" 노식신.

그는 이들을 상대로 강 건너 불구경만 하지 말고, 조사한 내용에 대해 뭐라도 설명해 달라며, 압박을 하듯 으름장 비슷한 문자 메시지를 올렸다.

"안녕들 하세요? ^^ 한동안 연락을 못 드려 죄송합니다. 이번에 새롭게 물건을 정하고, 시장 조사를 하신다는 소식을 이제야 알았답니다. 정말! 고생들 많이 하셨죠? 늦게나마 모두에게 감사드립니다. ^^ ㅎㅎ" 명정관.

그녀는 한동안 개인적인 사정으로 잠시 꺼 두었던 핸드폰을 다시 켰다가 메시지를 확인하고, 대화방에 들어왔다.

"ㅎㅎㅎ 명정관님 이게 얼마 만입니까? 보고 싶어 죽는 줄 알았습니다. ㅋㅋ" 봉상관.

그는 독수리 타법으로 반갑게 인사를 올렸다.

"우리 회장님도 건강하시죠? ^^" 명정관.

그녀는 기다릴 틈도 없이 엄지 족 세대인 양 답장을 잽싸게 올렸다.

"이번에 선 감사님이 제대로 된 물건을 건지신 모양 같은데, 정말 대박이 나서 우리 돈 사랑 회원님들 함박꽃처럼 웃는 얼굴을 봤으면 좋겠어요. ㅎㅎ" 명정관.

그녀는 직감적으로 돈 냄새를 맡고는 덤벼들었다.

미모의 명정관은 한동안 두 사람 사이에 개인감정으로 젤 바른 선정재와 만남을 멀리하고 지냈다. 하지만, 사업적 관계에서는 돈 사랑 회원들을 외면할 수 없는 처지였다.

그녀는 대화방을 핑계로 회원들과 인사를 나누면서 자신도 참여 하겠다는 뉘앙스를 은근히 풍기고 있었다. 그러나 미움과 원망이 가득한 젤 바른 선정재의 안부는 끝까지 묻지 않았다. 그 이유야 뻔했다. 그래서 미모의 명정관은 회원들의 안부만 묻고 답했다.

그때 대화방 화면 위로 띄엄띄엄 쓴 문자가 올라왔다.

큰 머리 문정인이 올리고 있는 글이었다.

"노 총무님이 은근히 압력을 넣는데, 못 본 척 외면하기도 그렇고, 가만있자니 또 무슨 소리를 듣게 될 줄 몰라 한마디를 해야겠는데, 제가 문자를 치는 데 어려움이 있으니 그동안 시장 조사 경과는 윤 부회장님과 상의해서 선 감사님 블로그 대화방에 올려놓았습니다. 들어가셔서 참고들 하시길 바랍니다. ^^" 문정인.

그의 글씨는 명필이었지만, 핸드폰 타법은 굼벵이가 웃고 갈 속도로 영 젬병이었다.

"ㅎㅎ 수고하셨어요. ^^" 전원숙.

"호호! 이번에 대박 치면 한턱 제대로 쏠게요. ㅎㅎ" 안혜숙.

"저도요 ^^ 너무 고생하셨어요. ㅋㅋ" 조다혜.

"이번 사업을 준비하시느라 수고하신 회원님들 만세 ㅋㅋ ^^"

한옥경.

"블로그에 올려놓은 자료를 확인하시고 새로운 아이디어나 조언하실 분은 대화방에 문자를 올려 주세요." 윤편인.

"참고하겠습니다. ^^" 윤편인.

그는 여성 회원들의 찬사가 큰 머리 문정인을 겨냥하고 있다는 질투심에 자신도 은근슬쩍 한마디 올려놓았다.

"입찰이 코앞인데 핵심 사항이나 주고받읍시다." 나겁재.

"여러분도 간단한 게 좋잖아요? ㅎㅎ" 나겁재.

그는 엄지손을 무척 빠르게 놀렸다.

"모두들 찬성인가요? ^^ ㅎㅎ" 나겁재.

그는 골치 아픈 자료보다 요점을 정리해 주길 원했다.

"전적으로 동의합니다. ㅋㅋ" 맹비견.

"뭐 어려운 문제는 아닙니다. 회원님들 동의하십니까?" 선정재. 그의 문자가 올라오자 일부를 제외하고, 찬성한다는 문자가 대화방에 가득 채워지고 있었다.

젤 바른 선정재는 그동안 정리한 자료를 축약해서 핵심적인 사항들만 골라내 시간이 나는 대로 하나씩 올리기 시작했다.

그리고 질문을 받으면 한 가지씩 빠르게 처리해 나갔다. 그는 권리 분석과 시장 조사의 강점, 약점, 기회, 위협을 스와트 기법을 적용해 요점 정리 형식으로 설명을 해 놓았다. 또한 입찰 가격과 필요한 재원 등은 장단점을 요약해 납득을 시켰다. 젤 바른 선정재는 체계적인 담론과 논리적인 관점으로 짱구머리 나겁재와 둥근 머리 맹비견 등을 설득시켜 나갔다.

거기에 동화된 돈 사랑 회원들은 비로소 하나가 되어 갔다. 이들은 입찰 하루 전날까지 여러 갈등 요인들을 해소시켜 나갔다.

다음날 법원 출구에서 재회하기로 약속을 잡은 회원들은 한 사람씩 대화방을 빠져나가고 있었다. 젤 바른 선정재는 모두가 빠져나간 대화방을 열어 보고는 회심의 미소를 지으며 핸드폰을 닫았다.

흰머리 윤편인은 그동안 조사했던 자료들을 큰 머리 문정인과 공유하고 나서야 그의 블로그 대화방에 올려놓았다. 그렇게 작업을 마친 두 사람은 다음날 법원에서 만나기로 약속하고서 둘만의 대화방을 빠져나갔다.

제27장

실수와 반전

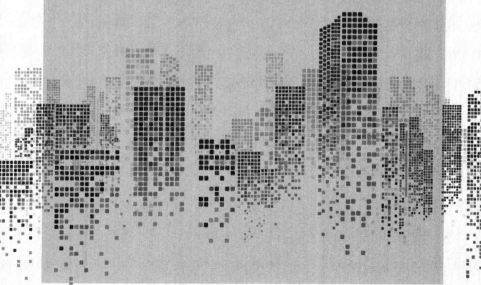

다음 날.

이른 아침부터 경매 법원 출입구로 몰려든 승용차들이 북새통을 이뤘다. 그와 달리 사람들은 한쪽 문을 통해 드나들며 의경의 통제를 받고 있었다. 그곳은 입찰 날짜를 기다렸던 인파들이 속속 몰려들었다.

벌써부터 빈 곳이 없을 정도로 각종 승용차들로 꽉 들어찬 법원 주차장은 이미 만석으로 부지런한 차들만의 차지였다.

그래서 그랬을까? 법원 정문을 통제하는 푯말이 주차장은 만석이라며, 차들의 출입을 차단하고 있었다.

젊은 의무경찰 하나가 입에는 호루라기를 물고 출입구부터 차들을 통제하고 있었다. 마치 번잡스럽기가 중앙시장 통을 연상시켰다. 한편 서둘러 사무실을 빠져나온 속 알머리 봉상관은 정문 앞에서 서성대며 기다리고 있던 상구머리 노식신을 만났다.

두 사람은 반갑게 인사를 나누면서 할 일이 있는 듯 서둘러 법원 은행 창구를 찾아 들어갔다.

이른 시간이라 아직은 사람들이 크게 붐비지 않았다. 창구 앞에도 한산한 분위기로 업무를 보는 직원들의 빈자리가 여기저기 눈에 띄었다.

상구 머리 노 총무는 번호표를 뽑아 가지고 기다렸다. 잠시 후 순번대로 알람이 울리기 시작했다. 그는 자기 차례가 돌아오자, 창구 앞으로 다가갔다.

그와는 달리 속 알머리 봉상관은 곧바로 자리를 잡고 창구를 쳐다보며 기다렸다. 번호표를 창구 안으로 밀어 넣은 상구 머리 노식신은 이렇게 주절거렸다.

"한 장으로 끊어 주세요."

그러고는 젊은 여행원을 향해 29억 7850만 원이라는 금액이 쓰인 입출금 표와 통장을 건넸다. 그녀는 방긋 미소를 지으며 주절거렸다.

"고객님 수표 한 장으로 말입니까?"

받은 입출금 전표를 물끄러미 살펴보던 은행원이 상냥한 얼굴로 재확인을 하듯 물었다.

"예!"

그는 단조롭게 대답했다. 그렇게 상구 머리 노식신은 돈 사랑 회원들이 입금시킨 투자 보증금 전액을 수표 한 장으로 끊었다.

입찰 보증금은 현금 부피가 커서 입찰자들 입장에서는 소지하기가 번거롭고 부담스럽다는 이유가 기피 대상이었다. 그래서 사람들은 대부분 수표로 준비하고 있었다.

왜냐하면 경매 입찰 보증금은 10% 금액만 채우면 현찰이나 수표, 그리고 보증 보험 채권 등을 제출해도 문제가 될게 없었다.

은행원에게 수표를 받아든 그는 곧장 뒷면에 사건 번호와 공동 입찰자 대리인 성명과 전화번호를 기재했다.

그사이에 도착한 젤 바른 선정재와 삼각 머리 조편재는 경매 사무실로 찾아가 사건 기록들을 이것저것 들춰 보면서 사람들의 대화에 귀를 기울이고 있었다.

그리고 입찰 물건이 '혹시라도 취소되어 다음으로 연기된 것은 아닐까?' 먼저 사건 번호부터 확인을 했었다.

선정재의 실수

사건 자체가 워낙 채권자가 많이 붙은 물건이라 입찰이 연기될 수 있다는 불안감 때문이었다.

다행스럽게도 지랄 맞은 변동 사항은 보이지 않았다. 일찌감치 도착한 돈 사랑 회원들은 약속대로 두어 명씩 짝을 지어 인파 속으로 뿔뿔이 흩어졌다.

이들은 경매 물건에 달라붙을 경쟁자들의 동향을 파악하느라 동분서주하며, 누구라도 염탐을 하고 다녔다.

여성들의 활약은 독일의 여간첩 네덜란드 출신의 마타 하리Mata Hari를 연상시키며, 움직임이 실로 대단했다. 그렇게 각자 얻은 정보는 대화방을 통해 회원들과 실시간 문자로 공유하고 있었다.

그러나 우라질 문제는 생각지도 못했던 엉뚱한 곳에서 불거져 나왔다. 젤 바른 선정재는 평소와 다르게 꼭 낙찰을 받아야 한다는 강박관념에 사로잡혀 있었다. 그래서 몹시 긴장한 채로 서두르고 있었다.

삼각 머리 조편재는 평소에 하던 습관대로 입찰에 필요한 서류들을 챙겨 가지고 돌아왔다. 그는 가져온 입찰 봉투에 기재 사항을 빠짐없이 적어 넣었다.

그러고는 회원들이 미리 간인을 찍어 작성한 공동 입찰자 목록과 공동 입찰 신고서를 함께 동봉하기 위해 주위를 두리번거리며 이렇게 주절거렸다.

"선 감사님이 가져온 서류들을 지금 주시겠습니까?"

삼각 머리 조편재는 입찰 가격표를 건네주면서 기재한 입찰봉투를 흔들어 보이며 말했다.

주변은 온통 관련 업무들로 입찰 장을 찾은 사람들이 사방팔방 북새통을 이루고 있어 정신들이 하나도 없을 지경이었다.

"아… 예, 가방 안에 있으니 잠깐만 기다려 주세요."

젤 바른 선정재는 답변을 해 놓고 잠시 가방을 뒤적거렸다.

"어! 서류 봉투가 보이지 않네, 이게 어디로 갔나…."

그는 순간 정신이 혼미해져 놀란 토끼 눈으로 소리를 쳤다. 그러고는 이리저리 뒤적이다가 금세 새파랗게 질린 그의 얼굴에 한 순간 어두운 표정이 스치고 지나갔다.

젤 바른 선정재는 입찰에 필요한 서류 봉투를 자동차 뒷좌석에 빼놓은 채 엉뚱하게도 가방만 가지고 내린 것이었다.

"뭐라고요?"

삼각 머리 조편재는 그의 심장 떨어지는 아찔한 소리에 금방이라도 그를 잡아먹을 노한 기색으로 쏘아보았다.

"귀신이 곡할 노릇이구만 젠장! 도대체 어디로 사라진 거야?"

젤 바른 선정재는 금세 낯빛이 새파랗게 변해 바짝 긴장한 목소리로 뒤적거렸다. 순간 그는 수심이 가득한 당황한 기색으로 가방 속을 뒤적이다가 뭔가 생각이 떠올랐는지… 갑자기 후다닥 밖으로 뛰기 시작했다.

그러고는 북새통을 이루는 밀집된 인파 속을 마구 헤쳐 가며 놀란 다람쥐가 날뛰듯이 잽싸게 뛰쳐나갔다.

"어디 갑니까?…"

삼각 머리 조편재는 황급히 소리를 질렀다.

"제 차에 갑니다!"

젤 바른 선정재는 한마디를 공중에 던지고, 날쌔게 경매장을 빠져나가고 있었다.

삼각 머리 조편재는 불현 듯 뭔가 탈이 나도 단단히 난 것 같다는 불안감에 휩싸여 긴장한 낯빛으로 사라지는 그의 뒷모습 멍하니 바라보고 있었다.

젤 바른 선정재가 부리나케 달려 나가는 모습에 화들짝 놀란 흰머리 윤편인과 회원들이 사방에서 몰려들었다.

회원들은 궁금한 마음보다 먼저 걱정이 앞서 자신들의 임무를 잠시 잊은 채 가까이 다기왔다.

그 모습에 놀란 삼각 머리 조편재의 손짓에 '아차!' 싶어 이들은 그 자리에서 돌아섰다.

그러고는 대화방을 통해 문자로 득달같이 물어 왔다.

"무슨 일이 잘못됐습니까?" 윤편인.

"무슨 일 있습니까?" 봉상관.

"무슨 상황입니까?" 나겁재.

회원들은 너 나 할 것 없이 실시간 문자를 올리며 물어오고 있었다.

삼각 머리 조편재는 '자신도 무슨 일인지 아직 정확하게 파악을 못하고 있습니다.'라는 문자를 올리며, 덧붙여 이렇게 날렸다.

"아무래도 차에다 서류를 두고 온 모양 같은데 별일이야 있겠습니까?" 조편재.

그는 다시 새로운 문자를 올려 동요하는 회원들을 안심을 시켰다.

한편 밖으로 뛰쳐나간 젤 바른 선정재는 날다람쥐처럼 주차장으로 날아갔다. 그가 차를 세워 둔 주차장은 법원에서 약간 떨어진 후미진 곳에 있었다.

그는 죽으라고 뛰어가 차 문을 열려고 보니, 자동차 리모컨을 가방에 두고 왔다는 착각이 들었다.

'아차!' 싶었던 그는 순간 당황해서 눈앞이 깜깜해졌다. 숨은 턱까지 차올라 헐떡거렸다. 다시 돌아가야 한다고 생각하니, 아무래도 시간이 너무 촉박했다.

큰일 났다는 조급한 마음에도 번뜩 전화를 걸어야겠다는 생각이 떠올랐다. 급하게 핸드폰을 열고 삼각 머리 조편재에게 부르르 떨리는 손으로 통화를 시도했다.

핸드폰 신호는 가는데 그가 받지를 않았다. 그는 다급한 마음에 발을 동동 구르며, 반복해서 누르고 또 눌렀다. 그렇게 일초가 여삼추로 애가 타서 쩔쩔매고 있었다. 그러다 한 참 만에야 겨우 통화가 연결이 되었다.

그는 곧 숨이 넘어가는 목소리로 헐떡거리며 자신의 가방을 가져와 달라고 급하게 부탁을 했다. 삼각 머리 조편재는 알았다며 그의 위치를 묻고는 잠시만 기다려 달라고 말했다.

그는 부리나케 가방을 챙겨가지고, 뒤도 돌아볼 사이도 없이 그에게로 달음박질을 쳤다. 그렇게 경매장을 빠져나간 사이에 젤 바른 선정재는 촌각을 다투는데 마냥 기다릴 수가 없었다. 단 1초라도 시간을 단축하기 위해서는 그가 오는 방향으로 무작정 뛰어야 했다.

둘 다 숨 가쁘게 뛰어오다가 중간에 이르러 맞닥뜨린 두 사람은 그렇게 가방을 전달 받을 수 있었다.

젤 바른 선정재는 무슨 일이냐고 묻는 삼각 머리 조편재의 숨 가쁜 물음에 헉헉거리며, "나중에 설명을 해 주겠다."라는 말만 남기고, 총알보다 빠르게 주차장으로 달려갔다.

그렇게 뛰어가는 그를 향해 그가 주절거렸다.

"마감 시간이 촉박하니 서둘러서 돌아오세요! 저는 먼저 가 있겠습니다!"

삼각 머리 조편재는 가방을 받아서 뛰어가는 그의 뒤통수에 대고 고함을 냅다 질렀다.

그러나 그의 귀에는 아무 소리도 들리지 않았다. 머릿속은 오로지 서류를 찾아야 된다는 일념으로 가득했었다. 곧바로 주차장에 도착한 젤 바른 선정재는 가방부터 열었다.

하지만 가방 안에는 있어야 할 자동차 리모컨이 보이지 않았다. 밑바닥까지 탈탈 털면서 뒤집었지만, 어디에도 리모컨은 없었다.

그 순간 하늘마저 노랗게 보였다. 후들거리는 양손으로 몸을 더듬어 나가다가 쿵쿵대는 심장 아래쪽에서 뭔가 손에 잡히는 느낌이 들었다.

급하게 양복 주머니를 뒤지기 시작했다. 애타게 찾던 리모컨은 동전 주머니 속에 얌전히 들어 있었다.

그는 안도의 한숨을 쉴 여유도 없이 온몸은 땀투성이로 범벅이 되어 급하게 차 문을 열었다. 그렇게 찾았던 우라질 서류 봉투가 뒷좌석에 덩그러니 놓여 있었다.

그는 급하게 시간부터 쳐다보았다. 분초를 다투는 상황이라 입찰 마감 시간이 촉박했다. 차 문을 닫았는지조차 제대로 확인도 못 한 채 무작정 달리기 시작했다.

젤 바른 선정재는 안도의 한숨을 돌릴 여유도 없었다.

아니, 그 순간 숨 쉬는 것조차 그에게는 사치였는지 모른다. 그는 잽싸게 서류 봉투만 집어 들고 냅다 법원으로 달렸다.

한편 경매장에서 기다리는 흰머리 윤편인과 회원들은 마감 시간이 임박하자 저마다 안절부절못하고는, 시간을 자주 들여다보고 있었다.

마음이 초조하고 불안해서 어쩔 줄 모르던 삼각 머리 조편재는 그에게 핸드폰을 걸었다. 하지만, 신호는 가는데 그가 받지를 않았다.

일부 회원들은 한숨을 내쉬면서 숨겨 놓았던 고약한 성깔을 드러냈다. 몇몇은 울화통이 터져 분노를 참지 못한 채 성질을 벌컥벌컥 내고 있었다. 그 가운데 하나가 화를 못 참고 버럭질을 질렀다. 아니 분노 조절이 안 되는 인간처럼 굴었다.

"아니… 입찰을 받자는 거야, 말자는 거야? 젠장!"

새치 머리 안편관은 몹시 화를 내며 언성을 높였다.

"어머머… 정말! 무슨 일이 생겼나 보네요? 그렇지 않고서야 이럴 수는 없잖아요?"

우아한 전원숙은 마음이 몹시 초초해서 불안을 떨치지 못한 채 걱정스럽게 말했다.

"정말! 그러면 안 되는데… 이 노릇을 어쩌면 좋아?"

이국적인 조다혜는 긴장된 얼굴로 투덜거렸다.

"으이구! 좀 기다려 봅시다. 곧 도착하겠지요?"

모던한 한옥경은 불안한 속마음을 감춘 채 차분하게 말했다. 그러나 그녀의 안달 난 눈길은 출입구 쪽을 향해 조급하게 노려보고 있있다.

"언제까지 기다릴 수만 없잖아요? 시간이 촉박한데 나라도 나가 봐야겠어요."

도회적인 안혜숙은 그 말을 남기고 곧장 밖으로 뛰쳐나갔다. 나머지 여성 회원들은 발을 동동 구르면서 그를 걱정하고 있었다.

하지만 미모의 명정관은 예전과 달리 '내 그럴 줄 알았다니깐…. 성깔이 그렇게 못돼 처먹었는데 하늘이라고 도와주겠어…? 우라지다 자빠질 재수 없는 무기 같으니라고…' 하며 울분을 삼키고 있었다.

"미쳤어! 정말 미쳤어! 이 우라질 자식!"

짱구머리 나겁재가 돌연 흥분해서 낯빛을 붉혔다.

"마감이 코앞인데 어디 가서 아직까지 나타나지 않는 거야? 젠장!"

속 알머리 봉상관은 시간을 자주 들여다보며, 투덜거렸다. 그 순간 장내에서는 입찰 마감 시간을 알리는 안내방송이 흘러나오고 있었다.

"정말! 같이 일 못할 사람이네? 에잇!"

둥근 머리 맹비견은 노여움에 얼굴빛이 붉으락푸르락하고 있었다. 그때 몇 사람이 급하게 달려 나와 입찰함에 마지막 입찰 봉투를 넣고 돌아갔다.

"진짜 이 사람 어떻게 된 거야? 누구 피 말러 죽는 꼴을 보려고 이러나? 내참!"

흰머리 윤편인은 기다리다 못해 입찰장 밖으로 뛰어나가며, 소리쳤다.

회원들은 돌아가며 한마디씩 버럭질을 하면서도 자신들의 공력이 한순간에 물거품으로 변할까 싶어 막말을 토해 내는 순간에도 그가 도착하기를 애타게 기다리고 있었다.

그러나 입찰 종료 안내 방송이 장내에 울려 퍼지는 그 순간까지도 젤 바른 선정재의 모습은 끝내 나타나지 않았다. 돈 사랑 회원들은 실망한 얼굴을 한 채 거의 영혼이 없는 눈동자로 서로를 마주 보며, 개코같은 위로의 말을 주고받고 있었다.

그 시각 젤 바른 선정재는 턱까지 차오르는 가쁜 숨을 몰아쉬며, 겨우 법원 입구에 도착해 있었다. 그는 승강기를 기다릴 여유는 물론이고, 제정신조차 없었다.

후들거리는 다리를 버티려고, 난간을 붙잡고 계단을 겨우 뛰어올라갔다.

그러나 이미 모든 마감 시간은 끝난 뒤였다. 그가 도착했을 때는 이미 개봉된 입찰 봉투를 정리하고 있었다.

그 순간 하늘이 무너져 내리는 청천벽력 소리가 그의 고막을 세차게 때렸다. 그는 무릎을 꿇고 힘없이 주저앉았다.

자신이 제안한 프로젝트를 한순간에 눈앞에서 날려버렸다. 그것도 자신의 실수 때문이라는 멍에를 덧씌운 채… 어느새 그의 눈가에는 뜨거운 눈물이 한 방울 한 방울 소리 없이 흘러내리고 있었다.

돈 사랑 회원들은 뒤늦게 도착한 그의 처참한 몰골에서 할 말을 잃고는 원망과 연민의 눈총으로 그를 쓸쓸하게 노려보고 있었다. 이들은 한숨을 내쉬며 '지나간 버스를 탓하면 뭐 하나' 싶으면서도, 도대체 어떻게 된 사연인지 이유나 알자며 짜증 섞인 목소리로 번갈아 물어보았다.

넋이 반쯤 나간 젤 바른 선정재는 아무런 대꾸도 없이 고개만 수그린 채 눈물만 뚝뚝 흘리고 있었다.

"에잇! 나는 1차에 낙찰되지 않는다고 생각합니다."

짱구머리 나겁재는 그가 우는 처량한 모습에 동정을 느꼈다.

그래서 처음부터 일관되게 억지를 부려 가며, 회원들과 달리 여유를 부렸다. 그러나 회원들은 눈살을 찌푸린 채 기가 막힌다는 표정이었다. 그 중 몇몇은 혀를 끌끌 차며 빈정거리고 있었다. 그때 삼각 머리 조편재가 불쑥 나서 주절거렸다.

"그렇게만 된다면 오죽 좋겠습니까? 젠장!"

그는 어이가 없는 듯 비아냥거렸다.

이들의 고함 소리에 신경이 거슬린 주변 사람들은 영문도 모른 채 싸늘한 눈총을 쏘아 대고 있었다. 하지만 그들은 안중에도 없는 듯 새치 머리 안편관이 이어 주절거렸다.

"오늘 우리가 파악한 경매사건 번호만 두 명이나 있었는데, 지금 뭔 헛소리를 하는 겁니까?"

그는 잔뜩 짜증 섞인 목소리로 그에게 통박을 주며 째려보았다.

"진짜?"

짱구머리 나겁재는 눈알을 희번덕거렸다. 회원들 중에 일부가 시무룩한 표정을 보이며, 고시랑거렸다. 나머지도 어깨가 축 늘어진 채 힘없이 있었다. 하지만, 속에는 불이 끓어 그를 빗대고 온갖 세상 욕을 다 해 대고 있었다.

"으…. 결국 우리의 꿈은 개꿈이 되었습니다. 젠장맞을!"

둥근 머리 맹비견은 짜증 섞인 반감을 드러내며, 탈진한 사람처럼 허탈해하고 있었다. 젤 바른 선정재는 한동안 혼이 빠져나간 듯 멍하니 입찰함만 노려보며, 거친 숨을 몰아쉬고 있었다.

그러나 이들과 달리 경매장은 혼란 속에서도 낙찰을 기다리는 시선들이 모니터를 향해 쏠려 있었다.

"그래요, 뭐 어차피 엎질러진 물인데… 나 이사 말처럼 혹시 압니까? 귀신도 곡할 어떤 반전이라도 튀어나올지…."

길이 엇갈린 채 뒤늦게 돌아온 흰머리 윤편인은 넋이 나가있는 회원들을 위로한답시고, 쓰린 속을 억누르며 넋두리하듯 말했다.

평소에는 미주알고주알 말도 많던 여성 회원들도 오늘은 이렇다 저렇다 말이 없었다. 아니 정신적 쇼크가 워낙 커서 누구도 말을 아끼고 있었다.

그 순간 방송을 통해 흘러나오는 집행관의 말소리조차 남의 말처럼 이들의 귓가에서 점점 멀어지고 있었다.

"자… 자! 여기서 이러지들 마시고 다들 집으로 돌아가 새로운 물건이나 찾아봅시다."

구시렁거리는 회원들을 달래 가며 속 알머리 봉상관은 연장자답게 포기도 빨랐다.

"죽은 자식 불알 만지기지만, 그래도 난 포기하지 않습니다."

짱구머리 나겁재는 억지를 부리듯 고집을 세웠다.

그러고는 코 큰 입찰 관을 뚫어지게 쳐다보며, 자기 나름대로 알량한 주술을 걸고 있었다.

"낙찰이 정말 되는지를 보고 갈 테니 갈 분들은 먼저 돌아들 가세요."

짱구머리 나겁재는 황당하게도 자신을 믿는 눈치였다.

흰머리 윤편인과 회원들의 속 타는 마음도 그와 동일했다. 하지만, 그렇다고 내놓고 말할 상황도 아니었다.

"남아서 결과를 확인하고, 싶은 분들은 남더라도 나머지 분들은 그만 돌아들 갑시다."

속 알머리 봉상관은 '오늘은 이쯤에서 헤어지는 편이 모두에게 좋겠다.' 싶어 서둘러 이들의 귀가를 종용했다. 그러나 짱구머리 나겁재는 자신의 뜻을 굽히지 않고 있었다. 그는 1차에는 반드시 낙찰이 없을 거라며, 확신에 찬 오기 하나로 끝까지 자리를 지켰다.

물론 흰머리 윤편인과 큰 머리 문정인도 자신들이 나누었던 스마트 빌딩의 미련을 버리지 못한 채 사건이 종결되는 그 순간까지 남아서 혹시 라는 가능성을 바라보고 있었다.

한동안 침묵으로 자리를 지키던 젤 바른 선정재는 간다는 소리도 없이 슬그머니 사라져 버렸다. 결국 경매 물건은 입수한 정보대로 1차에 두 명이 맞붙어 경합을 벌였다.

감정가 297억 8500만 원에서 유인 법인 입찰자가 다른 참가자를 물리치고, 삼백구십구억 칠천오백만(30,975,000,000) 원에 낙찰을 받았다.

돈 사랑 회원들이 의견을 모았던 금액, 아니 새치 머리 안편관이 주장했던 입찰 금액을 훌쩍 뛰어넘어 9억 7500만 원이나 더 높은 금액으로 낙찰이 되었다. 결국 이들이 입찰 서류를 갖춰서 참가했더라도, 어차피 경매 물건은 돈 사랑 회원들의 소망을 무참히 외면해 버린 날이었다. 이러한 사실을 끝까지 남아 있던 흰머리 윤편인을 비롯해 몇 사람 정도만 알고 있었다. 먼저 자리를 떠난 회원들은 모르는 게 당연했다. 아니, 어쩜 그들은 전혀 알고 싶지 않았는지도 모른다.

이것뿐 아니라 입찰 법정에 함께 남아 있던 큰 머리 문정인은 코 큰 입찰관의 차순위 매수 신고 안내에도, 나머지 참가자가 차순위 매수 신고인(낙찰자의 권리를 승계 받는 권리) 신청을 하지 않는 행동을 일반적인 현상으로 받아들이고 돌아갔다.

그러나 흰머리 윤편인은 '뭔가 석연치 않다.'라는 생각을 잠깐 했었다.

그렇게 회원들을 실망시킨 블랙 화요일에 매각 사건은 어찌 되었든 일단락되었다.

법원을 벗어난 회원들은 끓이오르는 화를 참지 못한 채 각자 헤어졌다. 그중 몇몇은 진노를 삭히느라 하루를 술로서 마음을 달랬다.

이러한 상황 속에서도 짱구머리 나껍재는 사건 종료를 끝까지 지켜본 당사자라고는 믿을 수 없을 정도로 외고집을 부리며, 계속 헛소리를 지껄였다.

그는 매각 허가 기간 일주일과 잔금 납부 기일 한 달을 골든타임이라며 희망을 꺾지 않았다.

새로운 반전

여운이 남은 흰머리 윤편인도 한 편으로 끝났다고 포기를 하면서도, 혹시나 하는 기대와 엉뚱한 미련을 가지고 있었다.

대화방은 한동안 블랙홀에 빠진 채로 어둠 속에서 침묵을 지켰다. 그렇게 이틀이 지난 뒤에 흰머리 윤편인은 평소 버릇처럼 대법원 사이트에 접속해 매각 결과 검색 페이지를 찾아 들어갔다.

왜냐하면 경매 법원은 입찰 기일이 지난 이틀 뒤에 정리된 매각 결과를 대법원 사이트에 올려놓기 때문이었다.

그는 사건의 전말을 구체적으로 검색할 수 있는 사이트로 찾아 들어갔다. 거의 기대는 하지 않았다. 하지만, 혹시나 하는 호기심을 가지고 사건 번호를 하나씩 체크해 나갔다.

사건번호가 빨라서 첫 페이지 아래에서 두 번째 줄에 2017 타경 2022 사건 번호가 눈에 띠었다.

순간 그의 반짝이는 눈동자의 초점은 매각과 유찰 글자에 먼저 눈길이 모아졌다. 분명 낙찰된 물건인데 무슨 연유인지 유찰로 올라와 있었다.

그는 자신의 눈을 의심하면서 빠르게 사건 번호를 검색해 들어갔다. 그리고 최근 입찰 결과와 기일 내역을 차례대로 살펴보았다.

불행 중 다행으로 우라질 낙찰이 취소되어 있었다. 그의 입에서 갑자기 '기쁘다 구주 오셨네' 노래가 저절로 터져 나왔다. 그는 '이게 자다가 웬 호박이 넝쿨째 들어온 소식인가' 싶었다.

흰머리 윤편인은 별안간 마음이 급해졌다. 먼저 경매 계 전화번호를 확인하고, 통화를 시도했다. 전화를 받은 집행관실 사무관은 자세한 내용은 밝히지 않았다.

다만 "서류가 형식을 갖추지 못해 낙찰이 취소되었다."라고만 말했다. 그 순간 흰머리 윤편인은 미친놈처럼 수화기를 내던지며, "만세!"를 외쳤다.

그러고는 실성한 놈처럼 하늘을 보고 낄낄대며,

"으하하하! 으하하하…!" 한바탕 웃어 제꼈다.

그러면서 그는 아마도 다음과 같은 이유 중 하나가 아니었을까…? 생각을 했다.

민집 제121조

매각허가에 대한 이의신청사유 제2~4항:

2. 최고가매수신고인이 부동산을 매수할 능력이나 자격이 없는 때

3. 부동산을 매수할 자격이 없는 사람이 최고가매수신고인을 내세워 매수신고를 한 때.

4. 최고가매수신고인, 그 대리인 또는 최고가매수신고인을 내세워 매수신고를 한 사람이 제108조 각호 가운데 어느 하나에 해당되는 때.

제108조(매각장소의 질서유지) 집행관은 다음 각호 가운데 어느 하나에 해당한다고 인정되는 사람에 대하여 매각장소에 들어오지 못하도록 하거나 매각장소에서 내보내거나 매수의 신청을 하지 못하도록 할 수 있다.

1. 다른 사람의 매수신청을 방해한 사람.

2. 부당하게 다른 사람과 담합하거나 그 밖에 매각의 적정한 실시를 방해한 사람.

3. 제1호 또는 제2호의 행위를 교사한 사람.

4. 민사집행절차에서의 매각에 관하여 형법 제136조·제137조·제140조·제140조의 2·제142조·제315조 및 제323조 내지 제327조에 규정된 죄로 유죄판결을 받고 그 판결 확정 일부터 2년이 지나지 아니한 사람.

그 와중에 전화 통화는 자동으로 끊어져 '삐삐삐삐…' 소리를 외치고 있었다.

그러든 말든 그는 하늘이 자신들을 도와준다는 생각에 한동안 개다리 트위스트 춤을 신나게 추었다. 마치 학질에 걸린 듯 양다리를 흔들어대고 있었다.

그러고 나서야 비로소 회원들에게 이 소식을 알려야 되겠다는 생각이 떠올랐다. 그는 촌각을 다투듯 서둘러 이렇게 문자를 날렸다.

"돈 사랑 회원 여러분 모두 기뻐해 주십시오. 낙찰이 취소되어 우리가 다시 한번 입찰할 기회를 잡았습니다. ㅎㅎ" 윤편인.

"정말입니까, 그 거짓말이? ㅋㅋ 진짜면 신난다. 에라디야—" 노식신.

"윤 부회장님! 농담은 아니시겠지요? 어디서 확인한 사실입니까? ㅎㅎㅎ" 봉상관.

"저는 면목이 없어 물어볼 염치도 없지만, 사실이라면 천만다행입니다. 아이고! 아이고! 참말로 죄송하고 고맙습니다. ^^" 선정재.

"제가 방금 경매 계 사무관님과 직접 통화한 따끈따끈한 정보입니다." 윤편인.

"하늘이 도왔네, 하늘이 도왔어. ㅋㅋ" 한옥경.

"경사 났네, 경사 났어. ㅎㅎ 우리 윤 부회장님! 짱입니다. ㅋㅋ" 전원숙.

"어머… 이게 웬일이야? 다행입니다. ㅎㅎ" 조다혜.

"거 봐요 내가 뭐라 했습니까? 내 말만 들으면 자다가도 떡이 생긴다 이 말입니다. ㅋㅋ" 나겁재.

"윤 부회장님! 정말 큰일 하셨습니다. 이 기쁜 소식을 누구에게 듣겠습니까? ㅎㅎ ^^" 명정관.

"내가 속앓이 하느라고 이틀 동안 술을 마셨는데 이제는 핑계거리가 확 달아나 버렸습니다. ㅋㅋ 하여튼 감사합니다. ^^ 윤 부회장님!" 안편관.

"저도요. 그날부터 매일 소주를 먹었는데 이제 먹을 이유가 사라졌습니다. ㅋㅋㅋ" 맹비견.

"다음번 입찰에는 실수가 없도록 정신을 바짝 차려야 합니다." 문정인.

"다들 마음고생들 많이 하셨죠? 이제는 다 털어 버리고 새 출발 해요, 우리. ㅎㅎ" 안혜숙.

대화방은 번갯불에 콩 구워 먹는 속도로 문자들이 속속 올라오고 있었다.

"모두들 매각 결과를 검색을 해 보시고, 기쁨을 만끽해 보세요. ㅎㅎㅎ" 윤편인.

그렇게 기쁨을 함께한 흰머리 윤편인은 회원들을 위해 매각 결과 검색에 접근하는 순서를 친절하게 올려놓았다.

그러나 일부 회원들은 낙찰 금액이 자신들이 책정했던 금액보다 월등히 높았다는 사실을 매각 결과 검색을 살펴보기 전까지 인지하지 못했다.

그냥 다시 입찰에 참가할 수 있다는 기쁨에 취해 한껏 마음만

부풀어 있었다. 그리는 이들과 달리 대회방을 빠져나온 윤편인은 다음 기일 입찰을 위해 젤 바른 선정재에게 서둘러 전화를 걸고 있었다.

"여보세요? 선정재입니다."

그는 격한 감정을 짓누르며 약간 흥분한 상태로 받았다.

"저예요, 선 감사님!"

"아, 윤 부회장님! 굿 뉴스 정말 감사했습니다."

그는 가늘게 음성을 떨어 가며 말했다.

"선 감사님! 그동안 마음고생 많이 하셨죠?"

흰머리 윤편인은 그의 걱정이 앞서 위로를 하며 말했다.

"죄인이 염치없게 무슨 할 말이 있겠습니까?"

"에이! 무슨 그런 말씀을…. 이제는 다 털어 버리시고, 재경매 입찰에 총력을 다 합시다. 허허허!"

흰머리 윤편인은 이미 그도 낙찰된 경쟁자와의 금액 차이가 턱없이 부족했다는 사실을 알고 있기에 그렇게 돌려 말했다.

"그러지 않아도 소식 듣자마자, 매각 결과를 검색해 보았습니다."

"어때요? 1차 감정가로 재경매될 것 같지 않습니까?"

흰머리 윤편인은 서류 미비로 낙찰이 취소되었다는 생각에 그렇게 말했다.

"예! 서류 미비로 매각이 취소되었다면 아마도 그럴 가능성이 높다고 봅니다."

젤 바른 선정재는 모든 사실을 알고 있는 것처럼 차분하게 대답했다.

"매각이 허가 난 것도 아니고, 잔금 미납도 아니니, 아마, 재경매가 확실할 겁니다."

흰머리 윤편인은 자신이 파악하고 있는 그대로를 중얼거렸다.

"그럼 입찰 보증금에 대한 걱정은 한시름 놓았습니다. 허허허!"

그는 낙찰자가 매각을 포기하거나 잔금을 미납하면 재매각 과정에서 입찰 보증금을 20%로 올린다는 생각을 떠올리며, 그렇게 말했다.

"그보다 이번에는 입찰가에 신경을 써야 될 것 같습니다?"

흰머리 윤편인은 한숨을 내쉬며, 지난번 완전 충격을 받았던 입찰 금액을 들먹이면서 계속 주절거렸다.

"서류야 쓰라린 아픈 경험을 충분히 했으니 말입니다. 하하하!"

그는 실수를 잊지 말라는 뜻에서 슬쩍 치부를 찌르고 있었다.

"아이고, 제가 실수는 했지만, 대충 윤곽이 드러났으니 나름 승패는 병가지상사가 아니겠습니까? 흐흐흐."

젤 바른 선정재는 변명할 처지는 아니었다. 하지만, 죄송한 마음에 그렇게 능청을 떨고 있었다.

"물론 생각하기 나름 아니겠습니까?"

흰머리 윤편인의 머릿속은 '우라지다 자빠질 놈! 아직 혓바닥은 살아 가지고 씨부리기는 젠장!' 하며 말을 이어 갔다.

"제 말은 최고 입찰 가격과 두 명의 경쟁자만 염두에 두면, 이번에도 생각지 못한 '낭패를 당할 수 있다, 뭐 이런 얘기입니다."

그는 두 번의 실수는 용납하지 못한다는 경각심을 심어 주듯 은근히 압박을 주고 있었다.

"아… 예, 어련하시겠습니까? 제가 충분히 윤 부회장님의 의도를 알아들었습니다."

젤 바른 선정재는 '내가 짱구냐? 짜…샤!' 하며 받아치고 있었다.

"그럼, 다행이고요."

그는 갑자기 찬바람이 횡하니 불도록 쌀쌀맞게 말했다.

"저도 이번만큼은 철저하게 준비를 하겠습니다."

젤 바른 선정재는 이번 사건을 계기로 노력은 사람이 하지만, 결과는 하늘에 있다는 사실을 절실히 깨닫고 있었다.

"입찰가는 우리가 예상했던 가격보다 높았지만, 낙찰을 받으려면 어째, 그들보다 약간 올려서 쓰는 편이 좋지 않겠습니까?"

흰머리 윤편인은 자신들이 예상했던 금액보다 훨씬 높은 금액으로 낙찰된 충격에서 벗어나지 못했다. 그래서 그랬을까? 지난번 낙찰 금액보다 약간 높은 금액을 제시하고 있었다.

"글쎄요? 그날 경쟁자가 얼마나 늘어날지 모르죠?"

젤 바른 선정재는 예측할 수 없는 일이기에 즉답을 피하고 있었다.

"아마 1차에 탈락한 사람들이 입찰가를 올려서 들어올 것은 뻔한 스토리고, 문제는 새로운 경쟁자인데 선 감사님은 어떻게 보십니까?"

흰머리 윤편인의 물음에 그는 한층 더 신중한 태도로 일관하며 이렇게 주절거렸다.

"그러게 나 말입니다. 새로운 경쟁자가 입찰 가격을 얼마나 올려서 들어올지 저도 그게 걱정입니다."

그는 한숨을 토해 내며 중얼거렸다.

"아무튼 다시 찾아온 기회이니만큼 최선을 다해 보고 운에 맡겨야지, 별도리야 없지 않겠습니까?"

흰머리 윤편인은 그를 격려하는 차원에서 결과는 하늘에 맡기자고 말했다.

"윤 부회장님이 그렇게 공력을 들이시는데 이번에도 설마 하늘이 우리를 저버리겠습니까? 헤헤!"

젤 바른 선정재는 슬쩍 그를 추어주면서 이번만큼은 자신의 바람대로 될 것 같다는 믿음을 갖고 있었다. 아니, 억지로라도 그렇게 되기를 믿고 싶었는지 모른다.

"그래요, 선 감사님만 믿습니다."

"감사합니다."

"그럼, 다음에 또 연락을 합시다."

흰머리 윤편인은 차분히 말했다.

"예! 좋은 하루 보내세요."

통화를 마친 젤 바른 선정재는 핸드폰을 내려놓고, 중단했던 일을 다시 시작했다.

그러나 이들은 한 가지 모르는 사실이 있었다. 보통 큰 금액 사건은 1회 낙찰되는 경우가 어지간해서는 드물기 때문이었다.

물론 입지가 뛰어나서 서로가 피 터지게 노리는 경쟁 물건이라면 경매 시장까지 진출할 이유가 천부당만부당했다. 하지만 그만한 사정이 있어 나오는 경우가 더러 있다는 것은 경매 전문가라면 누구나 빤히 아는 사실이었다.

자유 경쟁 시장의 생리가 가치 있는 물건이라면 서로 달려들어 물어뜯고 싸워서라도 차지하는 세상이기에 돈이 보이는 토지를 굳이 경매 시장까지 넘어가도록 보고 있지 않았을 것이다.

그러나 부동산을 취득한다고 해서 누구나 부동산으로 돈을 벌 수 있는 것도 아니다. 똑같은 부동산을 매입했어도 매도할 때는 그 사람의 타고난 부의 그릇과 시운에 따라 대소 차이가 다르게 나타난다는 것이다.

작은 예를 들어 보면 아파트 등은 입지마다, 방향마다, 동마다, 층마다, 호수마다 가격이 천차만별이다.

왜냐하면 부동산은 부가가치가 높은 재화로서 개별성과 고정성이 강한 필수재이기 때문이다.

그래서 한 날 한 시에 분양을 받은 부동산도 각자의 운에 따라 수익을 보는 사람도 있고, 반면 손해를 보거나 경매를 당하는 경우가 종종 우리 주위에서 목격되곤 하는 것이다.

세상은 어느 사람이 귀금속을 사들이면 수익이 나는데 어느 사람은 그림을 사들이는 족족 손실을 본다. 또한 부동산만 매입하면 망조가 드는 사람이 있는 반면에 주식을 매입하면 흥하는 사람도 있었다.

그 하나의 예로서 흰머리 윤편인의 부모님의 경우가 그랬다. 그분들은 부동산과 인연이 없었다. 그래서 집과 토지를 장만하면 잘되던 사업이 어느 순간 패망의 길을 걸었다.

그런데 집과 토지를 팔고 나면 언제 그랬느냐 사업이 살아났다. 그래서 흰머리 윤편인은 도대체가 하늘의 이치는 정말 있는 건가? 싶어 음양오행을 취미로 독학을 했었다. 20년 수학 끝에 그의 결론은 이랬다.

역시 거시적인 것은 자연의 이치와 같았다. 사람마다 재테크 성격이 다르듯 돈이 되는 재화도 오행에 따라 계절에 따라 운기에 따라 달랐다.

그러나 세상은 요지경 속이라 누구나 부동산으로 재테크 할 수 있는 것도 아니었다. 자신의 숙명에 부동산으로 돈을 벌 수 있는 기운이 있어야 한다는 것과 그것도 토지냐? 주택이냐에 따라 명운이 다르다는 것이었다.

이쯤에서 객쩍인 소리는 접어두고 본론으로 다시 돌아가 보자, 그런데 이상할 정도로 이번 사건은 1차에 높은 금액으로 입찰 경쟁자가 두 명이나 붙었다는 사실에 주목할 필요가 있었다.

두 명의 망할 놈의 경쟁자는 자신들의 땅을 비싸게 팔기 위해 농간을 부린 채권자와 채무자들이었다.

이들은 채권 회수 금액이 워낙 토지 감정가보다 방대하다 보니 토지 가격을 한 푼이라도 더 올려 받기 위한 비즈니스 즉 개수작을 부린 것이었다.

돈 사랑 회원들이 시뮬레이션을 하면서 써먹었던 수법을 그대로 답습한 채, 유인법인 회사도 서류에 하자를 만들어 흠집을 내고는, 감정가 보다 높은 금액을 1차에 써낸 것이었다.

세상에는 날고뛰는 우라질 꾼들이 기존의 질서를 요리하면서 사람들의 순진한 생각을 가지고 노는 일이 비일비재하다.

여기에 말려들은 사람들은 자신이 영리한 여우같은 곰인지도 모른다. 그러고는 자신만이 세상에서 제일 잘나고 똑똑한 놈인 줄 알며 살아가는 것이다.

한마디로 돈 사랑 회원들이 속을 끓이며, 소주를 삼킬 때 망할 놈의 꾼들은 와인을 마시면서, 낄낄거리고 있었다.

자신들이 쳐 놓은 그물에 어떤 호구들이 걸려들까? 호기심 어린 눈동자로 상상의 법정을 그려가며, 희희낙락 웃고 즐기면서 자기들 실속만 차리면 된다는 식이었다.

이러한 속 내용을 알 턱이 없는 상대방은 낙찰의 실망감에 애간장이 다 녹아서 가슴이 타들어 간다.

급기야 술이야 무엇이든 병 나팔을 불면서 못난 자신을 증오도 해 보고, 미워도 하면서 어두운 밤이 지나 날이 새면 새로운 칼날을 갈기 시작한다.

그렇게 기회를 노리다가 새로운 희망을 발견하면 죽기 살기로 다음 낙찰의 성공을 위해 만반의 준비를 갖추는 것이다. 이것이

인지상정(사람이 보통 가질 수 있는 마음)이 아니겠는 가…? 그렇다. 실수로 한 번의 입찰 기회가 날아간 돈 사랑 회원들처럼 두 주먹을 불끈 쥐고 낙찰을 향해 올인 할 것이다.

한편 집에서 나온 흰머리 윤편인은 그와의 통화로도 안심할 수 없었다. 그래서 내친김에 속 알머리 봉상관 사무실로 찾아갔다.

"안녕하세요?"

그는 중개 사무실 문을 밀치고 들어서며 가볍게 인사를 건넸다.

"어서 오세요, 윤 부회장님! 어디 다녀오시나 봅니다."

책상에서 사무를 보고 있던 속 알머리 봉상관은 웃는 얼굴로 그를 반갑게 맞았다.

"아니요, 지금 집에서 나오는 길입니다."

흰머리 윤편인은 대답을 하면서 직원들과 가볍게 눈인사를 주고받았다.

"커피라도 한잔 드릴까요?"

통통한 여사무장이 미소를 머금고 물어 왔다.

"말씀은 감사하지만, 집에서 방금 마시고 나왔습니다. 신경 쓰지 마세요, 마음만 고맙게 받겠습니다. 하하하!"

흰머리 윤편인은 호탕하게 웃었다. 직원들도 조용히 따라 웃고 있었다.

"무슨 좋은 건수라도 있습니까? 허허허!"

속 알머리 봉상관은 엷은 미소로 그를 물끄러미 쳐다보았다.

"경매 사무실에 잠깐 볼일 좀 보려고 나왔습니다."

그는 소파에 가서 가만히 앉았다.

"왜요? 뭐 다른 일이 있습니까?"

"다름이 아니라, 선 감사와 집에서 잠깐 통화를 했지만, 도무지 안심이 되지 않아서 확인 차 가 보려고 합니다."

그는 걱정스러운 표정으로 말했다.

사무실 직원들은 그가 왜 왔는지 알겠다며 고개를 끄덕거리고 있었다. 이번 사건은 중개 사무실 종사자들 사이에서도 벌써 이슈가 되어 입방아로 돌고 있는 눈치였다.

"왜, 지난번과 같은 일이 재발할까 걱정이 됩니까?"

속 알머리 봉상관은 능청스럽게 의표를 찔렀다.

"사람 일이라는 게 왜 모르잖습니까? 머피의 법칙처럼…"

흰머리 윤편인은 한번 꼬이기 시작하면 연속적으로 일이 틀어지는 기묘한 현상을 들먹이며 말했다.

"하긴… 뭐 사람 하는 일이라는 게 한 치 앞도 모르죠?"

속 알머리 봉상관도 고개를 끄덕이며 수긍하는 눈치였다.

건너편 자리에서 지켜보던 남 사무장은 힐끔힐끔 눈치를 보면서 가려운 입을 짓누르고 있었다. 그의 얼굴은 한마디 참견하고 싶은 표정이었다.

"그래서 말인데… 이번에는 입찰에 필요한 서류를 봉 회장님이 준비하면 어떨까 싶습니다."

흰머리 윤편인은 그의 표정을 살피며 입술을 깨물고 있었다.

"허허허! 그거야 어렵지 않지만, 선 감사가 마음에 좀 걸립니다."

속 알머리 봉상관은 '그 심정 내가 다 알지.' 하는 표정으로 고개를 끄덕였다. 그러면서도 한편으로는 마음에 뭔가 걸쩍지근한 모양이었다.

"아… 이, 봉 회장님도 벼룩도 낯짝이 있다고, 자신이 챙겨야 할 일을 대신해 주겠다는데, 하늘 아래 그래 고마운 일이 어디 있다고, 걱정이십니까?"

흰머리 윤편인은 그의 속이라도 들어갔다 나온 놈처럼 손짓을 획획 저어 보였다. 여사무장은 그의 코믹한 말과 행동에 살며시 미소를 짓고 있었다.

"허허허! 그렇다면 모를까?"

속 알머리 봉상관은 그럴듯한 핑계에 크게 웃었다.

"걱정도 하지 마세요, 하하! 제가 적당히 얘기해 놓겠습니다."

흰머리 윤편인은 따라 웃으며 그를 안심시켰다.

그때 사무실로 걸려온 전화벨 소리에 여사무장은 곧바로 수화기를 들었다.

"그래 주시면 더욱 좋고요."

속 알머리 봉상관은 전화벨 소리에는 무심한 듯 중얼거리며 말을 이어 갔다.

"좌우지간 무슨 뜻인지 알았습니다. 그렇게 준비해 보도록 합시다."

속 일머리 봉상관은 그 심정을 알고도 남음이 있다는 얼굴로 끄덕거렸다.

"그럼 저는 이만 가 봐야겠습니다."

흰머리 윤편인은 바쁜 시간을 빼앗고 있다는 생각이 들자 곧바로 자리에서 일어나며 인사를 건넸다.

"아니… 왜 벌써 들어가시려고요? 좀 더 있다 가시지 왜…?"

속 알머리 봉상관은 왠지 아쉬운 표정으로 그를 쳐다보았다. 그는 말은 그렇게 하면서도 쓰윽 직원들 눈치를 보고 있었다.

"예…에, 다른 게 아니고, 아까도 얘기했듯이 법원에 일이 좀 있어서 가 봐야 되겠습니다."

흰머리 윤편인은 손짓으로 법원 방향을 가리켰다. 그는 올 때마다 느끼지만 업무에 지장을 주고 있는 것은 사실이었다.

"아하! 그래요, 그럼 다녀가시고, 기일 잡히는 대로 연락을 합시다."

속 알머리 봉상관은 옆으로 비켜서며 중얼거렸다. 건너편 여사무장이 옆 눈질로 힐끔거리며, 그를 기다리는 눈치였다.

"예! 모두들 수고들 하세요."

그는 인사를 건네며 중개 사무실을 빠져 나왔다. 그러고는 곧장 서부 지원 경매 계로 발길을 옮겼다.

법원은 중개 사무실에서 엎드리면 코 닿을 가까운 거리에 있었다.

잠시 후 흰머리 윤편인은 법원 정문을 지나 곧장 일층 경매 사무실로 찾아 들어갔다.

그는 어떻게 찾아오셨느냐고 묻는 집행관실 사무원에게 경매 사건 번호를 알려 주면서 사건의 진행 과정을 알고 싶다며, 먼저 양해를 구했다.

사무원은 귀찮은 듯 짜증 섞인 목소리로 관련된 서류뭉치를 건네주며 '아니… 매각 기일 일주일을 남기고 보여 주는데 왜 벌써 찾아와서 귀찮게 구는지 모르겠다.'라는 눈빛을 하고 있었다.

그는 매각 명세서를 보자고 하지 않았는데도 먼저 눈치를 주면서 궁금한 내용이 무엇인지 알아서 찾아보라고 퉁명스럽게 말했다.

흰머리 윤편인은 혹시나 변경된 사항이 없는지를 서류뭉치를 넘겨가며 꼼꼼하게 검토해 나갔다. 그는 사건 내역을 샅샅이 훑어 가며 관련 서류들 외에도 모니터를 통해 사건 현황들을 빈틈없이 살펴보았다.

그러고는 마지막으로 기일 내역을 확인하고 나서야 집으로 발길을 돌렸다. 물론 대법원 경매 사이트에 들어가서 확인할 수도 있었다.

그러나 여기까지 온 김에 '새로운 사실이 추가되지는 않았는가?' 싶은 궁금증에 직접 법원을 찾은 것이었다. 흰머리 윤편인은 돌아가는 길에 평소 습관처럼 사건 현장을 찾아갔다.

그는 귀신에 홀린 사람처럼 그 일대 주변 지역을 일일이 답사하며, 다람쥐 쳇바퀴 돌듯이 수차례 돌아다녔다. 그는 한걸음씩 내

딛는 시간 속에서 여러 가지 새로운 구상을 다각도로 떠올려 보
곤 했었다.

그래서 그랬을까? 흰머리 윤편인은 자기 나름대로 랜드마크 건
축물을 상상하며, 가상과 증강현실을 체험하듯 건축물을 그려
보았다. 그러면서 그는 가치부가를 최고로 끌어올릴 수 있는 최
고최선의 기획은 무엇이 있을까? 고민에 빠져 걸었다.

현장 주변은 아파트 단지들로 병풍처럼 사방으로 들어차 있었
다. 지역의 특징을 살리면서 정부 시책과 딱 어울리는 경제성과
시장성 있는 건축물을 신축해야 대박을 치든, 돈 침대 위에서 개
지랄을 떨든 할 것 같았다.

그러나 오만 방자하게도 정부 시책을 거꾸로 읽고 쉽게 접근했
다가 한 방은커녕 쪽박으로 끝날 것은 불을 보듯 뻔한 노릇이었
다.

왜냐하면 부동산 정책은 변덕이 하도 죽 끓듯 해서 심술궂은
날씨를 닮아 있기 때문이었다. 정부 정책과 지방자치단체 행정이
따로국밥이라는 것쯤은 눈치 빠른 국민은 이미 다 알고 있는 사
실이었다.

그러나 알면서도 휘말리지 않으려면 눈칫밥을 먹는 기교도 수
준급 아니, 차라리 정보의 바다에 눈을 밝히고, 귀를 기울어야
한다. 그래야 기대치에 조금이라도 접근할 수 있기 때문이었다.

그래서 흰머리 윤편인은 현장을 빙빙 돌며 탑돌이를 하듯 오만
가지 상상을 펼치고 있는 것이었다.

때로는 현장을 돌아보며, 나대지 상태로 임대를 놓고 있는 토지를 직접 지주작업을 하는 상상의 나래를 펼치기도 했었다. 그가 하는 짓이 어찌 보면 꼭 낙찰을 받고 잔금까지 납부한 사람 같았다.

흰머리 윤편인은 무슨 구상을 하고 있는 속셈인지, 입찰 마감을 앞두기까지 수시로 현장을 다녀가곤 했었다. 그렇게 시간은 빠르게 흘러가고 있었다.

어느덧 새로운 입찰 기일도 3일 앞으로 다가왔다. 잠잠했던 대화방은 안부를 묻는 달달한 문자들로 하나둘씩 올라오기 시작했다.

속 알머리 봉상관은 경매 입찰 날짜가 코앞으로 다가오자, 모두에게 당부와 협조를 수시로 부탁하고 있었다. 상구 머리 노 총무는 반드시 도장과 신분증을 지참하라며 안내 문자를 미리 보내면서, 만약 출석하지 못하는 회원들은 사전에 인감증명과 위임장을 속달등기로 부쳐달라고 신신 당부했다.

그리고 그는 회수해 간 입찰 보증금에 대한 투자 지분은 하루 전까지 입금시켜 달라며, 간격을 두고 올렸다. 문자를 확인한 회원들은 득달같이 한마디씩 올렸다.

상구 머리 노 총무는 약속된 시간에 법원 정문에서 만나자는 안내 멘트를 마지막으로 남겼다.

이들 모두가 빠져나간 대화방은 다시 침묵이 흐르듯 잠잠해졌다.

입찰 당일

서부 지원 출입구 앞을 떡 버티고 서 있는 바리케이드 철봉에는 여느 때와 다름없이 주차장이 만석이라는 푯말이 먼저 눈에 들어왔다. 그래서 사람들은 정문을 우회해 쪽문으로 드나들고 있었다.

그 뒤편으로 줄지어 늘어서 있는 승용차들이 빈자리를 기다리며 정차하고 있었다. 정문 앞 6차선 도로 가에서 울리는 경적 소리가 자동차 소음과 한데 뒤섞여 지나가는 행인들의 혼을 빼고 있었다.

밀려드는 차량들은 요란스럽게 경적을 울리며, 자신들이 먼저 들어가겠다고 차머리를 들이밀면서 으르렁거렸다.

지방서 올라온 새치 머리 안편관은 서울서 거주하는 회원들보다 먼저 도착해서 우글거리는 사람들 틈에 끼여 이들을 기다리고 있었다.

"이제 오세요, 반갑습니다. 하하하!"

그는 법정 출입구 앞을 서성대다가 띄엄띄엄 나타나는 낯익은 얼굴들을 반기며, 인사를 챙겼다. 약속한 시간 내에 돈 사랑 회원들은 이국적인 조다혜 한 사람을 제외하고, 모두가 도착해 있었다.

그는 '무슨 일이 있나?' 싶어 정문 앞에서 서성거리다 막 도착한 택시에서 내리는 그녀를 발견하고 앞으로 다가가 주절거렸다.

"어서 오세요."

새치 머리 안편관은 금세 화색이 밝아져 그녀를 반갑게 맞았다.

"어머… 안녕하세요?"

이국적인 조다혜는 택시에서 내리다 그의 인사 소리에 화들짝 놀라 반사적으로 그에게 인사부터 건넸다.

"오시느라 고생하셨습니다."

그는 히죽 웃었다.

"죄송합니다. 제가 좀 늦었죠?"

그녀는 미안스러운 표정과 반가움이 뒤섞여 있었다.

"늦긴요, 서울도 아니고 지방에서 오시는데 이 정도야 약과 아닙니까? 흐흐…"

그녀가 조금 늦기는 했지만, 평택에 살고 있기에 그는 그럴 수도 있다는 말을 하면서 한편으로는 안도하는 눈치였다. 한동안 못 보고 지냈기에 더욱 그랬다.

두 사람은 회원들이 모여 있는 곳으로 이동을 하면서 그동안 못 했던 둘만의 이야기를 나누었다.

이들은 해후한 연인처럼 예전에 그랬던 정겨운 눈빛 키스를 주고받았다.

이들과 달리 경매 법정 안에 모인 돈 사랑 회원들은 서로의 안부를 물었다. 이들은 그동안 쌓였던 회포를 풀어 가며, 격조했다는 화제들로 상봉의 기쁨을 나누고 있었다.

지나간 입찰 실패를 거울삼아 다시 주어진 기회를 이번만큼은 놓치지 말자며, 이들은 서로에게 격려하고 위로했다. 지나간 아픔은 새로운 희망을 주기 위한 신의 장난이었다는 짓궂은 농담까지도 서슴없이 주고받았다.

하지만 이들의 얼굴에서 비장한 각오를 다짐한 듯 긴장한 표정들이 곳곳에서 묻어 나오고 있었다.

"가져오신 도장들을 저에게 주세요."

속 알머리 봉상관은 회원들이 도착한 순서대로 미리 도장을 건네받아 입찰에 필요한 서류를 작성하기 시작했다. 그때였다.

"회장님! 이번 기회에 단체로 목도장을 새겨 놓읍시다?"

짱구머리 나겁재는 매번 번거롭게 도장을 가져오느니 차라리 그게 낫겠다는 귀찮은 얼굴로 짜증 섞인 투정을 부렸다.

"그래 말입니다. 매번 도장을 챙겨 오는 일도 번거로운 일인데. 젠장!"

둥근 머리 맹비견이 불쑥 거들고 나섰다.

나머지 회원들도 긍정적으로 받아들이며, 고개를 끄덕이고 있었다.

"뭐… 좋을 대로 합시다. 크게 어려운 일도 아닌데…."

속 알머리 봉상관은 대수롭지 않게 받아넘겼다. 그때 뒤에서 다가온 상구 머리 노식신이 빠르게 주절거렸다.

"봉 회장님! 수표 받으세요."

그는 은행에서 찾아온 수표 한 장을 건네주었다. 물론 그는 잊지 않고, 뒷면에 사건번호와 공동 입찰자 대리인 성명과 전화번호를 함께 기재해 놓았다.

아래층에서 모든 준비물을 확인한 속 알머리 봉상관은 젤 바른 선정재와 경매 법원 입찰장이 있는 2층으로 먼저 올라갔다.

승강기에서 내린 두 사람은 평소처럼 법정 출입구에 붙어 있는 사건 번호 목록에 먼저 눈이 갔다. 그리고 명단에서 2017 타경 2022 사건 번호가 누락됐는지를 확인부터 했다.

"뭐 특별한 변동 상황이 있습니까?"

속 알머리 봉상관은 입구에 들어서며 그에게 물었다.

"별다른 내용은 보이지 않습니다."

젤 바른 선정재는 고개를 가만히 가로저었다.

나머지 회원들은 약속된 파트너와 무리 속에 섞여서 자연스럽게 한데 어울렸다. 한 팀은 법원 복도를 서성거리면서 입찰 봉투를 들고 있는 입찰자들의 사건 번호를 힐끔거리며, 염탐을 하고 다녔다.

　다른 팀원들은 입찰 봉투를 써가지고 나오는 입찰자들을 한 명이라도 놓치지 않으려고, 수시로 기웃대면서 염탐하고 있었다. 회원들은 법원 곳곳을 누비면서 정보를 수집하고 다녔다.

　왜냐하면 경쟁자가 몇 명인지 안다는 정황은 그만큼 입찰 가격을 결정하는 데 있어서 상당히 우월한 입장에 놓이기 때문이었다.

　팀원들이 법정 대화를 엿듣고 다니는 행동도 유리한 고지를 선점하기 위한 하나의 방편이었다.

　회원들은 레이더와 잠망경을 소지한 염탐꾼처럼 혹시라도 모를 경쟁자들을 찾아서 눈에 불을 켜고 다녔다. 보이지 않는 입찰 참가자들의 눈치 싸움은 정말 치열했다.

　당장이라도 눈에 띄는 동일 사건 번호는 오늘의 경쟁자였기에 발견 즉시 대화방에 알려야 했다. 법원 은행 소파에 죽치고 앉아 있는 남녀 한 쌍은 지방서 올라온 새치 머리 안편관과 이국적인 조다혜였다.

　이들은 둘만의 회포를 풀며, 수다를 떨고 있었다.

　하지만, 이들의 속셈은 다른 회원들과 같은 목적이었다. 경매장은 벌써부터 몰려든 사람들로 인산인해를 이루고, 공간마다 북적거리고 있었다.

　"윤 부회장님! 지난번 경쟁자들도 저기 보이는데요."

　짱구 머리 나겹재는 슬쩍 다가와 눈짓으로 그들을 가리켰다.

"예…에, 저기 서 있는 곱슬머리에 작은 뚱보 그리고 좌측에 일행들과 대화하는 상구 머리에 키 큰 사람까지 저도 확인을 했습니다."

흰머리 윤편인은 지난번 경쟁자들을 기억해 내고, 끄덕거렸다. 그 시각 속 알머리 봉상관은 입찰 봉투를 가방에 숨겨 놓고서 젤 바른 선정재와 입찰과 관련해 이런저런 잡담을 늘어놓고 있었다.

"아직까지 특별한 상황은 없지만, 입찰 마감까지 안심할 수 없습니다."

속 알머리 봉상관은 지난번 악몽을 생각하며 잔뜩 긴장된 얼굴로 젤 바른 선정재를 쳐다보고 말했다.

"그럼요, 우라지다 자빠질 경쟁자는 안팎으로 숨어 있다가 불쑥 나타날 겁니다. 흐흐흐."

내부자 공모

그 소리에 젤 바른 선정재는 언젠가 세상 이슈가 되었던 잠재된 뉴스거리 하나를 기억해 냈다.

그는 지난날 입찰 봉투를 미리 열어 보고 입찰 가격을 알려 주는 망할 놈의 공모자가 있었다는 사실을 떠올린 것이다. 그래서 그는 아는 척 주절거렸다.

"입찰할 때는 봉 회장님도 항상 염두에 두세요."

그는 씨익 웃으며 말했다.

"뭘요?"

뜬금없이 알 수 없는 이야기를 늘어놓자, 속 알머리 봉 회장은 의아한 눈길로 그를 쳐다보았다.

"입찰 봉투는 마감 마지막 순간에 입찰함에 넣는 습관을 들이

시라고요."

젤 바른 선정재는 그 말을 해 주며, 해쭉 웃었다. 그 소리를 옆에서 듣고 있던 한 사내가 귀를 쫑긋 세우며, 힐끔거렸다.

"그렇게 해야 되는 특별한 이유라도 있습니까?"

속 알머리 봉상관은 도대체 영문을 모르겠다는 얼굴이었다.

"우리가 사는 세상은 지랄 맞은 비리들이 판을 치기도 하지만, 우월한 지위를 이용해 뒷주머니를 채우려는 자들도 수두룩 빽빽입니다. 그런 자들은 향응을 받고 대가를 지불하거나, 내부자 노릇마저 마다하지 않습니다.

또한 그들은 자신의 욕심을 채우기 위해서 부정이나 비리와도 거리낌 없이 결탁하며, 부정부패 같은 범죄에도 주저 없이 가담하는 것이 황금만능 시대가 만들어 놓은 사회 병폐이자, 현실입니다. 하하하!"

젤 바른 선정재는 그 말을 늘어놓고, 멋쩍게 웃었다.

그 소리가 궁금해서 뒷자리에 앉았던 한 사내가 얼굴을 빼뚜름히 내밀며 힐끔거렸다.

"아하! 몇 해 전 지방에서 터졌던 사건 때문에 그러시는구나? 허허허!"

속 알머리 봉상관은 그제야 신문에서 읽었던 집행관실 비리 사무원 기삿거리가 떠올라 빙그레 웃었다.

그는 입찰과 관련된 사람들이 마음만 먹으면 숫자란에 백지 입찰표를 제출하고, 빈칸에 최고가 입찰자보다 조금 더 써넣는 우라지다 자빠질 개수직이 가능하지 않을끼? 생각을 했었다.

아닌 게 아니라 정말 우월한 지위를 이용한다면 큰 금액이 걸려 있는 물건에서는 얼마든지 발생할 수 있겠다는 상상을 하면서 고개를 끄덕였다.

그래서 법원은 입찰에 대한 전 과정을 녹화하고, 동시에 법정에 몰려든 사람들에게 공개적으로 오픈하면서, CCTV로 촬영한 동영상을 리얼하게 보여 주고 있는 것이다.

그런데 이러한 공모뿐 아니라, 토지 개발 계획이 있는 지역에 대한 정보도 우월한 지위를 이용해 암암리에 부정행위를 조직적으로 저지르고 있다는데, 이들은 도저히 용서할 수 없는 공분을 터트리고 있는 것이다.

이러한 비리의 세상을 하늘이 알고, 땅이 알고, 국민이 알고, 자신들도 아는데, 정책을 기획한 사람이 모른다면 하늘을 손바닥으로 가리는 것과 무엇이 다르냐며? 두 사람은 울분을 참지 못했다.

젤 바른 선정재는 눈동자가 빠르게 움직이는 그를 바라보면서 이어 주절거렸다.

"어디 그거뿐이겠습니까?"

그는 눈동자를 회번덕거렸다.

"하긴 세상 자체가 비리의 천국이죠?"

속 알머리 봉상관은 입술을 살며시 깨물며, 고개를 끄덕끄덕거리고 있었다.

"돈 냄새나는 구린 곳에는 항상 도덕적 해이가 도사리고 있다는 게 문제죠? 하하하!"

젤 바른 선정재는 긴장감을 떨쳐내려는 생각에 일부러 큰 소리로 웃고 있었다.

그의 얼굴에서 결의에 찬 비장함을 느낀 속 알머리 봉상관은 그의 애타는 속을 '내 어찌 모르겠는가?' 하는 얼굴로 이렇게 주절거렸다.

"선 감사님은 지난번 실수가 오히려 약이 된 것 같습니다. 허허허!"

그의 긴장한 모습에 그는 너털웃음으로 대했다.

주변에 모인 사람들이 눈살을 찌푸린 채 쏘아보고 있든 말든 그는 웃음을 참지 않았다.

"말해 뭐 합니까? 그때 생각하면 아직도 오금이 저립니다. 젠장!"

젤 바른 선정재는 오만상을 찌푸렸다.

그때 장내 스피커를 통해 집행관의 안내 방송이 흘러나오고 있었다.

안내 멘트는 '입찰에 참가할 입찰자들은 마감 시간이 얼마 남지 않았으니 서류 작성을 서둘러 달라.'라는 것이었다.

속 알머리 봉상관은 입찰에 필요한 최저 매각 금액 10% 보증금이 적인 수표 한 장을 매수 신청 보증금 봉투 속에 넣고서 날인을 찍었다.

그러고는 회원들로부터 새롭게 확인된 경쟁자의 숫자를 기다렸다. 하지만, 더 이상 발견되었다는 소식은 없었다. 마감 시간은 점점 가까워지고 있었다.

입찰자들의 움직임도 드문드문해서 가끔 한 사람씩 헐레벌떡 뛰어와 봉투를 집어넣고는, 방청석으로 돌아가고 있었다. 젤 바른 선정재는 더 이상 지체할 시간이 없다고, 판단을 했다.

그래서 입찰표를 꺼내서 빈칸으로 남겨 두었던 공 란에 숫자를 하나씩 채워 가기 시작했다.

그는 309억 9000만 원을 적으려다가 지난번 낙찰자의 입찰 금액 꼬리에 숫자가 붙었던 기억이 불현 듯 떠올랐다.

그래서 혹시나 싶어 그는 '젠장! 어느 놈 아가리로 들어갈지 모르겠지만, 내 인심 한 번 더 썼다, 젠장맞을!' 하며 자신이 좋아하는 숫자 900만 원을 더 적어 넣었다.

그러고는 천천히 기일입찰표에 적인 숫자를 재확인하고는 309억 9900만 원 액수도 일일이 다시 확인했다. 그다음으로 본인 란에 별첨 공동 입찰자 목록 기재와 같음으로 적었다.

또한 회원 지분을 기재한 공동입찰 신고서와 기일 입찰표 사이에 간인도 빼놓지 않고 찍었다. 속 알머리 봉상관은 준비된 서류 일체를 재차 확인하며, 입찰 봉투 속에다 간절한 마음으로 넣었다.

입구는 스테이플러로 봉해 마감 시간 30초를 남기고, 입찰함에 밀어 넣었다.

돈 사랑 회원들은 본인의 불참으로 대리인이 참석하면 인감증명서와 위임장이 필요했다. 하지만, 오늘은 전원이 출석하고 있었다.

코 큰 집행관은 종료와 동시에 손 큰 동료 한 명과 입찰함을 개봉했다. 수거한 입찰 봉투들은 직접 가져다가 사건 번호대로 구분하기 시작했다.

장내 감시 카메라는 젤 바른 선정재의 입놀림을 봉쇄라도 하는 것처럼 집행관들의 행동거지를 실시간 모니터를 통해서 리얼 화면으로 모두에게 제공하고 있었다.

정리된 입찰 봉투는 유찰된 사건 번호 물건과 낙찰된 사건 번호 물건으로 구별되어 컴퓨터에 모두 입력을 마친 뒤에야 하나의 사건씩 발표되고 있었다.

그러나 돈 사랑 회원들에게 기다리는 시간은 1초가 여삼추로 하루 반나절처럼 지루하게 느껴졌다.

그렇게 한참 동안 봉투 정리를 끝낸 집행관들이 다시 제자리로 돌아왔다. 사람들의 눈초리가 한곳을 주시했다.

그리고 코 큰 집행관이 입찰 경쟁자가 많은 사건 번호부터 호명을 시작했다. 장내는 집행관의 호명에 따라 술렁거리고 있었다.

그는 사건 번호를 안내하며, 낙찰 가격과 낙찰자의 주소 및 성명 그리고 차순위 입찰자를 차례대로 호명했다. 그러고는 이들을 상대로 하나씩 사건들을 빠르게 종결지어 나갔다.

장내는 사건이 발표될 때마다 한숨과 탄성이 절로 터져 나왔다. 종결된 사건은 입 큰 집행관이 맡아 일사천리로 처리하고 있었다. 그녀는 입찰 보증금을 돌려받기 위해 몰려든 입찰자들을 한쪽으로 줄을 세웠다.

특히 사람들의 관심이 집중되는 사건 가운데는 단독 낙찰을 받는 물건이 그들의 이목을 집중시켰다.

왜냐하면 대박 아니면 쪽박을 차는 물건이기에 더욱 그랬다. 내막을 아는 사람들은 부러움과 안타까운 한숨이 교차하듯 저절로 탄성이 터져 나왔다.

흰머리 윤편인과 회원들은 조바심과 긴장감으로 코 큰 집행관의 일거수일투족을 모니터 하면서 숨죽여 지켜보았다.

그리고 한참이 지나서야 드디어 사건 번호 2017 타경 2022 차례가 돌아왔다.

돈 사랑 회원들은 모두가 숨을 죽이며, 코 큰 집행관의 툭 불거진 입술을 주시하고 있었다.

그의 입술이 움직일 때마다 사건 번호는 총알처럼 날아들어 하나씩 이들의 귓구멍에 박혔다.

흰머리 윤편인은 바짝바짝 타오르는 목구멍이 폭염 속에 갇혀 있는 갈증처럼 바싹바싹 타들어 갔다. 그래서 차라리 눈을 감고 있었다.

젤 바른 선정재는 긴장하면 배가 살살 찔러 오면서 화장실에 가고 싶은 충동을 느끼곤 했었다. 그러나 지금은 그 고통마저 참아 내며, 집행관의 한마디 한마디에 심장이 빨려 들어가고 있었다.

돈 사랑 회원들은 은행잎 지폐 다발 위에서 늘어지게 자고 싶다는 우라질 욕망에 사로잡혀 낙찰의 성공을 빌고 또 빌었다. 그러나 그 찰나에 이미 활시위는 과녁을 향해서 쏜살같이 날아가고 있었다.

모던한 한옥경은 그 순간 불행했던 지난 시간들이 낙찰로 보상받기를 간절히 소망하면서 세상의 모든 신들께 간절히 애원하고 있었다. 그녀뿐 아니라 모두가 그렇게 되기를 빌고 또 빌었다.

"2017 타경 2022 최고 낙찰가 309억 9900만."

소리에 성질 급한 짱구머리 나겁재가 두 주먹을 불끈 쥐면서 "아싸, 가오리!" 하며 허공에 소리쳤다.

그러나 뒤이어 '90만 원을 써낸,' 하고 끝자리 숫자가 다시 붙자, 돈 사랑 회원들은 일제히 허탈한 낯빛으로 혼이 쏙 빠져 달아난 표정을 지었다.

아니, 그 순간 모두가 넋이 나가 턱이 쭉 벌어진 상태였다. 이들의 실망감은 최고조에 이르고, 누구 할 것 없이 어이가 없어 코를 석 자나 빠트린 상태로, 허공을 멍하니 쳐다보고 있었다.

흰머리 윤편인은 이번에도 헛물만 켰다는 생각에 '한심한 놈! 우라질 놈! 쪼다 병신 같은 새끼들!'을 마구 읊조리며, 자신과 회원들을 타박하고 있었다.

모두들 '아이고… 글렀구나… 틀렸구나…. 젠장맞을!' 하며 투덜투덜 거렸다. 여성 회원들은 눈가에 남모를 눈물을 흘리며 혹시나 하는 허망한 눈길로 코 큰 집행관을 애처롭게 쏘아보고 있었다.

그때였다. 코 큰 집행관을 보조하던 시기관이 공망법인이 제출한 서류는 절차상 부적합해 인정할 수 없다는 멘트와 함께 차순위 자를 낙찰자로 정한다는 사건 정정 안내 방송이 거짓말처럼 흘러나왔다.

그리고 잠시 후 코 큰 집행관은 새로운 낙찰자를 다시 호명하기 시작했다.

"사건 번호 2017 타경 2022 낙찰자는 309억 9900만 원을 써낸…"

소리에 회원들은 일제히 "와!" 하며 서로를 얼싸안았다.

이들은 그 순간 시험을 만점 받은 재수생, 아니 천 만 분의 일 로또에 당첨된 사람처럼 기분이 구름을 타고 허공을 날아다녔다. 돈 사랑 회원들은 유쾌 상쾌 통쾌한 카타르시스에 감전된 상태로 온몸에 짜릿짜릿한 전율이 돌고 돌았다.

흰머리 윤편인은 망치로 뒤통수를 한 대 얻어맞은 것처럼 순간 정신이 몽롱해져 정말 기분마저 오로라에 빛나는 휘황한 우주에 빠져들었다.

그는 알 수 없는 곳을 헤매고 있는 미지의 세계처럼 꿈인지? 생시인지? 도저히 믿을 수가 없었다. 그러는 순간에도 코 큰 입찰관의 발표는 계속되고 있었다.

"낙찰자는 마포구 공덕동 719번지 57호에 사시는 봉상관 외 공동 입찰한 열세 명입니다."라고, 코 큰 집행관의 새로운 발표에 돈 사랑 회원들은 방금 전 지옥에서 빠져나와 천당행 열차를 갈아

탔다는 우라질 기쁨에 휩싸였다.

그리고 일제히 탄성을 지르며 환호했다. 이들은 화살이 진짜 돈 사랑 과녁을 향해 정확하게 날아들어 왔다며 좋아했다. 아니 강남 갔던 제비가 씨앗을 물고 제집을 찾아 돌아왔다고 믿었다. 주위 사람들이 쳐다보든 말든 대한 독립 만세를 외치는 심정으로 돈 사랑 회원들은 손바닥을 '짝! 짝!' 마주쳤다.

그랬다. 엉뚱한 방향으로 향하던 화살이 하늘의 뜻이었을까? 방향을 틀어 유턴한 것이었다. 하지만 이들의 기쁨과 달리 코 큰 집행관의 발표는 계속 이어져 모두에게 주절거렸다.

"차순위 입찰자 유인법인 이등남 씨는 입찰금액을 잘못 작성해, 오기에 의해서 차순위 매수 신고를 할 수 없다는 사실을 알려드립니다. 관련 당사자들은 앞으로 나와 주시길 바랍니다."

코 큰 집행관은 사건 기록을 정리하며, 이들을 향해 주억거렸다. 다행히도 이렇게 결말이 낫지만, 젤 바른 선정재는 두 번의 기적 같은 행운에도 불구하고, 첫 입찰 실수를 만회했다며, 아니 자신의 생각대로 900만 원을 더 적어 내 당당히 낙찰을 받았다고 그는 생각했다.

돈 사랑 회원들도 낙찰의 기쁨에 모든 것을 잊고서 그의 신의 한 수가 경쟁자를 물리친 것으로 믿었다. 그것도 상대의 실수로 얻어 낸 짜릿하고, 통쾌한 낙찰이었다며, 그의 수고를 칭찬했다. 그 순간 젤 바른 선정재는 참았던 눈물을 남모르게 소리 없이 훔쳤다.

한동안 마음고생을 했던 기억들이 주마등처럼 스치고 지나갔다. 그는 감개무량해서 가슴이 벅차올랐다. 지난 입찰과 이번 입찰에서 메가톤급 충격은 한 번씩 있었다.

만약 이번에도 회원들과 합의한 금액으로 응찰했다면 낙찰은 바라볼 수 없는 타인의 몫이었다.

그래서 그랬을까? 속 알머리 봉상관은 양 어깨에 힘을 잔뜩 넣고서 보무도 당당하게 집행관 앞으로 걸어 나갔다.

그는 입 큰 집행관이 요구하는 신분증과 도장 등을 제출하고 매각 입찰 보증금 영수증을 받았다. 드디어 몇 달을 마음 졸이며 기다려온 물건이 절반은 수중에 들어온 셈이었다.

그러나 지금부터가 피 말리는 골든타임이 시작되고 있었다. 왜냐하면 누군가 매각(낙찰)을 방해할 수도 있기에 긴장의 끈을 놓을 수 없는 것이었다.

경매 물건은 낙찰을 받았다 하더라도 잔금을 치르기 전까지는 사건이 어떻게 마무리가 될지는 누구도 장담을 할 수 없기 때문이었다.

"설마하니 일주일 안에 딴죽을 거는 우라질 놈은 없겠죠?"

새치 머리 안편관은 피식 웃으며 말했다. 그는 자신이 제시한 금액을 적었더라면 낙찰은커녕 영수증 구경도 못했을 거라는 사실을 잊고 있었다.

"그렇게 되기를 하늘에 빌어야 되겠지요. 호호!"

이국적인 조다혜는 차분하게 대답했다. 순간 돈 사랑 회원들은 두 사람을 한 쌍의 바퀴벌레를 보듯이 은근히 쏘아보고 있었다.

"만약에 누군가 이의를 제기해 오면 어떻게 되나요?"

그녀는 새치 머리 안편관을 보며 다소곳이 물어 왔다. 주위 여성 회원들의 눈길이 그의 입놀림을 기다리듯 차분하게 쏘아보고 있었다.

"그거야 이유 있다(인용) 아니면 이유 없다(각하 또는 기각) 이겠죠? 하하하!"

새치 머리 안편관은 그녀가 듣기 쉽게 풀어서 말하며, 호탕하게 웃었다.

그랬다. 매각 허가 기일 일주일 안에 이해관계인 등이 경매사건 자체에 문제가 있다며,

이의를 제기해 낙찰을 취하해 달라고 7일 이내 즉시 항고하면, 집행 법원은 다시 심판해서 정당한 이유가 인정되면 낙찰은 물거품이 되었다. 즉 그동안 고생한 발품은 누구에게 하소연도 못 해 보고 공염불로 끝나는 것이다. 거기서 끝나면 다행이지만, 위험은 아직 남아 있었다.

왜냐하면 잔금 납부일이 정해지면, 그 기간(30일) 내에 매각 대금을 완납하고, 낙찰에 인한 소유권 이전 및 말소 등기 촉탁 신청서를 제출해야, 낙찰자 소유권 이전등기가 경료되기 때문이었다.

그러나 잔금 완납 전까지는 채무자는 채권자에게 채무를 반제하고, 경매낙찰(매각)을 취소시킬 수 있었다.

그래서 낙찰자들은 낙찰 잔금을 최대한 빠른 시일 내에 일시불

로 해결하려고 서두른다.

하지만 순진한 회원들이 걱정하는 개뿔은 그저 우라질 기우에 지나지 않았다.

'으하하하…!'

왜냐하면 이번 입찰에서는 지난번 입찰에서 차순위를 한 유인 법인 이등남도 공망 법인회사 입찰자 금액에도 미치지 못하는 금액을 적어 넣었다.

그들은 만일에 대비해서 서류에 오기까지 하고, 스스로 하자를 조작해 제출했기 때문이었다. 꾼들은 애초부터 높은 가격을 받기 위한 함정을 꾸며 놓고 선수를 모았을 뿐이었다.

꾼들은 오늘의 결과에 손뼉을 치면서 하루빨리 잔금이 들어오기를 학수고대 빌면서, 아마도 어디선가 샴페인을 터트리고 있을 것이다.

이러한 사실을 꿈에도 모르는 돈 사랑 회원들은 어쨌든 모두에게 오늘은 기념비적인 날이었다. 도저히 이대로 헤어질 수 없는 뜻깊은 날이기도 했다.

왜냐하면 재화의 가치는 인간의 욕망을 채우는 용도에 따라 결정되며, 인간은 절실한 욕망을 채우고 나면, 그 가치가 떨어진다는 한계 효용가치설(경제 재화의 가치는 소비자의 주관적 효용에 의해 결정됨)이 다르기에 꾼들의 생각을 뛰어넘는 논리가 가능한 것인줄 모른다.

즉 빵 한 조각도 환경이나 상황에 따라 황금보다 가치가 뛰어날 수 있기 때문이었다. 다만 식빵과 한 모금의 물은 배고픔과 갈증 난 사람에게 당장은 황금보다 가치가 높지만, 배를 채우거나 갈증이 해소되고 나면 그때는 식빵과 한 모금의 물은 효용 가치가 사라지기 때문이다.

그래서 이들에게 오늘의 토지 낙찰은 그 무엇보다 소중한 것이었다.

"죄송하지만, 법원 정문 앞에서 잠시만 기다려 주시겠습니까?"

흰머리 윤편인은 경매계를 들러 보기 위해 회원들에게 먼저 양해를 구했다.

"어디를 가시는데요?"

우아한 전원숙은 해맑은 얼굴로 그의 발길을 붙잡았다.

"예… 경매계에 가서 잠깐 확인할 내용이 있어서 그렇습니다. 잠시면 됩니다."

그는 한마디 말을 남기고, 서둘러 속 알머리 봉상관을 앞장 세웠다. 그러고는 곧장 담당 경매 계로 찾아갔다.

"안녕하세요? 2017 타경 2022 낙찰자입니다."

"…"

그는 '그게 어쨌다는 건데?' 하는 표정이었다.

"무슨 일이시죠?"

중년의 사무관은 안경을 올리며, 그들을 지그시 올려다보았다.

"다름이 아니라 배당표를 확인하고 싶어서 들렸습니다."

속 알머리 봉상관은 집행관에게 받은 영수증을 주머니에서 꺼내 건네주며, 그를 주시했다.

영수증을 확인한 사무관은 잠깐 기다려 달라며 곧바로 경매사건 기록을 찾아냈다. 그는 배당표를 가리키며 조목조목 상세한 설명을 들려주었다.

흰머리 윤편인은 우선 배당할 금액에서 명세서와 집행비용, 그리고 실제 배당할 금액을 확인했다. 그리고 마지막으로 채권자 채권금액과 배당순위와 이유를 메모하고, 사진을 찍어 두었다.

배당표를 확인한 두 사람은 자신들이 권리 분석한 내용과 별다른 차이점을 발견하지 못하자, 서로를 마주 보며 회심의 미소를 지었다. 그렇게 검증을 마친 흰머리 윤편인은 돌아가자며, 그에게 눈짓을 깜박거렸다. 속 알머리 봉상관은 알겠다며 고개를 끄덕였다.

"그럼 다시 찾아뵙겠습니다."

흰머리 윤편인은 집행관실 사무관에게 가볍게 고개를 숙였다. 저만치 앞서 속 알머리 봉상관이 걸어갔다.

뒤따라 사무실을 빠져나온 그가 옆으로 따라붙었다. 두 사람은 경매 계를 뒤로한 채 곧장 회원들이 기다리는 정문으로 향했다.

"이제들 나오시네요."

두 사람을 먼저 발견한 도회적인 안혜숙이 그들을 향해 가리켰다. 그들이 다가오자,

"뭐 특별한 내용이 있습니까?"

큰 머리 문정인은 대뜸 묻고 나섰다.

"아니요, 우리가 예상했던 그대로입니다."

흰머리 윤편인은 고개를 가로저으며 밝게 웃었다.

"뭘 보고 왔는데 이제들 오시는 겁니까? 젠장맞을!"

점심때를 놓친 삼각 머리 조편재가 신경이 예민해질 대로 예민해져 뻔히 내용을 알면서도 노골적으로 짜증을 부렸다.

"아… 미안합니다. 허허!"

속 알머리 봉상관은 특유의 너털웃음으로 받아넘겼다. 흰머리 윤편인은 남의 속도 모르고, 짜증을 부리는 그가 비 오는 날 먼지 나도록 패주고 싶은 녀석처럼 미웠다.

그래서 한마디 해 주고 싶지만 꾹 눌러 참았다. 오늘 같이 기분 좋은 날 별일도 아닌 허접한 몇 마디에 굳이 기분을 잡치고 싶지 않아서였다. 그래서 그는 뒷집 똥개가 짖나 보다 생각하고, 가볍게 넘어갔다.

제28장

한식당의 수다

"**다**들 모였으니 점심 식사나 하러 갑시다."

젤 바른 선정재는 모두에게 권했다. 이들의 싸늘한 분위기와 달리 그는 기분이 들떠 있었다.

"어디로 갈까요?"

속 알머리 봉상관은 여성 회원들 가운데 미모의 명정관을 쳐다보며 눈짓을 했다.

"우리끼리 조용히 식사할 수 있는 식당이면 좋을 것 같은데 어디 적당한 장소가 없을까요?"

그녀는 엷은 미소를 보이며 되물었다.

"그럼, 지난번 모임 때 먹었던 한식당은 어떻습니까?"

속 알머리 봉상관은 지난번 다섯이 모여 점심을 함께 했던 음식점을 떠올리며, 말했다.

"지난번 그곳이라면 그런대로 괜찮지 않았습니까?"

젤 바른 선정재는 대뜸 말을 받으며 히죽 웃었다. 순간 모임에 참석하지 않았던 회원들은 불쾌했던 기억이 떠올라 일순간 안면이 일그러졌다가 다시 제 모습을 찾았다.

"아… 그 한식당 말입니까?"

큰 머리 문정인이 거들고 나섰다.

"예…."

속 알머리 봉상관은 그렇다며, 고개를 끄덕였다.

"그곳이라면 여기서 가깝고 장소도 넓어서 예약하지 않아도 될 것 같던데… 아닙니까? 흐흐…."

흰머리 윤편인이 슬쩍 한마디 거들며 히죽 웃었다. 그는 지난번 한식당 음식이 마음에 들었던 모양이다.

"점심때를 놓쳐서 그런가 은근히 허기가 지는데, 어디든 빨리 가 봅시다."

삼각 머리 조편재는 짜증 섞인 목소리로 투덜거렸다. 그는 배가 고프면 참지 못하는 성격이었다.

"저도 출출합니다. 식당이 어디에 있는지 모르겠지만 어서 그곳으로 갑시다. 여성분들도 찬성이시죠?"

짱구머리 나겁재가 앞장을 서며, 재잘거리는 여성들을 향해 목청을 높였다.

"예…에, 오늘은 무엇을 먹어도 맛이 있을 거예요. 호호!"

이국적인 조다혜는 얄궂게 손짓을 놀려가며 익살을 떨었다. 새치 미리 안편관온 그녀의 행동거지와 말 한마디, 아니 목소리만 들어도 싱글벙글 웃고 있었다.

"까르르…."

그녀의 장난스러운 우스갯소리에 일부 여성들은 낄낄 거렸다. 남자 회원들은 피부에 소름이 돋는다며, 너나없이 팔뚝을 문질렀다.

그 모습을 본 짱구머리 나겁재는 문득 재미있는 생각이 떠올랐다. 그는 씨익 한번 웃고는 난데없이 난센스 퀴즈 하나를 끄집어내며, 남자 회원들을 바라보고, 주절거렸다.

"시골 마을에 한 농부가 고추밭, 가지밭, 바나나밭을 일구며 살아가는데, 이 밭들은 이상스럽게도 누군가 다녀가는 날 밤에만 쑥쑥 잘 자라난다고 합니다.

그 이유가 뭘까요? 아니, 그보다도 밭에는 누가 다녀가는지? 그리고 어느 농산물이 제일 실하게 열리는지를 누가 한번 알아 맞춰 보시겠습니까? 힌트를 드린다면 여성입니다." 하고 그가 수작을 걸었다.

이들은 서로를 쳐다보면서 히죽 웃었다.

"아무래도 여자 망령들이 다녀가는 밭이 아니겠습니까?"

상구 머리 노식신이 히죽히죽 웃으며 먼저 물어 왔다.

"하하하! 절반은 맞았습니다."

짱구머리 나겁재는 큰소리로 웃어 가며 대답했다.

"아하! 알겠다. 젠장! 고추밭은 처녀 귀신, 가지밭은 아줌마 귀신, 바나나밭은 할머니 귀신같은데 아닙니까?"

둥근 머리 맹비견은 입에서 나오는 대로 끌어다 붙이며, 낄낄거렸다.

다른 회원들도 덩달아 낄낄대며, 나름 상상의 나래 속에 걸어갔다. 그때 웃음을 멈춘 삼각 머리 조편재가 불쑥 나서 주절거렸다.

"아니, 나는 고추밭은 아가씨 귀신, 가지밭은 돌싱 귀신, 바나나밭은 바람난 유부녀 귀신같은데…? 흐흐…." 하고 능청스럽게 말했다.

"으하하하…!"

그 말에 모두가 낄낄 웃었다. 짱구머리 나겁재는 한바탕 웃으며 정답이 아니라고, 고개를 흔들었다. 그러고는 이내 주절거렸다.

"크크! 아깝다. 두 분 다 틀렸습니다."

자꾸 튀어나오는 웃음을 참느라 그는 킥킥대며 한 손으로 입을 가렸다. 이들을 골려먹는 재미가 나름 쏠쏠했던 모양이다. 그의 입이 귀에 가 걸려 있었다.

"그럼 어느 밭에 누가 다녀간단 말입니까?"

젤 바른 선정재는 애매한 표정을 보이며 다그쳤다. 더 이상은 못 참겠다는 반응에 주눅이 든 그가 주절거렸다.

"크크! 고추밭은 동남아 처녀 귀신들이 케이팝 등 한류 체험 관광을 다녀가는 날 밤에 빨갛게 익어 갑니다."

그 소리에 이들은 어안이 벙벙한 표정을 짓고는 기가 막히다 못해 코까지 막힌다며, 낄낄거렸다.

"나머지는요?"

흰머리 윤편인은 웃어 가며 물었다.

"에… 가지밭은 중동에서 날아온 귀부인 귀신들이 케이 뷰티 성형 관광을 다녀가는 날 밤에 쑥쑥 자랍니다.

그리고 바나나밭은 서양에서 날아온 유부녀 귀신들이 케이 푸드 먹자 관광을 다녀가는 날 밤 쭉쭉 커진다고 합니다."

짱구머리 나겁재는 싱거운 농지거리를 까발렸다.

그는 한류 브랜드로 높아진 코리아 위상을 돈벌이에 빗대어 가며, 모두의 배꼽을 잡았다.

"으하하하…!"

"푸하하하…!"

돈 사랑 회원들은 그의 개수작에도 너나없이 낄낄거렸다. 길거리가 떠들썩하도록 이들은 웃고 또 웃었다.

앞서가던 여성 회원들은 영문도 모른 채 그냥 생글생글 따라 웃고 있었다. 지나가는 행인들은 이들의 웃음소리에 힐끔거렸다.

이들은 지나가는 모르는 사람들과도 괜히 악수를 하고 싶은 정도로 기분이 너울 구름 타듯 넘실대고 있었다. 발걸음도 가볍고 마음도 가벼웠다. 모두는 흐뭇한 얼굴로 개선장군처럼 어깨를 쭉 펴고 걸었다.

그렇게 한식당으로 몰려간 회원들은 늦은 점심 식사를 시켜 놓고, 기쁜 마음에 반주를 곁들여 먹자며 누군가 주절거렸다.

"아직, 일주일이란 허가 기일이 남아 있습니다만, 그래도 오늘은 한 잔씩을 해야 되지 않겠습니까? 허허허!"

속 알머리 봉상관은 모두를 바라보며 말했다.

회원들은 '여부가 있습니까?' 하는 표정으로 고개를 끄덕거리고 있었다.

"완전 당근이죠, 크크! 오늘 같은 날 안 마셔 주면 언제 마신답니까? 하하하!"

상구 머리 노식신은 말을 해 놓고, 겸연쩍어 한바탕 파안대소하며 웃었다. 돈 사랑 회원들도 덩달아 낄낄거렸다.

"자! 거국적으로 돈 사랑 회원을 위하여!"

속 알머리 봉상관은 잔을 높이 들고 외쳤다.

"위하여…!"

이들은 목청을 높였다. 기분에 들떠 주위를 아랑곳하지도 않았다. 한순간에 날아갔다 돌아온 희망을 다시 찾은 통쾌감, 그리고 행복감에 이들은 '지옥에서 천국'이라는 구호를 외치며 단숨에 들이켰다.

낙찰의 성공은 돈 사랑 회원들에게 상쾌하고 유쾌한 상상을 안겨 주고 있었다. 눈앞에 신사임당 초상화가 그려진 은행잎이 아른거리자, 이들은 서로를 칭찬하기 시작하며, 낙찰의 공을 모두에게 돌렸다.

돈 사랑 회원들은 화기애애한 분위기를 연출하는 가운데 식사를 즐기고 있었다.

오늘의 닉칠은 이전 날의 실수를 망각시키기에 충분했었다. 그러나 돈 사랑 회원들 앞에는 헤쳐 나가야 할 난관들이 태산처럼 쌓여 있었다.

낙찰 잔금 이야기

"안 고문님! 허가가 승인되면 낙찰 잔금 90%를 한 달 이내에 납부해야 하나요?"

이국적인 조다혜는 걱정스러운 눈빛으로 묻고는 그를 올려다보았다.

"예⋯에, 그렇죠."

새치머리 안편관은 단조롭게 대답하며, 그녀를 달게 쳐다보았다.

"금액이 90%면 280억 2050만 원 돈이나 되는데 분할 납부는 안 되나요?"

그녀는 적지 않은 금액이 걱정스러웠다. 그래서 핸드폰 계산기를 두드려가며, 근심 어린 얼굴로 물어 왔다.

"왜요? 됩니다."

새치 머리 안편관은 히죽 웃으며, 그녀를 바라보았다.

"어머… 정말요?"

그녀는 어렴풋이 안 된다는 사실을 알면서도 혹시나 싶어 되물어 왔다.

"흐…. 다만, 납부 기일 안에 완납하는 조건입니다. 으하하하!"

그는 아재 개그를 해 놓고, 껄껄 웃었다.

자기 딴에는 마음에 들어 멋쩍게 앙천대소를 했다.

그의 말은 틀림이 없었기에 모두가 히죽히죽 따라 웃었다. 흰머리 윤편인은 두 사람의 분위기가 예전과는 확연하게 다르다는 야릇한 느낌을 받았다.

그래서 그는 우아한 전원숙과의 사이를 더욱 몸을 사리고 있는지 모른다.

"어머머…! 안 고문님 보기와 달리 농담도 잘 하시네요? 호호호!"

모던한 한옥경은 건너편에서 재미있다며, 킥킥거렸다.

"까르르… 어쩜… 절 능청스럽게도 놀리시는군요."

이국적인 조다혜는 함께 웃어 가며, 앙증스럽게 눈을 흘기고 있었다.

"어째… 두 분 분위기가 심상치 않습니다. 허허허!"

속 알머리 봉상관은 익살을 떨어 가며, 슬쩍 넘겨짚었다.

"부럽지요? 봉 회장님! 하하하!"

새치 머리 안편관은 능청을 피우며, 천연덕스럽게 웃어넘겼다. 이국적인 조다혜는 순간 긴장해 고즈넉한 자세로 피시식 웃었다.

"정말 모르는 사람이 보면 부부로 착각하겠습니다."

짱구머리 나겁재가 해서 안 될 말을 짓궂게도 입에 담았다. 그 순간 표정이 굳어진 그녀와 달리 여성 회원들은 짜증스러운 눈총으로 그를 향해 일제히 쏘아 대고 있었다.

"모르시나 본데… 그런 농담은 아예, 입 밖에 내지 마세요, 괜히 경치지 마시고!"

새치 머리 안편관은 눈을 위아래로 치켜뜨며, 서슬이 시퍼렇게 그를 노려보았다.

"에잇! 농담입니다."

짱구머리 나겁재는 얼른 손사래를 치며, 히죽거렸다.

"그래도 성희롱으로 고소당하고 싶지 않으면, 입단속 잘하세요!"

새치 머리 안편관은 그런 그가 괘씸해 표독스러울 만큼 큰소리로 화를 냈다.

"안 고문님도 참! 웃자고 한 말을 가지고, 너무 발끈하신다. 흐흐…"

한소리 듣고 서먹해진 짱구머리 나겁재는 이죽거리며, '우라질 짜식! 뭐 더럽게 켕기는 게 있는 모양이지? 개같이 지랄이네…젠장!' 하는 눈총으로 그를 노려보았다.

이국적인 조다혜는 분위기가 험악해지자, 그의 시선을 돌리려 잽싸게 질문을 하고 나섰다.

"안 고문님! 저 좀 보세요?"

그녀는 담뿍 웃는 얼굴로 그의 어깨를 툭 건드렸다.

"듣고 있으니 말씀하세요."

새치 머리 안편관은 힘이 잔뜩 들어간 눈으로 짱구머리 나겁재를 째려보며 말했다. 회원들은 갑자기 분위기가 싸해지자 걱정스러운 표정으로 이들을 주시했다.

"잔금을 완납하고 나면 무슨 일들을 처리하게 되나요?"

그녀는 해맑은 미소로 생글거리며 물었다.

여성들은 그녀의 질문에 관심을 보이며 눈길을 주고 있었다.

"할 일이야 첩첩산중인데 그건 갑자기 왜요?"

고개를 살짝 돌린 새치 머리 안편관은 마지못해 응하는 척 물어 왔다. 그제야 짱구머리 나겁재도 잔뜩 힘을 주고 버티던 눈의 핏발을 풀면서 해쭉거렸다.

"아니, 할 일이 그렇게 많아요?"

그녀는 황당하다는 표정을 지었다.

"그럼요, 혼자서 덤벼들면 할 일이 많습니다."

새치 머리 안편관은 말하고 나서 히죽거렸다.

"아하! 그래요, 그런 줄 몰랐네요?"

이국적인 조다혜는 콧소리를 내며, 다정스럽게 받았다.

"다만 전문가 도움을 받든가, 아니면 여럿이 분담해서 처리하면 그만큼 수월하긴 합니다."

새치 머리 안편관은 눈동자를 주억거리며, 그녀를 보았다. 그즈음 이들을 주시하는 눈길들이 하나둘씩 늘어 가고 있었다.

"잔금 납부는 혼자 할 수 없나요?"

이국적인 조다혜는 달달한 눈으로 그를 보며 물었다.

하지만 그녀는 이미 몇 차례 경험을 가지고 있으면서도 여우 살쾡이처럼 이것저것 캐묻고 있었다.

"잔금 납부야 어렵지 않습니다. 혼자서도 얼마든지 할 수 있습니다. 흐흐…."

그는 어느새 노여움이 풀어져 빙그레 웃음을 보였다.

"저 좀 알려 주세요?"

그녀는 매달리듯 바짝 다가가 앉았다.

새치 머리 안편관은 그녀의 안달에 들었던 수저를 내려놓으며, 맥주를 한 모금 맛있게 들이켰다.

그는 내색은 하지 않았지만, 하룻밤을 함께 보낸 이후로 늘 그녀를 마음에 품고서 이따금 연락을 취하며 지냈다. 그래서 거절할 수 없는 형편이었는지도 모른다. 아니, 그보다 자신이 좋아서 먼저 미소를 보이며 주절거렸다.

"담당 경매계를 찾아가면 코 큰 집행관이나 귀 큰 집달관이 아니면, 입 큰 서기관이 근무하고 있을 겁니다."

그는 맥주를 홀짝거리며 말을 이어 갔다.

"크크!"

흰머리 윤편인은 그럴듯한 묘사에 킥킥 웃었다. 주위 사람들도 딩딜아 웃고 있었다.

"쿡… 쿡! 그래서요?"

이국적인 조다혜도 재미있어하며, 입을 가린 채 웃고 있었다.

"근무자에게 사건 번호를 알려 주고 신분증을 제시하면 법원 보관금 납부 명령서를 제공할 겁니다."

새치 머리 안편관은 능글능글 웃어 가며, 그녀에게 말했다.

"그다음은요?"

이국적인 조다혜는 가만히 묻고서 그를 유심히 바라보았다. 그는 은은한 향기가 코끝을 타고 스며들자, 그녀의 체취에 잠자던 욕망이 꿈틀꿈틀 핏줄을 타고 흘렀다.

게다가 속삭이듯 물어오는 그녀의 얼굴 가득 정겨움에 녹아들어 달달한 눈빛을 반짝이며, 구석구석 핥아가고 있었다.

둘 사이에는 하룻밤 만리장성을 쌓은 곡절을 간직하고 있기에 더욱 애련한 사이가 아닐 수 없었다. 새치 머리 안편관은 그녀의 눈빛을 응시하며, 주절거렸다.

"그 서류를 가지고 법원 은행 창구로 찾아가서 법원 보관금 납부서를 확인하고, 한 부를 작성하세요."

그는 손짓으로 형태를 그려 가며 말했다.

"호호! 그리고요?"

그녀는 웃으며 아이롱 펌 머리를 끄덕끄덕거렸다.

"그리고 가져간 법원 보관금 납부 명령서를 첨부해 잔금을 납부하시면 됩니다."

그는 말과 동시에 이국적인 조다혜의 눈동자를 흡입하며 눈짓을 보냈다.

새치 머리 안편관은 식사도 잊은 채 설명을 하다가도 바짝 달라붙는 그녀의 살 내음에 죽어 있던 성적인 충동이 조금씩 살아나자, 그의 주둥이와 달리 식탁 아래 손놀림이 예사롭지 않았다.

그래서 그랬을까? 두 사람은 대화 속에서 연신 달달한 눈길을 향유하고 있었다.

"그게 다인가요?"

이국적인 조다혜는 그의 눈빛이 무엇을 말하고 싶어 하는지, 알고 있기에 수줍은 미소로 되물었다. 그러고는 주위 시선을 의식하며 옆자리에 놓인 방석을 슬며시 가져다가 드러난 무릎 위를 가렸다.

그녀의 움직임을 곁눈질을 하던 새치 머리 안편관은 피식 웃어 가며, 주절거렸다.

"아니요!"

그는 누구를 들으라고 하는 소린지 고개를 가로저으며 큰소리로 말했다.

그리고 계속 말을 이어 갔다. 몇몇 회원들이 수저질을 하다 말고 잠시 그를 주시하듯 쏘아보았다.

"그러면 은행 직원이 법원 보관금 영수필 통지서 두 부를 발급해 줄 겁니다."

그는 말끝에 히죽 웃었다.

"아하! 그래요?"

그녀는 생긋생긋 웃으며 대답했다.

"그걸 가지고 다시 담당 경매 계 접수처를 찾아가야 합니다."

새치머리 안편관은 주위의 눈치를 살펴 가며 눈동자가 어지럽게 움직였다. 식탁 아래 꼼지락거리는 짓궂은 손놀림을 닮아 있었다.

그러나 회원들은 각자의 화젯거리로 대화 삼매경에 빠져 있었다. 아니, 두 사람의 행동거지를 돌아보거나 눈여겨볼 겨를조차 없었다.

모두 자신들의 주제를 떠벌리며, 음식을 먹었다. 모던한 한옥경이 가끔 이들의 대화를 주워듣고 고개를 끄덕였을 뿐이다.

"거기서 매각대금 완납증명원과 부동산 목록을 각각 두 부씩 작성해야 합니다."

그는 갈증을 느끼고, 맥주잔을 집어 들어 단숨에 마셨다.

"어머… 또 작성해요? 휴!"

가끔씩 큰소리를 내는 그녀는 뭔가 자극을 받은 표정을 감추느라 인상을 움찔 움찔거렸다.

그녀는 가끔씩 눈치를 살펴 가며, 자연스럽게 몸을 비틀었다. 그러다 살포시 미소를 보이기도 하고, 가끔은 눈을 흘기면서 주위를 둘러보았다.

"난들 압니까? 규정이 그런걸…. 하하하!"

새치 머리 안편관은 천연덕스럽게 웃으며 말했다.

"그럼 작성된 서류는 어떻게 해야죠?"

그녀는 주위 환경에 따라 변화를 주는 카멜레온처럼 능청스럽게 모두를 대하고 있었다.

"작성한 서류 두 부 가운데 한 부에 수입 인지를 붙이세요."

그는 해쪽 웃었다.

"정말 쉽지 않네요?"

이국적인 조다혜는 미간을 찌푸리며, 그가 보란 듯이 엄살을 떨었다.

"그리고 은행에서 수령한 법원 보관금 영수필 통지서와 매각 대금 완납 증명원을 첨부해 제출하시면, 모든 절차는 끝이 납니다. 흐흐…"

새치 머리 안편관은 나불거리는 주둥이와 달리 밑에서는 먹이를 찾아 한강물을 유영하는 철새처럼 우라질 손놀림이 남모르게 있었다.

"법원 접수처에서 받아야 하는 영수증은 없나요?"

그녀의 질문 속에는 짜릿한 스킨십을 감추려는 엉큼스러운 낯빛이 숨겨져 있었다.

"당연 있습니다. 법원 담당 직인이 날인된 매각대금 완납 증명원을 수령해야 합니다."

새치 머리 안편관은 눈빛과 달리 천연덕스러운 얼굴로 해쪽거렸다.

그러나 두 사람의 달콤한 눈빛과 부드러운 손끝이 전하는 짜릿한 애정 놀음은 남들이 미처 알지 못하는 달달한 사랑이 담겨져 있었다.

이들의 움직임에서 대충 눈치를 짚은 회원조차 깊은 내막을 알지 못했다. 이들이 서로에 대해 호감을 가지고 있는 정도로 짐작할 뿐이었다.

모두가 식사를 하며 자기들 얘기에 정신이 없는 줄 알았는데, 두 사람의 대화를 흘려듣지 않았던 모던한 한옥경이 존경의 눈빛으로 가볍게 손뼉을 쳤다.

등기 절차

"짝짝! 저도 한 가지 질문해도 될까요? 안 고문님!"

모던한 한옥경은 가녀린 어깨를 움직이며, 그에게 말했다. 순간 주위에 음식을 먹고 있던 여성 회원들이 일제히 이들을 주시했다가 나름 고개를 돌렸다.

"하하하! 질문이 뭔지 모르겠지만 물어보세요."

새치 머리 안편관은 대수롭지 않게 받아들였다.

"다른 게 아니라 제가 직접 등기를 하고 싶은데, 어떤 절차를 거쳐야 하는지를 아시나 싶어서요?"

모던한 한옥경은 식사도 걸러 가며, 질문에 응하는 그의 세심한 배려와 여유로움 속에서 편안함을 느꼈었다.

그래서 서슴없이 질문을 던진 것이었다.

"혼자 해 보시려고요?"

새치 머리 안편관은 눈을 살짝 치켜뜨면서 그녀를 쳐다보았다.

"예…."

모던한 한옥경은 담담하게 고개를 끄덕였다.

"힘들 텐데요?"

그는 새치 머리를 가만히 가로저었다.

"방법을 아시면 알려 주세요. 모르시면 할 수 없고요. 호호!"

모던한 한옥경은 자신을 얕잡아보는 말투에 속이 상해 슬며시 빈정거리며, 그의 자존심을 건드렸다.

새치 머리 안편관은 '허… 이것 봐라 존심 상한다 이건가. 쳇!' 하며, 속살대고는 이어 주절거렸다.

"굳이 정 그러시다면 말려야 소귀에 경 읽기 같은데, 어디 한번 해 보시든가요."

비위가 뒤틀린 안편관은 '감히, 내 까짓 게 개고생이나 하지…' 하는 눈빛으로 그녀를 쏘아보고는 수저를 들었다.

"방법을 모르시나요?"

모던한 한옥경은 체념을 한 채 그를 깔보듯 묻고는 슬쩍 올려다보았다.

"제가 식사를 하면서 설명을 해도 실례가 안 된다면 잠깐 해드리겠습니다."

그는 찌개를 떠서 입으로 가져가며 말했다.

이국적인 조다혜는 왠지 걱정스러운 눈길로 이들을 바라보고 있었다.

"그래 주신다면야 저야 정말 고맙지요. 호호!"

그녀는 반가운 얼굴로 해죽거렸다.

"그럼, 그렇게 도와드리도록 하겠습니다."

그는 이국적인 조다혜와 그녀를 번갈아 쳐다보며, 히죽 웃었다.

"아니면, 식사부터 하시고, 설명해 주셔도 됩니다. 호호!"

모던한 한옥경은 모른다고 해도 그만이라 편할 대로 하라며 여유를 부렸다.

"아하! 혼자서 등기를 해 보시겠다 이 말인데 아무튼 용기가 대단하십니다."

그는 엄지손을 세우며 해죽해죽 웃었다.

"호호! 제 걱정은 하지 마시고, 등기 절차에 대해 설명이나 해 주세요."

모던한 한옥경은 눈웃음을 치며 조용히 말했다.

"그럼 먼저 부동산 주소지 관할 구청 세무과를 찾아가세요."

그는 우적우적 씹었던 음식을 단숨에 넘기며, 말을 이어 갔다. 이국적인 조다혜는 여기저기서 음식들을 가져다가 그 앞에 놓아 주고 있었다.

"거기에 도착하시는 대로 서류함으로 찾아가서 우선 취득세 신고서를 작성부터 하세요."

그는 얕잡아 보는 눈빛으로 모던한 한옥경을 내려다보며 말했다.

"에…에, 그리고요?"

그녀는 그의 눈길을 피하지 않고서 마주 보며 물었다.

"그다음에, 매각대금 완납증명원과 부동산 목록을 첨부해 담당 직원에게 제출하면 도와줄 겁니다."

새치 머리 안편관은 와작와작 반찬을 씹어 삼키며, 볼썽사납게 그녀를 쳐다보았다.

"그러고는 또 없나요?"

그녀는 아랑곳하지 않은 채 꼿꼿하게 마른침을 삼켜 가며 되물었다.

"그럼, 담당 공무원이 취득세 고지를 발급해 줄 겁니다."

그는 물을 꼴깍 넘기며 말했다. 그 모양새가 사나웠지만, 그녀는 별로 신경을 쓰지 않는 눈치였다.

"호호! 그걸로 끝인가요?"

모던한 한옥경은 엷은 미소를 보이며 '별것도 아니네?' 하는 눈빛이었다.

"하하! 그걸로 끝이면 얼마나 좋겠습니까?"

새치 머리 안편관은 같잖은 듯 고개를 가로저었다.

"어머머… 더 남았나 보죠? 그럼 마저 해 주세요."

그녀는 애교스러운 목소리로 앙살을 떨었다.

"뭘요?"

그는 능청스럽게 웃으며 이죽거렸다.

"하던 거 마저 하시라고요."

그녀는 '이놈이 어디다 수작을 부리는 거야.' 하는 눈길로 천연덕스럽게 말했다.

"크크! 그럴까요? 그럼…."

새치 머리 안편관은 능글능글 말장난을 놀다가 그녀의 한마디에 '가시나 대차네.' 하는 눈빛으로 다시 입을 열었다.

"그다음은 등기면허세 신고서를 작성해야 합니다."

새치 머리 안편관은 그녀가 힘들어하는 건 아닌가? 싶어 슬쩍 눈치를 넘겨보면서 말을 꺼냈다.

그녀는 다부지게 마음을 다잡고 있어 그런 눈치는 눈곱만큼도 찾을 수가 없었다. 오히려 그를 지켜보는 주위 여성들의 표정이 더 힘들어 보였다.

"아… 정말!"

그가 속으로 놀라는 표정이 그녀에게 이상스럽게 보였다.

"어머… 뭐 잘못되었나요?"

모던한 한옥경은 그의 탄성에 오히려 반문을 하고 나왔다.

"아니, 그런 건 아닙니다. 기존 등기사항 전부 증명서(등기부 등본)에 올라있는 말소할 항목이 몇 개나 되는지를 개수부터 확인해 적어야 합니다."

그는 중얼거리며, 순간순간 밥과 반찬을 먹었다.

"아하! 예…에."

그녀는 고개를 끄덕이며, 질문에 대한 서비스로 반찬을 이것저것 가져다가 그 앞에 놓았다. 이국적인 조다혜의 눈살이 살며시 올려갔다가 금세 제지리를 찾고 있었다.

"그러면 구청 볼일은 끝인가요?"

모던한 한옥경은 씽긋 웃으며, 양손을 벌렸다.

"예… 그렇다고 봐야죠?"

그는 가끔 그녀의 눈을 마주보며, 히죽거렸다.

"그럼 수령한 고지서는 어디다 납부해야 하나요?"

그녀는 처음과 달리 함빡 웃으며, 그를 대하고 있었다. 두 사람을 지켜보던 이국적인 조다혜는 그녀의 눈웃음에 덩달아 미소를 보이면서도 속으로 쓴웃음을 삼켰다.

"아, 예…. 수령한 고지서는 은행에 납부하시면 됩니다."[3]

새치 머리 안편관은 입에서 나오는 대로 두서없이 말하고는 다시 우물거렸다.

"그다음은요?"

질문을 하면서도 우아한 한옥경은 그를 예사롭지 않게 바라보고 있었다.

"아참! 깜박했네…."

그는 이마를 찡그리며, 손가락을 문질러 '딱!' 소리를 냈다.

"어머…. 또 뭘요?"

순간 그녀는 불안한 표정을 보이며 이맛살을 찡그린 채 그를 쏘아보았다.

---

3) 취득세 주택 6억 이하 1.1%, 6억 이상 2.2%, 9억 이상 3.3%, 세 채 이상 4.4%, 주택 외 4.6~13.6%, 투기 지역 및 투기 과열지구 그리고 조정 대상 지역 외에 지역은 예외.

"아…. 미안, 미안합니다. 수령한 취득세 영수증 금액을 기준으로 해 제1종 국민 주택 채권[4]도 매입하셔야 합니다. 흐흐…."

새치 머리 안편관은 빼먹은 내용을 기억해 내고, 살포시 웃었다.

"휴… 그저 되는 일이 없네요? 호호!"

모던한 한옥경은 그제야 힘든 표정을 보이며 말했다.

"어때요? 혼자 할 수 있겠습니까?"

그는 음식을 먹다 말고, 그녀를 뚫어져라 주시했다.

"뭐 해 보고 힘들면 포기하더라도 일단은 해 보고 싶어요."

그녀는 담담하게 미소를 지으며 말했다.

"하하하! 한 서기님 여간내기가 아닌 줄은 알았지만, 정말 대단하십니다."

"…."

"호호! 별말씀을… 아 참! 채권은 제출하나요? 자신이 보유합니까?"

그녀는 할 수 있다며, 말은 그렇게 해도 속내는 몹시 힘들어하고 있었다. 하지만, 끈기 하나는 여간이 아니었다.

"채권은 대체적으로 할인들을 하는 편입니다. 물론 여유가 있는 분들은 더러 보관을 하기도 합니다."

새치 머리 안편관은 그녀의 군은 표정을 살피며 '내 그럴 줄 알았다.' 하면서 속살거리고 있었다.

"어느 쪽이 나은가요?"

---

4) 주택·토지 공시지가의 2.6% 할인율은 은행에 따라 다름. 보통 총 매입 금액의 6%.

그녀는 딘조롭게 물이 기며, 그의 눈치를 살폈다.

"채권 보유는 장기적 투자 방식이나, 전문적으로 운영하면 모를까? 개인이 소장하기보다 현금으로 할인해 유용하는 쪽이 조금 유리하다는 판단이 듭니다.

하지만, 개인 성향에 따라 다르니, 만약 할인 손실이 싫으시다면 만기까지 보유하고 계시다가 환급을 받으셔도 됩니다. 그건 알아서 처리하세요."

새치 머리 안편관은 채권을 보유했다가 이자를 받든가, 아니면 빨리 할인해서 현찰을 유용하든가 당신이 알아서 판단하라고 말했다.

이국적인 조다혜는 새로운 것을 배웠다는 표정을 지으며, 가끔씩 고개를 끄덕이고 있었다.

"아직, 할 일이 남아 있나요?"

그녀는 처음과 달리 무거운 표정으로 그를 바라보았다.

"에… 다음은 소유권 이전 신청 등록세와 말소에 필요한 대법원 수입 증지를 등기소나 가까운 신한은행, 우체국, 농협 등에서 구입해야 합니다."

새치 머리 안편관은 낙찰로 인한 소유권 이전 및 말소 등기 촉탁 신청서 등도 제출해야 된다는 말을 간추려 설명을 해 주었다.

"그건 왜 그렇죠?"

그녀는 궁금한 얼굴로 물었다.

"아… 그거요, 말소 등기와 이전 등기를 신청하는 데 필요한 절차이기 때문입니다."

이전 소유주 등기를 낙찰자 소유로 만들기 위한 절차였기에 그는 그녀의 물음에 거침없이 답변을 해 주었다. 그녀의 표정은 점차 그를 경외하는 눈빛으로 바라보고 있었다.

"그럼… 담당 경매 계를 또 찾아가나요?"

모던한 한옥경은 힘든 기색으로 처음과 달리 미간을 잔뜩 찌푸린 채 한숨을 내쉬었다.

"힘들고 죄송하지만, 그러셔야 합니다. 흐흐…"

새치 머리 안편관은 '것 봐라… 것 봐라…' 하는 눈빛으로 쏘아보고는 '이게 전문가 아니고는 혼자 한다는 것이 여간 힘든 일이 아니랍니다. 이 여우 곰 아줌마야…!' 하며 혼잣말을 읊조렸다.

"진짜, 진짜… 정말 장난이 아니군요?"

그녀는 혀를 내두르며, 고개를 저었다,

"하하하! 어차피 시작했는데, 끝장은 보셔야 되겠죠? 다음은 우체국에 가서 우표 두 매와 대 봉투 한 장을 구입하세요."

그는 웃는 얼굴로 말을 이어 갔다.

"그리고 대 봉투에 우표를 붙이시고, 나머지 우표는 대봉투에 넣어 등기소에 제출하시면, 모든 절차가 끝이 납니다. 흐흐…"

새치 머리 안편관은 대장정을 끝낸 얼굴로 실실 웃었다.

"이게 끝인가요? 휴!"

그녀는 안도의 한숨을 내쉬며 그에게 물어 왔다.

"예…에, 어째… 가능하시겠습니까?"

그는 말을 마치지, 남은 음식들을 서둘러 먹기 시작했다.

"제가, 할 수 있을지 모르겠지만, 아무튼 고맙습니다."

모던한 한옥경은 긴장한 미소로 고개를 살짝 숙였다.

"천만에요, 그 정도쯤이야. 흐흐…"

그는 별것도 아니라며, 손짓을 가볍게 흔들어 보였다.

"오늘 보니 안 고문님이 숨기고 있는 내공이 대단하시군요?"

모던한 한옥경은 그의 겸손에 엄지손을 세워 주며, 앙증맞은 미소로 눈인사를 보냈다.

그녀의 눈동자 속에는 세상사는 새로운 한 가지를 알았다는 기쁨보다 '저 남자를 가지고 싶다.'라는 간절함이 가득 차 있었다.

이국적인 조다혜는 그녀의 눈빛을 읽고서 질투 서린 눈초리로 지켜보다가 그녀와 눈이 마주치자, 엉겁결에 피식 웃고 말았다.

두 사람이 사사로운 이야기를 주고받는 한 쪽에서는 낙찰에 대한 대화들이 의문을 품은 채 빠르게 오고 가고 있었다. 방안은 음식 먹는 소리와 떠드는 소리가 한데 어우러져 주위와 다르게 매우 소란스러웠다.

"낙찰에 떨어진 사람들이 순순히 물러날까 몰라?"

짱구머리 나겹재는 음식을 먹다 말고, 옆자리를 쳐다보며, 중얼거렸다.

"에잇! 설마… 매각대금이 310억 원 돈인데 항고 보증금 십10%를 공탁하고 대들겠습니까?"

둥근 머리 맹비견은 그건 아니라며, 부정하고 나섰다.

"그거야 모르죠? 중대한 하자를 찾아냈거나 직접 낙찰을 취소시킬 방해 공작을 펼칠지…?"

상구 머리 노식신이 듣고 있다가 슬쩍 끼어들었다.

돈 사랑 회원들은 그럴 수도 있겠다는 긴장된 표정으로 괜한 우려의 소리를 내고 있었다.

"하긴, 요즘은 워낙 다혈질 인종이 설치는 세상이라 자다가 벼락 맞는 일이 다반사니까요? 젠장!"

짱구머리 나겁재는 고개를 좌우로 흔들며 구시렁거렸다.

"저는 채권자나 채무자가 중대한 하자를 들먹이며, 이의를 제기하지 않기를 바랄 뿐입니다."

속 알머리 봉상관은 당장 생각나는 대로 떠벌리며 끼어들었다.

"아니, 그들도 항고 보증금이 겁나서 함부로 대들겠어요."

짱구머리 나겁재는 어림 반 푼어치도 없는 소리라며, 고개를 흔들었다.

"누가 압니까? 민집 제121조[5]에 해당하는 이의를 들고 나올지?"

상구 머리 노식신은 아는 척하며 히죽 웃고는 모두를 둘러보았다.

"하긴, 뭐 그럴지도 모르죠? 젠장!"

둥근 머리 맹비견은 맞장구를 치며 고개를 주억거렸다.

---

5) 민집 제121조 매각허가에 대한 이의신청사유 1. 강제집행을 허가할 수 없거나 집행을 계속 진행할 수 없을 때. 5. 최저매각가격의 결정, 일괄매각의 결정 또는 매각물건명세서의 작성에 중대한 흠이 있는 때. 6. 천재지변, 그 밖에 자기가 책임을 질 수 없는 사유로 부동산이 현저하게 훼손된 사실 또는 부동산에 관한 중대한 권리관계가 변동된 사실이 경매절차의 진행 중에 밝혀진 때. 7. 경매절차에 그 밖의 중대한 잘못이 있는 때.

"아이… 골치 아픈 얘기는 이제 그만 하시고, 건물 신축은 이떻게 진행해 나갈 것인지? 뭐… 그런 문제들을 상의해 봅시다."

마시던 맥주잔을 식탁에 내려놓은 삼각 머리 조편재는 손사래를 치며, 언성을 높였다.

"그래요, 오늘 같이 기분 좋은 날 술맛 달아나는 소리는 이제 그만합시다."

젓가락으로 반찬을 집다 말고, 얼굴을 쳐든 젤 바른 선정재는 '너 아주 옳은 소리 한다.'라는 눈빛으로 맞장구를 쳤다.

멀찌감치 떨어진 자리에서 듣고 있던 미모의 명정관은 그의 언성에 깜짝 놀란 듯 순간 창백한 낯빛을 보였다. 자라 보고 놀란 가슴 솥뚜껑 보고 놀란다고, 그녀는 젤 바른 선정재 그놈의 목소리에 화들짝 긴장해 슬금슬금 눈치를 살피고 있었다.

"맞아요, 오늘을 있게 한 선 감사님의 마음도 헤아려 주셔야지, 괜히 기분 나쁘게 왜들 그러시는 줄 모르겠네요?"

도회적인 안혜숙은 말싸움이라도 날 것 같은 언짢은 분위기에 찬물을 끼얹듯 가시 돋친 목소리로 먼저 선수를 쳤다. 아니, 어찌 보면 미모의 명정관이 그를 외면하기 시작하면서 그녀가 은근히 젤 바른 선정재에게 손길을 내미는 뉘앙스를 풍겼다.

술렁이던 분위기가 갑자기 싸늘해지며, 회원들은 하던 이야기를 중단한 채 서로의 얼굴을 두리번거렸다.

미모의 명정관은 '어머… 저 언니 그 인간한테 당해 보지 못해 저러지. 흥!' 하고는 그녀를 향해 부리나케 눈총을 쏘았다.

"자… 자! 이 대목에서 모두들 한잔합시다."

속 알머리 봉상관은 분위기가 냉랭해지자, 안 되겠다 싶어 얼른 모두에게 맥주를 권했다. 눈치 빠른 회원들은 먹던 수저마저 내려놓고, 주위에 널린 빈 술잔에 넘치도록 술을 따라 주었다.

그 순간 짱구머리 나겹재가 새로운 소재를 끄집어내서 이렇게 주절거렸다.

"정부가 여러 대책들을 쏟아 냈는데… 우리가 생각하는 계획하고, 잘 맞아 떨어지는 사업이 있을까 모르겠습니다…. 젠장!"

모두가 들어 보라는 소리로 그는 뜬금없이 엉뚱한 볼멘소리를 투덜거렸다.

"허허허! 알았으니 이 대목에서 건배나 한번 합시다."

속 알머리 봉상관은 특유의 너털웃음으로 그를 쳐다보았다.

"알았습니다. 하죠, 그게 뭐 어려운 일이라고, 자! 돈 사랑을 위하여!"

그는 익살스레 건배사를 외쳤다.

"위하여…!"

그의 넉살에 회원들도 목청껏 외치고, 실실 웃었다.

그때였다. 발바닥이 간지러운데 신발 밑창을 긁어 대는 볼멘소리가 흘러나왔다.

"아… 제기랄! 부동산 규제 정책은 요란한데 집값이 계속 오르는 원인은 도대체 어디 있습니까?"

둥근 머리 맹비견은 맥주를 홀짝거리며 구시렁거렸다.

"아… 그거야 정부가 내놓는 대책들이 인제는 시장에 제대로 먹혀 본 적이 있었어야 말이죠?"

그 말에 큰 머리 문정인이 토를 달아가며, 나섰다.

"하긴, 뭐 처음 대책이 나올 때나 잠깐 숨을 죽이지, 이제는 국민들도 학습이 돼나서 그런지, 도대체 겁을 내지 않는 것 같습니다."

흰머리 윤편인은 한숨을 내쉬면서도 한편 그런 상황들이 어이도 없고, 흥미롭기도 해서 씁쓸한 냉소를 짓고 있었다.

"시장 뒤에 숨어 있는 기득권층들도 문제지만, 정부가 규제 일변도 정책을 쏟아 내는 것도 문제가 있다고 봅니다."

큰 머리 문정인은 자신의 생각을 털어놓았다.

"그 말도 틀린 얘기는 아니지만, 저의 생각은 부동산 문제는 국지적인 요인으로 공급과 수요 등 다변적인 문제지, 시장을 적폐청산이나 규제의 메커니즘으로 보는 잣대는 자유 경제 시장의 핵심을 벗어났다고 봅니다."

흰머리 윤편인은 다른 시각에서 시장을 들여다보며, 그와는 관점을 달리해 거침없이 자기 의견을 쏟아 냈다. 수요를 규제하고, 공급마저 조이면 집값은 수요자에 의해 상승곡선을 그릴 수밖에 없다는 주장이었다.

"아이고! 저 잘난 척은…? 아주 지랄을 해요."

삼각 머리 조편재는 아니꼬운 눈초리로 그를 째려 가며 속살거렸다.

"그럼요, 우리나라 부동산은 정책과 금융 등 여러 가지 글로벌적인 복합 요인들이 한데 섞여 드러나는 문제지, 시장만의 문제는 아니라고 봅니다."

젤 바른 선정재는 고개를 끄덕이며, 자신의 생각을 덧붙였다.

"쳇! 잘난 척은… 아주 쌍으로 주접을 싸고 있네."

짱구머리 나겁재는 눈꼬리를 잔뜩 올려가며, 아니꼽다는 듯이 속살거렸다.

"그러나 저러나 수도권이나 서울에 개발할 땅이 부족하다는 데에 문제가 있다고 봅니다."

속 알머리 봉상관은 맞장구를 치며 토지 문제를 들먹거렸다.

"그래서 집값 안정을 바란다면 부동산에 역점을 두는 근시안적 대책보다 중장기적인 국가적 플랜이 필요한 시기이긴 합니다."

큰 머리 문정인은 좀 더 멀리 내다보는 큰 그림이 필요하다고 떠벌렸다.

"젠장! 내 말이… 국가는 고령화로 늙어 가고, 출산 감소로 인구수는 줄어 가는데, 언제까지 부동산 타령만 하고 있을 겁니까?"

흰머리 윤편인은 주절거리며, 끄덕였다.

"그래 말입니다…"

큰 머리 문정인은 고심하는 낯빛으로 받아쳤다.

"차라리 부동산은 시장에 맡기고, 국가의 백년대계를 위해 주춧돌을 놓거나, 기둥을 세우는 정책, 예를 들어 국토 균형 발전이 아밀로 부동산 열기도 식히고, 집값 상승도 저지하는 근본적 대책이 아닐까 봅니다."

흰머리 윤편인은 평소에 간직했던 생각을 주저 없이 지껄였다.

"저 우라질 자식! 또 난척하고 자빠졌네."

삼각 머리 조편재는 속살대며 그에게 눈총을 쏘고 있었다.

부동산 시장과 출산율 관계

"저는 사회가 점차 고령화되어 가며, 생산성이 감소하는 것은 시대적 환경과 출산율 등에 문제지, 부동산은 직접적인 연관이 없다고 보는데, 제가 잘못 알고 있는 겁니까?"

상구 머리 노식신은 그의 의견에 가당치도 않다는 표정으로 물음표를 달았다.

"아하! 뭔가 잘못 이해하고 계시는군요?"

흰머리 윤편인은 그의 말을 부정하며, 냉소적인 표정으로 비아냥거렸다. 그 말에 가만히 듣고 있던 몇몇 회원들은 '무슨 개소리를 지껄이려고, 저따위 소리를 늘어놓는 건지, 도무지 알 수 없다.'라는 표정이었다.

"뭘… 잘못 이해한다는 말입니까…? 저야말로 잘 모르겠습니디."

상구 머리 노식신은 어이가 없다는 얼굴로 빈정거렸다.

"출산율 문제는 청년 세대들이 집값 폭등으로 결혼을 미루거나 포기하는 요인 중에 하나라는 걸 아직 모르시나 봅니다."

흰머리 윤편인은 그가 한심해서 안타까운 눈길로 흘겨보았다. 삼각 머리 조편재와 그를 제외한 회원들은 뭐 틀린 얘기는 아니라는 눈길로 흰머리 윤편인을 주목하고 있었다.

"아니, 어째서요?"

상구 머리 노식신은 대뜸 받아치며, '그래 짜…샤! 너 잘났다!' 하는 눈길로 코웃음을 쳤다. 우아한 전원숙은 가재는 게 편이라고 '으이구! 모르면 물어나 볼 일이지,' 하며 그를 흘겨보고 있었다.

"왜냐하면 신혼집을 장만하는 데 웬만한 작은 평수도 억대의 전세금이 필요하지 않습니까?"

흰머리 윤편인은 그를 회유하듯 이유를 하나 꺼내들었다.

"그야 그렇죠."

상구 머리 노식신은 단조롭게 끄덕거렸다.

"내가 벌은 돈이거나, 부모님이 마련해 준 돈이라면 문제는 없겠지만, 보통은 전세대출을 끼고 신혼집을 마련하는 청년세대가 대부분이라는 것이 현실이자, 이들의 문제이거든요?"

"아… 그거야 세태가 그런걸 뭐 어쩔 수 없잖습니까?"

그는 가난은 나라님도 구제하지 못한다는 얼굴로 빈정거렸다. 일부 회원들은 '그야 맞는 소리네.' 하며 고개를 끄덕거리고 있었다.

"그게 대출 이자나 전세 보증금이 웬만해야 말이죠? 작은 금액이면 어떻게 해 보겠지만, 보통 한 번에 몇 억 몇 천만 원씩 상승을 하다 보니 이게 문제이거든요?"

흰머리 윤편인은 이 친구가 능청을 떠느라 그러는 건지? 아니면 정말 몰라서 하는 말인지를 의심을 하면서도 말을 이어 갔다.

"저도 뉴스를 통해서 대충은 알고 있습니다. 하지만, 뭐 어쩌겠습니까? 감내하고 살아야지…"

상구 머리 노식신은 '그 정도는 자신도 알고 있지만, 그게 뭐 어떠냐?'라는 떨떠름한 표정을 지었다.

"그런데 문제는 멈출 줄 모르는 집값 상승이 전세금을 밀어 올리는 선에서 끝나면 좋은데, 그 부작용이 대출 이자로 연결된다는 것이 고민을 불러오는 겁니다."

흰머리 윤편인은 눈을 크게 뜨며, 상심한 눈길로 그를 주시했다.

그는 소비할 돈으로 대출 원리금을 갚다 보니 여러 가지 부작용이 속출하고 있다는 계산이었다. 즉, 소비감소는 생산성을 위축시켜 경제 성장률의 상승을 저하시킨다는 것이었다.

"당연한 거 아니겠습니까?"

그는 히죽거리며, 멋쩍게 대꾸했다.

"그럼 생각해 보세요? 지금 내는 대출 이자도 벅찬데 전세 보증금이 계속 오르면, 내 집 마련은 고사하고 쥐꼬리만 한 월급을 받아서 진세 보증금에 이자까지 이렇게 감당할 수 있겠습니까?"

흰머리 윤편인은 '이제 그들이 어떠한 어려움에 처해 있는지, 이해가 되느냐?'라는 표정으로 그를 쏘아보았다. 이들의 대화를 들은 몇몇 회원들은 이해가 된다며 고개를 끄덕이고 있었다.

"뭐 가만히 듣고 보니 힘들긴 하겠습니다. 후후."

상구머리 노식신은 뒷머리를 긁적이며, 겸연쩍게 웃었다.

"그렇다고 어디서 돈벼락을 맞을 일이 없는 청년 세대들이 매달릴 곳은 금융 기관이나 사채 시장뿐인데, 결국 대출을 받아서 전세 보증금을 올려 주고 나면 매월 이자 또는 원리금(원금과 이자)에 치여서 어디 출산할 꿈이라도 꾸겠습니까?"

흰머리 윤편인은 갈증을 느끼고 마른 입술을 핥아 가며 그를 쳐다보았다.

"하긴, 아이 하나 키우는 데도 들어가는 육아 비용이 장난이 아니죠."

상구 머리 노식신은 그제야 사실을 인정하며, 꼴린 자존심을 수그린 채 끄덕거렸다.

"그래서 요즘은 싱글이나 독신으로 사는 젊은 세대들이 뭐 연애는 필수고, 결혼은 선택이며, 아이는 숙명이라고 노래를 부르곤 합니다."

큰 머리 문정인은 요즘 세태를 꼬집듯 덧붙여 얘기하며, 히죽거렸다.

"물론, 세월이 독신이나 부부 중심으로 흘러가는 현실도 무시할 수는 없습니다."

흰머리 윤편인은 현실을 인정해야 한다며 계속 주절거렸다.

"헐… 워라밸(일과 개인의 삶의 균형) 거 좋지."

상구 머리 노식신은 속살거렸다.

"그러나 그 문제도 자세히 들여다보면 주택 수요를 증가시켜 집값을 상승시키거나 전세금을 올리는 데 일조를 하는 셈이거든요, 왜냐하면 1인 가구가 늘어나는 요인이나, 세대 분리는 주택 세대수를 증가시키는 하나의 원인으로 결국 부동산의 수요와 공급 문제에서 자유로울 수 없거든요. 즉, 집값 인상을 부추기는 씨앗인 셈이죠. 예를 하나 들자면 2년짜리 전세를 2년을 더 연장해서 4년으로 추가시키면 그만큼 전세값이 한꺼번에 올라가고, 덩달아 집값까지 밀어 올려 꼬리를 무는 역효과를 낳는 것입니다."

흰머리 윤편인은 어깨 뽕을 살짝 들어 올리며, '어때 이제 감이 좀 오냐?'라는 식으로 양손을 벌렸다. 몇몇 회원들은 공감이 가는 소리라 그런지, 고개를 연신 끄덕거리고 있었다.

"진짜? 대박!"

상구 머리 노식신은 표정과 다르게 웅얼거렸다.

"그래서 집값 상승은 젊은 세대의 꿈과 희망을 끊어 버리는 하나의 요인이 되기도 하는 겁니다."

흰머리 윤편인은 '이제 이해가 되느냐?'라며 빙그레 웃었다.

"설명을 듣고 보니 구구절절 틀린 말은 아닌 것 같습니다."

상구 머리 노식신은 히죽 웃었다.

"우리질 지식! 정말, 밉상이지만, 잘난 척은 장난이 아니네. 호호…"

삼각 머리 조편재는 그를 째려 가며 속살거렸다.

"근데 왜 굳이 전세를 고집하는 그들의 마음을 모르겠습니다."

상구 머리 노식신은 자신도 자기 집을 전세 주고 자식들 교육을 위해 학군 좋은 곳에 가서 전세를 살면서 어처구니없는 우라질 소리를 입에서 나오는 대로 떠벌렸다.

이들이 떠들든 말든 일부 회원들은 자기들 화제에 매몰되어 수군거리며, 음식을 먹느라 듣는 둥 마는 둥 하고 있었다.

"내 말이…. 어차피 이자 내는 출혈은 같은데, 차라리 전세대출을 담보대출로 돌려서 집을 사 버리면 그게 더 재테크를 하는 데는 훨씬 빠를 텐데 말이야."

짱구머리 나겁재가 불쑥 끼어들며, 중얼거렸다.

"내 말이…"

상구 머리 노식신은 장단을 맞추며 히죽 웃었다.

"2년에 한 번씩 치르는 전세금 전쟁에서 자유로워지고, 이사 비용까지 아낄 수도 있을 텐데, 난 그 이유를 모르겠습니다."

둥근 머리 맹비견은 가만히 듣고 있다가 답답하다며 넋두리를 하듯 늘어놓았다.

"허허허! 사람 생각이 어디 다 같은가요? 이런저런 남모를 속사정이 있을 겁니다."

속 알머리 봉상관은 세상모르는 소리를 한다며, 그에게 눈을 잠시 흘겼다.

"1년에 두 번 나눠 내는 보유세(재산세·종합부동산세)와 담보 대출 이자액을 합쳐도 매년 연동하는 물가지수와 부동산 상승률을 견주어 비례해 보면 오히려 보유세나 이자액이 요즘 같으면 더 낮은 편인데 말입니다."

상구 머리 노식신은 누가 듣든 말든 자기 입장에서 떠들어대고 있었다.

"봉 회장님! 말씀처럼 사정이 있든가, 아니면 거기까지 생각을 못 했든가, 그 반대로 늘 새집에서 살고 싶든가, 남모를 곡절이 숨어 있겠지요?"

도회적인 안혜숙은 지나가는 말처럼 중얼거렸다.

"그것도 아니면 집사는 자체가 두렵거나 정부의 날벼락 같은 정책 변화에 겁이 날 수도 있지 않겠습니까?"

둥근 머리 맹비견은 그녀의 말에 슬쩍 끼어들어 덧붙여 말했다.

"하하하! 왜 2년에 한 번씩 이사 비용에 중개료까지 들이면서 그렇게 사는지를 맹 이사님이 직접 물어보시면 되겠네요."

짱구머리 나접재는 장난을 치며, 슬쩍 들이대었다.

이들은 선의로 쏟아놓는 위정자들의 부동산 정책이 툭하면 혼선을 빚어 자유와 평등을 아니, 대의민주주의 자유 경제 시장을 왜곡하냐며 한숨을 내쉬었다.

그러고는 거기에 대해 한마디 하기를 '수치스러운 국가의 민낯 또는 공급과 수요를 외면한 무지의 소치'라며 토설했다.

흰머리 윤편인의 생각은 이들과는 같으면서도 어딘가 조금은 달랐다. 왜냐하면 그는 부동산 시장이 완전 자유로운 경쟁 시장이라면 가능하겠지만, 시장이 충족하지 못하는 불완전한 상태에서는 정부의 적당한 견제와 규제정책이 시장의 균형을 유지하는 데 어느 정도 필요하다고 보았다.

그러면서도 다른 한편으로는 정부가 시장을 무시하고, 법으로 규제하면 시장은 또 다른 왜곡을 찾기 마련이라며, 쓴웃음을 지었다.

괜히 들쑤셔 집값만 상승시키는 우매한 정책을 되도록 지양하고, 시장이 무엇을 원하는지를 모니터링을 수시로 하면서 국민이 원하는 적정한 대책을 마련해 줄 것을 그는 기대하고 있었다. 왜냐하면 물이 탁해지면 그대로 나두면 맑아지고, 큰물고기도 물을 떠나면 개미의 먹이가 되기 때문이다.

"젠장! 심심한데 한번 그래 볼까?"

둥근 머리 맹비견은 빈정거리며 천연덕스럽게 웃었다.

"하여튼 요즘은 천정부지로 치솟는 집값 때문에 결혼을 미루는 청년 세대가 부지기수라고 합니다."

조용히 듣고 있던 우아한 전원숙이 걱정스러운 표정으로 말했다.

"큰일 이예요, 전세금과 대출 이자 갚을 두려움에 결혼을 포기한다는 자체가 말이죠."

그녀는 안타까운 현실을 걱정하며 구시렁거렸다.

"어머… 그 정도까지?"

모던한 한옥경은 탄식을 내뱉으며 한숨을 쉬었다.

"이자 충당하느라 생활비 부족으로 아이까지 미루는 세태이고 보니 누가 결혼을 엄두나 내겠습니까?"

미모의 명정관은 그 소리를 듣자, 우라질 세태를 꼬집듯 한마디 던졌다.

"그러니 결혼해도 박봉인 월급에 비해 오르는 전세금과 대출 이자를 감당 못해 아이 출산은 아예 물 건너가는 거죠. 안 그래요?"

흰머리 윤편인은 좀 전에 하던 이야기를 이어 가듯 현실의 암담함을 다시 끄집어냈다.

"뭐 그럴 수도 있겠네요."

들이대던 처음과 달리 상구 머리 노식신은 이해가 된다는 얼굴로 끄덕거렸다.

"정말이지, 우리 조카들도 자고 나면 치솟는 집값 때문에 출산할 생각보다는 집장만이 먼저 같더라고요? 그래서 제가 주제넘게 한마디 해 주었죠."

"뭐라고요?"

흰머리 윤편인이 대뜸 물었다.

"세상에서 제일 예쁜 여자는 임신한 여성이고, 세상에서 제일 위대한 여성은 어머니라고 말입니다. 호호!"

우아한 전원숙은 모두를 돌아보며 그의 눈치를 슬쩍 보았다.

"당연하죠, 우리나라 6·25 동란으로 먹을 것이 없는 가운데서도 이 나라를 경제 부국으로 성장시킨 밑거름은 다 우리 어머니들의 헌신적인 맹모 교육 덕분 아니겠습니까?"

큰 머리 문정인은 어머니라는 소리에 울컥해 한마디 거들었다.

그는 동족상쟁의 아픔과 폐허 속에서도 가난을 딛고 세계에 우뚝 선 대한민국의 자랑은 헐벗고 굶주림 속에서도 내 자식은 가르쳐야 한다는 어머니들의 교육에 대한 애착이라고 말했다.

그 힘이 원동력이 되어 오늘날 자원 빈국에서 세계가 부러워하는 부강한 선진 자유 민주주의 국가로 발전했다며, 잠시 눈시울을 붉혔다.

"하하하! 이래도 부동산 문제가 출산율에 막대한 지장을 초래한다고 보지 않습니까?"

흰머리 윤편인은 해쭉거리며 상구 머리 노식신을 쳐다보았다.

"가만히 듣고 보니 윤 부회장님 설명이 틀리지 않습니다. 정말 집값 상승이 출산율에 상당한 영향을 미치는 셈이군요. 흐흐…"

상구 머리 노식신은 '그래 니 똥 굵다 우라질 놈아!' 하는 눈빛으로 해쭉거렸다.

그는 잘못한 것은 없지만, 괜히 미안하다는 생각에 주눅이 들어 실실 웃어 가며, 뒤통수를 긁적거렸다. 이들은 부동산이 사회 전반에 걸쳐 경제와 산업에 깊숙이 관여하고 있다는 사실을 새롭게 인식하는 눈치였다.

"부동산 문제를 해결하지 못하면 미래 세대에 큰 숙제를 남긴다고 봅니다."

흰머리 윤편인은 모두에게 직시하라는 뜻에서 덧붙여 말했다.

"해결한다는 게 그렇게 말처럼 쉬운 일은 아니죠?"

속 알머리 봉상관은 고개를 흔들며 주억거렸다. 돈 사랑 회원들은 머리를 쓰다듬어 가며 '맞아, 맞아.' 하고 있었다.

"요즘 젊은 여성들은 아이 양육도 그렇지만 경력이 단절되는 현실을 더 두려워한다고 하던데요?"

아픈 상처를 간직한 우아한 전원숙은 사회 병폐를 들먹이며, 슬쩍 끼어들었다.

"젠장! 대한민국 사회가 그렇죠? 뭐 언제는 문제없는 날이 있었습니까?"

삼각 머리 조편재는 당연하다는 듯이 이죽거렸다. 몇몇은 별일도 아니라는 얼굴로 끄덕끄덕거리며 공감을 하고 있었다.

"하긴, 정부가 부동산 문제를 해결하겠다며, 내놓는 정책마다 시장을 이긴 적이 손가락에 꼽을 정도인데, 그 이유가 어디에 있나요?"

도회적인 안혜숙은 평소에 궁금했던 질문을 던졌다.

"하하하! 안 감사님도… 그것은 말입니다? 시장이 정부보다 스마트하기 때문이라고 보시면 됩니다. 한마디로 정부는 연필이라면 시장은 지우개죠, 왜냐하면 정부의 날선 규제의 칼도 표심이나 민심 앞에만 가면 맥을 못 추고, 쩔쩔매기 때문입니다. 흐흐흐."

삼각 머리 조편재는 묻는 말에 장난기가 섞인 야릇한 표정으로 익살을 떨었다. 그는 자신이 언제 신축에 대한 불평을 꺼냈는지를 모르는 사람처럼 이들의 대화에 동화되어 니불거렸다.

"어머나! 그거 재미있네요? 호호! 시장이 정부보다 똑똑하다니 정말 우리나라 국민들이 대단하군요?"

도회적인 안혜숙은 고른 치아를 드러내고, 히죽 웃어 가며 빈정거렸다.

"우리가 알다시피 부동산 시장은 심리적 요인에 따라 좌우되는 경향이 크지 않습니까?"

삼각 머리 조편재는 게슴츠레한 눈으로 그녀를 훑어 가며, 달게 말했다.

"호호! 틀린 말은 아니죠?"

도회적인 안혜숙은 '자식이 예쁜 건 알아 가지고 껄떡대기는…' 하는 눈길로 웃었다. 그는 그녀 앞에만 서면 사족을 못 쓰고, 주둥이를 주절거렸다.

"가령, 정부가 한 곳을 투기 지역이나 투기 과열 또는 조정 대상 지역으로 묶으면 국민들은 오히려 그곳을 돈 되는 부동산으로 여기고, 역발상 투자를 합니다. 흐흐…"

삼각 머리 조편재는 말을 끝내고 그녀의 야릇한 눈빛을 달게 받으며 히죽히죽 웃었다. 그녀 역시 기가 막혀 키득키득 웃으며 이어 주절거렸다.

"호호호! 정부가 아예 투자 장소를 가르쳐 주는 셈이네요?"말 끝에 도회적인 안혜숙은 어이가 없다는 듯이 앞가슴이 출렁대도록 웃었다.

그는 눈앞에서 웃고 있는 그녀의 아름다운 자태에 홀딱 넘어가 마른침을 꼴깍 삼켜가며, 다시 주절거렸다.

"그렇다고 보면 맞습니다."

그는 게슴츠레한 눈빛 속에 그녀를 감추고는 얼른 얼버무렸다.

"크크! 말대로라면 정부도 한 통속이네요…?"

그녀는 낄낄대다가 받아넘겼다.

"흐흐…. 어디 그것뿐이겠습니까? 서울은 집 지을 땅이 없어 재건축과 재개발을 해야 한다는 뉴스에 눈치 빠른 지방 부자들은 현찰을 싸 들고 올라옵니다."

삼각 머리 조편재는 그녀가 재미있어하자, 신이 나서 속사포를 쏘며, 나오는 대로 떠벌렸다.

"어머머… 그것도 정부가 제공했나요?"

도회적인 안혜숙이 동공을 확장시키며, 어깨 뽕을 살며시 올렸다.

"들으신 대로입니다. 흐흐…."

그가 말했다.

"하하하! 그것은 아마 부동산 시세 상승을 내다본 동물적 촉각일겁니다."

흰머리 윤편인은 호탕하게 웃어 가며 알은척 끼어들었다.

5권에서 계속

독립운동가 김돈金墩

▪ **김돈**(1887. 9. 12.~1950)

경북 의성 춘산면 금천리 814번지 출생.

항일운동 단체, 독립운동 단체 신민부新民府에 몸담았다.

저자의 외조부로, 2002년 건국훈장애국장을 서훈받았다.

27세 때 아호 '농속膿俗' 김돈의 외침과 업적

난세에 "내가 할 일은 나라를 구할 일밖에 없다."라며 가산을 정리해 북만주로 향했다. 일본 제국주의 타도와 민족 해방운동에 앞장섬과 동시에 한민족 농민조합 운동과 재만 한인의 귀화권 등 법적 지위 향상에 전력했다.

1925년 김좌진 장군 등과 함께 신민부를 결성하고 중앙 집행위원 심판부위원장審判部委員長으로 활동했다.

1926년 국민당과 연계하여 동북 혁명군을 조직하고 직접 전투에 참여했다.

1928년 신민부 계파 중 민정파에서 활동 4월 국민부 결성 교통위원에 선임되었다.

1929년 4월 결성되어 남만주 일대를 관장했던 국민부 창립 대회에서 외무담당 위원을 맡았다.

같은 해 9월에는 길림吉林에서 국민부의 정당으로 결성된 조선혁명당의 중앙 집행 위원에 선임되었으며 조선혁명당이 조직한 길흑 특별회의 특별 위원에 선임되어 활동했다.

해방 후 1946년 1월 임시정부 비상정치회의 주비회의에 조선혁명당 정당대표로 참여, 2월 비상 국민회의에 후생위원으로 활동. 또 같은 해 12월부터 1948년 5월까지 과도임시정부 관선입법의원으로 활동하며 대한민국 건국에 크게 기여했다.

　1950년 6·25 동란 겨울 인민군에 의해 납북되어 굶주림과 추위 등에 의해 사망했다.